ハヤカワ・ミステリ文庫

〈HM㊴-4〉

# ボックス21

アンデシュ・ルースルンド＆ベリエ・ヘルストレム

ヘレンハルメ美穂訳



早川書房

8100

BOX 21
by
Anders Roslund and Börge Hellström

Translated by
Miho Hellen-Halme
Published 2017 in Japan by
HAYAKAWA PUBLISHING, INC.
This book is published in Japan by
arrangement with
SALOMONSSON AGENCY
through JAPAN UNI AGENCY, INC., TOKYO.

N
W
E
S
スウェーデン
フィンランド
ダーラナ地方
アーランダ空港
ノルウェー
ストックホルム
ストレングネース
ゴットランド島
エストニア
ヨーテボリ
ラトビア
デンマーク
スコーネ地方
リトアニア
コペンハーゲン
クライペダ
ビリニュス
スウェーデン地図

ヴァータハムネン港
フリーハムネン港
エステルマルム
ユールゴーデン
王宮
ガムラスタン
（旧市街）
ストックホルム詳細図

N
W
E
S
サンクトエーリク通り
サンクトエーリク広場
ヴァーサスタン
スヴェア通り
ヴェルンド通り
フレミング通り
シェーレ通り
クングス通り
クングスホルメン
裁判所
ベリィ通り
ストックホルム中央駅
・警察本部
・クロノベリ拘置所
検察庁
ヴェステル橋
リング通り
セーデルマルム
タントルンデン公園
ストックホルム南病院

# ボックス21

登場人物

リディア・グラヤウスカス…………リトアニアから人身売買でスウェーデンに来た娼婦
アレナ・スリューサレワ……………リディアの娼婦仲間
ディミトリ………………………………リディアとアレナを見張るポン引き
ヒルディング・オルデウス…………アスプソース刑務所の元服役囚
リーサ・エールストレム……………ストックホルム南病院の医師。ヒルディングの姉
ヨッフム・ラング……………………アスプソース刑務所の服役囚
スロボダン・ドラゴヴィッチ………旧ユーゴスラビア出身。ヨッフムの仲間

エーヴェルト・グレーンス…………ストックホルム市警警部
スヴェン・スンドクヴィスト………エーヴェルトの同僚。警部補
アンニ……………………………………エーヴェルトの元同僚で恋人
ベングト・ノルドヴァル……………刑事。エーヴェルトとアンニの元同僚で友人
レーナ……………………………………ベングトの妻
ヘルマンソン巡査……………………ストックホルム市警の代用職員の女性
ルードヴィッグ・エルフォシュ……法医学者
ヨン・エドヴァルドソン……………特殊部隊指揮官兼ロシア語通訳
ラーシュ・オーゲスタム……………検察官
ニルス・クランツ……………………鑑識官

ストックホルム南病院の診療録より

「……身元不明の女性。意識なし。〇九：〇五、救急車にて到着。近所の人の通報により、ヴェルンド通り三番地のアパートで発見。

一般所見：呼びかけ、痛みに対する反応なし。蒼白《そうはく》で、体温が低下している。背中にまだ新しい十センチ長の裂創が多数。打撲傷も多数。顔面に小さな擦過傷《さつかしょう》が複数。左上腕上部に著しい腫脹《しゅちょう》

肺機能：浅い自力呼吸。頻呼吸。水泡音なし

心機能：脈は規則正しいが弱い。心拍数一一〇

血圧：九五／六〇

腹部：腹部硬直を確認

仮診断：二十歳前後。なんらかの形で（鞭《むち》？）複数回にわたり身体的な暴力を加えられたものとみられる。ショック状態の初期症状。腹腔《ふくくう》内出血の疑い。脾臓《ひぞう》損傷および左上腕骨骨折のおそれあり。集中治療室へ移送して治療継続……」

# 十一年前

少女は、ママの手をぎゅっと握った。

ここ一年、それが癖みたいになっている。ママの柔らかい手をぎゅっと握る。そうすると、ママもしっかり握り返してくれる。

あそこには行きたくない。

少女の名は、リディア・グラヤウスカス。住んでいるクライペダの、あの汚い停留所でバスに乗ったときから、ずっとおなかが痛くてしかたがない。しかもバスが進むにつれて、どんどんつらくなってくる。

ビリニュスに行くのは初めてだ。いろいろ想像したり、写真を見たり、話を聞いたりしてきたビリニュス。でもいまは行きたくないとしか思えない。あそこはリディアの場所ではない。なんの関係もない場所だ。

パパには、もう一年以上も会っていない。

あのとき九歳の誕生日を迎えようとしていたリディアは、プレゼントに手榴弾《しゅりゅうだん》をもらうのもいいな、と思っていた。

もちろん、パパは見ていなかった。あの薄汚い部屋で、パパはリディアに背を向けて座り、リディアたちのことなど気にかけるようすもなく、お酒を飲んでは大声でロシア人の悪口を言う仲間の人たちと、なにやらごそごそやっていた。リディアはソファに寝そべっていた。ぼろぼろで、いやなにおいのしみついた、茶色いコーデュロイの大きなソファ。リディアの足元に頭を、頭のそばに両足を置いて、幼なじみのヴラディも寝そべっている。ときおり、学校のない日にパパが仕事だと、ふたりはこうして並んで横になる。そして、耳を傾ける。こんなところに寝そべってばかりいるのは、あまりいいことではないかもしれないけれど、火薬の入った箱、ピストル、男たちの大声には、ふたりを惹《ひ》きつけるなにかがあった。パパの頬《ほお》が真っ赤になっている。めったにないことだ。あるとしたら、たまにお酒をらっぱ飲みしたあと、そうっとママに近づいていって、ママのお尻《しり》にぴったりとからだを寄せる、そんなときだけ。もちろんパパもママも、そんなところをリディアに見られているとは思っていないし、リディアも見ていないふりをする。それからパパはもう少しお酒を飲み、ママも瓶に口をつけて味見すると、連れ立って小さな寝室に入っていく。中にいる人を追い出して、ふたりで閉じこもる。

パパの頬が赤くなるのが、リディアは好きだった。仲間の人たちを家に呼んで、いっしょに武器を磨く。そんなときのパパは、生き生きとして若く見えた。いつもはずっと老けて見えるのに。そう、あのときパパはもう、二十九歳近かったのだ。

リディアはバスの窓越しに、外の景色をそっとのぞいてみた。

でこぼこ道を突き進んでいくバス。おなかの痛みがひどくなってきた。片方の前輪がアスファルトの穴にはまるたび、座席ががたんと揺れて、あばら骨の下のあたりをぐさっと刺されているような心地がする。

なるほど、実際はこんなふうなのか、と思う。クライペダとビリニュスを結ぶ長い道のり。未知の世界。ママについていくのはこれが初めてだ。いままではいつも留守番だった。交通費が馬鹿にならないし、ママが行くことのほうが大事だから。ママはここ一年近く、二週間ごとの日曜日に、食べものと、どうにかして手に入れたお金を持って出かけている。パパはいま、どんなふうになっているんだろう。なんと言葉をかけてくれるだろう。べつに、ママに会えればそれでいい、そうパパは思っているのだろうか。

手榴弾のあの日、パパはリディアのほうを向きもしなかった。

ソファに寝そべったままリディアは身を乗り出し、プラスチック爆弾や手榴弾の入った箱にごそごそと手を入れた。人差し指をくちびるに当て、ヴラディに向かってシーッと言う。黙っててよ。パパたち、邪魔されたくないだろうから。リディアはすべての使い方を知っていた。プラスチック爆弾も、手榴弾も、ピストルも。パパたちが練習するのをいつも見ていたから、武器については、仲間のおじさんたちの何人かと同じくらいよく知っていた。

いま、リディアはバスの薄汚れた窓から、外をじっと見つめている。

激しい雨。これで窓がきれいになるかと思いきや、雨は汚れを落とすどころか、地面に当たるたびに泥をぴしゃりとはね上げるので、景色はさらに見えにくくなった。だが道路はましになってきた。でこぼこはなくなり、座席ががたんと揺れてあばら骨の下を刺されることもなくなった。

あのとき、リディアも手榴弾を握っていた。警察がドアを破って広間になだれ込んできた、あのとき。

パパたちは大声で呼びかけ合ったけれど間に合わず、数分もしないうちに壁に押しつけられ、したたか殴られ、手錠をかけられた。いったい何人が部屋に入ってきたのか、リディアにはもう思い出せない。十人だったかもしれないし、二十人だったかもしれない。覚えているのは、彼らが何度もロシア語で、うるせえ、黙れ、と叫んだこと。パパが売っているのと同じピストルを持っていたこと。そして、あっという間に決着がついてしまったこと。

警官たちの怒鳴り声が、ピストルのぶつかり合う音や、瓶の割れる音と混じり合った。いくつもの音で、耳が切り裂かれるような気がした。が、パパたちが床に伏せてしまうと、突然、奇妙なまでに静かになった。

リディアがなによりも鮮明に覚えているのは、たぶん、それだ。いきなり訪れた静けさ。

ふたたび、ママの手をぎゅっと握る。ママの手を引き寄せて座席の上に置くと、力いっぱい、血の気がなくなるまで握りしめた。ちょうど、パパや仲間のおじさんたちの裁判のあいだ、クライペダの裁判所の外で待っていた、あのときと同じように。ママとふたりで手をつないで座っていたら、灰色の背広を着た事務官が法廷から出てきて、パパたちが全員、懲役二十一年の刑を宣告された、と言った。ママは長いこと泣いていた。

もう一年もパパに会っていない。顔が分かるかどうかすら心もとない。

ママが持ってきた布の袋を触ってみる。食べものがたくさん入っていてあふれ出しそうになっている。パパたちがどんなものを食べているか、以前ママが話してくれた。ほとんど毎日、小麦粉で作ったおかゆのようなものを食べさせられているらしい。ママはビタミンについても教えてくれた。ビタミンをとらないと病気になってしまうから、あそこにいる人たちはみんな、会いにくる人たちに食べものをもらっているのよ。そうしなきゃだめなの。

バスはいま、かなりのスピードで走っている。ビリニュスに近づくにつれ、道路が広くなり、車の数も増えてきた。泥だらけの窓越しに見える建物も、だんだん大きくなってきている。でこぼこ道のあたりで見えた建物はかなり粗末だった。いま見えている団地は、灰色の壁にトタン屋根、たくさんの人を住まわせるという役目を果たしているだけの建物だけれど、それでもこれまでに見た建物に比べたらずっと新しそうだ。しばらくするとさらに高価そうな家並みになり、ガソリンスタンドがいくつも並んでいるのが見えた。リディアはそれを指差して笑った。あんなにたくさんのガソリンスタンド、一度に見るのは初めてだ。

雨はほとんど止《や》んでいる。よかった、とリディアは思った。せめて今日は髪の毛を濡《ぬ》らしてしまいたくない。

ルキシュケス刑務所はバス停からわずか数百メートルのところにあった。一街区全体を占める大きな刑務所で、高い塀に囲まれている。もともとロシア正教の教会だったのが、改築や増築を経て刑務所となり、千人を超える数の囚人が収容されている。コンクリート塀の中央に灰色の重い鉄扉があり、すでに列ができていた。リディアたちと同じ、子連れの母親たち。ひと家族ずつ通される。中の薄暗い部屋で待ちかまえていたのは、制服を着て武装した看守たちだ。質問に答える。身分証明書を出す。持ってきた荷物の中身を見せる。看守たちのひとりがリディアに向かって微笑《ほほえ》みかけてきた。だがリディアは怖くて微笑み返せない。

「だれかが咳《せき》をしたら、すぐにその場を離れなさい。部屋から出て行くのよ」

ママがリディアのほうを向いてそう言った。厳しい表情。大事なことを言うときはいつもそうだ。どうして、とリディアは聞きたかったが、口をつぐんだ。ママの態度から、これ以上なにも言いたくないということが、はっきり伝わってきたから。

ふたりは案内に従い、本館を出て小道を歩き出した。フェンスの上には有刺鉄線が張られている。白い犬が何匹も、吠《ほ》えてはフェンスに体当たりしている。鉄格子のついた窓の向こうに、顔がふたつ見えた。ふたりの姿を目で追い、リディアに向かって手を振り、叫んでいる。

「かわいいお嬢ちゃん。こっち向いてくれよ、お嬢ちゃん」

リディアは前を見据えてまっすぐ歩いた。次の建物まで、さほど距離はなかった。

ママが袋を両手で抱えているせいで、手を握りたいのに握れない。また、おなかがずきんと痛んだ。バスの車輪が穴にはまったときと同じ、刺すような痛み。階段の壁は冷たい緑色で、目がちかちかする。リディアはママの背中を見つめ、ママの背中に手を当てて階段をのぼった。

三階まで上がると、看守に案内されて長く暗い廊下に入った。かび臭く、同時に洗剤のにおいも漂っている。ずらりと並ぶドアの外にはそれぞれ、〝結核〟と書かれた樽《たる》のような容器がひとつずつ置いてある。ふたが少し開いている容器の中をのぞいてみると、血のかたまりのついた紙がたくさん入っていた。

みんな丸坊主だった。顔色が悪く、疲れているみたいだ。

横になっている人もいれば、シーツにくるまって座っている人もいる。窓のそばで立ち話をしているのも何人かいた。ベッドが八台、壁に沿って一列に並んでいる。ここは〝病棟〟と呼ばれる場所だ。パパはいちばん奥のベッドに座っている。

リディアはこっそりパパのようすをうかがった。なんだか、パパが小さくなってしまったような気がした。

パパはまだ、リディアに気づいていない。

そのまま、かなりの時間が経過した。

まず、ママが近寄っていった。言葉を交わし、なにやら話し合っている。なにを言っているのかは分からない。リディアはパパをじっと見つめた。そうしてしばらく見つめているうちに、気がついた。恥ずかしいという気持ちが消えている。この一年、クラスメートに笑われつづけて、ひどく傷ついた。でもこうしてパパのすぐそばに来てみると、そんなことどうでもいい、と思えた。おなかを刺すような激しい痛みまでもが、すうっと消えた。

リディアがパパに抱きつくと、パパは咳をした。それでもリディアは、ママに言われたとおり部屋から出ていくことはしなかった。パパにしっかりと抱きついて、離れなかった。

パパなんか大嫌いだ。いっしょに家に帰りたいのに、ついてきてくれないなんて。

# 第一部　現在

# 六月三日（月）

アパートは静まりかえっている。

久しぶりにあの人を思った。あの時代に思いを馳《は》せることなど長らくなかったのに、いま、ふとあの人のことを考えている。最後に抱き合ったあのときのこと。ルキシュケス刑務所にいたパパのこと。自分は十歳だった。パパがとても小さく見えた。からだ全体で咳をしていた。ママが渡したちり紙は、みるみるうちに血のかたまりでいっぱいになった。パパはそのちり紙を丸め、廊下に置いてある大きな樽に入れた。

パパにもう会えなくなるなんて、あのときは分かっていなかった。いや、いまだに分かっていないような気もする。

リディアは深く息を吸い込んだ。

不快感を振り払い、廊下の大きな鏡に向かってにっこり微笑む。まだ、朝は早い。

ノックの音。リディアはまだ手にブラシを持ったままだ。どのくらいの時間そうしていたのだろう？　もう一度鏡を見る。首を少しかしげてみる。ふたたび、微笑む。きれいだと思われたいから。色白の肌に、黒いワンピースが映えている。自分のからだを見る。まだ若い女のからだがそこにある。ここに来たときからあまり変わっていない。少なくとも、外見は。

リディアは、そのままじっとしていた。

ふたたび、ノックの音。先ほどより大きな音だ。ドアを開けなければ。リディアは鏡のそばの棚にブラシを置き、ドアへと近づいていった。リディアのフルネームは、リディア・グラヤウスカス。いつもの歌を歌いはじめる。クライペダの学校で歌った童謡のメロディー。三行にわたるリフレインを、全部「リディア・グラヤウスカス」に替える。緊張を和らげたいときに、かならずこうして歌うのだ。

リディア・グラヤウスカス
リディア・グラヤウスカス
リディア・グラヤウスカス

ドアにたどり着くと、リディアは歌をやめた。向こう側に彼がいる。ドアに耳を寄せてみると、やがて彼の息づかいが聞こえてきた。彼のリズムはよく知っている。あの人にまちがいない。もう何度も会っている。八回、いや九回だったか？　彼は、ほかの人たちとどこかちがうにおいがする。ほら、もうにおってきた。彼のにおい。あの薄汚れた部屋でパパといっしょに仕事をしていた、仲間のだれかに似ている。幼かったころ、あの部屋のソファによく寝そべったものだった。そうだ、よく似ている。葉巻、男性用の香水、厚手の背広ににじむ汗。

ノックの音。これで三度目だ。

ドアを開ける。彼が立っている。黒っぽい背広に、水色のシャツ。金のネクタイピン。短い金髪。陽に灼《や》けた肌。五月の中旬からずっと雨続きなのに、まるで夏の終わりのように、こんがりと茶色に灼けている。彼はいつもそうなのだ。リディアは微笑んだ。つい先ほど、鏡に向かってそうしたように。こうすれば彼の気に入ると分かっている。

ふたりは抱き合わない。

少なくとも、まだ。

彼がアパートの中へと入ってきた。リディアは帽子掛けとハンガーにちらりと目をやる。上着を掛けましょうか。彼は首を横に振った。たぶん、リディアより十歳ほど年上だろう。三十歳を少し過ぎたくらい。それがリディアの推測だ。本当のところは分からない。

また歌いたくなってきた。

リディア・グラヤウスカス。リディア・グラヤウスカス。リディア・グラヤウスカス。彼はいつものように片手を伸ばすと、リディアの黒いワンピースにそっと指を当てた。ゆっくりと肩ひもをたどり、ワンピースの上から、胸に触れる。

リディアは身動きひとつしない。

彼の手が、大きな円を描くようにして片方の胸のまわりをたどり、もう片方へ移ろうとしている。リディアは息を止めた。胸郭を動かさないように。にっこり微笑まなければならない。身動きひとつせず、その場に立ったまま、にっこり微笑まなければならない。

彼がつばを吐いたときも、リディアは微笑んでいた。

ふたりは寄り添うようにして立っている。彼はつばを飛ばしたわけではない。むしろ、垂らしたと言うべきだろう。リディアの顔につばがかかることはなく、たいてい、リディアの足先、黒いハイヒールのつま先のそばに落ちる。

遅い、と思ったのだろう。

彼は指差した。

指がまっすぐ、下を向いた。

リディアはしゃがみ込む。顔はまだ、彼のほうを見上げて微笑んでいる。これがこの人の好みだ。こうしてあげると、ときどき彼もにっこりするのだから。脚を曲げると、膝《ひざ》がかくんと鳴った。四つん這《ば》いになり、顔を前に向ける。そして、許しを請う。彼の望みどおりに。彼はロシア語でなんと言うのかも知っている。念には念を入れてということか、リディアがほんとうに許しを請うと言っているのかどうか確かめたらしい。リディアはゆっくりと腕を曲げ、丸くなった。鼻が床に触れる。冷たい床に舌をつける。吐き出されたつばを口に入れ、飲み込む。

それから、リディアは立ち上がった。彼の望みどおりに。目を閉じる。いつもどおり、どちらの頬に来るか、当ててみることにする。

右。たぶん、右。

いや、左だ。

リディアを平手打ちにするとき、彼は手のひらをいっぱいに開く。頬がすっぽりと覆われる。大して痛くはない。たしかに赤く跡が残る。容赦のない平手打ちだ。それでも、ひりひりするだけだ。ひりひりするだけ、そう思い込めば、ほんとうにそういう気がしてくる。

彼はふたたび指差した。

次になにをすべきか、リディアには分かっている。指差す必要などない。それでも毎回、彼は指差す。人差し指をリディアに向け、かすかに振る。寝室に行け、赤いカバーのかかったベッドの前に立て、という合図だ。リディアは先に立って寝室へ向かう。ぼんやりと自分の尻を撫《な》でつつ、ゆっくりと歩くことになっている。彼の望みどおり、息を荒らげてみせる。背中に彼の視線を感じる。彼の両目が、痛いほどにからだを撫でまわす。

リディアはベッドのそばで立ち止まった。

背中のボタンを三つ外し、ワンピースを腰から下へ、床へと滑らせる。

そして、彼に買い与えられた、彼とするときにしか使わないと約束した、黒いレースのブラジャーとパンティーも。

男がリディアの上に覆いかぶさる。リディアはからだを失う。

そうやって切り抜ける。いつもそうやって切り抜ける。

故郷を思う。昔のことに、なつかしくも恋しいすべてに思いを馳せる。ここに来てからずっと、毎日、恋いこがれてやまない故郷。

いまこの瞬間、この場所に、リディアはいない。リディアは、からだのない、顔だけの生きものになる。首も、胸も、性器も、脚もない。

だから、男に撫でまわされ、貫かれ、肛門《こうもん》から出血しても、リディアにはなんの関係もない。リディアは別の場所にいるのだから。ここに横たわっているのは、ずっと昔に習い覚えた歌のリフレインに合わせて〝リディア・グラヤウスカス〟と歌いつづける、ひとつの顔だけなのだから。

雨の中、がらんとした駐車場に入っていく。

人々は目を覚ますと、のろのろと寝室の窓に近寄っていき、ぐっと息を止めて期待をかける。今日こそついに、ブラインドの向こうから太陽の光が襲ってくるのではないか。だが窓の外では、雨粒が自由に遊びまわっている。人々はたちまち望みを捨てる。眠い目で、灰色の風景を、窓ガラスに叩《たた》きつける雨粒を見つめる。今年の夏は、そんな夏だ。

エーヴェルト・グレーンスはため息をついた。車を停《と》め、エンジンを止めると、雨粒が川の流れとなって視界をさえぎり外が見えなくなるまで、そのままじっと運転席に座っていた。からだを動かす気力が湧《わ》かない。動きたくない。残っているわずかな力も、不快感に奪われていく。ふたたび一週間が過ぎ、彼女のことをほとんど忘れかけていた。

エーヴェルトは大きく息をついた。

忘れるはずなどない。

自分はいまだ、彼女のもとで生きている。毎日。毎時間。二十五年間。だがそれも、なんの助けにもならなかった。

雨が少し弱まり、フロントガラス越しに建物が見えてきた。一九七〇年代風の、赤いれんが造りの大きな建物。少々やりすぎの感があるほどに美しく整えられた庭。とりわけ目に快いのが六本あるりんごの木で、ちょうど白い花が散ったところだ。

エーヴェルトは、この建物をひどく嫌っている。

ハンドルを力いっぱいに握りしめていた手を離し、ドアを開けて外に出た。でこぼこのアスファルトに、大きな水たまりがいくつもできている。そのあいだを縫うようにして歩くものの、道半ばで靴の中まで濡れてしまった。建物へと近づく。一歩ずつ、入口までの距離が短くなるにつれ、人生も終わりへと近づいていく、そんな感覚を、なんとか振り払おうとする。

老人のにおいが漂っている。月曜日の朝、毎週来ているというのに、まだこのにおいに慣れることができない。ここに住んでいる人々は、たしかに車椅子《いす》に乗ったり手押し車に頼ったりしてはいるものの、それほど年寄りではないはずだ。なのになぜ、こんなにおいがするのだろう。

「中にいらっしゃいます。お部屋の中に」

「どうも」

「お分かりみたいですよ。いらっしゃるってことが」

もちろん、分かってなどいるわけがない。

だがそれでもエーヴェルトは、彼の顔を覚えたらしい若い介護職員に向かってうなずいてみせた。彼女は親切のつもりで言っているんだ。その言葉が彼をどれほど苦しめているか、彼女に分かるわけがない。

住人たちのそばを通り過ぎていく。いつも玄関のひじ掛け椅子に座ってにっこり微笑みつつ、来る人みんなに手を振っている、自分と同じ歳《とし》ごろの男性。人が自分のほうを向いてあいさつしないと大声で叫び出す、マルガレータという名の女性。毎週月曜日の朝、彼らはいつもそこにいる。撮る必要のない写真の一部のように。もしある日、彼らの姿がなかったとしたら、もの足りない気がするだろうか。それとも、すべてが予測可能な世界から逃れることができて、ほっとするだろうか。

エーヴェルトは彼女の部屋の前で立ち止まり、しばらくじっとしていた。

ときおり、夜中に汗をかいて目覚めることがある。部屋に入っていくと、彼女がはっきり、ようこそ、と言ってくれるのだ。自分の手をとって握ってくれる。人に愛され、その人の手を握れるということが、心底嬉《うれ》しそうなようすだ。そんな夢を、もう何度も繰り返し見てきた。その夢を思い出すと、いつもどおり彼女の部屋のドアを開け、彼女の生活へ、駐車場に面した窓のある十四平米の部屋へと、足を踏み入れる勇気が出てきた。

「やあ」

彼女は部屋の中央に座っている。車椅子が扉のほうに向けられている。その目がエーヴェルトのほうを向いた。だがそこに、エーヴェルトだと気づいたことを示すしるしは、なにも浮かばない。彼のあいさつも聞こえていない。エーヴェルトは彼女に近づくと、その冷たい頬に手を当て、ふたたび話しかけた。

「やあ、アンニ。俺だよ。エーヴェルトだ」

アンニは突然笑い出した。あまりにも場違いな、甲高い、子どものような笑い声。いつもどおりの笑い声だ。

「今日は、俺のことが分かるのか？」

アンニはまた、甲高い声で笑った。エーヴェルトは、使われていない机のそばに置いてあった椅子を引き寄せると、アンニの隣に腰を下ろした。彼女の手をとり、握り、自分の手で包み込む。

職員たちが、アンニの身なりを整えてくれていた。きちんと梳《くしけず》られた金髪。頭の両側にヘアピンでまとめてある。久しく見ていなかった青のワンピースは、洗いたてのにおいがした。

アンニの外見がほとんど変わっていないことに、エーヴェルトはあらためて驚嘆した。車椅子暮らしの二十五年間、無意識の世界で生きてきたアンニは、あれからほとんど歳を取っていないように見える。自分は二十キロ太り、髪が薄くなり、顔には深いしわがいくつも刻まれているというのに、そうした老いのしるしがアンニにはまったく見られない。現実の世界に参加できない代償として、若さのもととなる屈託のなさを与えられているかのようだ。

アンニがなにか言おうとしている。こちらを向いて、言葉にならない声を発している。そんなときはいつも、ほんとうになにか言おうとしているのではないか、と思えてならない。

アンニの手を握りしめ、のどのあたりでつんと痛むなにかを、ぐっと飲み込む。

「明日、あいつが釈放されるよ」

アンニは声を上げ、よだれを垂らした。エーヴェルトはポケットからハンカチを取り出すと、あごへ滴る唾液《だえき》をぬぐってやった。

「アンニ、分かるか？　あいつが明日出所する。自由の身になって、また罪を重ねるんだ」

アンニの部屋は、彼女がここに越してきたときからなにも変わっていない。どの家具を持ってくるかも、家具の配置も、エーヴェルトが決めた。アンニにとって、頭を窓に向けて眠ることがなぜ大切なのか、分かってやれるのはエーヴェルトしかいなかったから。

初日の夜にはもう、彼女はすっかり安心したようすだった。

あの夜、エーヴェルトはアンニを抱きかかえてベッドに運び、そのほっそりしたからだを毛布でくるんでやった。それから外がうっすらと明るくなるまで、ずっとそばに座っていた。ぐっすり眠っていたアンニが目を覚ましたところで、エーヴェルトは部屋をあとにした。駐車場に車を置きっぱなしにして、クングスホルメン島の警察署まで、長い道のりを延々と歩いた。着いたころにはもう日が高くなっていた。

「今度こそ、あいつの尻尾《しっぽ》をつかんでやる」

アンニがこちらを見つめている。まるで聴いているかのようだ。もちろんそんなはずはないのだが、そう見える。だからときおり、会話を交わしているようなふりをしてみる。昔のように。あのころのように。

アンニの瞳《ひとみ》。期待に満ちているような、単なる空虚のような。

あのとき、俺がもっと早くブレーキを踏んでさえいれば。

あいつがおまえを引っ張り出しさえしなければ。おまえの頭が、タイヤよりも柔らかくなければ。

エーヴェルトは身を乗り出し、アンニの額に自分の額を当ててから、頬にそっとくちづけをした。

「おまえが恋しいよ」

黒っぽい背広に金のネクタイピンをつけた男、目の前で床につばを吐く男が、たったいま帰っていった。今回は、故郷クライペダのことだけを考え、からだを切り離して顔だけになっても、まだ足りなかった。男が中に入ってきた感触があった。こういうことはときどきある。男に貫かれ、動けと怒鳴られ、痛みを感じてしまうことが。

あの人のにおいのせいだろうか、とリディアは考えた。

昔かいだことのあるにおい。あの薄汚れた部屋でパパを囲んでいた仲間たちを思わせるにおい。においに覚えがあるというのは、喜ぶべきことなのだろうか。それは、恋しくてならないあのころの世界に、自分がまだ属している証拠なのだろうか。いや、むしろこれは、さらなる崩壊のしるしなのだろうか。手にすることができたはずのもの、だがいまやはるか遠くにあるものが、自分のさらに奥深くへと擦り込まれているだけなのだろうか。

終わったあと、男はほとんど口をきかなかった。リディアを見つめ、最後にもう一度指差して、なにかひとこと口にしただけだった。そして振り返りもせずに帰っていった。

リディアは笑った。

もし自分に性器があったとしたら、それがあの男の精液で満たされたことを悲しく思いもしただろう。男の性器の感触だって、もっと強かったはずだ。だが実際はちがう。自分には、顔しかない。

リディアは笑いながら、からだのあちこちに石けんをこすりつけた。肌にまだらの模様ができる。首に、肩に、胸に、膣《ちつ》の中に、腿《もも》に、足に、石けんを強くこすりつける。息の詰まりそうな恥辱。

その恥辱を、リディアは洗い流す。男の手。息。におい。ひりひりするほどに熱い湯。恥辱は醜い膜となり、なかなか落ちてくれない。

リディアはシャワーブースの床に座り、クライペダの童謡のリフレインを歌いはじめた。

リディア・グラヤウスカス
リディア・グラヤウスカス
リディア・グラヤウスカス

大好きな歌だ。リディアとヴラディ、ふたりの歌。毎朝、団地の建ち並ぶ界隈《かいわい》を抜けて学校へと歩いていく途中、自分たちの名前を、一歩ごとに音節を区切って、何度も繰り返し、大声で歌ったものだった。

「やめろ、その歌！」

ディミトリが廊下からバスルームのドアに向かって怒鳴りつけてきたが、それでもリディア は歌いつづけた。ディミトリは壁を叩いてまた怒鳴った。出てこい、さっさと出てくるんだ！リディアは歌うのをやめた。シャワーブースの濡れた床に座ったまま、ドアの向こうにかろうじて届くほどの声で言う。

「次に来るのはだれ？」

「この淫売《いんばい》が。借金抱えてるくせに、偉そうな口ききやがって」

「だれが来るのか聞いてるだけでしょ」

「あそこ洗っとけよ！新しいお客さんだ」

ディミトリの憤った声に、リディアは立ち上がって濡れたからだを乾かした。洗面台の鏡をのぞき込み、口紅を何層も重ねて、くちびるを真っ赤に塗る。それから、下着をつける。今朝ディミトリに渡された、薄いベルベットめいた布の、真っ白な下着。これから来るという客が、前もって送ってきたものだ。

ロヒプノールを四錠、バリウムを一錠。グラス半分のウォッカでごくりと飲み込むと、鏡に向かってにっこり笑った。

バスルームのドアを開け、玄関へ向かう。次の客、今日ふたり目の客が、すでに扉の外で待っている。初めて来る客だ。ディミトリはキッチンに腰を下ろし、そばを通って扉へ向かっていくリディアを、舐《な》めるような視線で見つめている。

ふたたびノックの音がするのを待ってから、リディアは扉を開けた。

ヒルディング・オルデウスは、鼻の傷を強く引っ掻《か》いた。

右の鼻の穴が慢性炎症を起こしている。ヘロインをやったあと、かならずここを掻いてしまうせいだ。そのせいでもう長いこと深い傷が癒《い》えていない。焼けつくような感じがして、とにかくこすらずにはいられない。人差し指で皮膚をえぐり、はぎ取っていく。

ヒルディングはあたりを見まわした。

社会福祉事務所の一室。汚らしい部屋だ。いやでしかたがないが、それでもヒルディングは毎回、ここに戻ってくる。出所するやいなや、ここに来てにっこり微笑むのだ。金のために。あれから、一週間。アスプソース刑務所の番犬どもに頭を下げて、ヨッフムにもそそくさとあいさつをしてきたあの日から、一週間が過ぎた。ヨッフム・ラング。ヒルディングは出所するまで、ヨッフム・ラングにひたすら媚《こ》びへつらってきた。だれかの陰に隠れなければやっていけない。ヨッフムならば安全だった。ヨッフムの陰にいるヒルディングにちょっかいを出そうなどと考える輩《やから》は、だれひとりとしていなかったから。あの日、ヨッフムもあいさつを返してきた。あいつも一週間後に出所を控えていたが（ヒルディングは突然、それが明日だということに気づいた。一週間経《た》ったんだ、ちくしょう、明日じゃねえか)、塀の外で顔を合わせることはおそらくないだろう。ヨッフムは一時的な逃げ場にすぎない。あいつはクスリをやらない。クスリをやらない連中とは、塀の外に出てしまえば、なんのかかわりもなくなる。

人影はまばらだった。

ロマの女が数人。フィンランド人らしいのがひとり。年寄りがふたり。こいつら、いったいなにが要るっていうんだ?

ヒルディングはまた鼻の傷を引っ掻いた。こういう連中のせいで待たされるんだ。まったく、寄ってたかって俺の邪魔しやがって。

今日はそういう日だ。いろいろ感じてしまう日。なにも感じたくない、感じるわけにはいかない、だがそれでも、こんなふうにいろいろ感じてしまう、地獄のような日がやってくる。クスリが要る。襲ってくる感情を止めなければ。クスリを手に入れなければ。この汚らしい社会福祉事務所で、連中が俺の邪魔をする。次は俺の番だ。だれがなんと言おうと俺の番だ。

「次の方、どうぞ」

でっぷり太った女の職員がドアを開けた。

ヒルディングは立ち上がってドアへ急いだ。痩《や》せ細ったからだ。ぎくしゃくとした歩き方。待っている人々は皆、その姿に目をやった。まだ若い男だ。三十にもなっていない。童顔なのに、麻薬のせいで肌がぼろぼろになっている。その向かう先はどこであれ、少なくとも生きることではなさそうだ。

ヒルディングはまた鼻を引っ掻いた。自分が汗をかいていることに気づく。季節は六月。雨続きなので、いつも丈の長い、風を通さないレインコートを着ている。脱げばいいのだろうが、面倒でやめた。ヒルディングは訪問者用の椅子に腰を下ろした。目の前には、飾り気のない机とがらんとした本棚。そわそわとあたりを見まわす。例の女職員がひとりだけ。ほかにはだれもいない。いつもは職員がふたりいるのだが。

クララ・ステーヌングは戸口を離れると、机をはさんでヒルディングの向かい側に腰を下ろした。彼女の歳は二十八歳。目の前に座っている麻薬中毒者と同じ歳だ。この男には、前にも会ったことがある。だから、彼がどういう人間なのか、このまま行けばどんな未来が待っているか、だいたい承知している。郊外の社会福祉事務所に二年ほど勤務してから、ここストックホルムのカタリーナ＝ソフィア地区社会福祉事務所で働きはじめて三年。似たようなケースは何度も目にしてきた。彼らは皆、痩せ細っている。いらいらしていて騒々しい。出所するとやって来ては、去っていく。そうして十カ月ほどいなくなったかと思うと、またかならず戻ってくる。

クララは立ち上がり、机越しに右手を差し出した。ヒルディングはその手に目をやった。つばを吐いてやろうかとも考えたが、結局は握手をすることにして、差し出された手を力なく握り返した。

「金が要るんだ」

クララは黙ったままヒルディングの目を見つめ、次の言葉を待った。ここにはファイルが、資料がある。この男のことはなにもかもわかっている。ヒルディング・オルデウスは、決して珍しいケースではない。父親不在。影の薄い母親。献身的な姉がふたり。そこそこの才能に恵まれながら、悩み、混乱し、見放された孤独な少年。十三歳でアルコール、十五歳で大麻の味を覚え、あっという間に転落していった。ヘロイン吸入、ヘロイン注射、十七歳で最初の刑務所行き。以来十一年間で十回、刑務所の世話になっている。ほとんどが窃盗罪。盗品売買も数回。つまりはコソ泥だ。パン切りナイフを持ってコンビニエンスストアに押し入り、その日の売り上げを奪った直後、店のすぐ外で売人からクスリを買い、手近な建物の中で注射を始める。そうこうしているうちに警察が到着し、店員があの男ですと証言する。もうろうとする意識の中、パトカーの後部座席に乗せられ、あっという間に拘置所送り。ヒルディング・オルデウスは、そんな男だ。

「わたしの答えはお分かりのはずですよ。お金は差し上げません」

ヒルディングは座ったままそわそわと身体を動かしはじめた。激しく椅子をゆすり、倒れそうになる。

「ふざけんなよ！　出所したばっかりなんだぜ！」

クララはじっとヒルディングを見つめた。叫んでいる。鼻の傷を引っ掻いている。また血が出てきた。

「お気の毒ですけど。失業届けが出ていませんからね。求職中として職安に登録なさっているわけでもないようですし」

ヒルディングは立ち上がった。

「このくそったれ！　デブ！　ちくしょう、金がねえんだぞ、金が！　飢え死にしろってのかよ！」

「食べていくのにお金が要るのは分かりますよ。でも、届けが出ていませんから。わたしにはなにもできません」

鼻の傷から血が流れ、床に滴り落ちる。かなりの出血だ。黄色いプラスチックの床が赤くなった。ヒルディングは叫び、わめき、脅し文句を並べる。だがすべて口だけのこと。これ以上暴れることはない。いつもそうだ。血が出ているからおそろしく見えるだけで、暴力をふるうわけではない。クララにはそれが分かっていた。だから、助けを呼ぼうなどとは考えもしなかった。

ヒルディングは本棚をこぶしで強打した。

「うるせえ！　おまえらの規則なんか知るもんか！」

「わめきたいのなら、いくらでもどうぞ。お金は差し上げませんよ。でも、これから二日分の食料は受け取れるよう手配しておきましょう」

窓の外をトラックが通りかかり、狭い道に轟音《ごうおん》が響きわたった。だがヒルディングには聞こえない。彼にはなにも聞こえていない。このデブ女が食料を手配するという。だが社会福祉事務所のクーポンじゃクスリは買えない。デブ女をにらみつける。机の向こう側に座って、食料を手配するなどとほざいているデブ女。やたらとでかい胸。木の玉が連なった妙なネックレス。ヒルディングは笑い出した。わめきながら、座っていた椅子をひっくり返し、壁に向かって蹴《け》りとばす。

「食料の手配だと！　ふざけるな！　自分でなんとかすりゃいいんだろ！　このくそったれデブ女め！」

ヒルディングは駆け出すようにして部屋を出た。そこは薄汚い待合室で、フィンランド人やロマ女や年寄りの姿が目に入った。全員が顔を上げてこちらを見ている。が、だれもなにも言わない。身をすくめて座っている。ヒルディングは彼らに向かって〝この落ちこぼれどもが！〟と怒鳴りつけた。さらになにやら口にしたが、だれにも聞き取れなかった。甲高い声が、鼻から滴る血と混じりあう。ヒルディングは血痕《けっこん》を点々と残しつつ、階段を下り、外に出て、エシェータ通りを南へ、スカンストゥル方面へと進んでいった。

まったく、夏らしくない夏だ。

風が強く、気温も二十度を超えることがほとんどない。朝方に太陽がほんの少し顔をのぞかせた日が、一、二日あったぐらいで、あとは雨続き。家々の屋根も、庭のバーベキューセットも、雨に濡れるばかりだ。

エーヴェルトはずっとアンニの手を握っていた。が、やがてアンニがそわそわしはじめた。気が済むまで笑い、言葉にならないおしゃべりが止み、絶えず唾液があごへ滴るようになると、そうなるのが常だった。そこでエーヴェルトはアンニを抱擁し、額にくちづけをすると、いつもどおり話しかけた。来週、また来るよ。月曜日に。

あと少しだけ、おまえが踏ん張っていれば。

いま、エーヴェルトはふたたび車を走らせ、リディンゲ橋を渡っている。行き先は、ストックホルムの中心から十キロほど南にある、エーリクスベリという町。ベングト・ノルドヴァルの家だ。かなりのスピードで飛ばしている。そのとき、あれがまた起こった。不意に、別の車のハンドルを握っている自分の姿が見えてきたのだ。

二十五年前に運転していた、警察のワゴン車のハンドル。

外にヨッフム・ラングの姿が見える。ラングが指名手配中であることを、エーヴェルトは知っている。スピードを上げ、逃げるラングに追いつこうとする。何度もやったことのある作戦だ。ベングトが車のドアを開ける。いちばん近いところに座っているアンニが、ラングをがしりと捕らえ、決められたとおり、逮捕する、と声を上げる。

たまたま、アンニがあそこに座っていたから。

だから、ヨッフム・ラングは、アンニを引きずり下ろすことができた。

エーヴェルトはまばたきをすると、とりあえず横道に入り、朝の通勤ラッシュでいらだっている車の列を離れた。エンジンを切り、じっと座ったまま、映像が消えるのを待つ。ここ数年、アンニのもとを訪れるたびに同じことが起こる。頭の中で激しく脈打つ記憶。息が苦しくなってくる。クラクションを鳴らされても気にかけず、しばらく車を停めたまま、気が済むまでじっとしていた。

それから、十五分。到着だ。

家の外の路地まで出てきたベングトとあいさつを交わす。それからしばらく、雨の中、ふたり並んで天を仰いだ。

歳のせいか、あるいはもともとの性格か、ふたりとも笑顔を見せることはあまりない。だが、灰色の厚い雲、吹きすさぶ風、どしゃぶりの雨に、ふたりはしかたなく微笑んだ。ほかにどうすればよいというのか。

「どう思う、この天気」

「どう思うかって？　考えるのも面倒だ」

ふたりは肩をすくめ、びしょ濡れになった庭のベンチに腰を下ろした。

三十二年来の付き合いだ。知り合った当時はまだ若かった。だが人生はあっという間にすり減っていった。気がついてみれば、折り返し地点をとうに過ぎている。

エーヴェルトは黙ったまま、友人であるベングトの姿を見つめた。

実のところ、唯一の友人と言ってもいい。仕事とは関係なく話のできる、唯一の相手。付き合っていてもいら立たずに済む、唯一の人間。

いまだにすらりとした体型で、髪も豊かだ。同じ歳だが、ベングトのほうがはるかに若く見える。おそらく小さい子どもがいるせいだろう。子どもたちが若さを引き出すのだ。

エーヴェルトには子どもがいない。髪は薄く、からだは重い。エーヴェルトはぎくしゃくと歩き、ベングトは軽やかに歩く。ふたりは過去を共有している。ストックホルムで働く警察官、という職業も共通している。だがふたりの時間の流れは異なっている。エーヴェルトのほうが、時間に追われ、時間をあわただしく消費しているかのようだ。

ベングトは観念したようにため息をついた。

「まったく、こんなに雨続きじゃあ、子どもたちを外で遊ばせることもできやしない」

ベングトがなぜ自宅に招待してくれるのか、エーヴェルトにはよく分からない。いっしょにいると楽しい、と思ってくれているのか。それとも、署を一歩出たとたん何者でもなくなる、ひとりぼっちの哀れなエーヴェルト、せめてうちに招いてやらなければ、などと思われているのだろうか。エーヴェルトは招かれればかならずやって来た。いやな思いをしたことは一度もない。それでもなお、なぜ招いてくれるのだろう、と考えずにはいられない。

「今日はなかなか元気そうだったよ。よろしくと言っていた。俺には分かる」

「おまえはどうなんだ、エーヴェルト？　元気なのか？」

「なぜそんなことを聞く？」

「なんというか、最近のおまえは、なにかこう……ふさぎ込んでいるように見えるんだよ。とくにアンニの話になると」

　ベングトの言ったことは聞こえたが、エーヴェルトは答えなかった。無関心なようすであたりを見まわす。郊外での暮らし。自分には理解できない世界。ベングトの家は、小ぢんまりとしていてなかなかいい。一部がれんが造りになっており、小さな芝生の庭があり、きれいに刈り込まれた低木が並び、陽に灼けて色褪《あ》せたプラスチックのおもちゃが庭に散らばっている、そんなごくふつうの家だ。雨さえ降っていなければ、ふたりの幼い子どもたちが裏庭を走りまわり、子どもらしい遊びに興じていたにちがいない。ベングトは五十歳近くなってから、二十歳年下のレーナとのあいだに子どもをもうけた。いわば第二のチャンスをつかんだわけだ。若く美しく才能豊かな女性が、しがない中年の警察官のいったいどこに惹かれたのか、エーヴェルトには分からない。ベングトがそれに値しないと言いたいのではない。が、どうも分からないし、これからも分かることはないのだろう。

ふたりの服はびしょ濡れになり、重くなった布がからだにまとわりついた。だがもう気にならない。ふたりはしばらくのあいだ、雨を忘れた。エーヴェルトはベングトのほうを向いて身を乗り出した。

「おい」

「ん？」

「明日、ヨッフム・ラングが出所するよ」

ベングトはかぶりを振った。

「そのこだわり、そろそろ捨てたらどうだ」

「言うのは簡単だろうよ。おまえが運転してたわけじゃないんだから」

「それに俺はアンニを愛していたわけじゃない。だが、それとこれとは別だ。エーヴェルト、もうあきらめろ。二十五年前の話だぞ」

振り向いて、後部座席に目をやる。

逃げようとする男を、アンニがしっかりと捕まえたのが見えた。

エーヴェルトは深く息をつき、雨に濡れた頭に手をやった。あのときのできごとにいまだまとわりつく、消えることのない怒り。

ヨッフム・ラングは、アンニにつかまれていることに気づいて、走りながら振り返った。

そして逆にアンニのからだをつかむと、ぐいっと引っ張った。隣に座っていたベングトがアンニのベルトをつかもうとしたが、間に合わなかった。

エーヴェルトはため息をついた。ふたたび、濡れた頭に手をやる。アンニが車から落ちて、後輪に頭を轢《ひ》かれたその瞬間、エーヴェルトは悟った。もう、ふたりでともに生きていくことはできないのだ、と。

ラングは笑いながら逃げていった。その後、過失傷害罪でたった数カ月の懲役刑を言い渡されたときにも、ラングは笑っていた。

エーヴェルト・グレーンスは、ヨッフム・ラングを憎んでいる。

ベングトは濡れたシャツのボタンをひとつ外した。エーヴェルトと目を合わせようとする。

「エーヴェルト？」

「ん？」

「ずいぶんうわの空だな」

エーヴェルトは雨に濡れた芝生を見渡した。手入れの行き届いた花壇で、チューリップが頭を垂れている。からだがだるくなってきた。

「次はかならず、あいつの尻尾をつかんでやる」

ベングトがエーヴェルトの肩を抱く。エーヴェルトはびくりとした。肩を抱かれることには慣れていない。

「もう忘れろ、エーヴェルト」

ついさっき、アンニの手を握ってきた。子どもじみた笑い声を上げたアンニ。その手は冷たく、力なく、まるで実体がないかのようだった。かつてのアンニの手はちがった。いまだにありありと思い出せる。しっかりと握りしめてくる、温かい手。たしかに存在している手。

「あの男が明日からまた自由の身になるんだぞ。信じられるか？　ラングがそこらを歩きまわって、また罪を重ねるんだ」

「エーヴェルト、あれはラングのせいだったのか？　ほんとうにそうだと言えるか？　俺のせいだったんじゃないか？　アンニを引き止められなかったのは俺だ。おまえは俺を憎むべきなのかもしれない。俺を捕まえるべきなのかもしれない」

風がまた激しくなった。雨を包み込むようにして吹きすさぶ風。ふたりの顔に雨粒が当たる。その後ろでサンルームの扉が開き、女がひとり出てきた。傘をさしている。三十歳を少し過ぎたくらいの若い女だ。長い髪をひとつに結んでいる。彼女はにっこり笑って言った。

「変な人たちね。この雨の中」

ふたりは振り返った。ベングトが微笑み返す。

「ここまで濡れちまったら、もうどうでもよくなってくるよ」

「中に入って。朝食よ」

「いますぐ？」

「ええ。早くして。子どもたちがおなかすかせてるわ」

ふたりは立ち上がった。

ズボンも上着も、からだにまとわりついて離れない。

エーヴェルトはふたたび天を見上げた。あいかわらずの灰色だった。

まだ、朝だ。鳥の声が聞こえる。ちょうどこのくらいの時間になるといつも、鳥たちの歌い合う声が聞こえてくるのだ。リディアはベッドの端に座って耳を傾けた。きれいな歌声だ。クライペダで、薄汚れたコンクリートの建物に囲まれて歌っていた鳥たちも、ここの鳥たちも、歌声は変わらない。

昨夜は何度も目が覚めた。ずっと昔、ママとふたりでビリニュスのルキシュケス刑務所に行った、あのときの夢を見ていたせいだ。あのときと同じように、夢の中でも、パパは手を振ってくれた。結核病棟を出たところ、薄暗い廊下でパパと別れ、HIV室と呼ばれる部屋でゆっくりと朽ちていく囚人たち十五人ほどとすれちがったそのとき、遠くのほうでパパが倒れるのが見えた。リディアははっと立ち止まり、しばらくじっとしていたが、いっこうに起き上がる気配のないパパを見て、石床の廊下を全速力で引き返した。パパを力いっぱい引っ張って立ち上がらせると、パパは咳《せ》き込み、溜《た》まっていた血と痰《たん》を吐き出した。そして夢の中でも、あのときとまったく同じように、ママが近寄ってきて泣きわめき、しまいには結核病棟の人が来てパパを連れて行ってしまった。目が覚めてはまどろむたびに、まったく同じ夢を見た。これまで一度も、こんな夢を見たことはなかったのに。

リディアは大きくため息をつき、ベッドのさらに端に座り直すと、両脚を開いた。目の前にいる男の望みどおり、ゆっくりと。

男は少し離れたところに座っている。

中年の男。たぶん、四十歳くらい。パパが生きていたら、ちょうどこのくらいの歳だ。

ここ一年、週に一回来ている客だ。毎週、月曜日の朝、時間どおりにやってくる。今日三人目の客。毎週かならず、閉じた窓の外で教会の鐘が九度鳴る、その音と同時にドアをノックしてくる。

この男はつばを吐かない。中に入りたがることもない。だから、彼のペニスを迎え入れたことはない。彼のにおいもよく知らない。

男は、リディアがドアを開けて彼を迎えるときだけ、リディアを抱擁する。それ以上は触れてこない。片手で自分のペニスを握り、もう片方の手で、服を脱げ、とリディアに合図する。

リディアが男の望みどおり、下腹部を前後に動かしてみせると、男は自分のペニスをさらに強く握りしめた。リディアはさらに、これも男の望みどおり、クンクンと鳴き声を上げてみせる。男が昔飼っていた犬のような鳴き声。強く握られたペニスが、その手の中で紫色になる。男は黒い革のひじ掛け椅子に背をあずけた。つやつやとした椅子の表面に、精液がだらりと垂れた。

九時二十分にはことが済み、教会の鐘が九時三十分を打つころ、男はすでにアパートを出ていた。リディアは男が出ていくまで、ずっとベッドの端から動かずにいた。また、鳥のさえずりが聞こえてきた。

右の鼻の穴に開いた傷から、エシェータ通りの歩道へと、一定のリズムで血が滴り落ちた。ヒルディングは早足で歩いている、いや、ほとんど走っている。出所したばかりだというのに、体力がほとんどない。怒りや憎しみを鎮めるために、あるいはまわりから一目置かれるために、アスプソース刑務所のジムで筋トレに励む、そんなタイプではなかったからだ。それでも、ヒルディングはパニックと怒りに駆られ、早足で進んでいく。カタリーナ＝ソフィア地区社会福祉事務所のデブ女のせいだ。そのうえクスリが欲しくてしかたがない。リング通りに近づき、スカンストゥルの地下鉄駅に着いたころには、すっかり息が切れていた。

食料の手配だと。ふざけるな。自分でなんとかすりゃいいんだろ。

「おい、おまえ」

地下鉄のホームで、ヒルディングは目の前に立っている少女の肩をつついた。年齢は十二、三歳といったところか。少女が反応しなかったので、ヒルディングはふたたび肩をつついた。少女はそれも無視すると、これ見よがしに、電車が来るはずの方向を向いてみせた。

「おい、おまえだよ。おまえに話しかけてんだよ」

少女の持っている携帯電話が目に入ったのだ。ヒルディングは手を伸ばし、一歩前に進み出ると、少女の手から携帯電話を奪い取った。少女の抗議する声も構うことなく、番号を押し、着信音を待つ。

ヒルディングは咳払いした。

「姉さん？　俺だよ」

なかなか返事がないので、ヒルディングは続けて言った。

「なあ、姉さん、金貸してくれないか」

受話器の向こうでため息をついているのが聞こえる。やっと答えが返ってきた。

「だめよ」

「食べものが要るんだよ。服も要る。それだけだよ、買うのは」

「福祉事務所に行きなさい」

ヒルディングはかっとなって携帯電話をにらみつけた。深く息を吸い込むと、通話口らしき部分に口を当て、大声で怒鳴る。

「ちくしょう！　自分でなんとかするしかねえじゃねえか！　姉さんのせいだぞ！」

返ってきた答えは、前回とまったく同じだった。

「それはね、あなたが選んだこと。あなたの問題。わたしのせいにしないでちょうだい」

そして電話は切れた。ヒルディングは沈黙に向かってわめき散らすと、血まみれになった携帯電話をホームのコンクリート床めがけて投げつけた。そこに電車が到着し、ヒルディングは乗り込んだが、電話の持ち主の少女はホームに残って泣いていた。ドアのすぐ前に立ち、血の滴っている傷をさらに深く引っ掻く。血まみれの顔。じっとりとにじむ汗。生気のない痩せこけた顔。ヒルディングはある意味、異臭を放っていた。

ストックホルム中央駅で地下鉄を降り、エスカレーターで地上に出る。雨はほとんど止んでいる。というか、そもそも朝からずっと雨が降っていたかどうか、よく覚えていない。ヒルディングはあたりを見まわした。あいかわらず汗をかいており、レインコートのボタンを上まできっちり止めているせいで、背中がびしょ濡れになっている。クララベリ通りを斜めに渡り、反対側の歩道を歩き出す。詩人ニルス・フェルリーンの彫像のところから細い道に入り、急ぎ足で門を抜け、クララ教会の墓地にたどりついた。

だれもいない。期待どおりだ。

遠くの芝生に、酔っぱらいがひとり。それを除けば、人っ子ひとりいない。

詩人カール・ミカエル・ベルマンの大きな墓碑の脇《わき》を通って、その奥、ニレらしき木の下のベンチを目指す。

ヒルディングは腰を下ろすと、脚をぐっと伸ばし、なにやら口ずさんだ。片手をレインコートの右ポケットに入れると、中の洗剤に指を突っ込み、さらさらと滑らせる。もう片方の手を、左ポケットへ。包みを取り出し、開ける。中には、切手を入れる際に使う八×六センチの小さなビニール袋、二十五枚。それぞれにほんの少しずつアンフェタミンが入っている。そこに、洗剤を混ぜていく。

金が要る。が、もうすぐ、手に入る。

夕方。一日の仕事が終わった。もう客は来ないはずだ。リディアはアパートの中をゆっくりと歩いていった。心地よい暗がり。灯《あか》りはほとんどついていない。かなり広いアパートだ。四部屋ある。この国に来てから住まわされたアパートの中でも、たぶんこのアパートがいちばん広い。

玄関で立ち止まる。

壁紙の柄を、床から天井へ伸びる細い縞《しま》模様を目でたどる。どういうわけか、こうして玄関に立ち、ほかのことをすべて忘れて、ひたすら壁紙を見つめていることがよくある。いまやっと、その理由がわかった。似たような壁紙を前にも見たことがあったからだ。ずっと昔に見た、ある部屋の壁に似ているからだ。

あの壁。あの部屋。ありありと思い出せる。

なだれ込んできた警官たち。壁に押しつけられたパパと仲間たち。うるせえ、黙れ、と叫ぶ声。そのあとの、奇妙な静けさ。

あのころにはもう知っていた。パパが前にも刑務所に入っていたこと。自宅の壁にリトアニアの旗を掲げたせいで、懲役五年を宣告され、カウナスの刑務所で服役したのだ。リディアは一、二歳とまだ幼く、物心もついていなかった。それにしても旗を掲げただけで刑務所送りとは。リディアはかぶりを振った。いまだに理解できない。もちろんそのせいで、パパは軍隊での職を失った。ある日パパが言ったことを、いまでもはっきりと覚えている。例の部屋、縞模様の壁紙の部屋で、パパは仲間たちといっしょにウォッカを飲み干し、頬を赤く染めていた。あたりには、盗み出した武器、やがて売り払うことになる武器の数々が散乱していた。パパはこう言った。ほかにどうすればよかったっていうんだ？　子どもたちがおなかをすかせて泣いている、国は金を払ってくれない、そんな中で、いったいほかにどうすればよかったっていうんだ？

リディアは玄関でじっとしていた。この静けさが、あたりをそっと包み込んで落ち着かせるゆりかごのような夕闇《ゆうやみ》が、リディアは気に入っている。壁の縞模様は天井まで伸びており、目で追っていくと頭をのけぞらせることになる。古い建物だから天井が高いのだ。いままでのことを思い出す。これよりもはるかに狭いアパートで、ひとりきりで仕事をしたことも何度かあるけれど、たいていはふたりで働いた。階段を上がってきて、ドアをノックしてくる男たちは、ふたりのうちのどちらかを選べるというわけだ。

毎日、十二人は客をとらなければならない。

それよりも多くなることはあっても、少なくなることは絶対にない。客が少ないと、ディミトリが殴ってくる。あるいは、ノルマに達するまでの回数分、自ら中に入ってくる。かならず、肛門から。

リディアには自分なりの儀式があった。毎晩繰り返す儀式。シャワーを浴び、熱すぎるほどの湯で男たちの手を洗い流す。ロヒプノール四錠、バリウム一錠を、ウォッカ少々で流し込む。それから、サイズの大きな服を着る。ぶかぶかの服。こうすると、からだの輪郭がなくなる。だれにも見えない。だれにも触られない。

だがそれでもときおり、陰部がいつも以上に痛むことがある。理由は分かっている。

いまもそうだ。ずきずきとうずくような痛みがある。今日は初めての客がふたりいた。初めての客は度を越しがちだ。だがリディアはたいてい、なにも言わずにやり過ごす。彼らにまた来たいと思わせることが大切だと学んだから。

リディアは玄関の壁の縞模様に飽き、ドアのほうを向いた。あの外に出たのは、もうずいぶん前のことだ。いつだったか？　はっきりとは覚えていない。たぶん、四カ月ほど前。何度もキッチンの窓を割ろうと考えた。ほかの窓と同じく、あの窓も開かないようになっている。だからガラスを割って飛び降りようと考えた。だがその勇気がなかった。ここは六階だ。飛び降りて地面に落ちたらどうなるか分からない。ドアへ近づいていく。灰色の金属扉。触ってみると、冷たく、硬い。リディアは立ち止まって目を閉じると、赤いランプに手をかざし、ゆっくりと息をついた。いまいましいことに、ふたつある電子ロックを、どうやって開ければいいのか分からない。ディミトリがどうやって開けているか盗み見ようとしても、かならずディミトリの背中が邪魔をする。リディアが後ろからのぞき込もうとしていることを彼は知っているのだ。

リディアは玄関を離れると、なぜか居間と呼ばれている家具のない部屋を通り抜け、自分の部屋の前を素通りした。大きなベッドが目に入る。いやでしかたのない、だがそこで寝るしかないベッド。

そのまま進んでいき、いちばん奥にあるアレナの部屋にたどり着く。

ドアは閉まっている。だがアレナも仕事を終え、シャワーを浴びたはずだ。部屋にひとりでいるにちがいない。

リディアはドアをノックした。

「はい」

「わたしよ」

「もう寝るところなの」

「分かってる。でも、入れてくれる？」

数秒。リディアは、アレナが決意するまでじっと待った。

「うん。いいよ」

アレナは乱れたベッドに裸で横たわっていた。リディアよりも色黒の肌。長い髪がまだ濡れている。明日の朝梳《と》かすのが大変になりそうだ。アレナは一日の仕事が終わると、よくこんなふうに横になり、天井を見つめて考える。彼になにも言わずにクライペダを離れてしまった。もう何年も経っている。最後に抱き合ったときの感触は、いまだにありありと思い出せる。恋しくてしかたがない。ほんの数ヵ月のつもりだったのに。彼のもとに、ヤーノスのもとに帰るつもりだったのに。いまごろはもう、ヤーノスと結婚しているはずだったのに。

リディアは戸口に立ったまま裸のアレナを見つめ、自分のからだを思った。一日の終わりには、こうしてぶかぶかの服を身にまとい、自分のからだを隠さずにはいられない。そう、これは自分のからだを隠そうとする行為なのだと、はっきり自覚している。アレナを見つめ、自分と比べてみる。どうしてアレナはこの同じベッドに、裸で横たわったりできるのだろう。アレナは自分と正反対だ。日々の現実をむりやり消し去ろうとしない。隠そうとはせず、むしろ抱きつづけている。

アレナはベッドの空いている部分を指差した。

「座ったら」

リディアは部屋に入っていく。ここも、自分の部屋と変わらない。同じベッド。同じ棚。ほかにはなにもない。乱れたベッドに腰を下ろす。ついさっきまで男が横たわっていたベッド。しばらくのあいだ、赤い壁紙に目をとめる。ベルベットのように手触りが柔らかく、波打つような小花柄の壁紙。アレナの手をとると、握り、ささやくように話しかけた。

「どんな気分?」

「分かるでしょ」

「いつもと同じ?」

「同じよ」

ふたりが知り合って三年以上になる。あの船で出会った。あのときはまだ、ふたりとも笑っていた。旅の始まりにわくわくしていた。海をかき分けるように進む船。遠く下のほうに見える白い泡。沖まで出たのは、生まれて初めてのことだった。

リディアはアレナの手を引き寄せ、ぎゅっと握りしめた。もう片方の手で、アレナの手の甲を撫で、両手ではさむようにして包み込む。

「分かる。分かるわ」

アレナはじっと横たわったまま目を閉じた。

アレナのからだには、リディアのからだにあるような青あざがひとつもない。

リディアはアレナの隣に横たわり、ふたりはしばらくのあいだ沈黙を分かち合った。アレナの心はヤーノスのもとへ、なにも告げずに置き去りにしてきてしまったヤーノスのもとへ戻っていく。リディアの心はルキシュケス刑務所へ、埃《ほこり》まみれの病棟で咳き込む丸刈りの男たちのもとへ戻っていく。

ふと、アレナが起き上がった。枕《まくら》を背もたれにして、壁によりかかる。

そして、床に落ちている夕刊紙を指差した。

「それ、取って」

リディアはアレナの手を離すと、前かがみになって新聞を拾い上げた。

どうやって新聞を手に入れたのか、アレナに聞くことはしなかった。今日の客のだれかが持ってきたにちがいない。プレゼントと引き換えに追加サービスを求める客。リディアの客は、ほとんどプレゼントを持ってこない。代わりにリディアは金を要求する。金という、ディミトリの唯一の関心事を使って、ディミトリをだましてやりたいと思ったからだ。だからリディアの客は、追加サービスを受けたいと思ったら、百クローナ余分に支払うことになる。そのことは、アレナも知っている。

通常の料金は五百クローナ。毎日十二人から五百クローナ受け取っていたらいったいいくらになるか、かんたんに計算できる。だがその大半はディミトリの取り分になった。ふたりの手元に残るのは、一日当たり二百五十クローナ。残りは食費、家賃、借金返済に充てられる。最初のころに一度だけ、もっと払ってほしいと頼んでみたことがある。だが結局、もう二度とそんな要求はしないと約束させられるまで、何度もディミトリに肛門からペニスを突っ込まれた。だから客には、ときおり百クローナ余分に払ってもらうことにした。お金のためというよりも、むしろディミトリをだましてやるために、自分なりに考えた方法だった。

そうして、鞭を受けた。

受け入れた。

追加サービスとして、客に鞭で打たせてやる。追加料金、百クローナ。たいていの客は、さほど強くは打ってこない。前戯として少しやってみたがるだけだ。こうして、六百クローナを受け取る。ディミトリがそのうちの五百クローナを取る。リディアが百クローナをせしめているなどとは夢にも思っていない。これをかなり長いこと続け、リディアは貯金を増やしてきた。ディミトリはいまだになにも知らずにいる。

「開けてみて。第七面」

リディアはスウェーデン語が話せない。もちろん読むこともできない。だから、記事の題名も、太字で書かれた導入部分も、長い本文の内容も理解できなかった。が、写真は目に入った。アレナに新聞を見せられたリディアは、写真に目をとめると、いきなり叫び出した。涙を流し、わめき、部屋を飛び出し、また戻ってくる。アレナの持っている新聞に向かって、憎しみをあらわにした。

「あいつじゃないの!」

リディアはベッドに倒れ込み、アレナの隣に横たわった。わめき声が泣き声に変わっている。

「あの男だわ! あの汚い悪党!」

アレナはしばらくじっと待った。いま話しかけても意味がない。気が済むまで泣かせてあげよう。ついさっきまで、自分だって泣いていたのだから。

リディアの肩を抱く。

「訳してあげようか?」

アレナはスウェーデン語が話せる。いったいどうしたら言葉を覚える気になれるのか、リディアには分からない。

ふたりは同時にこの国にやって来た。同じ数の人間と出会ってきた。そこにはなんの差もない。

リディアはただ、心に決めていたのだった。自分を閉ざそう、と。決して耳を傾けない。自分を犯す連中の言葉など、覚えてやるものか。

「訳してほしい？　どうする？」

内容など知りたくない。いやだ。いやだ。

「うん。お願い」

リディアはアレナの肌にすり寄ると、アレナの体温を借りてからだを温めた。アレナはいつも、からだが温かい。リディアはいつも震えているというのに。

それは大して面白くもない写真だった。中年の男が、家の外壁に寄りかかって立っている。表彰でもされたかのような、満足げなようすだ。ほっそりとした体型で、口ひげをたくわえ、金髪をきちんと整えている。アレナは写真の男を指差し、その上のタイトルを指差した。まずスウェーデン語で読み上げてから、ロシア語に訳す。リディアは動く気になれず、じっと横になったまま耳を傾けた。本文。ぎこちない文章だ。午前中、印刷の始まるほんの数時間前に起こった事件だから、あわてて書いたのだろう。家の外壁に寄りかかっている男は警察官だという。パニックになった泥棒が銀行の金庫室に立てこもり、五人を人質にとったが、この警察官が話し合いを開始し、犯人に譲歩させ、速やかに自首させた、という記事だった。大した事件ではない。警察官。新聞の七面。日常のひとこま。明日になれば、別の警察官が掲載され、別の日常が紹介される。

だが、彼は微笑んでいた。

写真の中で、警察官が微笑んでいた。リディアはふたたび、憎しみの涙を流した。

ストックホルム中央駅そばのセルゲル広場はジャンキーだらけだった。みんながクスリを求め、しつこくあたりをうろついている。

ヒルディングは少し移動すると、ドロットニング通りへ続く階段を数段上がったところに陣取った。いつもここに立つことにしている。連中の目にとまることが肝心だ。双眼鏡を手に歩きまわっているポリ公など、この際どうでもいい。

少し離れたところ、地下鉄駅の入口のそばに、あの女が立っている。外国人とはいえ、こんなに小柄な女はほかに見たことがない。身長はせいぜい百五十センチ。まだ若い。二十歳にもなっていないだろう。だがとにかくブスな女だ。もじゃもじゃとふくらんだ髪に、脂ぎったセーター。クスリを打って三、四日目になるとさかりがついて、やたらとまわりにちょっかいを出すようになり、クスリを打ってはセックス、打ってはセックスと繰り返したがる。名前はミリヤ。訛《なま》りがひどいせいで、言っていることを聞き取るのが難しい。とくにクスリがなかなか手に入らないときは、口が言うことを聞かないらしく、なにを言っているのかさっぱり分からない。

「あるの？」

ヒルディングは小馬鹿にしたような笑みを浮かべた。

「あるって、なにがだよ」

「あれよ、あれ」

「あれがあるかって？　いったいなんのことだか」

「一グラムお願い」

馬鹿な女だ。クスリとセックスのことしか頭にない。ヒルディングは答える前にぐっと背伸びをし、セルゲル広場を見渡した。どうやらポリ公どもは別の方向を向いているようだ。

「メタドンとふつうのと、どっちにする？」

「ふつうの。三百でどう？」

女は身をかがめると、片方の靴に手を突っ込んで、靴ひものあたりを探りはじめた。しわくちゃの紙幣を取り出すと、そのうちの三枚をヒルディングに渡す。

「ふつうのに決まってるでしょ」

ミリヤはもう、一週間近くも待っていた。

食事もせずに、ひたすらクスリを求めていた。とにかく、頭の中を駆けめぐるこの電流みたいなものを、なんとかして消してしまいたい。絶えずざわざわと音を立て、脳みそを引きちぎろうとする、この狂気。頭の中に高圧線が走っているとしか思えない、この痛み。

ヒルディングのもとを離れ、階段を上がってドロットニング通りへ。そこから、教会の前の銅像へ、墓地の中へ、全速力で向かっていく。

すれちがう人々が自分のことを話しているのがはっきり聞こえてくる。連中の大声。なんでも知っている連中。自分の秘密も握られている。ひたすら、しゃべって、しゃべって、しゃべりつづける連中。だがそんな声ももうすぐ消えるのだ。少なくとも、数分のあいだは。

ミリヤは墓地に入るやいなや、そばにあったベンチに腰を下ろした。大急ぎで布製のショルダーバッグを肩から下ろし、コカコーラの缶を取り出す。中には、半分まで水が入っている。片手に缶を、もう片方の手に注射器を持つと、注射器の先端を使って水を吸い上げ、ビニールの小袋に注ぎ込んだ。

早く打ちたくてしかたがない。こんなに長いこと待ったのだ。袋の中身が泡立ちはじめたことに、ミリヤは気づきもしなかった。

にっこりと笑って、注射器に針を取り付けると、一瞬、じっと構えた。

これまでに何度もやったことがある。腕を縛って血の流れを止め、血管を探す。血を少し吸い上げて、針が血管に達したことを確かめてから、打ち込んだ。

即座に痛みが襲ってきた。

あわてて立ち上がる。叫ぼうとしても声にならない。注射してしまったものを、なんとかして吸い戻そうとする。

手首とひじのあいだの血管が腫《は》れて、一センチほどふくれあがった。

洗剤が血管壁を蝕《むしば》み、皮膚がとつぜん黒くなったときにはもう、痛みは感じられなかった。

六月四日（火）

ヨッフム・ラングは眠れなかった。最終日の夜は、いつも最悪だ。

原因は、においだ。最後にドアの鍵がかかる音がしたとき、またあのにおいがした。狭い独房には、独特のにおいがある。どの刑務所でも、いや、拘置所でも同じことだ。壁が、ベッドが、戸棚が、テーブルが、白く塗られた天井が、同じにおいを放っている。

ヨッフムはベッドの端に腰かけた。煙草《タバコ》に火をつける。気圧までが同じだ。だれに言ったって分かっちゃもらえないだろうが、実際そうなのだ。あらゆる刑務所、あらゆる拘置所のあらゆる独房は、気圧が同じである。ほかのどんな部屋とも、どんな場所ともちがう気圧。

ヨッフムは番犬を呼び出すことにした。最終日の夜にはいつもそうする。壁に取り付けられた金属板に近づくと、赤いボタンを押しつづけた。

なかなか返事がない。

「ラング、なにか用か？」

やっと赤いランプがつき、中央警備室から返答があった。ヨッフムは身をかがめ、ほとんど役に立たないマイクに口を寄せた。

「シャワーを浴びたい。このむかつくにおいを洗い流したいんだが」

「馬鹿を言うな。朝までは服役中だぞ。特別扱いはしない」

番犬め。刑期はもう終わりだというのに、こいつらときたら最後まで威張り散らしやがる。

ヨッフムはふたたびベッドの端に腰を下ろすと、独房をぐるりと見まわした。十分だけ待ってやろう。それからまた呼び出すのだ。そうすれば、やつらはたいていあきらめる。三、四回も繰り返せば根負けするから、あとはこちらの思いどおりだ。なぜって、番犬どもには分かっているから。あと数時間で出所というときに暴力沙汰を起こすほどヨッフムも馬鹿ではない。それに、明日からは塀の外で顔を合わせるかもしれないのだ。しこりはなるべく残さないようにしておいたほうがいい。

ヨッフムは立ち上がった。鉄格子のはまった窓へ、数歩。そこから金属扉へ、数歩。荷造りをする。本が二冊、煙草が四箱、石けん、歯ブラシ、ラジオ、手紙の山、刻み煙草の入った未開封の箱。二年と四ヵ月をビニール袋に詰め込む。可能なかぎりゆっくりと荷造りをしてから、袋をテーブルの上に置いた。

ふたたび呼び出しボタンを押す。金属板に囲まれた通話口に口を寄せ、怒りを吐き出すように声を上げた。息で金属板の表面が曇る。今度もまた、番犬はなかなか返事をしない。

「服、返してくれよ」

「七時まで待て」

「区画の連中をみんな起こしてやるぞ」

「好きなようにしろ」

ヨッフムはドアを強打した。廊下をはさんだ向かいの独房から、ドンドンと答えが返ってきた。次いで、もうひとり。聞こえたらしい。番犬どもが、今度は大急ぎでやってきた。

「みんな起きちまうじゃないか！」

「だから言っただろ」

看守はため息をついた。

「分かった。こうしよう。これから、袋の置いてある物置に連れて行ってやる。そこでなにか試着したらいい。それから独房に戻るんだ。七時までは中でおとなしくしててもらう」

廊下はがらんとしていた。

ここではだれも急いでいない。扉の向こうにいる連中はみんな、出所まであと数年ある。夜明けだからといって起きることもないではないか？　区画を通り抜けていく。廊下の両側に、独房が八室ずつ。合計十六室。台所を抜け、ビリヤード台を素通りし、テレビコーナーを過ぎていく。ヨッフムは看守の後ろにぴたりとついて、その背中を凝視しつつ歩いた。この痩せっぽちめ。骨の一本や二本、一瞬でへし折ってやれそうだ。刑期を終えた十分後にでも。前にもやったことがある。

施錠された区画出口を出ると、数えきれないほど何度も歩いた長い地下通路を通って、中央警備室にたどり着く。そのすぐ脇、モニターの並んだ壁の反対側が物置部屋だ。これこそ出所の醍醐味《だいごみ》と言っていい。地下室のにおいのする麻袋のあいだを縫って歩き、百個以上ある中から自分の袋を見つけ出して、開け、中に入っている自分の服を着てみること。きついつもそうだ。ここのジムでからだを鍛えまくったから、今回は七キロ増えた。最高記録だ。あたりを見まわす。鏡はない。名札のついた段ボール箱が目に入る。塀の外に家を持たない長期受刑者の全財産が、段ボール箱に入れられて、アスプソース刑務所の物置部屋に置かれている。

ヨッフムは袋の中からカール・ラガーフェルドの香水瓶を持ち出した。看守には気づかれなかった。あるいは注意するのが面倒だっただけかもしれない。入所したときに持ちものをすべて没収されて以来、ヨッフムは男の香りというものを放っていなかった。アルコールの入った容器を区画に持ち込むことは禁止されている。だがいま、ヨッフムは服を脱いで裸になると、香水のふたを開け、スキンヘッドの頭の上で瓶をひっくり返した。空になるまで瓶を振る。香水は頭から肩へ、それから上半身に沿って流れ、足の甲や床に滴り落ちる。香水のきついにおいが、刑務所の皮膜を洗い流した。

七時十分前。番犬は時間どおりにやってきた。

ドアが大きく開かれる。ヨッフムはビニール袋を手にすると、独房の床につばを吐いてから外に出た。

あと少しで塀の外だ。これから例の通路を歩いていき、先ほど試着したばかりのきつい服に着替えてから、欲しくもない電車の切符と三百クローナを受け取る。門がゆっくりと開いていくあいだに、番犬に向かって悪態をつく。ビニール袋を持って外に出るやいなや、監視カメラに近づいていって中指を立てる。それからそのすぐそばで、灰色の塀に向かってジッパーを下げ、小便をかけてやるのだ。

外は風が吹いていた。

警察署の下階の奥で、夜明けがシーヴ・マルムクヴィストと競うように歌っていた。あいかわらずの光景だ。エーヴェルト・グレーンスが警官になって三十三年。自分のオフィスを持つようになって三十年。カセットプレーヤーも同じくらい古い。モノラルスピーカーを内蔵したタイプで、二十五歳の誕生日にもらって以来、異動があるたびに大事に抱えて運んできた。かけるのは唯一、シーヴ・マルムクヴィストだけ。さまざまな曲を集めたカセットが、カセットラックいっぱいに並んでいる。とはいえ、内容はどれも変わらない。シーヴ・マルムクヴィストの有名曲の寄せ集め。カセットによって順番が異なるだけのことだ。

今朝の曲は『本気になんかならないわ』。一九六〇年、オリジナルは『エブリバディーズ・サムバディーズ・フール』。エーヴェルトはだれよりも早く出勤し、まわりを気にせず大音量でシーヴを流す。たいてい何人かがボリュームを下げてほしいと文句を言いにくるものの、エーヴェルトの不機嫌さに圧《お》されてあきらめる。ドアを閉め、大音量でシーヴをかけていれば、捜査書類の陰に隠れていられる。人生を生きずに済む。

昨日のことがまだ頭から離れない。昨日のアンニは、とてもきれいだった。櫛で整えた髪。

きちんとアイロンのかかったワンピース。いつもより長いことこちらを見ていた。まるで意思の疎通ができたかのように思えた。自分はアンニにとって、隣に座って手を握ってくる赤の他人にすぎなかったのが、ほんの少しだけ、それ以上の存在になれたような気がした。それから訪れたベングトの家。手入れの行き届いた、生き生きとした家。散らかし放題の子どもたちを見つめる、愛情のこもった視線。その中での朝食。エーヴェルトはいつもと同じように、感謝の気持ちに包まれた。いつもと同じように、機嫌良く相槌《あいづち》を打った。いつもと同じように、ベングトもレーナも子どもたちも、家族同様に扱ってくれた。それにもかかわらず、エーヴェルトはかつてないほどの孤独を感じたのだった。そのいやな感覚が、いまだに頭から離れない。なんとか振り払おうと、さらにボリュームを上げる。

立ち上がり、摩耗したリノリウムの床をゆっくりと行き来する。なにか別のことを考えなければ。なんでもいい。とにかく今日は、いまは、こんな迷いを振り払いたい。仕事のために、警官として生きていくために、つまりはいま生きているこの日常のために、それ以外のことはすべて切り捨ててきた。いや、気がついたらそうなっていたのだ。一日が過ぎ、次の一日が過ぎ、また次の一日が過ぎ、そうして三十三年が過ぎ去った。妻も子どももなく、親しい友人もいない。仕事ひとすじで生きてきた、だがその仕事も、あと十年もすれば終わってしまう。おそらくそのとき、自分という人間も終わることになるのだろう。

エーヴェルトはあたりを見まわした。自分が働いているかぎり、ここは自分のオフィスだが、自分が引退すれば、ここは他人の部屋になる。立ち止まることなく、足を引きずりながら歩きまわる。ずっしりと重く大きなからだが、本棚や窓のそばでぎこちなく方向転換する。容姿端麗とは言えない。そのことは自覚している。だがそれでもかつては存在感にあふれ、威圧感を与える力強さを備えていた。いまはただ、怒りに満ちているだけだ。エーヴェルトは頭に手をやると、かつては髪といえたが、いまは灰色の短い産毛でしかないものを撫でつけた。耳を傾ける。

あなたが送ってくれたのは　とってもきれいなチューリップ
昨日のことは忘れてくれと　あなたは言うけれど

そして、忘れる。時間は、朝。目の前の机には、捜査資料が山積みになっている。これから目を通し、なにがなんでも解決していかなければならない。

ノックの音。まだ早すぎる。無視してやろう。

だれかがドアを開け、中をのぞき込んできた。スヴェンだ。

「エーヴェルト？」

エーヴェルトは黙ったまま訪問者用の椅子を指差した。スヴェン・スンドクヴィストが部屋に入ってくる。エーヴェルトよりもひとまわり以上年下の彼は、短い金髪、ほっそりとした体型で、背筋がぴんと伸びている。思慮深く、賢明なスヴェン。エーヴェルトがこの警察署で嫌っていない人物は、ベングト・ノルドヴァルと、このスヴェンだけだ。スヴェンは腰を下ろした。なにも言わない。分かっているからだ。ずっと前から分かっている。エーヴェルトにとって、シーヴ・マルムクヴィストは別の時代の象徴だ。幸せだった時代。その記憶がどんなものなのか、スヴェンは知らないが、かなり強烈な記憶であるらしいことは想像がついている。

ふたりは口を開かず、音楽だけが鳴り響いた。

やがて、カセットが終わりに近づいていることを示す雑音が鳴り、年代物のカセットプレーヤーの再生ボタンが上がるカチッという音がした。

二分三十秒。

エーヴェルトは立ったままだった。咳払いをしてから、今日最初の言葉を発する。

「なんだ」

「おはよう」

「え？」

「おはよう」

「ああ。おはよう」

エーヴェルトは机に近づくと、椅子に腰を下ろし、スヴェンを見つめた。

「なにか用か？　ただあいさつしに来ただけか？」

「ラングが今日出所するよ」

エーヴェルトは不愉快そうに、手を振って次の言葉を促した。

「分かってる。それがどうした」

「いや、実は、これから取り調べに行くところなんだ。洗剤をクスリだと言って他人に売りつけたヘロイン中毒の男なんだが」

一瞬の沈黙。それからエーヴェルトは、目の前に積んである書類の山を、両手で力いっぱいにはたき落とした。書類は床に散らばった。

「二十五年だ」

もう一度。ついさきほどまで捜査資料が山積みになっていた机の上の空白を、両手で叩く。

「二十五年だぞ、スヴェン」

アンニは、車のすぐそばに倒れていた。

エーヴェルトは車を停めて外に飛び出すと、動かなくなったアンニめがけて走り出した。アンニの頭のどこかから、血がどくどくと流れ出していた。

散らばった書類で足の踏み場がなくなった。スヴェンはエーヴェルトに目をやった。なにやら考えごとから抜け出せずにいるらしい。なにを考えているのかは分からないし、エーヴェルトは教えてもくれないだろう。スヴェンは身をかがめると、散らばった書類を何枚か拾い上げ、声に出して読み上げた。

「教師養成課程に在籍中の学生。ローラムスホーヴ公園にて、全裸で発見。脛《すね》と両手親指を骨折。証拠不十分により不起訴」

人差し指でページをめくり、次の資料を読み上げる。

「保険会社職員。エーリクスダール公園にて発見。胸部にナイフによる刺し傷が四つ。目撃者は九人いたが、全員がなにも見ていないと証言。証拠不十分により不起訴」

エーヴェルトは怒りが沸き上がってくるのを感じた。腹のところで生まれた怒りが、体内でずきずきと痛む。外に出さなければ。エーヴェルトはスヴェンに向かって、手で追い払うようなしぐさをした。邪魔だから数歩下がれ、という合図だ。スヴェンは言われたとおりに移動した。これからなにが起こるか、もう分かっている。エーヴェルトは体勢を整えてから、ゴミ箱を蹴り上げた。その中身が音のない雨となってオフィスの床に降り注いだ。スヴェンはほとんど機械的に、黙ったままふたたび身をかがめると、コーヒーを飲み干したあとの紙コップや、スヌース（口に含んでニコチンを摂取するタイプの煙草。スウェーデンで広く普及している）の空箱を拾い上げた。立ち上がり、音読を続ける。

「傷害容疑。証拠不十分。殺人未遂容疑。証拠不十分。殺人容疑。証拠不十分」

スヴェンはこれまでに何度ヨッフム・ラングの取り調べにあたったか、もう思い出せない。マニュアルどおりの尋問法も、マニュアルには載っていない技も、すべて駆使してきた。そして数年ほど前、あと少しというところまで近づいた。スヴェン・スンドクヴィストはどんなことでも聞く覚悟ができている、話せばきちんと耳を傾けてもらえる、そう感じさせ、信用を勝ち得つつあったのだ。実際、ラングは心を開きつつあった。が、あと一歩というところで逆戻りしてしまった。煙草をねだり、窓の外をじっと眺めた。そして、すべてを否認した。なにも認めようとせず、便所に行ったかどうかなどというどうでもいいことまで否定した。

スヴェンはエーヴェルトのほうを向いて言った。

「エーヴェルト、床に散らばったこの書類の山、全部読み上げてたらいつまでかかるだろうな」

「うるさい」

「裁判妨害、誘拐……嫌疑をかけられた回数は二十回」

「うるさいと言ってるだろう」

「そのうち有罪になったのはたったの三回、しかも短期刑ばかりだ。一回目は……これだ……過失傷害罪……」

「いいから黙れ！」

スヴェンはびくりとした。自分に向かって怒鳴ってきたエーヴェルトの顔には、見たことのない表情が浮かんでいた。エーヴェルトが他人を怒鳴りつけるところは何度も目にしている。だがどういうわけか、自分が怒鳴りつけられたことは一度もなかった。エーヴェルトはスヴェンに背中を向けると、カセットプレーヤーへ近づいていった。もはや骨董品《こっとう》に近いプレーヤーに、入れっぱなしになっていたカセット。書類を読み上げたスヴェンの声をかき消すように、ボリュームを上げる。

　もう本気になんかならないわ　どんなに懇願したって無駄よ
　微笑んでなんかやらないわ　本気になんかならないわ

エーヴェルトは耳を傾けた。シーヴの声に怒りが和らぐ。もうたくさんだ、と思う。いま、この場に、自分の終わりが来ているのかもしれない。ヨッフム・ラングのような男こそ、三十三年に及ぶ警官人生の栄養分だった。なにがあっても途中で投げ出さず、判決が下るまでは気を抜かない、そんな働き方をしてきたのは、ラングのような連中のためだった。あいつのようなろくでなしに勝つことがもうできないのであれば、辞めるしかない。自分の家に帰って、自分の人生を生きはじめてみるしかない。ここ一年ほど、昔にも増して、そんな思いが頭から離れない。振り払っても、また戻ってくる。さらにくっきりと。さらに頻繁に。

スヴェンはエーヴェルトの向かいに腰を下ろした。あごに手をやってから、前髪をかきあげる。

「エーヴェルト」

エーヴェルトは片手を挙げた。

「しっ」

あと数分。

後悔なんかするわけないわ　本気になんかならないわ

スヴェンは待った。シーヴが口をつぐんだ。エーヴェルトが顔を上げた。

「なんだ」

「うまくいくかどうか分からないが、ちょっと思いついたことがあるんだ。ラングがいたのはアスプソース刑務所だろう。僕がこれから取り調べをするのは、ヒルディング・オルデウスという男だ。ほら、あのガリガリに痩せ細った、ヘロイン中毒の」

エーヴェルトのほうを見ると、分かっている、と言いたげにうなずいている。彼もヒルディング・オルデウスのことは知っているのだ。スヴェンは続けた。

「オルデウスも、ラングといっしょに服役してた。しかもかなり親しかったらしい。まあ、相手はヨッフム・ラングだから、親しかったといってもたかが知れてるが。ヒルディングはラングに酒を飲ませてとりいった。消火器に酒を隠してたんだ。ほろ酔いのところを看守に何度か見られて発覚した」

「ヒルディングが酒を提供し、ヨッフムが身の安全を提供した」

「そのとおり」

「で、なにを思いついたんだ？」

「洗剤の件の取り調べが終わったら、ラングについて話を聞こうと思うんだ。ラングに迫るために、オルデウスに手伝ってもらうんだよ」

音楽は鳴り止んでいる。エーヴェルトはシーヴを後回しにした。ふたたび、オフィスをぐるりと見まわす。大して広くない、エーヴェルトらしさのかけらもない部屋だ。カセットプレーヤーをのぞけば、ごくふつうの、どこにでもある公共機関の一室にすぎない。置いてある家具も、ありがちなキナップス社製の白木オフィス家具で、ここはヨート通りの税務署だ、あるいはグスタフスベリの社会保険事務所だと言われても納得してしまいそうだ。それにもかかわらず、エーヴェルトは自宅よりも長い時間をここで過ごしている。夜明けとともに出勤し、帰宅するとしても深夜。たいていは泊まり込み、窓のそばの小さなソファで眠っている。大きなからだには小さすぎるソファだが、奇妙なことに自宅のベッドよりもよく眠れる。

ここならば、眠れぬ長い夜を、目が冴《さ》えてしかたのない苦しみに満ちた時間を、暗闇を振り払おうとするばかりで決して安らぐことのない夜を、逃れることができる。なぜなのかは自分でもよく分からない。が、いずれにせよ、初めのころはときおり数晩ほど泊まり込むだけだったのが、いまでは何週間も自宅に帰らないことさえある。

「オルデウスとラングか。うまくいくとは思えないな。やつらはそれぞれ、別の世界に生きている。オルデウスは麻薬中毒者だ。クスリさえやってれば満足する。ラングは筋金入りの犯罪者だ。中毒者とはちがう。もちろんアスプソースでは、大麻樹脂《ハシシ》をやって尿検査で引っかかったことぐらいはあるだろう。が、それ以上はやっていないはずだ。オルデウスとラングには、共通点がなにもない。少なくとも、塀の外では」

スヴェンは体勢を変え、訪問者用の椅子にもたれかかった。ため息をつく。突然、疲れ果てたような表情になった。

エーヴェルトは長いこと、スヴェンを見つめていた。

そこに見え隠れしているものがなにか、エーヴェルトには分かった。あきらめだ。

オルデウスのことを思う。鼻の傷を引っ掻いてばかりいるヘロイン中毒のチンピラに付き合って時間を無駄にするのは、もうたくさんだ。日々はあっという間に過ぎていくのに、世の中にはろくでなしどもが多すぎる。

「だが、まあいいだろう。やってみようじゃないか。ろくでなしの取り調べが少々延びたからって変わりゃしない。ラングのことも聞いてみよう」

塀の中央に開いた大きな門に向かってゆっくりと近づいてきた車には、新車特有の光沢があった。ドアを開けると革張りの座席のにおいがし、ダッシュボードには指紋ひとつついていない。そんな車だ。

ヨッフム・ラングは、中央警備室を通って建物の外に出た時点で、すぐにこの車に気づいた。連中と話をしたわけではなく、迎えを頼んでおいたわけでもない。それでも当然のように、連中は外で待っているだろうと踏んでいた。

車に向かって、あいさつ代わりに軽くうなずいてみせる。運転席の男も同じように、軽くうなずき返してきた。

ヨッフムは監視カメラに向かって中指を突き出し、コンクリート塀に向かって立ち小便をした。そのあいだ、車はエンジンをかけたまま待っていた。ヨッフムを急《せ》き立てて儀式を中断させようとはしなかったので、ヨッフムは邪魔されることなく、ゆっくりともう一度中指を立ててから立ち小便を終え、ズボンを上げる代わりにぐいっと下げると、徐々に閉まりゆく門に向かって尻を出して見せた。意味のない、子どもじみた行動だとは自覚している。だが自由の身となったいま、もうだれからも辱《はずかし》めは受けない、むしろ自分のほうが他人を辱めてやるのだ、そう誇示せずにはいられない。二年四ヵ月待ったのだ。ここでこうして、塀に小便をかけ、中央警備室に尻を向けて初めて、完全に出所したと言えるような気がする。

ヨッフムは車に近づいていくと、助手席のドアを開けて乗り込んだ。

ふたりは黙ったまま、互いをじっくりと観察し合った。なぜそうするのか、彼ら自身にもよく分からないままに。

スロボダンはずいぶん老けていた。せいぜい三十五歳のはずだが、ユーゴスラビア人特有の長い黒髪は、こめかみのあたりが白くなっている。目元のしわが増え、新たにたくわえたとみえる細い口ひげも、ところどころ白髪混じりになっている。

しばらく時間が経ったのち、ヨッフムがフロントガラスを片手で軽く叩いてみせた。

「ずいぶん出世したじゃねえか」

スロボダンは満足げにうなずいた。

「どうだ?」

「いかにもユーゴ人だな」

「俺の車じゃねえ。ミオのだよ」

「この前会ったときは、おまえ盗んだばかりの車に乗って、ねじ回し使ってエンジンかけてたよな。あのほうがおまえらしかったぜ」

スロボダンがそっと足をアクセルに乗せ、車はふたたびゆっくりと動き出した。ヨッフムはズボンの後ろポケットから電車の切符を取り出すと、細かくちぎり、破片を握って窓の外に差し出した。きついウプサラ訛りで叫ぶ。ムショの餞別《せんべつ》じゃあ尻も拭《ふ》けやしねえ！　手を開くと、破片は強風に運ばれていった。そのとき携帯電話が鳴り出し、スロボダンは応答しつつスピードを上げ、刑務所の門と灰色の高い塀をあとにした。数百メートル進んだところで、雨が降り出した。ワイパーがまず静かに、やがて激しく動き出す。

「俺の意思で迎えに来たんじゃないぜ。ミオに頼まれたんだ」

「頼まれたんじゃなくて、命令されたんだろ」

「できるだけ早くおまえに会いたいんだとよ」

ヨッフム・ラングは大柄な男だ。広い肩幅。スキンヘッド。左の耳から口元にかけて、馬の端綱のような傷がある。どこかの馬鹿がカミソリで身を守ろうとしたせいだ。ヨッフムが座っていると、車の助手席が小さく見える。そんな男が両手を大きく動かしながら言う。憤然としているしるしだ。助手席はさらに狭く感じられる。

「おいおい――この前ミオに仕事頼まれた結果がこれだぞ。ムショの世話になっちまったじゃねえか」

車は刑務所から伸びる細い道を離れ、広い道路に入った。すでに通勤ラッシュが始まりつつある。

「たしかにムショ行きにはなった。だがそのあいだ、おまえや家族の面倒は俺たちが見てやった。ちがうか？」

スロボダン・ドラゴヴィッチはニヤリと笑ってヨッフムのほうを向いた。虫歯だらけの歯がかいま見える。ふたたび携帯電話が鳴り、スロボダンは応答した。ヨッフムは黙ったまま前を見据え、ワイパーがフロントガラスの脇へと雨粒を追いやるようすを凝視した。しかたのないことだったと分かっている。ちょっと借金をとりたてるだけのはずがおおごとになり、目撃者も黙っていればいいものを、面通しに始まってずっとしゃべり通しだったものだから、結局有罪になってしまった。ヨッフムはフロントガラスに打ちつける雨粒を目で追った。そう、分かっている。思いどおりにいかないこともあるのだ。だからこそ自分が服役しているあいだ、ミオはずっと近くにいた。他人の目と耳を借りて、毎日、自分が目を覚まし、独房をぐるりと見まわすその瞬間からずっと、自分のことを見守りつづけた。そんなふうに面倒を見るのが連中の流儀なのだ。

つやつやと光る新車はさらにスピードを上げて進んでいった。まわりの景色も田園風景から都会へと徐々に変わっていく。車はストックホルム北の郊外を抜け、ストックホルム市内へ入っていった。

拘置所の取調室は、独居房が並ぶ階の一階下にある。

とはいえ、取調室と呼べるほどのものではない。

かつては白かったと思われる、薄汚れた壁。奥に窓があり、太い鉄格子がはまっている。中央にテーブルが一台。小さな食卓のようなパイン材のテーブルで、表面がぼろぼろになっている。簡素なデザインの椅子が四脚。パイン材とはまた別の木製で、学校の食堂にでもありそうな椅子だ。

取調官スヴェン・スンドクヴィスト（取）：いいから、座りなさい。
ヒルディング・オルデウス（オ）：なにもやってねえのに捕まえるのかよ。
取：アンフェタミンを洗剤と混ぜたのに、なにもやってないって言うのか？
オ：知らねえよ。
取：おまえは洗剤を混ぜたクスリを売った。三人が血管をやられた。全員がおまえの名前を口にしている。

オ：なんのことだかさっぱりだね。
取：自分でも、洗剤入りのクスリを持っていただろう。
オ：あれは俺のじゃねえよ。
取：逮捕時におまえが持っていた白い粉の入った袋は、国立科学捜査研究所にまわして調べてもらった。六袋あったぞ。
オ：だから、俺のじゃねえって言ってるだろ。
取：アンフェタミン二十パーセント。カフェイン剤が二十二パーセント。洗剤が五十八パーセント。座れと言っているだろう、オルデウス。

エーヴェルトはドアを開けて中に入った。オフィスから取調室への道のりには、鍵《かぎ》のかかったドアが八カ所あったはずだが、開けた記憶がない。つい先ほどの、ヨッフム・ラングに関する捜査資料のことが、どうしても頭から離れない。スヴェンの読み上げる声がまた聞こえ、頭が砕かれるような心地がする。過失傷害罪。止まりきれなかった車。腕の中のアンニ。救急隊員が到着して、アンニを担架に載せた。彼らは手の届かないところへ消えていった。
スヴェンの声を押しのけ、なんとか振り払おうと、天井のまぶしい灯りをしばらくじっと凝視する。それから、スヴェンと向き合っている痩せこけた顔に目をやった。鼻の傷をそわそわと引っ掻いている。口元へ血が流れ、あごにも達している。

取：エーヴェルト・グレーンス警部が入室。九時二十二分。
オ：（聞き取れず）
取：え？
オ：俺のじゃねえって言ってんだよ。
取：オルデウス、よく聞け。おまえがセルゲル広場で洗剤入りのクスリを売ったことは、もう分かっているんだ。
オ：分かっちゃいねえくせして。
取：おまえは現場のセルゲル広場で捕まった。袋を持っていた。洗剤が入っていた。
オ：だから、俺のじゃねえって言ってるだろ。あそこに着いてから買ったんだよ。まったく、あの野郎。俺に変な粉売りつけやがって。ここから出たらただじゃおかねえ。
エーヴェルト・グレーンス（グ）：ここから出したりするものか。
オ：なんだと、このポリ公が。
取：ここを出たところで、ほかにもおまえを探している連中はたくさんいるぞ。おまえの粉を買っただれかが被害届を出せば、これは殺人未遂事件になる。六カ月から八年の懲役だ。

ヘロインを求めて金切り声を上げ、なにを食べても吐き出してしまう、痩せこけたからだ。
エーヴェルトとスヴェンがいま目撃しているのは、そのからだの崩壊だった。ヒルディングは立ち上がると、狭い部屋の中をぎくしゃくと歩きまわり、片腕を突然伸ばしたかと思えばもとに戻し、数歩進んで立ち止まり、支離滅裂な言葉を発し、急に頭をびくりとさせ、前後にぶんぶんと振りはじめた。エーヴェルトはスヴェンを見やった。初めての光景ではない。ヒルディングはこれから、ふたりの向かい側に腰を下ろし、ふたりの知りたがっていることをすべて話してくれるかもしれない。あるいは膝を抱きかかえて床に横たわり、からだをぶるぶると震わせて、そのまま意識を失ってしまうかもしれない。

グ：そう、六カ月から八年の懲役だ。だがな、今日の俺たちはやたらと機嫌がいい。おまえのクスリのことは帳消しにしてやってもいいんだぞ。
オ：帳消しって、どういうことだよ？
グ：少々知りたいことがあるのでね。ラングという名の男についてだ。ヨッフム・ラング。知っているだろう。
オ：聞いたこともないね。

ヒルディングは激しく顔をひきつらせた。顔をしかめ、天井を見上げ、頭を前後に振る。傷を引っ掻いている。怖いのだ。ヨッフムの名前に引き裂かれている。ヨッフムの名前を振り払いたがっている。こんなところでヨッフムという重荷を背負うのはごめんだ。言い返そうとしたところで、ノックの音がした。女性の警官だ。なんという名前だったか、エーヴェルトには思い出せない。夏のあいだだけ代用職員としてストックホルム市警に勤務している、スコーネ訛りで話す女性警官だ。

「取り調べ中、申し訳ありません。グレーンス警部。重要なことだと思いましたので」

エーヴェルトは手を振って彼女を招き入れた。

「かまわん。いずれにしろ行き詰まりだ。このヘロイン中毒、外に出てさっさと死にたいらしい」

彼女はスヴェンのほうをちらりと見やった。スヴェンがうなずいたのを見て、狭い部屋に入ってくると、ヒルディングの後ろに陣取る。ヒルディングは立ち上がると彼女を指差し、弱々しく腰を振りはじめた。

「おいグレーンス、新入りの淫売かよ！」

女性警官は、ヒルディングの頬を平手で力いっぱいに殴りつけた。

ヒルディングはバランスを崩してよろめいた。前のめりになり、両手で頬を覆う。徐々に赤く腫れ上がってきた。

「ちくしょう、このアマが！」

彼女はヒルディングを見つめて言った。

「ヘルマンソン巡査と呼びなさい。行ってよし」

ヒルディングは赤くなった頬に片手を当て、悪態をつきながら戸口へ向かった。そのすぐあとにスヴェンが続き、腕をがしりとつかんで連行していった。

エーヴェルトは驚きの表情で、部屋を出ていくスヴェンと目を合わせ、それから女性警官のほうを向いた。

「名前はヘルマンソンでいいんだな？」

「ええ。ヘルマンソンです」

まだ若い。二十五歳ほどだろうか。迷いのない目をしている。ヒルディングに淫売呼ばわりされたことにも、ヒルディングに平手打ちを食らわせたことに関しても、驚いたり怒ったりしているようすはまったく見られない。

「重要なことだと言ったな」

「指令センターからの連絡で、ヴェルンド通り三番地に向かってほしいとのことです。アトラス地区です」

住所を聞いて、エーヴェルトは記憶を探ってみた。そのあたりには、前にも行ったことがある。そう昔のことではない。

「たしか、線路の近くじゃないか？　サンクトエーリク広場のそばだろう？」

「そうです。地図で確認しました」

「どんな事件だ？」

ヘルマンソンは手に持ったメモ用紙をちらりと見やった。まちがった報告だけはしたくない。とくに、エーヴェルト・グレーンス警部の前では。

「アパートの六階で暴行事件があり、警官が踏み込もうとしているのですが」

「それで？」

「急いで来てほしいとのことです」

「というと？」

「突入にあたって、問題が発生したようなんです」

それは街並みの美しい界隈にある古い建物だった。外壁はていねいに改修され、小さな入口の前には、きちんと手入れされた小さな芝生がある。花壇には赤や黄色の花々がぎっしりと植わって、すでにいっぱいになっているというのに、小さな木までもが何本か植わっている。

エーヴェルトは車のドアを開けると建物を見上げ、ずらりと並ぶ窓の列に目を走らせた。建てられたのはおそらく二十世紀初頭だろう。こういう建物では、隣人のたてる物音が聞こえやすい。キッチンを重い足取りで歩きまわっているのも、七時半のニュースを聞こうとテレビのボリュームを上げているのも、ごそごそと家を出て階段を下りダストシュートを開けているのも、すべて筒抜けだ。エーヴェルトはたくさんある窓をひとつひとつ探るように見つめた。どれにも高価そうなカーテンがかかっている。その向こうで、人々が生きている。生まれ、死んでいく。すぐ近くで進行しているにもかかわらず出会うことのない、いくつもの世界。だれもが隣人のことなどなにも知らずに生きている。

駐車場に車を停めてきたスヴェンが、エーヴェルトの傍らに来てぼそりとつぶやいた。

「ヴェルンド通り三番地か。高そうなアパートだな。こんなところに住む金があるなんて、どんな連中だろう？」

六階。窓は八つ。あのうちのどれかだ。エーヴェルトはその窓のひとつひとつに目をとめ、比較してみた。どれも同じように見える。同じカーテン。同じ鉢植え。もちろん、色や柄はちがっている。が、どれも似たようなものだ。

エーヴェルトは深く息を吸い込むと、美しい外壁に向かって、ふん、とあざけるように鼻を鳴らしてみせた。

「暴行事件ってのはいやなもんだな。とくにこういう建物で起こるのは虫が好かない。だが暴行事件が起こるのはたいてい、こういう建物の中なんだ」

エーヴェルトはあたりを見まわした。救急車が一台。パトカーが二台、どちらも寒々しい青の回転灯をつけている。野次馬が十人ほど集まっているが、救急車やパトカーのそばにとどまっている。捜査を尊重しているつもりなのだろう。こういう態度をだれもが見せるとは限らないものだ。エーヴェルトとスヴェンは石敷きの小道を進み、開け放たれた入口の扉へ向かっていった。オートロックのドアが閉まってしまわないよう、取っ手をロープで自転車置き場の金具にくくりつけてとめてある。建物の中に入ると、エーヴェルトはだれにともなく満足げにうなずいた。やはり思ったとおり、二十世紀初頭の建物だ。戸口の内側の壁に鉄製の大きな数字板がかけてあり、１９０１となっている。その隣の掲示板に目を移すと、この建物の住人たちの名前が階ごとに並んでいた。六階には、名前が四つ。パルム、ニーグレン、ヨハンソン、ルーフグレン。
やたらとスウェーデン人らしい名前ばかり。

ここは、そういう建物なのだ。

「スヴェン、名前に何か心当たりあるか？」

「いや」

「まあ、どれもごくふつうの名前だからな」

「そっちはどうだ？」

「どいつも知らん」

エレベーターは粗末なものだった。狭く、黒い格子の引き戸がついている。最大積載量、三名または二百二十五キロ。エレベーターの前には、もう若くはない制服警官がひとり立っている。エーヴェルトがこの警官と顔を合わせるのは久しぶりのことだった。

この警察という集団にどんなやつらがいるか、どうも覚えていられない。こいつのこともすっかり忘れていた。しばらく顔を合わせずにいると、いないも同然になってしまう。

エーヴェルトはふっと笑みを浮かべ、目の前の同僚を観察した。

テレビドラマで、迫り来る危険を示す弦楽器のBGMが響く中、警官がなにやら重要なものを見張っている、まるでそんな場面のように、両足を大きく広げて立っている。報告書を書くときには、両足のかかとを揃《そろ》えてかつんと音を立てる。報告書を書くときには、一文字ずつ声に出しながら書く。エレベーターを見張る以上の仕事は決してまかされない。そんなタイプの警官だ。

両足を大きく広げた警官は、笑みを返してはこなかった。エーヴェルトの軽蔑《けいべつ》を感じとったのだろう。あからさまにスヴェンのほうだけを向いて報告を始めた。

「一時間前に通報がありました。来てみると、かなり酔っぱらったポン引きの男と、からだじゅうにあざのできた売春婦がいました」

「なるほど」

「通報者はこの建物の住人です。われわれが到着したときにはもう、ポン引きが売春婦を鞭で打ちまくったあとでした。女は意識不明で、手当が必要です。中にはもうひとり女がいて、同じく売春婦のようです」

「その女もやられたのか」

「まだやられていないと思います。われわれがその前に到着しましたから」

エレベーターの見張りをまかされた無能な警官とスヴェンとが話しているのを、エーヴェルトはなにも言わずに聞いていた。だが、もう黙ってはいられない。

「通報は一時間前にあったんだろう？　それなら、どうしてここに突っ立ってる！」

「中に入れないんですよ。リトアニア領だとかいう話で」

「なにをごちゃごちゃ言ってる！　暴行事件なんだろう？　つべこべ言わずにさっさと踏み込むんだ！」

エーヴェルトは息を切らしている。階段の一段一段が苦痛だというのに、六階まで上がらなければならない。もちろんエレベーターに乗ればよかったのだが、怒りのあまり例の見張り警官に背を向け、階段を上ってきてしまったのだ。上階から話し声が聞こえてきた。上がっていくにつれ、その声が大きくなっていく。五階にたどり着いたところで、医師と救急隊員ふたりに出会った。軽く会釈をすると、向こうも会釈を返してきた。それから、最後の階段を上っていく。

息が切れてしかたがない。軽い足取りで上がってくるスヴェンが視界の隅にちらりと見えた。ここであきらめたくはない。言うことを聞かない脚を、なんとか動かそうとする。脚の感覚がなくなってきた。

最上階である六階には、ドアが四つあった。そのうちのひとつに、警官隊が蹴破ったのだろう、大きな穴が開いている。ドアの外には、顔を合わせたことがあるかどうかすら思い出せない制服警官が三人いたが、その奥に見知った顔があった。ベングト・ノルドヴァルだ。エーヴェルトやスヴェンと同じく私服で来ている。どしゃ降りの雨の朝、幸せな家族が住む一軒家の庭で顔を合わせ、朝食をごちそうになり、歓迎され、世話を焼かれてから、一日あまり。仕事で顔を合わせることは、最近ほとんどなかった。エーヴェルトは驚いてベングトを見つめた。

「こんなところでなにしてるんだ？」

ふたりはいつもどおり、軽い握手を交わした。

「ロシア語だよ。中にいる男は、ロシア語しか話そうとしない」

ベングトはロシア語を話せる、ストックホルム市警の中でも数少ない警察官のひとりだ。エーヴェルトに向かって、状況をかいつまんで説明する。

「ポン引きが売春婦に暴行を加えていた。警官隊が到着すると、女が大声で叫んだので、ドアを破った。そうしたら鉢合わせしたのがこいつだ」

ベングトはドアの向こうに立ちはだかる男を指差した。だれも入ってこないよう、大きな穴をふさぐように立っている。背が低く、太っていて締まりのないからだつきだ。歳のころはおそらく、四十歳前後。光沢のある、いかにも高価そうなグレーの背広を着ているものの、まったく似合っていない。サイズが大きすぎて、からだに合っていないのだ。

ベングトは続けた。

「こいつが外交官パスポートをちらつかせて、ここはリトアニア領だ、スウェーデン警察に入室する権利はない、と叫んだんだ。女を引き渡すことも、医者を中に入れることも、かたくなに拒否している。リトアニア大使館付きの医者なら入れてやるが、それ以外はだめだ、と言い張るんだ。女のほうは呼びかけても応答がないが、もうひとりの女が何度か大声を出した。男のことをポン引きディミトリと呼んでいたよ。もちろん、ロシア語でだがね。男は激怒したが、怒鳴り返しただけだった。われわれがここにいる限り、怒鳴る以上のことをする勇気はないらしい」

スヴェンはそこから階段を数段下がったところ、五階と六階を結ぶ階段の踊り場にあるダストシュートのそばで立ち止まっていた。片手に携帯電話を持ち、通話を終えつつ、もう片方の手でしきりに合図をして、エーヴェルトの注意を引こうとしている。電話をぱたんと閉じ、階段を六階へ上ってくると、エーヴェルトに向かって話しはじめた。

「アパートの管理会社に電話してみたよ。この部屋の持ち主は、ハンス・ヨハンソン。又貸しはされてないはずだそうだ。入口のところにあった掲示板の名前とも一致する」

エーヴェルトはしばらく黙ったままドアのほうを向き、つやつやとしたグレーの背広に身を包んだ男、外交官には女を鞭打つ権限があると主張している男を、じっと見つめていた。次いでベングトの後ろにいる制服警官たちのほうを向くと、そのうちのひとりに向かって手を伸ばし、警棒を渡せと促した。

「よし。それなら、ポン引きディミトリとやらがいくら外交官パスポートをちらつかせたって、なんの意味もないわけだ」

エーヴェルトが扉に向かっていくと、グレーの背広の男はその行く手に立ちはだかろうと、すぐさま後ろに数歩下がって両腕を広げた。だがエーヴェルトは歩みを止めず、警棒の先で背広のボタンのあいだを強く小突いた。男のからだがたちまちふたつに折れ曲がる。つい先ほどまでリトアニア領を主張していた男は、いまや苦しげに腹をかかえ、ロシア語でなにやら吐き捨てるように言った。エーヴェルトはその脇を素通りすると、階下で待っている救急隊と医師を大声で呼んだ。警官隊に向かって、両手で中に入れと合図してから、自らも長い廊下を急ぎ、空っぽの居間を通り抜けていく。

最初、自分がいったいなにを見ているのか、よく分からなかった。

ベッドに赤いカバーがかかっている。裸の女が、背をこちらに向けて横たわっている。それがまるで赤色のグラデーションのようで、カバーとからだの境界線がどこにあるのか、一瞬分からなかった。

これほどまでにぼろぼろになった人間のからだを見たのは、久しぶりのことだった。

ストックホルム南病院の救急病棟は、いつでも同じ灯りに照らされている。

朝、午前、昼、午後、夕方、夜、ずっと同じ灯りがついている。

痩せ型で背の高い、疲れた目をした若い医師が、廊下の簡素な天井灯をじっと見つめている。なんとかして気を落ち着かせようと努めつつ、ストレッチャーの脇を歩き、看護師の報告に耳を傾ける。この患者に対応しさえすれば、家に帰れるかもしれない。こことはちがう光のもとへ、ときに様相を変える光のもとへ、出ていくことができるかもしれない。

「意識不明の女性です。暴行を受けたようです。頭蓋《とうがい》損傷があり、腕も骨折しています。内出血もあるようです。自力呼吸は困難です。外傷科に連絡します」

若い医師は看護師を見つめ、なにも言わずに聞いている。今日はもう、これ以上聞きたくない。自らを破滅へと追い込む人間の性《さが》を、これ以上見せつけられたくない。

「気管挿管が必要です」

医師は承認のしるしにうなずくと、女が横たわっているストレッチャーの脇にしばらく立ちつくした。だれにも邪魔されない、自分だけの数秒間。長い一日だった。しかも、若い患者の数がいつもより多かった。自分と同じ歳ごろの、あるいはもっと若い患者たち。ずたずたになった彼らのからだを、できるかぎり継ぎ合わせ修理しながら、思う。この人たちはもう、いままでと同じようには生きられない。今日のできごとをいつまでも背負いつづけることになる。その痕跡が外からはっきりと見てとれる患者もいれば、背負った重荷を自分の内に隠し、決して表には出さない、そんな患者もいるだろうが。

女の顔をじっくりと眺める。スウェーデン人ではない。が、はるか遠くの国から来たわけでもなさそうだ。金髪で、おそらく、美人。だれかに似ているが、だれだか思い出せない。救急隊員から受け取ったプラスチックのフォルダーから書類を取り出し、その手短にまとめられた内容に目を通す。現場のアパートにいたもうひとりの女の証言によれば、この女性の名前は、リディア・グラヤウスカス。

医師はリディアをじっと見つめた。

またた。こういう女たち。

男に殴られているあいだ、この人はどんなようすでいたのだろう？

なんと言ったのだろう？

白衣や緑衣を身にまとった人々が、あわただしく廊下を歩いていく。疲れ切った黒い目の若い医師の到着を待ち、その視線をうかがい、準備万端の合図をする。ストレッチャーを転がして治療室へ運び入れると、女のからだをそっと持ち上げ、手術台に移す。脈拍や血圧を測り、心電図をとる。女の口を開き、胃の内容物を吸い出す。こうして女は、からだであることをやめ、人間であることをやめ、統計となり、凹凸のある物体となる。そのほうが、やりやすい。かかわりやすい。

そもそも彼女は、なにか言ったのだろうか？

叫んだだろうか？　だれかに殴られるとき、人はなんと叫ぶものなのだろう？

疲れた目をした若い医師は、そこから立ち去ることができなくなった。

見たい、と思った。なにを見たいのかは分からない。

患者を引き継いだ同僚の医師が、リディア・グラヤウスカスというその女の軽いからだを慎重に持ち上げ、横向きにしたところで、ずたずたになった血まみれの皮膚を見てぎょっとした声を上げた。

「これはひとりじゃ手に負えない！」

疲れた目をした若い医師は、あわてて手術台に走り寄った。そして、すぐそばに立っている同僚が見たのと、同じ光景を目にした。

数えてみる。

三十に達したところで、やめた。

いくつもついた筋が、赤く、腫れている。

若い医師は思った。この涙を、なんとかしてこらえなければ。ときおりこんなふうに涙がこみあげてくることがある。プロとしての冷静さをなんとかして保とうと、必死になっている自分を感じる。この女は、ただの統計だ。ただの凹凸のある物体だ。そう考えようとする。

これは、見知らぬ女だ。見知らぬ女だ。見知らぬ女だ。だが、うまくいかない。今日はもうだめだ。似たようなケースがたくさんありすぎた。理解を超えた、無意味さ。ぼろぼろになった赤い皮膚。彼は声に出して言う。どんな響きがするかを確かめるためなのか、それとも同僚たちに知らせるためなのか、自分でもよく分からない。

「鞭で打たれたんだ！」

そして、ふたたび言う。今度は声を落として、ゆっくりと。

「鞭で打たれたんですよ。首筋から、臀部《でんぶ》まで。だれかが彼女の皮膚をずたずたにしたんです」

なかなかきれいなアパートだ、とエーヴェルトは思った。磨き上げられた木の床。各部屋にあるタイルストーブ。高い天井。このような家はふつう、安らぎに満ちているものだ。エーヴェルトはキッチンで、食卓に向かい、四脚あるプラスチックの折り畳み椅子のうちの一脚に腰かけている。なんらかの情報を得ようと、スヴェンや鑑識官ふたりとともに、アパートの全室を隅々まで捜索した。リディア・グラヤウスカスというあの女は、いったい何者なのか？　アレナ・スリューサレワと名乗ったもうひとりの女は、いったい何者なのか？　外交官パスポートを掲げてリトアニア領を主張した、あのポン引きディミトリは、いったい何者なのか？

ずたずたに打ちのめされたグラヤウスカス。その担架が運び出されてから、鑑識官たちが到着するまでのあいだに、姿を消してしまったスリューサレワ。いまのところ分かっているのは、ふたりともバルト海の向こうからやってきた売春婦である、ということくらいだ。こうした売春婦には何人か会ったことがある。彼女たちの来し方は、いつも同じだ。バルト三国出身の、若く貧しい少女たちが、売春婦に変身させられる。まず、彼女たちの住む村に口のうまい人間がやってきて、仕事と豊かな生活を約束する。偽造パスポートを与える。そのパスポートを受け取るやいなや、彼女たちは希望に満ちたティーンエイジャーから、発情を装う女へと変身させられる。偽造パスポートは高価なので、それが彼女たちの借金となる。働いて返さなければならない。抵抗する勇気のあるごく一部の少女たちも、その結果どんな罰を受けることになるか、やがて身をもって知ることとなる。案内人にレイプされ、性器から出血する。ピストルを頭に突きつけられて、さらにもう一度。いいから脚を広げるんだ、パスポートとバルト海クルーズの代金は働いて返してもらう、つべこべ言わずにやらないと、また尻から突っ込んでやるからな！　こうして彼女たちを言いくるめ、殴り、レイプし、こめかみにピストルを突きつけた男は、その後、彼女たちを売りとばす。東から西へと運ばれ、男に貫かれるたび、上手にうめき声をあげる少女たち。ひとりにつき、三千ユーロ。

エーヴェルトはため息をつくと、ちょうどキッチンに入ってきたスヴェンに目をやった。最初の捜索で見逃していた、物置代わりに使っていたらしい小部屋について、調べた結果を報告しに来たのだ。

「だめだ。あそこもなにもない。そもそも、彼女たちの私物らしきものがどこにもないんだ」

靴が数足。ワンピースが数着。下着は当然、かなりの数にのぼる。香水瓶。化粧道具のはいったビニールのポーチ。コンドームや性具や手錠の入った箱。見つかったのはそれだけだった。このアパートからは、予想外のものがなにも見つからない。貫かれる性器以外の存在を知らせるものは、なにもない。

エーヴェルトは腹立たしげに両腕を広げ、肩をすくめてみせた。

「顔のない少女たち、か」

彼女たちは、存在しない人間だ。労働許可も、なんの身分も人生も持たず、故郷の村とは似ても似つかない都会の、アパートの六階、電子ロックで施錠された部屋の中で、息をひそめて暮らしている。

「エーヴェルト。こういう子たち、この街にはいったい何人いるんだろう」

「需要の分だけいるんだろうな」

エーヴェルトはふたたびため息をついた。身を乗り出し、壁紙を触ってみる。ここで、ポン引きが女を鞭打った。花柄の壁にこびりついた血痕に触れる。広範囲にわたって血しぶきがついている。天井までもが血だらけだ。エーヴェルトは憤慨し、同時に疲れを感じた。大声を上げようかとも思ったが、結局は小声で言った。

「あの女は不法滞在者だ。見張りをつけなければ」

「いまは手術中だよ」

「終わってからでいい。病室に移ってから」

「病院の話だと、あと二時間ほどで手術は終わるそうだ」

「手配してくれるか、スヴェン？　見張りをつけてくれ。あの女にいなくなられては困る」


美しい建物の外にはだれもおらず、あたりは静まり返っていた。

エーヴェルトは向かいの建物の窓を眺めた。どの窓にも、人の気配は感じられない。どの窓にも、似たようなカーテンがかかり、似たような植木鉢が置かれている。

からだの中で、不快感がじわじわと広がった。

鞭打たれた女。光沢のある背広に身を包んだポン引きの男。女が意識をなくして血を流しているあいだ、一時間近くも外で待っていた、ベングトと警官隊。

つかみどころのない不快感を、エーヴェルトはなんとか振り払おうとする。寒気がした。正体のまだ分からないものを、どうやって振り払ったらよいというのだろう。

時刻は十時半。ヨッフム・ラングはウルリクスダール城庭園の有名なレストランで、ビュッフェ形式の朝食をとっている。朝食の時間はそろそろ終わりのはずだが、ビュッフェの料理は並べられたままだ。高価な食事を気前よくごちそうしてから、仕事の話に入る。これがユーゴ人のやりかただ。やがて始まる話し合いに向けて、スロボダンとともに、ストックホルム北の郊外を車で走り抜けて来た。もうひとつだけオムレツを食べよう。それからコーヒーを飲んで、ミント味の楊枝を何本か使ってやろう。

ヨッフムはレストランの奥に目をやった。白いテーブルクロスに、洋銀のカトラリー。なにかの会合らしい。頬を赤く染め、煙草に火をつけている女たち。できるだけ彼女たちの近くに座り、コーヒーをお代わりしている男たち。彼らの期待を目にして、ヨッフムはにやりと笑った。こうした会合に自分は参加しないし、これまでに参加したこともない。先の読めるゲームをすることの意味が分からない。

「で、用件はなんだ」

そもそも、スロボダンがぴかぴかの新車でアスプソース刑務所の門まで迎えに来て、ヨッフムが車に乗り込み、革張りのシートに腰掛け、刑務所から支給された電車の切符を窓から投げ捨てて、刑務所をあとにしたあのとき以来、ふたりはひとことも言葉を交わしていなかった。

そしていま、ふたりはストックホルムの中心から十分ほど離れたところにある高級レストランの見事なテーブルをはさんで向き合い、互いの出方をうかがっている。

「ミオからの頼みごとだ」

ヨッフムは頑として口を開かない。だが黙っていても、スキンヘッドの大きな頭、不自然なまでに灼けた肌、口元からこめかみへと続く端綱のような傷には、圧倒的な存在感がある。

スロボダンは身を乗り出して言った。

「ある男と少々話をしてやってほしい。そいつ、俺たちのクスリを洗剤と混ぜて売ってるらしいんだ」

ヨッフムはまだ口を開かず、ひとことも発しない。そのとき、テーブルの中央に置いてあった携帯電話が鳴った。ヨッフムはさっと手を伸ばすと、電話をとろうとするスロボダンの手首をつかみ、ようやく言葉を発した。

「いまは俺と話してる最中だろ。ほかのことはあとでやれ」

スロボダンはほんの数秒間、逆らおうとする目つきを見せた。

だがやがて手を引っ込めた。着信音はぷつりと切れた。

「とにかく、そういうゴミを売ってる男だ。ミオの姪《めい》にも売ったらしい」

ヨッフムは、ぴんとしわの伸びたテーブルクロスの上の塩入れを手に取ると、横に倒して、テーブルの向こうへ転がした。テーブルの上を転がり、端から床に落ち、窓のほうへ転がっていく塩入れを、ずっと目で追う。

「姪って、ミリヤのことか」

スロボダンはうなずいた。

「ああ」

「あんな女、ミオはどうでもいいと思ってたんじゃないのか。クスリ漬けの淫売だろう」

壁の上のほうに取り付けられたスピーカーから、甘ったるいBGMが流れている。頬を赤く染めた女たちが笑い、ふたたび煙草に火をつけている。男たちはシャツの一番上のボタンを外し、できるかぎり薬指を隠そうとしている。

「その男と、おまえは知り合いのはずだ」

「いいから、さっさと言え。なにをすればいいんだ」

「洗剤でクスリを薄めやがったんだぜ。俺たちのクスリをな。信じられるか？」

声が大きくなってきた。

「許せねえ！　ミオも同じ意見だ。洗剤でクスリを薄めるとはな！」

ヨッフムは黙ったまま、椅子の背にもたれかかった。スロボダンはすっかり上気している。

「まったく、俺たちの信用はどうなる！　あっという間にがた落ちだ。血管に洗剤打ち込んだのが何人か出ただけで、噂《うわさ》が広まっちまう」

ヨッフムは、だんだんうんざりしてきた。会合の女たちが吸う煙草の煙に。焼いたソーセージのにおいに。ウェイトレスたちが少々礼儀正しすぎる、このレストランに。ここを出たい。外に出て、一日を始めたい。別の一日を。刑務所とは、こんな世界への憧《あこが》れを生み出すべきものではないのか。実際は正反対だ。塀の中で数年を過ごしてしまうと、こんな〝ごっこ遊び〟にはとても耐えられなくなる。

「さっさと言えと言ってるだろう。俺になにをしてほしいんだ」

スロボダンはヨッフムのいらだちにやっと気づいた。

「俺らの名前をかたって洗剤を売るようなやつは、とにかく許さねえ。指を何本か折ってやれ。腕もだ。それでじゅうぶんだろう」

ふたりは見つめ合い、ヨッフムはうなずいた。

あいかわらずのBGM。めちゃくちゃに編曲されたヒット曲を、さらに破壊していくピアノ。ヨッフムは立ち上がり、車へ向かった。

すでに正午をまわっているにもかかわらず、ストックホルム中央駅はまだ起き抜けのあくびをしていた。常に、人々が通り抜けていく場、仮の寝床、孤独と戦う男女のための場でありつづける、中央駅。深夜から雨が降り続き、ホームレスの連中は大きな入口から駅舎の中に入ってくると、サッカー場並みに広いホールの真ん中で、ベンチに寝そべって夜を過ごした。警備員に見つかって追い払われないよう、定期的に移動し、片手にプラスチックのふたがついた紙コップのカフェラテ、もう片方に旅行鞄を持って先を急ぐ人々にまぎれ、身を隠している。

ヒルディング・オルデウスは目を覚ましたばかりだ。昼間に、二時間の睡眠。あたりを見まわす。

からだが痛い。ベンチが硬かったうえ、何度も警備員につつかれて起こされたせいだ。

今朝、あのなんの意味もない事情聴取をしたときに、刑事のひとりにビスケットをもらって以来、なにも食べていない。

だが、腹は減っていない。ムラムラするわけでもない。

無になったような気分だ。

ヒルディングは声を上げて笑った。年増の女がふたり、こっちをじろじろ見てきやがったので、中指を立ててやった。無になったからには、もっとヘロインを手に入れなければ。ヘロインをやれば、このまま無でありつづけられる。自分を閉ざし、なにも感じずにいられる。

立ち上がる。強烈な尿のにおいを放っている。ぼさぼさの脂ぎった髪。鼻の傷から流れ出た血が、また固まっている。がりがりに痩せ、薄汚れた、二十八歳の男。これまで以上に、破滅への道をひた走っている。

エスカレーターに向かって、ゆっくりと歩いていく。エスカレーターは動いていない。黒いゴムの手すりにつかまって下りていく。頭がぐらぐらするたびに立ち止まる。

コンクリートの通路を少し入ったところ、公衆便所の向かい側にロッカーがある。便所の入口には人がいて、小便するのに五クローナ払わなくてはならない。それなら当然、地下通路で立ち小便したほうがましだ。

オルソンはいつも、いちばん奥のロッカー、百二十番から百五十番までのあたりにいる。眠っているようだ。ヒルディングは近づいていった。片方の靴が脱げ、靴下もなくなって裸足《はだし》になっている。だが、オルソンには金がある。靴なんか構うものか。

ヒルディングはいびきをかいているオルソンの腕を引っ張り、力いっぱい揺さぶった。

「なあ、金くれよ」

オルソンはヒルディングのほうを向いた。これは夢だろうか、現実だろうか、と戸惑っているような表情だ。

「おい、聞いてるか。金が要るんだよ。先週払う約束だっただろ」

「明日だよ」

オルソンとはスコーネ地方の薬物依存症治療施設で知り合った。オルソンというのは通称だ。ほんとうの名前は知らない。

「つべこべ言わねえで、千クローナさっさと出せよ！　それともなんだ、クスリ独り占めしやがったのか？」

オルソンは起き上がった。あくびをして、肩をすくめる。

「そんなこと言われたって、ないものはないよ」

ヒルディングは傷を引っ掻いた。こいつも金はないという。福祉事務所のデブも、姉貴も、金はないという。そう、姉貴にはまた電話をかけて、昨日地下鉄のホームで電話したときと同じように、必死になって頼み込んだのに、まったく同じ答えが返ってきた。あなたが選んだこと、あなたの問題、わたしのせいにしないでちょうだい、だと。ひたすら傷口をえぐりつづける。かさぶたが取れ、どくどくと血が出てきた。

「ちくしょう。金が要るんだよ。分かんねえのかよ」

「ないって言ってるだろ。けどな、とっておきの情報があるぜ。千クローナの価値はあるな」

「情報だと？」

「ヨッフム・ラングがあんたを探してるよ」

ヒルディングは傷を引っ掻いた。大きく息を吸い込んで、ごくりとつばを飲み込んだのをなんとかごまかそうとする。

「それがどうした」

「ヒルディング、いったいなにやらかした？」

「ムショでいっしょだったんだよ。アスプソースでな。飲みにでも行こうって話だろ」

オルソンの頬は引きつり、まるでまばたきをしているかのように、目のほうに向かってぴくぴくと動いている。薬物依存症患者がみせる典型的なチック症状だ。

「な、千クローナの価値ありだろ」

「ちくしょう、金くれよ」

「だから、ないものはないんだよ」

それからオルソンは、ウィンドブレーカーのポケットのところをぽんと叩いた。

「けどな、粉ならあるぜ」

布に包み隠したビニール袋を取り出すと、ヒルディングにも見えるよう掲げてみせる。

「一グラム入ってる。あんたにやるよ。これで貸し借りなしってことで」

鼻の傷を引っ掻くヒルディングの手が止まった。

「一グラム？」

「がつんと来るぜ」

ヒルディングは両手を差し出すと、急き立てるように振り、オルソンのからだを小突いた。

「試してみようじゃねえか」

「ヘロインだ。かなりいける」

「四分の一でいい。四分の一だけ打つ。いいな？」

マルメ・コペンハーゲン方面への電車が遅れている。天井のスピーカーから流れる声が、駅舎全体をまさぐるように広がった。十五分の遅れ。もう一度、ベンチに座って待つべし。少し離れたところにカフェがあり、かちゃかちゃとにぎやかな音が聞こえてくる。いれたてのコーヒーとべたべたしたデニッシュのにおいが、ホールにも漂ってくる。だが、ヒルディングとオルソンは気づかない。そもそも、あわただしくホームへと走る通勤客や、国旗のワッペンをつけた巨大なリュックを背負って、どこからともなくやってきては旅立っていくバックパッカーや、ビジネス客が見向きもしない時間に割引切符で移動している家族連れなどで、まわりの空間がいっぱいになっていることにすら、まったく気づいていない。ふたりは、入口の柱のそばにあるスピード写真ボックスへ、ぎくしゃくとした足取りで向かっていく。オルソンが外に立って見張りをする。だれも入ってこないように。中にいるヒルディングが、クスリを打ちすぎないように。

ヒルディングは低い椅子に腰を下ろした。震えている。

カーテンを引く。外から脚が見えることが分かり、オルソンが隠そうと立ち位置を変えた。

スプーンは、レインコートの内ポケットに入っている。

白いヘロインを盛り、クエン酸を二滴ほど垂らすと、ライターの炎で溶かす。これを水と混ぜてから、注射器に吸い込んだ。

かなり痩せたせいで、腰のベルトを締めるとき、昔は三番目か四番目の穴を使っていたのが、七番目の穴まで届くようになっていた。ベルトを締めると、さらに強く引っ張って、この腕にも巻けるほどの長さを確保する。ベルトの革が、皮膚に深く食い込んだ。

ヒルディングは頭を下げると、ベルトを手で固定しつつ、歯で嚙《か》んでさらに引っ張り、どうにかして血の流れを止めようとしたが、それでもひじの内側には血管が一本も見当たらない。針先を使って、さらに血管を探っていく。何年にもわたって注射しつづけたせいで腕の一部がくぼんでしまったところに差し込んでみたり、こりこりと硬い軟骨に押し当ててみたりする。

そうして何度もまさぐり、何度も試みているうちに、突然、針が血管壁を突き破る感触があった。

ヒルディングは注射器で少し血を抜き、にっこりと微笑んだ。こんなにうまくいくことはめったにない。前回など、のど元に注射するはめになったんだから。

プラスチックの注射器の中で、透明な液体に血の筋が浮かぶ。初めはかたちをとどめていた筋が、しだいに溶け込んでいく。まるで紅い花びらが開いていくようだ。美しい。

その数秒後、ヒルディングは意識を失って倒れた。

スピード写真ボックスの椅子に覆いかぶさるようにして、うつぶせに倒れている。自ら引いたカーテンも、もはやその姿を隠してはいない。
ヒルディングは、息をしていなかった。

# 六月五日（水）

ふと、目が覚めた。

リディアは右へ寝返りを打った。横向きになると、焼けつくような背中の痛みが少し和らぐ。広い部屋にたったひとり。十二時間ほど意識を失っていた。少なくとも、ロシア語の話せる看護師が、そう言っていた。

左腕が折れている。左腕でなにをしたのか、まったく思い出せない。きっとその前に意識を失っていたのだろう。ギプスで固定されている。二週間ほどはこのままだという。

ディミトリに何度もおなかを蹴られた。そのことは覚えている。ディミトリのわめき声も。〝淫売はな、言われたとおりにセックスしてればいいんだ〟。そして蹴るのをやめると、その言葉どおり、まずペニスを、それから指を、肛門に突っ込んできた。

アレナが止めに入ろうとしているのが聞こえた。大声で叫び、ディミトリの背中を叩いていた。だがやがて、ディミトリはアレナを部屋に閉じ込め、服を脱ぐよう命令した。次はおまえの番、というわけだ。

鞭で打たれた、その時点までに起こったことは、すべて覚えている。ディミトリはまず、リディアの尻を軽く打ってこう言った。〝尻はきれいにしておいてやる。だが背中は気にする必要もなかろう。背中でセックスはできないからな〟。

十一まで数えた。そのあとは記憶がない。だがディミトリはそのあとも、リディアを鞭で打ちつづけた。女性看護師がそう言っていた。鞭の跡がくっきりと残っている。十一回よりも多いことはまちがいない。

「おはよう」

看護師は黒髪で、名前はイレーナ。ポーランド人で、ポーランド訛りのロシア語を話す。二十年近くスウェーデンに住んでおり、結婚していて子どもが三人いるという。ここでの生活に満足している、と彼女は言った。スウェーデンが好きだ、と。

「おはようございます」

「よく眠れた？」

「あんまり」

イレーナは昨日と同じように、リディアの傷口をふいてやった。まず、顔。それから、背中。脚には青あざしかないから、自然に消えることだろう。

イレーナの手が背中に触れると、リディアはびくりとからだをすくませた。

「しみる？」

「はい」

「なるべくそっとふくようにするわね」

病室の外には、見張りが立っている。

緑色の制服。駅で見かけた警備員の制服に似ている。ディミトリがパニックに陥って、リディアとアレナに大急ぎで荷造りをさせ、拠点を変えようとするたびに、北欧各地の駅をあわただしく駆け抜けてきた。三年間で五都市。拠点となるアパートは、どこもよく似ていた。かならず最上階で、ベッドカバーは赤く、電子ロックがかかっていた。

消毒液に傷口をかきむしられ、背中がひどく痛んだ。どういうわけか、あの葬式のことを思い出す。クライペダとカウナスを結ぶ道路沿いの村。おじいちゃんとおばあちゃんがそこに眠っているからと、パパも同じ墓地に葬られた。もう、恋しく思うことはない。ルキシュケス刑務所の廊下でやたらと小さく見えた、丸刈りのあの人は、もういない。あの墓地で、ママのそばで泣いているうちに、あの人は消えてしまった。あれ以来、リディアにとって、父親は存在しなかった。

リディアはもぞもぞとからだを動かした。叫び出しそうになるのをなんとかこらえる。傷口がひりひりする。緑色の制服を着た警備員を見つめる。この人に意識を集中すれば、少しは痛みが和らぐかもしれない。

どうして見張りがいるのか、リディアには分からなかった。万が一、ディミトリがやってきたときのためだろうか。それとも、逃げ出すと思われているのだろうか。

看護師のイレーナはリディアの背中を消毒しつつ、いろいろと話しかけた。キャスターテーブルに置いてあるノート、あれはなあに？　ここの食事はどう？　意味のない質問だと、ふたりとも分かっている。リディアの緊張を解くため、しばらく別のことを考えさせ、ぼろぼろになった皮膚の痛みを忘れさせるために、問いかけているにすぎない。リディアは答えた。あれはただのメモ帳で、将来どうするかとか、考えたことを書きとめているだけなんです。食事はあんまり味がしません、頬のところが痛くて、なかなか嚙めないんです。

「かわいそうに」

イレーナはリディアを見つめてかぶりを振った。

「まだ若いのに。いったいどんな目に遭ったの？」

リディアは答えなかった。分かっている。自分がどんな目に遭ったか。自分のからだ、ふだんは感じることのない自分のからだがいま、どんなふうになっているか。そして、テーブルの上のノートに、自分がなにを書いたか。

分かっている。もう二度と、こんなことは起こらない、と。

「さあ、これで終わり。今日の午後にもう一回消毒しますからね。消毒するごとに、だんだんしみなくなってくるわよ。がんばったわね」

イレーナはリディアの肩をさっと撫で、にっこりと微笑んで病室を出ていこうとしたが、戸口で医師と鉢合わせした。男三人と女一人がその後ろに続いている。医師はまず警備員と話し、それからイレーナと話をした。イレーナは向きを変えると、彼らとともに、ふたたび病室に入ってきた。

「リディア」

イレーナはベッドに近づくと、医師とほかの四人を手で示した。全員が白衣を着ている。

「こちらはお医者さま。前にも会っているのよ。あなたがこの病室に運ばれて来たとき、検査をしたのがこの先生なの。あとの四人は、ここ南病院で助手として研修を受けている医学生よ。先生がね、あなたの傷を学生さんたちに見てほしいそうなの。いいかしら？」

リディアは五人の顔を見た。知らない人たちだ。人に見られるのはもういやだ。また、人に見られるものとしての役まわり。痛い。見られたくない。

「ええ。どうぞ」

イレーナがリディアの言葉を訳し、医師はそれを聞くと、リディアのほうを向いて感謝のしるしにうなずいた。

医師はイレーナに、自分の言っていることがリディアにも分かるよう、病室にとどまって通訳を続けてほしい、と頼んだ。医学生四人のほうを向き、説明を始める。患者が救急車で運ばれて来た場合に、どのような処置をとるか。救急車から外科病棟へと至る、ストックホルム南病院の数々の廊下を、リディアがどのように移動してきたか。そしてポケットからレーザーポインターを取り出すと、むき出しになったリディアの背中を示した。赤い点が、傷口の上をゆっくりと移動していく。

「ひどく赤くなって、腫れているだろう。見えるね？」

「鞭で強く打たれた結果だ。分かるね？」

「おそらくブルウィップで、長さは三、四メートル。分かるね？」

医師はふたたびリディアのほうを向くと、リディアと目を合わせようとした。イレーナが通訳すると、リディアはうなずいて肯定した。四人の医学生は黙ったまま立ちつくしている。人間の背中についた鞭の跡など、初めて目にする光景だ。医師は、医学生たちがそれぞれの思いを消化するのを待ってから、続けた。

「ブルウィップ、つまり家畜を追うのに使う鞭だ。この患者さんは背中を三十五回打たれている」

医師はその後もしばらく話しつづけたが、リディアにはもう、耳を傾ける力が残っていなかった。彼らが出ていったことにすら、ほとんど気がつかなかった。

ノートに目をやる。

リディアには分かっている。

自分がどんな目に遭ったか。

もう二度と、こんなことは起こさせない。

その階下。

ストックホルム南病院の入院病棟のひとつ、その二号室に、患者が三人収容されている。三人とも、背中に鞭の跡がある女を知らない。会ったこともない。女も、三人を知らない。会ったこともない。

リディア・グラヤウスカスの床が、三人の天井である。それだけのつながりだ。

リーサ・エールストレムは二号室の真ん中に立って、三人の患者たちをじっと見つめている。しばらく身動きしていない。リーサは三十五歳。医師として数年勤務してきた彼女は、疲れ切っている。それは歳の近い同僚たちも同じで、彼らともよく、この疲れについて話をする。絶えず働いているのに、いつもなにか足りないような気がするのだ。疲れの原因は、病院で長い一日を過ごしたあげく、帰宅しても就寝しても仕事のことが頭から離れない、ということよりもむしろ、だれともじっくり話せていない、という感覚であるような気がする。まるでなにかを暗唱するかのように、診断を下し、病状を語り、治療の指示を出しては、次のベッドへ、次の病室へと急ぐ。重要な決断も、いつも駆け足で下さなければならない。立ち止まってじっくり考えることができない。

　リーサはふたたび三人の患者たちに目をやると、ひとりひとりを観察した。

窓際のベッドにいる年配の男性はすでに目を覚ましており、上半身を起こしている。痛みがあるらしく、腹をかかえて、キャスターテーブルのそばにあるはずの呼び出しボタンを探している。テーブルの上には、手をつけていない食事が載っている。

　その隣の若い男性は、まだ少年と言ってもいいほどの年齢だ。十八、九歳。この病院のさまざまな病棟に入退院を繰り返して、もうすぐ五年になる。丈夫だったからだが、あっという間に病魔に蝕まれて以来、絶対に死にたくはないと、泣き、わめき、ゆっくりとした呼吸に必死でしがみついてきた。とうの昔に髪が抜け、容姿も崩れ、体重も大幅に減ってしまったが、それでも彼はあいかわらず運命を呪《のろ》うかのごとく、怒りに満ちたまなざしで壁を見つめている。そうしてやっと、今朝もまた目覚めることができた、まだ死んでいないのだ、と確信できるのだ。

　三人目は新入りだ。

　リーサは深く息を吸い込んだ。こんなに疲れるのは、たぶんこの男のせいだ。病室の外では、呼び出し音が憤ったように響きわたっているというのに、こんなところでぼうっと立ちつくしてしまうのも、この男がいるせいだ。

　男は、病室の奥、年配の男性の向かい側にいる。昨晩ここに運ばれてきた。こんなふうに考えてはいけないと思いつつ、なんと奇妙で不公平なことだろう、と思わずにはいられない。この三人の中で生き残るのは、病院を生きて出ることができるのは、この男だけなのだから。自ら破滅を選んでいる、この男だけ。リーサの時間を、エネルギーを奪っていく、それでいてなにも分かっていない、この男だけが生き残るのだ。ついさっきまで、彼は生死の瀬戸際にあった。だがそれすらも、彼にとってはどうでもいいことだ。なにも分かっていない。いや、分かっているのかもしれないが、いずれにせよ、彼はまた同じことを繰り返すだろう。何度も、何度も。そしてまた、リーサが、あるいは同僚のだれかが、こうして病室の真ん中に立ちつくすことになるのだろう。同情など感じない。感じるのは、怒りだ。

そんなこの男を、リーサは憎んでいる。

男のベッドに近づく。それが義務だから。

「目が覚めたのね」

「なんだ、ここは。ちくしょう、なにが起こった?」

「ヘロインの打ちすぎ。今回はほんとうに危なかったわよ」

男は頭に巻かれた包帯をはぎ取った。倒れたとき、床に手をつくひまもなく顔から落ちたのだ。片手で包帯を引っ張りつつ、もう片方の手で鼻の穴の傷を引っ掻いている。あいかわらずの傷だ。昔は、この男のことをまだ気にかけていたころは、いつも引っ掻くのをやめさせようとしたものだった。男のカルテに目を通す。だが、もうすべて知っている。ヒルディング・オルデウス、二十八歳。これまでに入院した日付の記録を数えてみる。だが、もうすべてそらで覚えている。十二回目の入院だ。この男がヘロインのやりすぎでベッドを占領するのは、これで十二回目。最初の五、六回は、リーサも怯え、泣いた。いまはもう、なんとも思わない。

自分のエネルギーをきちんと等分して、みんなのことを同じように案じよう。そう決めた。そうするしかない。

この男の行く末だけを案じるエネルギーは、もう残っていない。

「運がよかったわね。お友だちでしょうけど、救急車を呼んでくれた人が、その場で人工呼吸と心臓マッサージをしてくれたそうよ。中央駅のスピード写真ボックスと聞いたけど」

「オルソンか」

「それがなかったら、あなたのからだはもたなかったはずよ。今回ばかりはね」

ヒルディングは鼻の傷を引っ掻いた。リーサはこれまでどおり、引っ掻くのをやめさせようかと思ったが、やめさせたところで、またすぐに手を鼻に持っていくことは目に見えている。引っ掻きたいのなら、好きなだけ引っ掻けばいい。顔じゅう傷だらけになるまで。

「ここではもう、あなたの顔を二度と見たくないわ」

「ひでえ言い方だな、姉さん」

「二度とね」

ヒルディングは起き上がろうとしたが、めまいがしてすぐに倒れた。手を額に当てて言う。

「なあ、これで分かったろ。姉さんが金貸してくれねえから、こういうことになるんだよ。

まったくあいつ、あんな純度の高いしろもの出しやがって、たまんねえよ。なあ？」

「は？」

「馬鹿を信用したのがまちがいだった」

リーサはため息をついた。

「言っとくけど、ヘロインをクエン酸に溶かしたのはわたしじゃないわ。それを注射器で吸い上げたのもわたしじゃない。注射したのもわたしじゃない。あなた自身なのよ、ヒルディング」

「なに言ってんだよ、姉さん」

「ええ、ええ、なに言ってんでしょうね。ほんと、自分でもなに言ってるのか分からないわ」

それ以上言う気力はなかった。今日はもうだめだ。ヒルディングは死ななかった。それでじゅうぶんと思うべきなのだろう。これまでのことを思い出す。ヒルディングの薬物依存は、徐々にリーサの依存症となっていった。ヒルディングが注射器を握るたびにリーサもそれを握り、ヒルディングがリハビリ施設に入るたびにリーサもそこに入り、ヒルディングがヘロインを過剰摂取するたびにリーサの呼吸が止まった。その後、薬物依存者の家族が集まる自助グループや講座に参加して、自分が弟とともに依存症となっていることを学び、ついに理解したのだった。自分の感情を重要視してこなかった理由。長いあいだ、リーサは存在していないも同然だった。存在しているのは、ヒルディングの薬物依存だけだった。それが家族を支配し、彼女を支配していたのだ。

ベッドを離れ、廊下に出るやいなや、大声で呼ぶヒルディングの声が聞こえてきた。振り返らないようにしよう、ほかの患者を診に行くのだ、そう決心したのに、ヒルディングは叫びつづける。だんだん声が大きくなってくる。数分しか我慢できなかった。怒りの涙を流しながら、病室に駆け込む。

「なんなのよ！」

「無視すんなよ、姉さん」

「なんの用？　さっさと言いなさい！」

「俺のこと、放《ほう》っておくつもりなのか？　ヘロインの打ちすぎで死にかけたんだぜ」

リーサは、年配の男性と、死と戦いつづける少年の視線を感じた。ふたりが自分を見ている。自分は、このふたりに勇気と力を与えるべき存在だ。でも、今日は、いまは、そんなエネルギーは残っていない。

「なあ姉さん、鎮静剤くれよ」

「あなたにクスリを与えるわけにはいかないわ。担当のお医者さまが来たら、頼んでごらんなさい。答えは同じでしょうけどね」

「ステソリドは？」

リーサはつばを飲み込んだ。涙が頬をつたう。ヒルディングと会うと、いつもこうだ。

「お母さんも、イルヴァも、わたしも、みんな長いあいだ、あなたのために力を尽くしてきた。あなたの不安とともに生きてきたのよ。だから駄々をこねるのはやめてちょうだい」

ヒルディングの耳には入っていない。リーサのこんな声を、ヒルディングは嫌っていた。

「ロヒプノールでもいいよ」

「あなたが刑務所に入るたびに喜んだものだわ。今回、アスプソースに入ったときもね。どうしてか分かる？　少なくともあなたの居場所がはっきりしているからよ」

「なあ、頼むよ。バリウムでもいいぜ」

「次にやるときにはね、次にクスリを打つときには、ちゃんとやってちょうだいね。やりすぎるのなら、確実に死ねる量を打ちなさい」

リーサは前かがみになり、両手で腹をかかえた。泣きながらそっぽを向く。ヒルディングには見られたくない。それからひとことも言わずにヒルディングのベッドを離れると、呼び出しボタンを押した年配の男性へと近づいていった。外で鳴っていた呼び出し音は彼が鳴らしたものだった。男性は起き上がり、片手を胸に当てている。がんに蝕まれたからだには、もっと鎮痛剤が要る。リーサは男性にあいさつをすると、その手を取った。だがそこでふたたび振り返ると、ヒルディングのほうを向いた。

「そういえば」

弟からの返事はない。

「面会したいっていう人が来てたわ。あなたが目を覚ましたら知らせることになってる」

扉へ向かう。もう、この病室を出なければ。そしてリーサは、青緑色の廊下へ消えていった。

ヒルディングはその後ろ姿を見送った。わけが分からない。

面会だと？　自分がここにいると、なぜ分かったのだろう？

自分でも、自分がどこにいるのか、よく分からないというのに。


ヨッフム・ラングは、ストックホルム南病院入口のすぐ外に停めた車を出た。この数時間で、黒い革張りのシートのにおいが、二年四カ月を過ごした独房のにおい並みに我慢ならなくなってきた。もちろん、まったくちがうにおいなのだが、それでも同じだ。人を閉じ込めるにおい。力と支配を表わすにおい。長い年月を経てやっと気づいた。刑務所に入って看守の言うことを聞くのと、娑婆《しゃば》でミオの言うことを聞くのと、どちらも大して変わらないのだと。

病院の中に入り、家に帰りたがっている人々のそばを通り過ぎる。人の流れの絶えない廊下を抜け、ぴかぴかに磨かれたエレベーターに乗り込む。録音テープの声が親切にも、いま何階にいるかを教えてくれる。

自業自得だ。

こうなったのは、あいつ自身のせいだ。

ヨッフムはいつもこう唱える。毎回、同じ呪文《じゅもん》を繰り返す。これまでかならずそうしてきた。効くと分かっている。

自業自得だ。

あいつの居場所は分かっている。六階。二号室。急ぎ足で向かっていく。果たすべき仕事。さっさと終わらせてしまいたい。

病室は静かすぎた。向かい側のじいさんも、半分死んでるみたいなガキも、ふたりとも寝入っている。ヒルディングは静けさが嫌いだった。好きだと思ったことなど一度もない。そわそわとあたりを見回し、ドアのほうを見る。なにかを待っている。

男がひとり、ドアを開けて入ってきた瞬間、だれだか分かった。服が濡れている。外は雨らしい。

「ヨッフム?」

心臓がばくばくする。鼻の傷を深くえぐる。自分を引き裂くこの恐怖を、どうしても感じたくない。

「こんなとこでなにしてんだよ?」

ヨッフム・ラングはあいかわらずの風貌《ふうぼう》だった。大柄な体軀《たいく》も、スキンヘッドも変わっていない。ヒルディングを恐怖が襲った。もう我慢できない。恐怖など感じたくない。なにも感じたくない。ステソリドが欲しい。ロヒプノールでもいい。

「起きろ」

ヨッフムがじれったそうに言った。声は静かだが、はっきりとしている。

「起きろ」

ヨッフムは、年配の男性が横たわるベッドのそばにあった車椅子をつかんだ。前かがみになり、ブレーキレバーを押して外す。転がして病室を横切ると、ヒルディングのそばに置き、ヒルディングが起き上がってマットレスの端に座るのを待った。

指を差す。ベッドから、車椅子へ。

「ここに座れ」

「なんの用だよ？」

「ここでは駄目だ。エレベーターのところで話す」

「なんの用だって聞いてるだろ！」

「いいから、さっさと座れ」

ヨッフムはヒルディングの顔に手を近づけると、その手でふたたび車椅子を指差した。自業自得だ。ヒルディングは目を閉じた。痩せこけた、弱々しいからだ。スピード写真ボックスで倒れて頭をぶつけてから、さして時間は経っていない。こうなったのは、こいつ自身のせいだ。ベッドの端から車椅子へ、ゆっくりと移動する。ふと動きを止め、鼻の傷を引っ掻く。血が出て、あごへと流れた。

「俺、なにも言ってないぜ」

ヨッフムはヒルディングの後ろに立ち、車椅子を押して病室を横切った。年配の男性も、少年も、それぞれのベッドで眠っている。

「なあ、ヨッフム。俺、なにもばらしてないぜ。聞いてるか？　事情聴取で、ポリ公どもにおまえのこと聞かれたけどな、なんにもばらさなかった」

廊下にはだれもいない。青緑色の床。白い壁。肌寒い。

「そうだろうよ。おまえ、意気地なしだもんな」

看護師ふたりとすれちがう。ふたりとも、車椅子に向かってうなずいた。会釈のつもりか。ヒルディングは泣いている。泣くのは子どものころ以来だ。クスリをやりだしてから、一度も泣いたことはない。

「けど、クスリに洗剤混ぜて売っただろう。相手が悪かったな」

ふたりは病棟をあとにし、エレベーターホールにたどり着いた。廊下が広くなり、色も変わった。灰色の床。黄色の壁。ヒルディングのからだは震えている。恐怖が、こんなにも痛いものだとは。

「相手が悪かった？」

「ミリヤだよ」

「ミリヤ？　あの淫乱か」

「ミオの姪だ。おまえ、ほんとに馬鹿だな。あの女にゴミを売りつけるとは。しかも、よりによってユーゴ人どもの仕入れたクスリに、洗剤半分混ぜたんだから」

ヒルディングはなんとかして涙を止めようとする。涙など感じない。この涙は、自分のものじゃない。

「それで、どうしろっていうんだ」

ふたりはエレベーターの前で立ち止まった。四台あるうちの二台が、六階に向かってきている。

「どうしろっていうんだよ！」

「まあ待て。そのうち分かる。ちょっと話をするだけだ」

「ヨッフム！　頼む！」

エレベーターの扉。腕を伸ばせば、届く。つかめる。しがみつける。

分からない。

この涙は、いったいどこから来るのか。

アレナ・スリューサレワは、ヴァータハムネン港の埠頭《ふとう》を走った。

黒々とした海の水を見下ろす。雨。朝からずっと雨だ。太陽が照っていれば海も青いのだろうが、いまはただ、黒い。コンクリートに打ちつける波。夏というより秋のようだ。

アレナは泣いている。昨日から、ずっと泣いている。初めは、恐怖。それから、怒りと、ほんの少しの望郷の念。いま流しているのは、絶望の涙だ。

この一日で、三年を生き直した。リディアとともにリトアニアで船に乗ったあのとき以来過ぎ去った時間を、初めから思い返していった。

ふたりの男が案内してくれた。うやうやしくドアを開けてくれた、彼らの手。微笑みながら、きれいだと言ってくれた、彼らの口。ひとりはロシア語の上手なスウェーデン人だった。彼がアレナとリディアに、次なる人生への鍵である偽造パスポートをくれたのだった。船室は広く、四人で寝ていたクライペダの家の寝室と同じくらいの広さがあった。笑いが止まらなかった。幸せだった。新たな人生が始まるのだと思った。

あのときはまだ、処女だった。

船が港を離れてすぐのこと。

腿の内側を流れる血の感触は、いまだにありありと思い出せる。

三年。ストックホルム、ヨーテボリ、オスロ、コペンハーゲン、そしてふたたびストックホルム。毎日かならず、十二人以上。男たちの姿を、顔を思い浮かべようとする。殴りつけてくる男たち。覆いかぶさってくる男たち。ただひたすら凝視したがる男たち。

ひとりたりとも、顔を思い出すことができない。

彼らには、顔がなかった。

リディアがからだを失くしたのと逆とはいえ、同じことだった。リディアは、自分のからだが存在しないと思い込んだ。それがアレナには決して理解できなかった。アレナのからだは、まちがいなく存在していた。自分のからだが犯されていることも、しっかりと自覚していた。毎晩、裸のまま横になって、犯された回数を計算するのが習慣になっていた。三年分の日数に、十二をかけて。

アレナのからだはアレナのものだ。彼らがどんなに奪おうとしても。

存在しないのは、彼らの顔だ。それが、アレナの見方だった。

リディアを止めようとした。落ち着かせようとした。けれど、できなかった。例の新聞記事を見せたとたん、人が変わったようだった。激しい反応。目に憎しみが浮かんでいる。リディアが侮辱される姿は何度も見てきたけれど、リディアが人を憎む姿を見るのは初めてだった。いま、アレナは悔やんでいる。やっぱり隠しておくべきだった。捨てるべきだった。

初めは、そうしようと思っていたのに。

リディアは背筋をぴんと伸ばして、ディミトリに向き合って立ち、言った。もうあんたにお金は渡さないわ。お客さんたちが使ってるのはわたしなんだから、お金はわたしが受け取るべき。ディミトリはまず、リディアの顔を殴った。顔から殴られるのはいつものことだからリディアも予想していたのだろう、よけようともしなかった。それから、リディアは言った。これから数日は、客をとるのをやめるわ。人にのしかかられるのはもうたくさん。疲れたから。もうやりたくない。

それまで、リディアは一度も反抗したことがなかった。こんなふうに、ディミトリに面と向かってはっきりと異議を唱えたのは、初めてのことだった。殴られる痛みを、ディミトリがときおり頭に突きつけてくるピストルを、リディアは恐れていた。

アレナは埠頭の端に腰を下ろし、海水の上で脚をぶらぶらと揺らした。三年。ヤーノスに会いたい。恋しさにまた切り裂かれそうになる。なぜあのとき、船に乗ってしまったのだろう。なぜ彼に、クライペダを出ると告げてこなかったのだろう。

あのころはまだ、子どもだった。

いまのアレナは、別人だ。

船室でスウェーデン人の男に押さえつけられ、犯され、顔に二度つばを吐かれたあのときにはもう、アレナは別人になっていた。それからは、本来の自分から離れていく一方だった。だれかに自分を盗まれるたびに、少しずつ。

アレナは自分の部屋で、リディアとディミトリのやりとりを見ていた。だがディミトリが鞭を取り出してリディアの目の前にかざしたので、アレナは駆け出し、ディミトリに飛びかかった。それまでのディミトリは、鞭をちらつかせて脅そうとするだけで、実際に使ったことはなかった。が、今回はほんとうに打っている。アレナはディミトリの手から鞭を取り上げようとしたが、ディミトリに腹を蹴られて、部屋に閉じ込められ、鍵をかけられてしまった。そして、ディミトリは言った。次はおまえの番だからな。

アレナは海を見下ろした。

彼女は、待っている。

帰るつもりだ。クライペダへ。ヤーノスのところへ――まだ待っていてくれているのなら。でも、まだ帰らない。リディアから連絡が来るまでは、帰らない。

鞭で打つ回数を、一回、また一回と数えていった。警察がやってくるまでに、ディミトリは三十五回打っていた。ディミトリが鞭をかざす音から、リディアの肌にぴしゃりと当たる音まで、すべての音が、ドア越しに聞こえてきた。

脚をぐいっと伸ばせば、黒々とした海に足が届きそうだ。飛び込んでしまうこともできる。立ち上がって、船に乗ってしまうこともできる。

でも、まだだめだ。

レイプされる姿を、お互い何度も見てきたのだ。見捨てるわけにはいかない。

だれかがドアの鍵を開けてくれた。アパートの中を捜索する人々。ディミトリは腹をかかえて玄関に倒れていた。アレナはしばらくのあいだ、ひとり立ちつくしていた。が、見覚えのある警察官がいることにふと気がついてパニックになり、玄関へ走り出した。ドアには大きな穴が開いていた。戸口でくるりと向きを変え、倒れているディミトリの股間《こかん》を、靴の先で力いっぱい蹴りつけてやった。そして、だれもいない石の階段を、六階から一気に駆け下りていった。

あれは、ショルダーバッグに入っている。着信音が聞こえてきた。

だれからの電話か、出なくても分かった。

「もしもし」

「アレナ？」

「うん」

リディアの声を聞いて、心がふっと温かくなった。その声で、痛いのだろうと分かった。話すのもつらそうだ。けれど、リディアの声を聞けて、心からほっとした。

「いま、どこ？」

「港」

「帰るのね」

「待ってたのよ。電話くれると思ってたから。それまでは帰らないつもりだった」

この携帯電話は、顔の思い出せない客のひとりがプレゼントとしてくれたものだ。リディアはいつも百クローナよけいに取っていたが、アレナは金など欲しくなかった。代わりに、モノを要求した。追加サービスと引き換えに、プレゼントを受け取る。洋服。ネックレスをふたつ。ときにはイヤリングも。ディミトリにはもちろん内緒だ。この携帯電話のことも、ディミトリはまったく知らない。比較的新しい機種だ。顔の思い出せないその客は、リディアとアレナふたり同時の追加サービスを要求し、引き換えにこの携帯電話をくれた。思いついたのはリディアのほうだ。ふたりで携帯電話を持とう。万が一のために。

「これから、どうするの？」

「これからって？」

「帰ったら」

「分からない」

「帰りたい？」

アレナは息を止めた。昔の風景がよみがえってくる。暗く、雑然とした町。クライペダは、とくに美しい町というわけではなかった。

「うん。また、みんなに会いたい。みんながどんなふうになってるか知りたい。わたしたちがあそこにとどまっていたとしたら、どんなふうになっていたのか、見てみたい」

それから、リディアに話して聞かせた。ヴェルンド通りのアパートの階段を、振り返りもせず駆け下りて、大嫌いな部屋から、大嫌いな建物から逃げたこと。それから丸一日、一睡もせずに街をさまよったこと。いまは眠りたい、ほんのちょっとでいいから眠りたいと思っていること。リディアはあまり語らなかった。ふたりとも何度か訪れたことのあるストックホルム南病院について、ベッドや食べものについて、ロシア語を話すポーランド人の看護師について、少しだけ話してくれた。

背中の鞭の跡については、なにも話さなかった。

「ねえ、アレナ」

「ん？」

「手伝ってほしいことがあるの」

アレナは、ふと穏やかになった海面を見下ろした。自分の姿がぼんやりと映っている。ぶらぶらと揺れる両脚。携帯電話を耳に当てている手。

「もちろん。なんでも手伝うよ」

受話器の向こうで、リディアがゆっくりと息をついた。言葉を探している。

「地下の物置部屋、覚えてる？」

覚えている。硬い床。凝縮した暗闇。湿った空気。ディミトリを訪ねてくる人がいるというので、二日間、そこに閉じ込められた。ふたりのベッドを借りるという。だれが訪ねてくるのか、ディミトリはひとことも言わなかった。

「うん。覚えてる」

「あそこに行ってほしいの」

海面に映ったアレナの姿が消えていく。ちょうど通りかかったモーターボートのせいで、さざ波が立ったからだ。

「いまのわたしは逃げてる身よ。もしかしたら警察もわたしを探してるかもしれない。好きなようには動けないわ」

「それでも、行ってほしいの」

「どうして？」

リディアは答えず、黙りこくっている。

「ねえ、なぜそんなことを？」

「なぜって、もう二度と同じことが起こらないように、よ。もう、二度と。それが理由」

アレナは立ち上がった。埠頭の端で、高さ二メートルほどある鉄柱のあいだを行ったり来たりする。

「で、わたしはなにをすればいいの？」

「物置部屋にバケツが置いてあるわ。タオルがかけてあるんだけど、その中に武器が入ってる。ピストルが一丁。セムテックスも」

「セムテックスって？」

「爆薬よ。それから、雷管もいくつかある。セムテックスといっしょに、ビニール袋に入ってる」

「どうしてそんなこと知ってるの？」

「見たのよ」

「なんでセムテックスなんて知ってるの？」

「べつに。たまたまよ」

アレナは耳を傾けている。だが、聞いてはいない。しっ、と音を立てる。リディアが話をやめないので、もう一度、もっとはっきり聞こえるように、彼女を黙らせる。リディアが完全に口をつぐむまで、しいっと音を立てつづけた。

「切るわ。二分後にまた電話して。二分でいいから」

昼ごろに出発する船がある。二時間半後だ。その船に乗ってしまうこともできる。お金はあるし、必要なものはすべて、このショルダーバッグに入っている。家に帰りたい。家と呼べる場所へ戻りたい。目を閉じて、三年が過ぎたことを忘れてしまいたい。自分は十七歳で、まだ美しく、まだ幸せだ。クライペダを離れたことはない。ビリニュスにさえ行ったことがない。

でも、現実はちがう。あれは、過去。いまの自分は、別人だ。

ふたたび電話が鳴った。

「手伝うわ」

「ありがとう。大好きよ、アレナ」

アレナは携帯電話を耳に当てたまま、埠頭の鉄柱のあいだを行ったり来たり、そわそわと歩きつづけた。

「四十六号室。ドアの上のほうに、小さな文字でそう書いてあるわ。ごくふつうの、小さな南京錠《なんきん》がかかってる。バケツはドアのすぐ脇、入ってすぐ右側にある。ピストルは弾薬といっしょに、小さな袋に入ってる。そのすぐそばに、爆薬がある。それを持って、中央駅に行って。わたしたちの金庫に」

「昨日行ったわ」

「中身は無事だった？」

アレナはすぐには答えなかった。いくつかある待合室のうちのひとつ、石壁沿いの四角い金庫。そこに、ふたりの全財産が入っている。二十一番ロッカー。

「無事だった」

「じゃあ、あのビデオを取ってきて」

ビデオ。あのビデオのことを、アレナは忘れかけていた。顔は思い出せないが、いつもビデオを撮りたがる客がいた。その男がある日、リディアとレズビアンのセックスをしてほしい、と頼んできた。アレナは断わったが、リディアはアレナの頰を愛撫《あいぶ》してみせ、言ったのだった。セックスはしてもいい。ビデオも撮ってかまわない。でもその代わり、終わったあとに録画させてほしいものがある。

「いますぐ？」

「うん。いますぐ。あのビデオを使う時が来たと思う」

「ほんとに？」

「ほんとに」

リディアは咳払いをして、話す準備を整えた。

「ここで横になってるあいだ、じっくり考えてみたの。腕が痛いし、背中もひりひりするしで、なかなか眠れなかったから。計画は全部書いて、読み直して、消して、書き直した。そうよ、アレナ、いまこそあれを使う時よ。知らせなければ。もう二度と、こんなことが起こらないように」

アレナは立ち止まると、数百メートル離れたところに停泊している大きな青いフェリーを見やった。もう間に合わない。今日は無理だ。もしかしたら、明日。同じ時間に出発する船がある。あと一晩逃げおおせればいい。きっと大丈夫だ。

「で、そのあとは？」

「そのあと、ここに来て。ストックホルム南病院に。わたしには見張りがついてるから、あなたに直接会って話すことはできない。だから、ラウンジでテレビを見てるわ。たぶん、わたしひとりじゃないと思う。ラウンジにはだいたい、ほかにも患者さんが何人かいるわ。で、ラウンジのすぐそばにトイレがあるの。ソファに座ってれば、あなたが通り過ぎていくのが見えるから、あなたはトイレに入って、持ってきたものをゴミ箱に入れて。ペーパータオルで隠してね。ゴミ箱の中は湿ってるかもしれないから、ビニール袋に入れたままでいいわ。ピストルと、弾薬と、爆薬と、雷管と、ビデオね。あと、ひも。ひもも要るわ。用意できる？」

「あなたを見かけても、声をかけずに素通りしなきゃならないのね？」

「そう」

アレナは向きを変え、海に背を向けて港をあとにした。道路にたどり着くと、風が少し強まった。港を横切り、倉庫のあいだを縫って、ヤーデット地区へと吹き抜ける風だ。

街は人でごった返していた。雨の中、やけになったように買い物をしている観光客たち。ありがたかった。人が多ければ多いほど、身を隠すのも楽になる。

地下鉄で移動した。まず、ストックホルム中央駅へ。ロッカーを開け、ビデオを取り出してバッグに入れる。それからしばらくのあいだ、開けたままのロッカーを前に立ちつくし、暗闇をじっと見つめた。中は二段になっており、ふたりの持ちものがあふれんばかりに入っている。ふたりの全財産。ふたりが受け入れることのできる、唯一の人生。三年が経ったあとに、残っているもの。

これまでにここを訪れたことは二度しかない。昨日。そして、このロッカーを手に入れたとき。

二年近く前のこと。この駅で電車を乗り換えた。ディミトリが言うには、仕事場を二週間ほど、ストックホルムのアパートから、コペンハーゲンのアパートに移すということだった。港やメインストリートの近くにあるアパート。客となる男たちは、その大半が、スウェーデンのマルメから船でやってきて、酒の安いデンマークで飲みまくる、酔っ払いのスウェーデン人たちだ。安物のチョコレートとビールのにおいを漂わせた彼らは、二回分をまとめて払う。さらに一晩飲み明かしてから、次の日、帰りがけにもう一度やってきて、殴ってきたり、オナニーをしたり、入ってきたりするのだ。

この駅でコペンハーゲン行きの電車を待っているときに、アレナは言ったのだった。トイレに行きたい。どうしても。そのときふたりに付き添っていたのはディミトリだけだった。逃げようなんて考えるなよ、出発時間にじゅうぶん間に合うよう戻ってこなかったら、リディアの命はないからな、と脅してきた。この男は本気にちがいないと思った。いずれにせよ、リディアを置いて逃げるなどということは考えもしなかった。

ただ、ロッカーが欲しかった。自分の家が欲しかったのだ。

教えてくれたのは、ある常連客だった。ストレングネースで配管業の会社を営み、週に一度、ストックホルムまで車で一時間かけてアレナに会いに来る。その男が、二週間続けて借りられるロッカーの話をしてくれた。ストックホルムにしばらく滞在する人のためのものだが、実際にはその大半をホームレスが使っているという。

アレナはその十五分間を利用して、トイレに行く代わりに、そんなロッカーをひとつ借りたのだった。時間はぎりぎりだったが、幸いなんとか間に合った。ふたつあるロッカーの鍵は、電車が出発するまで、両足の靴の中にひとつずつ入れて隠しておいた。

常連の配管業者はその後、合鍵を作り、二週間ごとに貸与期間を延長してくれた。それが追加サービスの条件だった。そのせいで毎回ひどく出血するはめになったが、それだけの犠牲を払う価値はあった。

いま、開いたロッカーを前にして、アレナはその価値を実感している。

こうして自分たちだけの場所を確保できるのなら、どんなに殴られてもかまわなかった。ディミトリに脅迫されても、こいつはあのロッカーを知らない、そう思えば耐えられた。

ここに来ることは、もう二度とないだろう。アレナは自分のものをすべて取り出した。ネックレス、イヤリング、ワンピース。リディアのものであるお金の入った箱は残しておいた。リディアも鍵を持っている。傷が治ったら、取りに来られるはずだ。

アレナはロッカーの鍵をかけると、その場を離れた。

ふたたび地下鉄に乗る。ヘッセルビーストランド行き。サンクトエーリク広場駅に着いたところで立ち上がり、満員の車両をあとにする。階段を上がり、雨に濡れたアスファルトにたどり着くと、目印にしているベトナム料理のレストランを探す。その脇を通り、また別の階段へ。手すりの固定されているところに、石造りの大きな天使の像がついている、美しい階段。下りていくと、そこがヴェルンド通りだ。

階段を下りきったところで、パトカーが目に入った。中には制服姿の警官がふたり座っている。アレナは前かがみになると片方の靴を脱ぎ、入り込んだ石を取っているふりをして時間を稼いだ。次にどうするか、すばやく考えなければならない。

だが、考えることなどできなかった。

パトカーのそばを自転車で通り過ぎていく子どもふたりを目で追う。パトカーなど目に入っていないようすだ。

考えることなど、できなかった。

どうしようもない。考えたからといって、どうなるわけでもない。

靴を履いて身を起こし、歩いていく。降りしきる雨などまるで気にかけていないかのように。落ち着いた足取りで、まっすぐ、入口へ。いままでに覆いかぶさってきた男たちを思う。思い出すことのできない、彼らの顔を思う。彼らのことを考えつつ、まっすぐに、前を見据えて歩く。

警官たちは動かない。パトカーの前部座席に座って、通り過ぎていくアレナを眺めている。

アレナは建物の中に入って、しばらく待った。

なにも起こらない。

警官たちは座ったままだ。アレナは六十まで数えることにした。一分。一分経ったら、下に降りていこう。

後ろから追いかけてくる足音があるにちがいないと思っていた。こっちを向け、ゆっくり歩いて、パトカーに乗れ、そんな声が聞こえてくるにちがいないと思っていた。

が、なにも起こらない。

言われなかったその言葉を自分の中から振り払い、アレナは石段を下りていった。二階分。急ぐことはしなかった。息を切らしたくない。なるべく音を立てたくない。六階のドアのことを思い出す。

大きく開いた穴。ある種の、自由。

アレナは目を閉じた。制服警官のひとりがハンマーで木の扉を破った音が、いまも聞こえてくるような気がする。あのとき、ディミトリはリディアのからだをベッドの上にうち捨て、入って来ようとした警官に突進していった。

一瞬立ち止まり、荒くなってきた呼吸を鎮めようとする。

この三年のうち、一年近くはあのアパートにいた。

分からない。

自由の身になり、丸一日を街で過ごした。それだけなのに、この一年がまったく別の世界のことのように感じられる。あのアパートに住んでいたことなどない、そんな気さえする。そう思おうとすれば、きっとそう思い込める。大きなベッドがふたつあるあのアパートには、入ったことすら一度もない。玄関で電子ロックをじっと見つめていたことなど、一度もない。

ふたたび階段を下り、最下階、地下の踊り場にたどり着いた。振り返り、あのアパートのドアのほうを、そこに開いた穴のほうを見上げる。指を一本立て、上に伸ばしてみる。もう二度と来ることのない、もう二度と呼び鈴を押してくることのない、男たちに向かって。

地下物置へ続く扉は、灰色の冷たい金属扉だった。アレナは決して腕力のあるほうではないが、これくらいならバールでこじ開けられるはずだ。ずっと昔、クライペダで一度やったことがある。あの夜は大変だったけれど、いまになって振り返ってみると、遠い昔の、楽しい思い出のように感じられる。

ショルダーバッグを肩から外し、石の床に下ろす。ワンピースも、ネックレスやイヤリングの入ったプラスチックの箱も、取り出して脇に置く。ビデオとひももそのそばに置いた。

バールは一番下に入っていた。金物屋の店員に笑われたのを思い出す。〝バールにひもですか。押し込み強盗でもするみたいですね。お客さん、そんなふうには見えないけどねぇ〟アレナも笑い、英語でこう返した。〝住んでいる家がね、とっても古いんですよ。だからこういう道具が要るんです。あと、力持ちの男の人もね〟そしてアレナは店員に、覆いかぶさってくる男たちへと向ける視線、彼らの望む視線を向けてやった。店員は、古いお宅の維持がんばってくださいね、力持ちの男性も見つかるといいですね、と言って、ひもを無料《ただ》にしてくれた。

軽い。店にある中でいちばん小さいバールだった。アレナはバールを手に取ると、先端を錠のところに差し込み、全体重をかけた。一度、二度、三度、こじ開けようとする。びくともしない。

音が響いてしまうのではないかと思うと、これ以上やるのは怖い。

でも、やるしかないのだ。

ふたたび先端を錠のところに差し込むと、扉の枠のほうへ軽く揺すってみる。全体重をかけて後ろへ。それから力いっぱい押した。

錠はついに屈し、鈍い音が響きわたった。その轟音が、階段を勢いよく上がっていく。住人たちが家にいたら、聞こえたかもしれない。

アレナは床に横たわった。そうすれば姿を隠せるかのように。

待ちかまえる。ふたたび、数える。六十まで。

手首が痛い。持てる以上の力を出したからだ。

ふたたび、六十まで数える。もう一度。

まだ、なんの音も聞こえてこない。アパートのドアを開ける音も、確かめに来る足音もしない。アレナは立ち上がり、持ち物を集めてバッグに入れた。

扉を軽く押して、開け放つ。

長い廊下。圧迫感のある白いコンクリートの壁。奥のほうに、もうひとつドアがある。その向こうに通路が四本伸び、目的地である物置部屋があることを、アレナは知っている。

金属の扉に片手を押しつけてからだを支え、バールをしっかりと抱えて、先ほどと同様、力ずくでこじ開けようとしたところで、扉の鍵がかかっていないことに気づいた。

中にだれかいるのだ。だれかが鍵を開けたのだ。そしてその人は、もうすぐここに戻ってきて、鍵をかけて帰っていくのだ。

アレナは扉を開けた。

物置部屋の、閉ざされたにおい。湿ったマットのにおいか。

暗闇に目が慣れるまで、しばらくかかった。

においは、それだけではなかった。

男性用の香水。汗。ディミトリのにおいに似ている。客の中にも、こういうにおいの人たちがいた。アレナは立ち止まった。胸が痛い。息が苦しい。どんなに息を吸おうとしても、空気が入ってこないような気がする。

だれかいるのだ。チケットを買ったフェリーに、座って見下ろした海に、思いを馳せる。

奥のほうで足音がする。

れんがのようなごつごつした床に、足を置く音がする。

涙が出てきた。泣きながら、壁に沿って慎重に進み、いちばん近くの通路に入ると、少し突き出た物置部屋の陰に腰を下ろす。ふたたび、目を閉じる。ずっと、目を閉じていよう。すべてが終わるまで。

ずいぶん長いことそうしていた。どのくらい時間が経ったのか、よく分からない。だれかが歩きまわり、ドアを開けては閉め、重そうななにかを持ち上げては置いている。その音に引き裂かれるような気がした。が、やがて聞こえなくなった。

そのあとの静けさのほうが、もっと苦しいような気もした。

息が荒くなる。涙が出てくる。からだが震える。

だがついに、もうだれもいなくなった、と確信できた。

アレナは立ち上がった。脚ががくがくする。頭が痛い。灯りはつけなかった。物置部屋の番号など、見る必要はない。

どこにあるかは分かっている。

二日、二晩、あの湿った空気の中に閉じ込められていたのだから。

中央に通路が二本伸びており、そのうちの片方に目指す物置部屋がある。茶色に塗った木の壁がそのまわりを囲み、上のほうに少しだけすき間があいている。通り抜けるには狭すぎる。換気用なのだろう。錠を手に取ってみる。小さな、ただの南京錠だ。アレナは深く息を吸い込んだ。

バールの二股に分かれた先端で、金色をした錠の本体とU字型のつるとのつなぎ目をはさみ込む。ドアのそばに立ち、金具の固定してある木の板にバールを押し当てて、先ほどと同様、思いきり、全体重をかける。一回。

アレナは驚いて、だらりとぶら下がる金具と南京錠を見つめた。

ドアを開け、中に入っていく。

六月五日水曜日、まだ正午をまわっていない。夜明けから休むことなく降りつづいている雨は、いまだ勢いを失わず、街の中を踊りまわっている。空は暗く、けだるい十一月の夕方のようだ。エーヴェルトはストックホルム市警が所有する一般車両のドアを開け、助手席に腰を下ろした。運転はスヴェンにまかせたい。最近はそう思うことが多くなった。道路に意識を集中すると疲れる。光に目がやられて涙が出てくる。自分は、急速に老いている。そのことがいやでしかたがない。外見の衰えがいやなのではない。それはどうでもいいことだ。彼女のことはもうずっと昔にあきらめたから、外見を整えてみせる相手などいない。むしろいやなのは、力が失われているということ。以前は、疲れるということがなかった。自分の中のモーターに駆り立てられ、不安など蹴散らして生きてきた。五十六歳、独身。五十六年分の過去をひとりで抱えて、いったいどうすればいいというのだろう?

スヴェンはかなりのスピードで飛ばしている。アーランダ空港から、ストックホルム市内へ。すでに遅刻ぎみだ。奇妙な朝だった。空港第五ターミナルへの訪問はほんの数分で終わるはずだったのに、二時間も経ってしまった。例のポン引きディミトリが青と白で彩られた飛行機に乗り込み、一時間弱のフライトでビリニュスへ旅立つところを見ておきたい、とふたりは考えたのだった。この男がいなくなったことをしっかりと確認したうえで、午後に報告書を書いて、終わりにしたいと思った。

エーヴェルトは、目の前に伸びる二車線の道路をじっと見つめている。スヴェンの声ににじむいらだちも、その耳には届かない。

「ああ、間に合わない」

「え？」

「もっとスピード上げなきゃ。パトロール出てるかな」

「さあ」

アーランダ空港から高速道路への入口には、車の影がほとんどなかった。スヴェンは制限速度を大幅に上回るスピードで飛ばしていく。とにかく早く帰宅したい。決して遅刻はしない、そう決めたのだから。

ポン引きディミトリは、まさにふたりが望んだとおり、すでに終わった人間となっていた。大柄な男二人にはさまれて出発ロビーを歩き、セキュリティゲートに近づいていくディミトリを、エーヴェルトとスヴェンは少し離れたところ、航空会社のカウンターの前から見守っていた。ディミトリはきょろきょろとあたりを見まわし小股で歩いているせいで、なかなか前に進まず、同伴の男たちをいらだたせていた。上着のあらゆるポケットに手を入れて、長いこと搭乗券を探していたそのとき、背広を着た、小柄ながらもがっしりとした六十歳ほどの男性がディミトリに近寄り、大声で怒鳴るとその頬を殴りつけた。それから数分ほど、皆の注目が集まるなか、彼は両手を激しく動かしつつディミトリに向かって怒鳴りつづけ、ディミトリは徐々に身をすくめ小さくなっていった。男性はもう一度ディミトリに平手打ちを食らわすと、金属探知ゲートとX線検査装置、その向こうにある出発ゲートに向かって、ディミトリの背中をどんと突き飛ばした。

そのようすを、エーヴェルトとスヴェンはただ見つめていた。必要があれば警備員が割って入るはずだ。ふたりはただ、若い女を打ちのめすこの男の顔を今後もう二度と見ることはない、そのことを確かめるためだけにここに来ているのだから。

ひとしきり怒鳴った男性は、ディミトリに背を向けると、まっすぐエーヴェルトとスヴェンに近づいてきた。ためらいはなかった。ふたりがそこにいて一部始終を見ていることを、ずっと意識していたのだ。

彼は片手にブリーフケースを、もう片方の手に傘を持って、思いのほか軽い足取りで近づいてきた。ふたりの前で立ち止まると、帽子を脱ぎ、ふたりと握手を交わした。

車は高速E4号線に入り、ストックホルム北の出口を目指している。雨のせいで視界が悪く、ワイパーは最速になっているが、それでも車のスピードを落とさざるを得ない。

エーヴェルトは大きくため息をつくと、カーラジオのスイッチを入れた。

手に帽子を持ったあの男性の名前を、エーヴェルトは聞いたとたんに忘れてしまった。ふたりの前にどっしりと立ったまま動かず、遅刻ぎみで焦っている人々にぶつかられぼやかれながらも、涼しい顔をしていた。その後ろのほうでディミトリの姿が見えなくなったころ、男性は話しはじめた。在スウェーデン・リトアニア大使館の警備責任者だという。一杯どうですか、と誘ってきた。エーヴェルトは断わった。疲れてのどもかわいていたし、午前中から酒を飲んでもいい気分ではあったが、スヴェンの目の前でそれをやるわけにはいかない。だが男性は引き下がらず、ぜひコーヒー一杯だけでも、と言ってきた。あのエスカレーターを上ったところにバーがありますから、そこでコーヒーだけでもどうですか。

エーヴェルトとスヴェンがためらっているうちに、男性はさっさとバーに向かって歩きだし、滑走路の見える窓際のテーブルを指差した。そして自らカウンターに向かうと、コーヒーを三つ、デニッシュを三つ持ってきてテーブルに置き、ふたりに向き合うかたちで腰を下ろす。しばらく黙ったまま、コーヒーを半分ほど飲んだ。

彼は流暢《りゅうちょう》な英語を話した。訛りこそ強いものの、エーヴェルトやスヴェンよりもはるかに上手な英語だった。さきほどの見苦しい振る舞いを、どうかお許しいただきたい。暴力をふるうのも、大声を上げるのも、よくないことだと分かっていますが、ときにはやむを得ないこともあるのです。さきほどのように。

そして、ふたりに感謝する、と言った。リトアニアの国民を代表して、と、長々と熱弁をふるいはじめる。

ふたりの顔をまじまじと見つめてから、彼は語った。同じ大使館に勤めるディミトリ・シマイト（そういう名前なのか、とふたりは思った）の悪事が明らかになったことで、どれほど愕然《がくぜん》としたか。数十年に及ぶ圧制の時代を経て、ゆっくりと立ち直りつつあるリトアニアという国にとって、これほど恥ずかしいことはない。どうか、この事件は公にしないということでお願いしたい。あの男もこうして強制送還されたことだし、これで終わりにしてくださいますね。

それを聞いたエーヴェルトとスヴェンは、コーヒーとベタベタしたデニッシュの礼を丁寧に述べると、立ち上がってその場を去ろうとしつつ、険しい口調で言った。この種の事件を秘密にしようとしても無駄ですよ。少なくとも、自分たちが捜査にかかわっているかぎりはね。人身売買を黙認できるわけがありません。

カーラジオから次々と流れてくる音楽。どの曲も同じに聞こえることに、エーヴェルトはもうずいぶん前からうんざりしていた。自分のカセットを手に取る。

「スヴェン」

「ん？」

「ラジオ、聞いてるのか？」

「ああ」

「いったいなにを聞いてるっていうんだ。くだらないのに」

「交通情報が聞きたいんだよ。もうすぐ一般道に出るから」

「これに替えるぞ」

エーヴェルトは、ラジオ・ストックホルムで交通事故のニュースを読む男をぶつりとさえぎると、シーヴ・マルムクヴィストのカセットを押し込んだ。自分で曲を選んで録音したテープだ。シーヴの声。目を閉じる。これで、ふたたび考えることができる。

滑走路を望むカフェで、ふたりが断固とした態度で立ち上がると、リトアニア大使館の警備責任者だという男性は、顔を赤くして、頼むからもう少しだけ、せめて話だけでも聞いてください、と懇願してきた。その疲れ切ったような口調に、エーヴェルトとスヴェンは顔を見合わせ、ふたたび腰を下ろした。男性は汗だくで、額は蛍光灯のきつい光でぎらぎらと光り、そこに薄い髪が垂れ下がっている。彼はふたりの手を握ろうと、近くにあるほうの手をつかみ、肉づきのいいべとついた指をその上に重ねた。そして、しばらく黙っていた。

それから、語り出した。不法な人身売買で、数十万人もの若い女性が、東欧から西欧へと送り込まれています。数十万の命が！　こうして話しているあいだにも、その数は増えているんです。いま、この瞬間も、われわれの娘たちが売られている。われわれの娘たちが！

彼はふたりの手をぎゅっと握りしめた。声には、やるせなさが満ちている。

失業率が高いんです、と彼は続けた。仕事がないものだから、女の子たちはみな、簡単に言いくるめられてしまう。お分かりでしょう？　仕事がある、経済的に自立できる、そんな未来が待っていると言われれば、若い彼女たちは当然興味を持つ。彼女たちを誘惑する連中の手口は、とても巧妙です。うまい話を持ちかけて、その後脅迫し、電子ロックのついたアパートへと売り飛ばす。ヴェルンド通りのふたりもそうでしょう。ヴェルンド通りでしたよね、確か？　そうやって事が済んだら、彼女たちを誘惑し脅迫した連中は金だけ受け取って、姿を消すんです。なんの責任も負わない。なんの負担も、なんのリスクも負わない。金ですよ。金だけ受け取って終わりです！

彼は不意にふたりの手を持ち上げた。頭にきたエーヴェルトは、やめてくれと言おうかと考え、スヴェンのほうを見やったが、結局そのまま座っていることにした。男性はふたりの手を、自分の頰に強く押し当てた。

あなたがたに想像できますか？

わが国リトアニアでは、そうですね、たとえば、麻薬の売買は重罪です。重い判決がいくつも出ています、長期刑になるんです。だが人身売買、若い女性の売買なら、その危険がまったくないのです。リトアニアでは、売春の斡旋が罰せられることはほとんどありません。判例もなく、刑にもならない。

分かっているんです。われわれの娘たちの身に、どんなことが起きているか。彼女たちとともに、涙を流してもいます。だが、どうすることもできない。

お分かりですか？　ほんとうに？

車はストックホルム北、ノールトゥルの高速道路出口に近づいている。

エーヴェルトは、帽子とブリーフケースを持ったあの男、悲嘆に暮れ、分かってくれと懇願してきた、あの小柄な男性の映像をゆっくりと手放し、次の映像——雨に濡れ、ずらりと並ぶ車の列に切り替えた。信号が変わるたびに、車が十台ほど飲み込まれていく。ざっと見たところ、少なくとも百台は前にいるようだ。つまりこの信号を抜けるには十分以上かかるということになる。スヴェンは珍しいことに、いらいらした様子で悪態をついた。すでに遅刻ぎみなのに、これではさらに遅れてしまう。

エーヴェルトは助手席の背もたれにからだをあずけ、カーステレオのボリュームを上げた。シーヴの声が、スヴェンの悪態や、やかましいクラクションの音をかき消してくれる。

**初めてあなたに裏切られたあの日**

**わたしカウチに横になって　ちょっとだけ泣いたのよ**

こうして、エーヴェルトは休息した。心の奥にあるのは、ずっと昔の記憶。すべてが単純だった、白黒写真の時代。生命力にあふれていた、将来というものがあった、あのころ。手に持った空のカセットケースに目をやる。『あとの祭りね』、一九六四年、オリジナルは『トゥデイズ・ティアドロップス』。ある町の市民公園で自ら撮った、シーヴの写真。シーヴはカメラのほうをまっすぐ向いて微笑んでいる。エーヴェルトと握手を交わし、手を振って去っていったシーヴ。エーヴェルトは、自分で曲を選び、録音し、曲名を書きつけた、そのカセットケースをじっと眺めた。

だがどんなにシーヴの歌に耳を傾けても、あの小柄な男のことが、彼の悲嘆が頭から離れない。コーヒーを飲み終えたころになってやっと、エーヴェルトとスヴェンは手を離すことに成功し、礼を言ってカフェを出ていこうとしたそのとき、また呼び止められた。待ってください。いっしょに行きます。

それから彼はふたりにはさまれるようにして歩き、階段を下りる途中で、リディア・グラヤウスカスとその父親のことをよく知っている、と言い出した。アーランダ空港に来たのは、ディミトリ・シマイトが所定の飛行機にきちんと搭乗したことを確かめるためだけではなく、敬意と悲しみのためでもあるのです。リディアの父親は、非常に不幸な人生を送りました。その不幸が、まだ続いているかのようです。

彼はふと黙り込み、広いエントランスホールに降り立ってから、ふたたび話しはじめた。リディアの父親は、リトアニアの国旗が禁止されていた時代に、誇り高くリトアニアの旗を掲げ、そのことを隠そうともしなかったせいで、刑務所に収容され、家族と離ればなれになってしまった。刑期を終えたあとには軍の仕事をクビになり、その数年後、国の治安を脅かしたとして、ふたたび懲役刑を宣告された。当時まだ軍隊に勤務していた元同僚三人と共謀して、武器を盗み、外国へ密輸していたことが明らかになったからです。

男性はそこで突然話をやめると、リディアの悲劇的な運命を嘆きつつ、ふたりと握手を交わして、チェックインカウンターの前で列をなすスーツケースのあいだへ去っていった。エーヴェルトとスヴェンは長いこと、その後ろ姿を見送った。ほんとうの目的をやっと果たした、と言わんばかりの去り方だった。理由はどうあれ、自分とも深いかかわりのあるこの物語を、たったひとりで背負うことができず、スウェーデン人の刑事ふたりにぶちまけて、重荷を下ろそうとしたのかもしれなかった。

エーヴェルトはカーステレオから一瞬顔を上げ、いっこうに進まない車の列に目をやった。運転席のスヴェンはそわそわと前後にからだを揺らし、軽くアクセルを踏んではエンジンを動かしている。

「エーヴェルト、間に合わないよ」

「うるさいな。いまシーヴを聞いてるんだから、静かにしろ」

「約束したんだよ。今年も約束したんだ」

スヴェンは今日、四十一歳の誕生日を迎えた。今朝家を出てきたとき、アニータとヨーナスはまだ眠っていた。昼食時にはグスタフスベリの自宅に戻り、いっしょに誕生日を祝う約束になっている。午後は半休を取ってある。誕生日、せめて誕生日ぐらいは、高校時代に出会って以来ずっと愛しつづけてきた女性を腕に抱きたい。ヨーナスの隣に座って、息子がいやがるまで、その手を握りしめていたい。

十五年近くも待ちわびた息子なのだ。

ふたりはかなり早いうちから子どもをつくろうと決めていたが、結局はかなわぬ夢となった。アニータは三度妊娠したが、一度目は七カ月で死産となった。誘発分娩《ぶんべん》をしなければならなくなり、アニータは病院のベッドでいきみ、苦しみ、死んだ娘のそばでスヴェンに抱かれて泣いた。その後、二度にわたる流産。小さな心臓は突然、動くのを止めてしまった。

子どもが欲しい、という切なる思い。いまだにありありと思い出せる。感じられる。その思いが、ふたりのやることなすことすべてを台無しにし、ふたりがともに築いたものすべてを奪い、ふたりの息を詰まらせ、もう少しでふたりの愛さえも潰《つぶ》してしまうところだった。

そしてついに、八年ほど前、ふたりはプノンペンの西二百キロのところにある村へ旅立った。

養子縁組あっせん機関の職員に空港で迎えられ、初めて見る風景の中を案内され、たどり着いた村に、彼はいた。孤児院の簡素なベッドに横たわっていた。腕と、脚と、髪があった。すでに、ヨーナスという名前がついていた。

「いまごろはもう、ヴァルムドー行きのバスに乗ってなきゃならないのに」

「間に合うさ」

「せめてスルッセンのバス停にはいなきゃならない時間だってのに」

「もうすぐ着くだろ」

約束したのだ。今年も。

昨年のことを思い出す。ちょうど一年前、四十歳の誕生日。熱波のせいで、ケーキが車の中で腐ってしまった。五歳の少女が性器をずたずたに切られ、ストレングネース郊外の森に捨てられていたせいだ。あのときも、帰るつもりだった。ヨーナスはずっと、準備を整えた食卓について待っていた。子どもを切り刻んだ人がいるから、もうしばらくは帰れない、そんなふうに電話で説明するのはつらかった。

アニータとヨーナスに、早く会いたい。

「回転灯をつけるよ。とにかく帰る」

エーヴェルトを見やる。エーヴェルトは返事代わりにひょいと肩をすくめた。スヴェンは車の屋根に回転灯を置き、サイレンの音が出るのを待った。いっこうに進まない車の列を無理矢理抜け出し、ぎゅうぎゅう詰めのなか、道を譲ろうとする周囲の車のあいだをジグザグに抜けて、ずらりと並んだ二車線の行列を横切っていく。数分後、スヴェンとエーヴェルトは渋滞を抜け、信号を通り過ぎ、ストックホルム市街を目指して走り出した。

ちょうどそのとき、呼び出し音が鳴った。

初め、サイレンの音とシーヴの声にかき消されて、呼びかける声が聞こえなかった。

ストックホルム南病院の女医が、ヒルディング・オルデウスを発見した。

麻薬の過剰摂取で治療を受けていた病棟の、すぐそばにある階段で、死んでいたという。オルデウスの死体は損傷が激しく、顔は原形をとどめていない。女医は弱々しい声で、ヒルディングに面会があり、自分が応対した、と証言したのだという。エーヴェルトとスヴェンに通報が来たのは、女医が証言した面会者の人相のためだった。まちがいない。陽に灼けた、スキンヘッドの、大柄な男。口元からこめかみにかけて傷痕のある男。

エーヴェルトはまっすぐに前を見据えている。微笑んでいるようにも見える。

「丸一日だな、スヴェン。たったの一日でこれだ」

スヴェンはエーヴェルトを見やった。

待っているアニータとヨーナスの姿が頭をよぎったが、なにも言わなかった。

車線を変更し、ストックホルム南病院を目指して、ヴェステル橋へ向かう。

バスのいちばん後ろに席をとった。乗客はまばらで、少し前のほうに座っている年配の女性、中央の大きく空いたところにベビーカーを置いて立っている女性のほかには、だれもいない。もう少し乗客がいるといいのに、とアレナ・スリューサレワは思う。乗客が多ければ多いほど、その中にまぎれて姿を消してしまえるから。けれどほとんどの乗客は、ふたつ前の停留所、エーリクスダール体育館で降りてしまった。みんなトレーニングウェアを着ていた。なにかのスポーツ大会だろうか。

バスはリング通りを離れ、ストックホルム南病院救急外来入口の脇を通り過ぎた。ここには数年前、ディミトリに連れられて来たことがある。追加サービスを求めた客が調子に乗って、承諾していないことまでしてきたせいだ。短い坂道を上がり、それからぐるりとUターン。バス停留所は、正面入口の前にある。降りるためのボタンを押さなかったのに、バスは停止した。ここが終点だからだ。

あたりを見まわす。だれかに見られているかもしれないが、少なくともその気配はない。頭のすぐ上で傘を開き、顔を隠す。どしゃ降りになってきた雨から逃れ、広々としたロビーに入ると、なにかの金属でできたアートらしきものの飾ってある壁に沿って、慎重に歩を進めていく。人々は硬いベンチに座って、紙コップ入りのコーヒーを飲んでいる。あちこちに伸びるいくつもの廊下。アレナはそのそれぞれに、ちらりと目をやった。

だれも振り向かない。自分に目をとめている人など、だれもいない。

ここにいる人たちは皆、自分の命を、自分のからだを治すことで精いっぱいなのだ。

右に曲がり、売店と花屋に向かって歩いていく。チョコレートを一箱と、週刊誌、透明なビニールに包まれたできあいの花束を買う。代金を払うと、だれもに見えるよう抱えてみせた。自分は、見舞いに来たのだ。ランチタイムに急いで面会に来た、ごくふつうの見舞客だ。

外科病棟へのエレベーターはいちばん奥にあった。長い廊下が、建物の奥へ果てしなく続いている。なにかの検査に行くところらしい入院したての患者たち、ゆっくりと弱っていく患者たち、自分がどこにいるかよく分かっていない、これからも分からないであろう患者たちとすれちがう。横に伸びる廊下がいくつも交差し、どの廊下も同じように見える。なんてたくさんあるのだろう。いやな気分だった。

エレベーターは扉の開いた状態でアレナを待ちかまえていた。目指す先は、七階。最上階だ。狭い空間。ほかにはだれも乗っていない。鏡にだれかが映っている。ぶかぶかのレインコートを着た、二十歳の女。ひたすら家に帰りたがっている、なにをおいても家に帰りたがっている、ひとりの女。

エレベーターの扉が開き、アレナはチョコレートの箱と花束を盾のようにしっかりと前に抱えて進んだ。医師に追い越される。急ぎ足で、廊下の途中で曲がっていき、扉の閉まった部屋の向こうへ消えていった。患者ふたりとすれちがう。簡素な病院服を着て、手首にプラスチックの腕輪を巻いている。アレナはその姿を横目で見て思った。この人たちは、長いこと入院しているのだろうか。いつかは、ここから出られるのだろうか。

ラウンジは左側にあった。近づいていくと、大音量のテレビニュースが聞こえてきた。テーマ音楽が鳴り響き、いかにも深刻そうな声が流れてくる。すぐそばに警備員が立っている。緑色の制服に、手錠の入ったケースと警棒を身につけ、腕組みをして立っている。彼の視線の先にあるのは、ソファと、そこに座っている人々だ。少年がふたり。どちらも私服を着ている。その隣に、女がひとり。顔は傷だらけで、腕にはギプスをはめている。視線はうわの空で、テレビ画面に映った男をまっすぐに見つめてはいるものの、目には入っていないようだ。こっちを見てほしい、とアレナは思った。ほんの一瞬でいい。だが女は微動だにしない。まるでまわりの世界など存在していないかのようだ。

アレナは歩き出し、警備員と、ソファに座ってテレビを見ている三人のそばを、そのまま素通りした。廊下の終わりが近づいてくる。突き当たりに身障者マークのついたトイレがある。アレナはその扉を開けると、入り、中から扉を閉めた。

震えている。抱えていたものを手放すと、前に身を乗り出して両手を壁につき、言うことをきかない脚をなんとか支えた。

また、女が鏡に映っている。

帰りたがっている女。

帰りたがっている女。

ショルダーバッグを下ろし、便器のふたの上に置く。中のビニール袋は小さく丸めてある。なるべく場所を取らないようにしたかったからだ。アレナはバッグからビニール袋を取り出すと、その袋を手に持ったまま、しばらくじっとしていた。それから、洗面台の下のゴミ箱に、ビニール袋を入れた。蛇口をひねる。初めから水を流しておくべきだった。自分の愚かさを呪いつつ、念のためトイレも流しておく。聞こえるはずの音が聞こえなければ怪しまれるかもしれないから。壁に取り付けられた、ほとんど空のペーパータオル入れから、何枚かペーパータオルを取り出し、握りしめてしわくちゃにすると、ゴミ箱に入れる。やがて、ビニール袋はその下に隠れて見えなくなった。

痛い。

からだを動かすたびに罰を受けているようだ。つい先ほど、例のポーランド人看護師に、痛み止めのモルヒネを二錠頼んだ。

リディアはラウンジのソファに座っている。隣には、男の子がふたり。今朝出会って、何度か微笑みかけてはみたものの、言葉は交わしていない。話してみたいとは思わない。彼らのことなど知りたくないから。目の前でニュース番組が進行している。なんの話をしているのか、さっぱり分からない。そばには警備員がいる。自分からいっときも視線を離さない。

先ほど、視界の隅に女の姿が映った。チョコレートの箱と花束を持って素通りしていった。その姿を見て以来、息が苦しい。

ふたたび扉が開き、女が去っていくのを、じっと待ちかまえる。目を閉じてしまいたい。ソファにうつぶせになって、眠りたい。そして、すべてが終わったころに目覚めたい。

あまり時間はかからなかった。いや、かかったのかもしれない。よく分からない。

女がトイレの扉を開ける音がはっきりと聞こえてきた。ニュース番組が大音量で流れていたが、その音は完全に耳から遮断することができ、廊下のほうから聞こえてくる音だけが意識に届いた。女の足音が近づいてくる。その動きが、ふたたび視界の隅に映る。女が通り過ぎ、もと来た方向へあわただしく戻っていくのが、振り向かなくとも分かった。

リディアは緑色の制服の男を横目でちらりと見た。

見舞客が通り過ぎていったことには気づいたようだが、それだけだ。目で追ってはいない。彼女が病棟を去った瞬間、その存在を忘れている。

リディアは男の子たちに立ち上がってもらい、その前を通ってソファをあとにした。警備員のほうを見て、うなずいてみせ、下腹を指差し、トイレを指差す。警備員はうなずき返してきた。どうぞ。ここで待ってますよ。

扉の鍵を閉める。便器のふたに腰を下ろす。深く息をつく。

もう二度と、こんなことは起こさせない。

立ち上がり、軽く足をひきずりつつ移動する。ディミトリに腰のあたりを強く蹴られたせいだ。蛇口をひねって水を出し、トイレを二度流す。それからゴミ箱に近づくと、怪我《けが》をしていないほうの手で、上にかかっているしわくちゃのペーパータオルを取り出して脇に置いた。

見覚えのあるビニール袋。ＩＣＡスーパーのマークのついた、ごくふつうのレジ袋だ。持ち上げ、開けてみる。ちゃんと、ぜんぶ入っている。ピストル、爆薬、雷管、ビデオ、ひも。どうやったのかは分からないが、とにかくアレナは言ったとおりにしてくれた。中央駅の二十一番ロッカーに行き、それからヴェルンド通り三番地を訪れ、そこにいたであろう監視の目をくぐりぬけ、しかも鍵のかかった扉をふたつも突破して、地下の物置に忍び込んだのだ。アレナは、きちんと役割を果たしてくれた。

今度は自分の番だ。

患者のほとんどが身につけているこの白い病院服は、からだにぴったりということがない。リディアの着ている丈の長いガウンも、もともとぶかぶかだったのを、頼んでさらに大きなサイズのガウンに替えてもらっておいた。いまそのガウンは、存在しないリディアのからだを、ゆったりと包んでいる。片方のポケットに入れておいた外科用の白いテープを取り出すと、ピストルを胸の右側に当て、テープで固定する。爆薬を左側に当て、テープで固定。ビデオとひもはビニール袋に入れたまま、ガウンの下に入れて腹に押し当て、パンツを引き上げて、落ちないように固定した。

最後にもう一度、鏡を見る。

傷だらけの顔。両目のまわりにいくつもある大きな青あざに、そっと指で触れてみる。首にはコルセットがはめられ、白い包帯が巻かれている。左腕は、ギプスに固められた状態でぶら下がっている。

もう二度と、こんなことは起こさせない。

リディアはトイレの扉を開け、足をひきずりながら歩き出した。廊下を数歩進んだところで、警備員がこちらを向いた。怪我をしていないほうの手を使って、合図を送る。ラウンジのソファには戻らない、病室に戻って横になるつもりだ。警備員は合図を理解したらしく、軽くうなずき返してきた。ゆっくりと歩いていく。ふたたび、手を使って合図。いっしょに病室に入ってきてほしい。警備員はその意図が分からず、肩をすくめてみせた。リディアはもう一度、警備員を指し、自分を指し、病室を指した。いっしょに入ってきてほしい。手伝ってほしいことがあるから。警備員は片手を挙げた。ああ、分かった、もう大丈夫。警備員がOKとつぶやくと、リディアは微笑んで、礼のしるしに、できる限り深く膝を曲げてみせた。そして病室に入り、警備員がそのあとに続いた。

警備員が病室の中に入ってくるまで、その息づかいがすぐ後ろに聞こえるまで、じっと待つ。

そのあと、事態は急展開した。

リディアは警備員に背を向けたまま、胸の右側にピストルを固定していたテープをぐいっと引きはがした。そして、向きを変える。警備員にピストルを見せる。スライドを引き、安全装置を解除した。

「膝をつけ《オン・ニー》!」

銃口を床に向け、ぎこちない、訛りの強い英語で叫ぶ。

「オン・ニー! オン・ニー!」

警備員はリディアを前にして困惑し、ためらった。つい昨日、意識不明の状態で救急外来に運ばれてきた、この女。足を引きずり、片腕はギプスで固定され、顔は青あざだらけ。ぶかぶかの服を身にまとい、まるで怯えた鳥のようだった。その女がいま、自分に銃を向けている。

リディアにも、彼が困惑していることが分かった。銃口を上げ、じっと待つ。

あのとき、まだ九歳だった。

いまでも覚えている。死ぬ、と思った。それまでたった九年の人生で、死ぬと思ったことなど初めてだった。いま目の前にいる警備員と似たような制服を着た男が、リディアの頭にピストルを向け、うるせえ、黙れ、と叫んだ。男のつばが飛んできて顔についた。パパは震え、泣き、叫んだ。俺が投降すればいいのなら、投降する。頼むから、娘の頭に銃を向けることだけはやめてくれ。

いま、ピストルで人を脅しているのは自分のほうだ。自分がピストルを向けられたあのときと同じように、いま、他人の頭にピストルを向けている。どんな気持ちがするものか、リディアは知っている。激しい恐怖に引き裂かれる。相手が指をほんの少し動かすだけで、自分の人生は一瞬にして消え失せてしまうかもしれない。わずかな時間のあいだに、この警備員も考えているはずだ。もう二度と、においをかいだり、なにかを味わったり、見たり、聞いたり、触ったりできないかもしれない。この世界の一部でなくなってしまうかもしれない。まわりの世界はそのまま、なにごともなかったかのように続いていく。終わるのは自分だけなのだ。自分だけ。

ディミトリのピストルを思い出す。数えきれないほど何度も、ピストルを頭に向けてきたディミトリ。にやりと笑うその表情は、九歳の時に出会った警察官の表情と、そしてそのずっとあと、自分に覆いかぶさり、からだを抱き、中に入ってきた男たちの表情と、まったく同じだった。

彼らが、憎い。

目の前に立っている警備員を見つめる。自分には分かる。ピストルを頭に突きつけられて、彼がどんなことを感じているか。リディアはピストルを向けたまま、なにも言わずに彼を見つめた。

警備員がひざまずく。

首の後ろで両手を組む。

リディアはふたたび銃口を使い、向きを変えてリディアに背中を向けるよう警備員に合図した。

「回れ《アラウンド》！　アラウンド！」

警備員はもうためらわない。ひざまずいたまま、ドアのほうへ向きを変える。リディアはくるりとピストルを回し、警備員の首筋にグリップをかざすと、後頭部を力いっぱい殴りつけた。

ビニール袋を取り出して手に持つ。もう見られても構わない。ごくふつうのレジ袋だ。急ぎ足で病室を横切ると、廊下に出てエレベーターへ向かう。エレベーターが来るまで数分かかった。待っているあいだに、数人がそばを通り過ぎていった。ほとんどこちらを見ていない。だれもが自分の移動に忙しく、ただまっすぐに歩いている。

エレベーターの中に入ると、いちばん下のボタンを押した。

そこに立っているあいだ、ほとんどなにも考えずにいた。これからやることは、もうすべて決まっている。

最下階まで降りていき、エレベーターが止まると外に出た。明るい廊下を歩いていく。遺体安置所へ。

アレナ・スリューサレワがストックホルム南病院の広いロビーを通り過ぎたとき、ヨッフム・ラングは同じロビーのベンチに座っていた。当然のことながら、アレナを知らない彼の目に、その姿が映ることはなかった。ヨッフムを知らないアレナにも、ヨッフムの姿は見えなかった。

ヨッフムはベンチに座って、不快感を振り払おうとしていた。

知り合いを叩きのめしたのは久しぶりだ。

自業自得だ。あいつが悪いんだ。

ほんの数分でいい。腰を下ろして、頭の中の思いをたどり、この胸騒ぎのわけを理解したい。

ヒルディングは必死になってエレベーターの扉にしがみついていた。泣きながら命乞《ご》いをし、ヨッフム、ヨッフムと名前を呼んできた。

ヒルディングはどうしようもない薬物依存者、ジャンキーだった。痩せ細ったからだがもたなくなるまで、ひたすらクスリをやりつづけるであろうことは目に見えていた。クスリを打つためなら、だれかれ構わずだまそうとする男だった。だが、敵はいなかった。憎しみとは無縁だった。あの男には、意思がなかった。ただ、化学物質を血に混ぜ込んで、感じたくないすべてを遮断すること、それしか考えていなかった。

ヨッフムはため息をついた。

以前はこんなふうではなかった。相手が知り合いであっても、なんとも思わなかった。泣いて命乞いをされても、なんとも思わなかった。

いつだって、なんとも思わなかったのだ。

自業自得だ。

病院のロビーというのは奇妙な空間だ。ヨッフムはあたりを見まわした。人々が休むことなく動いている。宣告を受けに入っていく人々。ほっとしたようすで出ていく人々。笑い声を上げている人はひとりもいない。笑いの入る余地などないのだ。そもそもヨッフムは病院という場所が好きではない。ここでは、自分が弱くなる。ここで力を握っているのは自分ではない。自分は無防備になってしまう。他人の命をコントロールできなくなる。

ヨッフムは立ち上がり、出口へ向かった。自動ドアが開く。外はまだ雨だ。アスファルトには小さな水たまりがいくつもでき、水が行き場を探している。

スロボダンは車の中で待っていた。バス停の数メートル後ろにあるタクシー乗り場で、タイヤを二つ歩道に乗り上げた状態で車を停めている。ヨッフムが助手席のドアを開けても、スロボダンはヨッフムのほうを見ようともしない。建物から出てきたヨッフムの姿を、すでに目にとめていたからだ。

「ずいぶん時間かかったな」

スロボダンはまっすぐ前を向いたまま、鍵を回してエンジンをかけた。ヨッフムはその手首をつかんだ。

「待て」

スロボダンはエンジンを切ると、初めてヨッフムのほうを向いた。

「なんでだよ」

「指五本。膝頭ひとつ。料金どおりやった」

「まあ、俺らのクスリに洗剤なんか混ぜやがったんだからな。それぐらいが相場だろ」

スロボダンは威張ってみせた。下っ端のくせに。よくない態度を身につけつつある。それがどうした、と言わんばかりに、あからさまにため息をついたり、肩をすくめてみせたりしている。

「で？」

ヨッフムは、このチビが運転免許も持っていなかったころから行動をともにしてきた。下っ端のくせに威張り散らすこの態度には、どうも我慢ならない。説教してやろうかとも思う。だが、いまはだめだ。あとで、とくと言い聞かせてやろう。

「あいつがやたらと抵抗してきたもんだから、俺はエレベーターにも入れずに外で待っていた。するといきなり、あいつが車椅子の車輪をつかんだ。車椅子は猛スピードで走り出した。

そのまま階段を落ちていった。壁に激突した」

スロボダンは肩をすくめると、ふたたび鍵を回してエンジンをかけ、ワイパーを動かしはじめた。ヨッフムは憤りが自分を蝕んでいくのを感じた。それから片手でスロボダンの腕をつかんでハンドルから引き離し、鍵を引き抜いてポケットに入れる。スロボダンの顔をつかみ、両頬をぎゅっと押して、無理矢理自分のほうを向かせた。スロボダンが、きちんと耳を傾けるように。

「顔を見られた」

スヴェンはストックホルム南病院の救急外来入口へ車を乗り入れた。南病院に来るときはたいていそうする。救急外来に用があることが多いので、スタッフに顔を覚えられているし、駐車できる場所もたくさんあるからだ。スヴェンとエーヴェルトは、呼び出しを受け、スヴェンが車線変更してヴェステル橋方面へと進路を変えて以来、ひとことも言葉を交わしていない。スヴェンはこのために、かならず時間どおりに帰ると約束した誕生日のランチをあきらめた。誕生日を家族と祝うことがスヴェンにとってどれほど大事か、エーヴェルトには分かっている。なぜそんなに大事なのかは分かっていないが——エーヴェルトは自らそうした生活を捨てたのだ、あるいはそうした生活に捨てられたのか——、エーヴェルトはスヴェンになんと言葉をかけたらよいか分からず、判断に苦しんでいた。大げさでない慰めの言葉。頭の中でいくつか試してみるが、どれもやはり薄っぺらに聞こえる。妻と子どもを恋しがる気持ちについて、いったい自分になにが分かるというのだろう。

すべてだ。

すべて、分かっている。

ふたりは肩を並べ、救急車用の車寄せから中に入ると、救急病棟を通ってエレベーターへ向かった。内科病棟、六階のボタンを押す。

狭いエレベーターから出てみると、すぐそこで女医が待っていた。かなり背が高く、若く、美しい女だ。エーヴェルトはやけに長いこと彼女を見つめ、握手をするときもやけに長いこと手を握っていた。彼女がそのことに気づき、エーヴェルトをちらりと見たので、エーヴェルトは恥ずかしくなった。

「面会に来た人を通したのはわたしです。でも、ふたりが出ていったところは見ていません」

リーサ・エールストレムというその女医は、エレベーターの隣にある階段を指差した。ヒルディング・オルデウスは、すぐ下の踊り場に倒れている。コンクリート壁に顔から激突したのだ。口元の血は固まりつつある。からだのまわりが、広く赤く染まっている。

ヒルディングは静かに横たわっていた。鼻の傷を引っ搔くことも、目をきょろきょろさせることも、両腕を激しく動かすこともない。いまのヒルディングには、これまでになかった穏やかさがある。彼が抱いていた激しい不安も恐怖も、血とともにからだの外へと流れ出したかのようだ。エーヴェルトとスヴェンは階段を十二段下りた。エーヴェルトがひざまずき、死体を隅から隅まで探りはじめる。なんでもいいから証拠を見つけたい。とはいえ、見つかりはしないだろうと分かっている。ラングのような男はかならず、手袋をはめて慎重にやる。なんの痕跡も残さない。

ふたりはルードヴィッグ・エルフォシュを待っている。呼び出しを受けてすぐ、エーヴェルトが彼に連絡をとった。その時点で、すでに決心していた。もし犯人がラングなら、念入りに捜査をやって、かならずあの男の尻尾をつかんでやる。エルフォシュは最高の法医学者だ。ミスを犯すということがない。

数分。待っているあいだ、エーヴェルトは階段に腰を下ろし、目の前に横たわる死人をじっと見つめた。ヒルディング・オルデウスは、死について考えるような男だっただろうか。自分がクスリの助けを借りて向かっている先が死であることを、こいつは分かっていただろうか？　そのことに怯えていただろうか？　それともただひたすらクスリだけを求めて生きていたのだろうか？　まったく、馬鹿な男だ。こんな人生を送っていたら、こうして三十歳にもならないうちに汚い階段の真ん中でくたばることなど、ある意味当然の帰結ではないか。エーヴェルトはため息をつくと、もうなにも聞こえていない死体に向かって、ふん、と鼻で笑ってみせた。自分はどこで死ぬことになるんだろう、と考える。立ち上がってふたたびヒルディングに近づく。こんなふうに、道をふさぐようにして倒れて死ぬのだろうか。そうしたらきっと、こんなふうに鼻で笑うやつがひとりはいるはずだ。俺はいったいだれに鼻で笑われることになるのだろう。

ルードヴィッグ・エルフォシュは五十代、背の高い黒髪の男だ。ジーンズにジャケットというふだん着でやってきた。いつも顔を合わせる場所、つまりソルナの法医学局にある彼のオフィスでも、彼は同じような格好をしている。エルフォシュはふたりと握手を交わすと、つい先ほどまでヒルディング・オルデウスという生きた人間であった死体を指差した。

「少々急いでいるんだ。さっそく始めたい」

エーヴェルトは肩をすくめた。

「それこそ望むところだよ。始めてくれ」

エルフォシュはひざまずき、しばらく死体を見つめた。顔を上げずに話しはじめる。

「身元は？」

「ヘロイン漬けのチンピラだ。名前はヒルディング・オルデウス」

「なるほど。で、私が呼ばれたということは？」

「こいつを始末した人間を探してる。目星はついてる。正確な検死結果が必要だ」

エルフォシュは持参した黒い鞄をそばに引き寄せると、鞄を開け、ビニール手袋を取り出した。手にはめると、白い両手でいらだたしげに追い払うようなしぐさをしてみせた。エーヴェルト、そこをどけ、という意味だ。階段を上がってくれ、一段目から下には下りてくるな。

脈をとる。止まっている。

心音を聞く。なにも聞こえない。

小さな懐中電灯めいたもので両目を照らし、直腸体温計を使って体温を測り、両手で何度か腹を押した。

さほど時間はかからなかった。十分、十五分ほどか。このあと解剖して、中身を見てからでないと、ほんとうの仕事は始められない。

スヴェンはしばらく前から、階段を上りきったところで、死体に背を向け、エレベーターから内科病棟へと果てしなく続く青い廊下のほうを向いて座っている。前回エルフォシュの作業を目にしたときのことを思い出す。あのときスヴェンは泣きながら部屋を走り去った。いまもあのときと同じ、耐えがたい気持ちだ。こんな死にざま、とても直視できない。いや、そもそもどんな死にざまであれ向き合いたくない。エルフォシュは顔を上げると、一段目に立っているエーヴェルトと、いちばん上で床に座っているスヴェンに、ちらりと目をやった。

「スンドクヴィスト君には無理だと思うよ。前回と同じだ」

エーヴェルトのほうを向き、声をひそめて言う。

「スヴェン」

エーヴェルトは振り返ってスヴェンを見た。

「ああ」

「目撃者に話を聞いてこい」

「目撃者って、エールストレム医師だろ」

「そうだ」

「もう話は聞いたよ」

「もう一度聞くんだ」

スヴェンは、死と向き合うことのできない自分に怒りを感じたが、エーヴェルトが理解してくれていることがありがたかった。立ち上がり、階段を離れ、廊下の奥まで歩いていくと、扉を開け、内科病棟に入っていく。恐怖にとりつかれたヒルディング・オルデウスがこの病棟を離れてから、まださほど時間は経っていない。

エルフォシュは去っていくスヴェンを見送ってから、足元に横たわる死体に向き直った。ひとりの人間が生命を失い、無の世界へ渡っていった。これから彼は、メモとなり、報告書となる。エルフォシュは咳払いをすると、手に持っていた録音機を口元に近づけた。

「男性の死体検分」

ひとことずつ。

「瞳孔《どうこう》散大を確認」

小休止。

「右手の指五本に骨折が認められる。骨折部位の周辺に血腫がみられることから、骨折は生存時に起こったものと思われる」

何度か呼吸する。

「左膝に打撲傷を確認。浸出液がみられることから、打撲は生存時に起こったものと思われる」

エルフォシュは慎重だ。ひとつひとつの言葉を考え抜いてから発している。エーヴェルトは、疑念を残さない検死を、と頼んだ。その要求は満たされようとしている。

「腹部に複数のあざ。腹部膨満。触診により波動を確認。血液が貯留しているものと思われ、腹腔内出血の可能性が高い」

「注射の痕が複数。時期はまちまち。一部に感染症がみられる。薬物乱用のためと考えるのが妥当」

「検死および目撃者の証言から推定される死亡時刻は、三十分から四十分前」

それからさらに数分ほど、エルフォシュは所見の録音を続けた。後ほど法医学局で司法解剖をするが、さして新しい発見はないだろう。似たようなケースは、これまでに何度も目にしてきた。

ヨッフムはスロボダンの顔から手を離した。スロボダンが話しはじめると、頬にくっきりとついた赤い跡が動いた。

「なんだって？　顔を見られた？」

スロボダンは、赤くなり熱をもった自分の頬を指先で触った。ため息をつく。

「そりゃまずいな。目撃した連中がいるなら、ちょっと話をしなけりゃ」

「連中とは言ってない。顔を見られたのはひとりだけだ。医者だ」

降りつづく雨のせいで外がよく見えない。そのうえ、ふたりの体温と息と敵意がフロントガラスを内側から曇らせ、ほんの少し見えていた一角すらも完全に見えなくなった。スロボダンがフロントガラスと送風口を指差すと、ヨッフムはうなずき、先ほどひったくってポケットに入れた鍵を取り出してスロボダンに手渡した。スロボダンがエンジンをかけ、ガラスの曇りを吹き飛ばす。

「俺は戻れない。いまは無理だ。あの医者がまだいる。サツももう来てるだろう」

スロボダンは黙ったまま、フロントガラスの内側の曇りが徐々に晴れていくのを見守った。ヨッフムめ、ここらで少し思い知らせてやろう。自分たちは同等であるべきだ。毎回、少しずつ、スロボダンが力を得る。毎回、少しずつ、ヨッフムが力を失う。

フロントガラスの曇りが半分ほど晴れたところで、スロボダンはヨッフムのほうを向いた。

「俺がなんとかしてやるよ」

ヨッフムは借りを作りたくなかった。が、いまはしかたがない。

「名前はリーサ・エールストレム。年齢は三十から三十五のあいだ。身長百七十五センチ。体型は痩せ型、ガリガリと言ってもいい。中ぐらいの長さの黒髪。白衣の胸ポケットにメガネを入れてる。レンズの小さい黒縁メガネだ」

あの医師とは言葉を交わした。だから、話し方や声も知っている。

「北のほうの訛りがある。高い声だ。Sの音がうまく発音できていなかった」

ヨッフムは座ったまま脚を伸ばし、エアコンのスイッチを切った。

そして、スロボダンが自動ドアの向こう、病院のロビーへ消えていくのを、バックミラー越しに見送った。

あの歌を口ずさむ。不安になると、いつもそうしているように。

リディア・グラヤウスカス
リディア・グラヤウスカス
リディア・グラヤウスカス

静かに、つぶやくように口ずさむ。見つかる危険を冒したくはない。

殴って気を失わせたあの警備員は、いつ目を覚ますだろう。後頭部を強く殴りはしたものの、頑丈そうな人だったから、さほど効かなかったかもしれない。もしかしたら、もう通報がいっているかもしれない。

リディアはエレベーターを降りると、ストックホルム南病院最下階の明るい廊下を歩きはじめた。だがいまになっても、警備員の頭にピストルを突きつけ、ためらう彼のこめかみに銃口を強く押し当てた、あのときの感触がなかなか消えない。また九歳のころに逆戻りしている。あの部屋でひざまずいたパパ。その頭を殴り、武器の密売をするような連中は死んで当然だ、と怒鳴り散らした警官たち。

リディアは立ち止まり、ノートから破り取った紙切れに目をやった。

ロシア語を話せる例の女性看護師に頼んで貸してもらった、病院の案内図。各階の見取り図が記されたあのパンフレットを、念入りに研究しておいた。いま、改めてそれを見る。いや、正しくは、病室のベッドに横たわったまま、すぐそばにいる警備員の目を盗み、震える手でノートに写し取った、リトアニア語の書き込みのある見取り図を見る。

まちがいない。この先に遺体安置所があるはずだ。

歩くスピードを上げる。ギプスのはまっていない右手で、ＩＣＡスーパーの袋を持つ。できる限り急いではいるものの、腰の痛みのせいでどうしても足をひきずってしまう。痛くないほうの足を床に下ろすたびに大きな音がして、廊下の壁にこだましているように思え、リディアは怖くなった。スピードを緩める。足音を聞かれたくない。

これからすることは、もうすべて決まっている。

ディミトリのような男に、裸になれと命令され、見知らぬ男にからだを買われ、勝手にまさぐられても、黙って受け入れることを強いられるなんて、もう二度とごめんだ。

すれちがう人々の目には、自分の姿が映っていないらしい。彼らにじろじろと見られ、正体を見抜かれているような気がしたが、やがてそんなことはないと分かった。自分は、見えない存在だ。ほかの人たちと同じ姿をしているのだから。病院服を着た患者が、病院の廊下を歩いている。だれも目をとめたりしない。

だから、その瞬間、心の準備ができていなかった。

油断してはいけないのに、油断してしまっていた。

その男の姿が目に入ったときには、もう遅かった。

気がついたきっかけは、たぶん、男の歩き方、動き方だ。背が高く、したがって歩幅も広く、腕はどこにでも届くかのように見える。それから、声。男は、もうひとりの男と並んで歩き、大きな声で話をしていた。その声がリディアの耳にも届いた。鼻にかかったような高い声。すぐそばで聞いたことのある声。

自分を犯した男たちのひとり。いつも殴ってきた男だ。いま、男は白衣を着ている。あと数秒ですれちがう。男もリディアも、まっすぐ歩いている。ふたりのあいだにあるのは、まっすぐな、ドアのない廊下だけだ。

リディアは歩くスピードを緩めて下を向いた。ぶかぶかの病院服の下に片手をやり、ピストルに触れてみる。

すれちがったとき、男のからだに触れそうになった。

犯されたときと同じにおいがした。

ほんの一瞬のできごと。男は素通りしていった。

リディアの姿は、彼の目に入らなかった。ここ一年ほど、金を払って二週間に一回セックスをしている女は、いつも黒いワンピースを着ている。彼が自ら選んだ下着を身につけ、髪を下ろして、赤い口紅を塗っている。たったいますれちがった女は見たことがない。傷だらけの顔、ギプスをはめられた片腕。病院のロゴの入った白いスリッパを履いている。そんな女に見覚えはない。

その一瞬が過ぎてみると、リディアはむしろ驚きを感じた。恐怖ではなく、パニックですらなく、驚き。そしてそれは、徐々に怒りへと変わっていった。あの男は、ここを自由に歩きまわっている。ほかの人たちと同じように。外からは彼の正体が見えないのだ。

もうすぐ突き当たりだ。

リディアは扉の前で立ち止まった。これから、この扉を開ける。

遺体安置所に来るのは初めてだ。どんなところなのか想像するにも、昔リトアニアで観たアメリカ映画の映像しか浮かばず、そのイメージをもとにして計画を立てた。ノートに写し取った見取り図のおかげで、中がどのくらい広いかも、何部屋あるかも分かっている。これから、この中に入る。冷静であれ。取り乱してはならない。生きた人間も死んだ人間も、落ち着いて扱うのだ。

中に人がいることを願った。ひとりではなく、複数のほうがいい。

リディアは扉を開けた。扉は重く、窓はないはずなのに向かい風が吹いてきたような気がした。声が聞こえてきた。くぐもった声が、隣の部屋から聞こえてくる。リディアは立ち止まった。たしかに人がいる。いまやすべては自分次第だ。アレナが危険を冒して持ってきてくれたピストルと爆薬を身につけ、警備員を殴り倒して逃げ、こうして遺体安置所までやってきた。そしていま、人の声がする。運がいい。ほんとうに人がいるのだ。

リディアは深く息を吸い込んだ。

決心はついている。あとは、実行するだけだ。

あんなことがもう、二度と起こらないように。

声から判断するに、少なくとも三人はいるようだ。なにを話しているのかは分からない。単語をいくつか聞き分けられても、前後関係が分からない。スウェーデン語ができないことが恨めしかった。リディアはふたたびテープをはがし、胸の脇に固定してあったピストルを外すと、怪我をしていないほうの手で握りしめた。そして、最初に入ってきたこの部屋、だれもいない、長方形の、アパートの玄関にも似たこの部屋を、ゆっくりと横切り、声のする方へ向かっていく。

人影が見えてきた。

リディアは長方形の暗い部屋から、彼らの姿をじっと見つめた。全員が、目の前にあるなにかに集中している。なにかはよく見えない。

五人いる。見覚えのある顔。

今朝会った人たちだ。

病室で、ベッドのまわりに立っていた五人。そのうちのひとり、大きなメガネをかけた白髪混じりの男性は、リディアが救急病棟に運ばれてきたとき最初に診察をし、ほんの数時間ほど前、医学生四人にリディアを見せようと戻ってきた、あの医師だ。リディアのからだを、背中の傷跡を指し示し、直径がどうの、治療過程がどうの、ブルウィップがどうのと話していた、あの医師。彼が話しているあいだ、医学生たちはずっと黙りこくっていた。医師となって診断を下し、治療することができるようになるには、いったいどれほどの数の傷や障害を学ばなければいけないのだろう、と思いながら。

五人が見つめているのは解剖台だ。リディアにもやっと見えた。部屋の中央に置かれた解剖台を、ふたつある天井灯が煌々《こうこう》と照らしている。横たえられているからだがある。戸口から見るかぎり、どうやら死体のようだ。肌は青白く、呼吸もしていないように見える。大きなメガネをかけた白髪の医師が、リディアを指し示すのに使ったのと同じレーザーポインターを使って、死体を指し示している。医学生たちも、先ほどと同じように黙りこくっている。死体を前にしても、レイプされてぼろぼろになった人間を前にしても、まったく変わらない、落ち着き払った態度だ。

リディアは暗闇に包まれた一角でしばらくためらっていた。五人にはまだ彼女の姿が見えていない。

八歩近づいたところで彼らも気がついた。距離は二、三メートルといったところか。五人には、リディアの姿が見えたが、同時に、見えていなかった。だれなのかは分かった。背中に鞭で打たれた跡のある女性だ。病院備え付けの無地のカバーがかかった布団にくるまって、ベッドに横たわり、悲しげに微笑んでいた女性。いま目の前に立っている彼女は、外見こそ変わらないものの、どこか雰囲気がちがう。なにか用があるのだろう、その目が、こちらを向け、と言っている。そして彼女はさらに一歩踏み出すと、五人にピストルを向けた。天井灯の強い光は、いまや彼女の顔をも照らしている。傷だらけ、青あざだらけの顔。だが、彼女は痛みを感じていないかのようだ。きわめて真剣で、同時に落ち着き払っている。彼女の出現で話の腰を折られた白髪の医師は、学生たちの注意をふたたび引こうと、死体についての説明を再開していたが、すぐに話すのを止めて黙り込んだ。

目の前にいる女性が、ピストルの安全装置を解除した。

銃口を数十センチほど上げ、医師の頭に向けた。それから、ひとりずつ順番に、全員の眉間《みけん》を狙《ねら》っていく。

リディアは、銃口の先にいる五人が、胃が痙攣《けいれん》するあのいやな感覚、ディミトリがこめかみに死を向けてくるたびに彼女を襲ったあの痙攣を味わうまで、じっとピストルを向けつづけた。

だれも、なにも言わなかった。リディアが話しはじめるのを待っているようだった。

リディアは銃口を床に向けた。

「オン・ニー！　オン・ニー！」

五人は、かつて人間であったからだを載せた解剖台を囲むようにして床にひざまずいた。

リディアは彼らと目を合わせようとした。彼らが恐怖を感じているか確かめたかった。が、だれも、だれひとりとして、視線を合わせようとしない。目を閉じているのがふたりいる。女性の医学生と、男性の医学生ひとり。残りの三人は、ひたすらまっすぐ前を見据えている。

その視線はリディアを素通りし、リディアの後方に向けられている。事態を直視する気力がないのだ。いちばん年上の医師でさえも。

ふたたび、九歳の世界に逆戻り。あの部屋がよみがえる。ピストルを頭に突きつけてきた警察官。ひざまずかされたパパ。後ろ手に縛り上げられて、うつぶせになれと命じられたパパ。パパが前のめりに倒れ、その顔が硬い床にぶつかったときのドサッという音、両方の鼻の穴から流れ出していた血、いまもありありと思い出せる。

そんな自分がいま、ここで、自らピストルを構えている。

リディアは最後の一歩を踏み出した。

よろめいてバランスを崩しそうになる。気をつけなければならないと分かっている。よろめいたのは、ディミトリに蹴られて足をひきずっているせいだけではない。二年近く前のあの日以来、平衡感覚そのものが損なわれてしまっている。ある客が、料金の二倍を払うから追加サービスとして顔を殴らせろ、というので同意したら、左耳を殴られ、耐えがたい痛みに襲われた。聴力が一部失われて戻らなくなり、またどんな器官なのかはよく分からないが、耳の中にある平衡感覚を司る器官までもが、こらえきれずに損なわれてしまった。

リディアはなんとか持ちこたえた。よろめきはしたが、転びはせず、バランスを取り戻し、目の前でひざまずいている五人へと、ピストルを向けつづけた。

五人とのあいだに、注意深く二メートルほど距離をとる。それ以上でもなく、それ以下でもなく。五人がしっかりと床に膝をつけていることを確かめてから、ピストルを持った手をすばやく病院服の下に入れ、下着で腹に固定しておいたビニール袋を取り出し、足元に置く。袋に片足を突っ込むと、中をがさがさと探ってひもを出し、解剖台に向かって蹴り飛ばした。

医学生の女性を指差し、大声で叫ぶ。

「締《ロック》めろ！　ロック！」

リディアは、怯えて縮み上がっているその女性を見つめた。自分に似ていると言えないこともない。ふたりとも、ほんの少し赤みがかったセミロングの金髪だ。背丈もほぼ同じ。年齢も近いにちがいない。つい先ほどは、リディアが横たわり、医学生の彼女は立ったまま、リディアの顔を見下ろしていた。

いま、立場は完全に逆転した。

リディアは笑い出しそうになった。

医学生の彼女がひざまずいている。リディアは立って彼女を見下ろしている。

「ロック！」

医学生はぼうっと前を見つめている。頭にピストルが向けられていることは分かっている。ピストルを構えた女がなにやら叫んでいるのも分かっている。だが、なにも聞こえない。意味が分からない。頭にピストルを向けられているいま、言葉の意味など考える余裕はなかった。

「これで最後《ラスト・タイム》！　ロック！」

白髪の医師が、やっと状況を理解した。そっと医学生のほうを向くと、目を見てささやきかける。

「われわれを縛れという意味だ」

医学生も医師の目を見た。が、身動きひとつしない。

「きみに命令している。われわれを縛れ、と」

医師の声は落ち着いており、医学生は耳を傾けているようすだ。医師の目を見つめ、それから怯えた目をリディアに向ける。

「おそらく、撃ってこない。分かるね？　きみがわれわれを縛ればいいんだ。そうすれば、彼女は撃ってこない」

医学生はうなずいた。ゆっくりと、頭を上下に動かす。リディアへも、分かったというしるしにうなずいてみせた。それから、慎重に、ひもの玉へ手を伸ばす。玉をつかむと、ひざまずいた状態から立ち上がり、解剖台の上、死体の周囲をざっと見渡した。死体の腹を切り開くのに使ったメスが見つかり、それを使って、適当な長さにひもを切る。医師のそばへ近づいていくと、その後ろにしゃがみ込み、両手をひもで縛り上げた。

「きつく《ハード》！　とてもきつく《ベリー・ハード》！　きつく締めろ《ロック・ハード》！」

リディアは一歩踏み出すと、医師を後ろ手に縛っている医学生に向かってピストルを振ってみせた。ひもがきつく締まり、医師の皮膚に深く食い込んでいることを確かめる。

「ロック！」

医学生は解剖用のメスを手に医師のもとを離れると、同級生たちにひとりずつ近づいていった。同じ長さにひもを切り、両手首を強く、血が出るほどに強く縛り上げる。終わると、彼女はリディアのほうを向き、息を切らして、目が合うのをじっと待った。

リディアはピストルを使って、後ろを向け、自分に背を向けてひざまずけ、と彼女に合図した。それから進み出て、ひもの玉を手に取ると、ギプスをはめた左腕で押さえつつひもを切り、ちょうど彼女がほかの四人にしたのと同じように、彼女を後ろ手に縛り上げた。

六、七分かかった。予想よりも長引いている。五人もいるとは思っていなかった。ひとりかふたりだろうと思っていたのに、五人とは。

もう警備員は発見されているにちがいない。リディアがいないことも発覚しているはずだ。警察に通報もいっているだろう。

急がなければ。

五人の白衣をすばやく調べる。外ポケット、内ポケット。ズボン。見つけたものを床に放り出す。鍵束、財布、小銭、身分証明書、ビニール手袋、のど飴《あめ》が半分ほど入った箱。白髪の医師のポケットには、携帯電話も入っていた。リディアはその電話を調べ、ボタンをいくつか押してみた。バッテリーはたっぷり残っているようだ。

ひざまずき、後ろ手に縛られて、リディアの構えたピストルに身をすくませている五人。そのすぐそば、煌々と照らされた解剖台の上には、解剖途中の死体がある。

人質は取った。

次は、要求をすることだ。

涙が止まらない。

あいつのせいで泣くことは久しくなかったのに。自分を泣かせるあいつが憎い。リーサ・エールストレムは、弟を憎んだ。

数日前、弟が地下鉄のホームからかけてきた、あの腹立たしい電話。自分の中で、あの会話を反芻《はんすう》する。ヒルディングはいつもどおり、金をせびってきた。自分は、薬物依存者の家族を対象とした講座で学んだとおり、それを断わった。

涙は流れ、のどは詰まり、からだが震える。弟がどこかで倒れるたびに、何度も何度も迎えに行った。そのたびに弟は、これで最後だから、と約束した。あの独特の視線でリーサを見つめ、心配する彼女をなだめ、ゆっくりと彼女の力を奪っていった。そうやって、自分でも意識することのないまま、姉の人生を台無しにしていった。

いま、弟は横たわっている。

階段の踊り場に。彼女の職場から、ほんの数メートルしか離れていないところに。

今度こそ、ほんとうに最後だった。弟はもうこの世にいない。そう理解した瞬間、どこかほっとしている自分に気づいた。そして、そのことがまさに耐えがたかった。

取調官スヴェン・スンドクヴィスト（取）：ヒルディング・オルデウスがあなたにとって単なる患者以上の存在であったことは承知しています。でも、いくつか答えていただきたいことがあるんです。
リーサ・エールストレム（エ）：これから姉に電話するところなんですけど。
取：つらいお気持ちは分かります。でも、目撃したのはあなただけなんです。犯人を見たのは。
エ：甥《おい》や姪と話したいんです。ヒルディングをとても慕ってたから。ヒルディングはいつも出所するとすぐ、甥や姪と会っていました。だからいつも、健康で、清潔で、顔色も良かった。あんな変わり果てた姿のヒルディングは、姪も甥も見たことがないんです。
取：犯人にどれだけ近づいたか教えてください。面会に来た男です。
エ：電話させてください。人の言うこと、聞いてないんですか？　電話しなくちゃならないって言ってるのに！
取：お願いです。距離は？

ふたりは、ストックホルム南病院の六階に伸びる廊下の中央、内科病棟のガラス張りの看護師室で、それぞれ硬い木の椅子に座っている。

リーサは涙を流しつづけている。威厳めいたものがすべて、からだの中からずるずると流れ出していく。どんなに握りしめて保とうとしても、両手はただ滑るばかりだ。

自分の、弟。

でも、もう限界だった。

最近は、弟に助けを求められても無視してきた。世界中の涙を集めても、その罪を償うことはできない。そんな気がする。

スヴェンは黙ってリーサを見つめた。白衣がしわになりかけている。目を閉じ、鼻をかみ、手で長い髪をかきあげている。そのあいだ、スヴェンはじっと待っていた。この女性には、前にも会ったことがある。リーサ・エールストレムではないが、彼女に似た女たち。いままでに何度も経験してきた、彼女たちとの事情聴取。いつも黙って、少し後ろに控えている女たち。なにもかも自分のせいだと思い込み、自分を責める女たち。彼女たちの取り調べは、たいてい暗礁に乗り上げる。すべてが自分のせいだと思い込む彼女たちは、経験豊富な取調官にとってもやっかいな相手だ。取調官がなにを言っても、責めの言葉と受け取られてしまう。そもそも彼女たちにとっては、人生そのものが長い告発状だ。なんの罪も負っていないにもかかわらず、彼女たちは捜査の邪魔をする。

エ：そうなんでしょ？

取：え？
エ：わたしのせいだわ。
取：この件で罪悪感を抱かれるお気持ちは分かりますよ。でも、それはあなたの勝手な思い込みです。僕がなにを言っても変わらないでしょう。

リーサはスヴェンに目をやった。足を組んで座っている。答えを要求してくる。この刑事もいやだ、と思う。もうひとりの年配の刑事よりは温和そうだが、それでも好きになれない。刑事という人種には、どこか権威を振りかざすようなところがある。いまのこの会話だって、事情聴取なんかじゃない。口論だ。喧嘩《けんか》の始まりだ。そんな気力はないというのに。

取：ここにやって来た男、弟さんを手にかけた犯人と思われる男に、あなたはどのくらい近づいたのですか。
エ：いまのわたしとあなたぐらいです。
取：つまり、顔がはっきり分かるほど近づいたのですね。
エ：息がかかるぐらいまで近づきました。

リーサはガラスの向こうに目をやった。どうも落ち着かない。通りがかりの人々が皆、中をのぞいていく。その好奇心に満ちた視線が、見せたくないことまで盗み見していく。集中できない。頼んで椅子の位置を変えさせてもらい、ガラスの壁に背を向けて座る。

取：男の体格は？
エ：威圧感がありました。ちょっと怖いような。
取：背丈はどのくらいでしたか。
エ：わたしよりもずっと高かったです。わたしも百七十五センチで、かなり背は高いほうですが。もうひとりの刑事さんと同じくらいじゃないかしら。十センチは差があったと思います。

リーサは廊下の奥に向かってうなずいてみせた。廊下の奥には階段があり、床に横たわる死体があり、エーヴェルトとエルフォシュがそのそばに立っている。スヴェンも無意識のうちに同じ方向を向き、エーヴェルトの背丈を思い浮かべた。

取：どんな顔でしたか。
エ：がっしりした顔と言ったらいいかしら。鼻も、あごも、額も。
取：髪は？
エ：スキンヘッドでした。

ノックの音。ガラスの壁に背を向けて座っていたせいで、近づいてきた人影に気づいていなかったリーサは、びくりとからだをすくませた。制服を着た警官がひとり、ドアを開けて入ってくると、持ってきた封筒を置いてすぐに出ていった。

取：ここに何枚か写真が入っています。すべてちがう人物の写真です。見ていただけますか。

リーサは立ち上がった。もう限界だ。いまはもう耐えられない。テーブルの中央に置かれた茶封筒のことなど、どうでもよかった。

取：お座りください。
エ：仕事がありますから。
取：エールストレムさん。こちらを見てください。弟さんの死は、あなたのせいではありませんよ。

スヴェンは一歩踏み出すと、悲しみと罪悪感の世界へ姿を消しつつある女の肩をつかんで、そっと椅子に座らせた。カルテを綴《と》じたフォルダーふたつを脇にどけ、テーブルの上に場所を作ると、茶封筒を開けて中身を出した。

取：面会に来たのがどの男か教えてほしいんです。息がかかるほど近づいたのだから、顔も分かりますよね。

エ：もうだれだか分かっていらっしゃるような口ぶりですね。

取：写真を見てください。お願いします。

リーサは写真を手に取った。一枚、また一枚、じっくりと見つめ、一枚ずつ見終わるごとに、裏返しにして重ねていく。そんなふうにして、白壁を背にして立っている男の写真を三十枚ほど見終わったところで、胸が締めつけられるような心地がした。幼いころ、暗闇が怖かった、あのときの感覚に似ていた。当時リーサはその感覚を、からだの中でなにかが踊っているみたい、と思ったものだった。まるで、恐怖が空気よりも軽いガスとなり、そのせいでからだが浮かんでいくような、そんな気がした。

エ：この人です。

取：まちがいありませんか？

エ：まちがいありません。

取：記録します。目撃者は三十二番の写真の男を面会者と特定。

スヴェンはしばらく黙っていた。なにを感じているのか、自分でもよく分からない。悲しみは、人を内側から蝕んでいく。目の前にいるこの人も、悲しみで息を詰まらせそうになっている。それでもその悲しみを飲み込み、からだのなかに溜め込まずにはいられない。この人は、いつ壊れてしまってもおかしくないのだ。だが自分はそれを無視して仕事を進めなければならない。

そして、いま。

彼女は、あの男を特定した。エーヴェルトとスヴェンの望みどおり、あの男を。

この人には強くあってほしい、とスヴェンは願った。

取：あなたがいま指し示した男は、大変な危険人物とみなされています。いままでのわれわれの経験からすると、この男を目撃した人は、その後かならず脅迫を受けています。

エ：どういうことですか。

取：あなたに身辺警護をつけることも検討しなければなりません。

そんな言葉は聞きたくなかった。すべてをもとに戻してほしい。家に帰って、ベッドに入り、目覚まし時計をセットして、時計が鳴ればきちんと目を覚まし、朝食をとって、服を着替えて、ここに出勤してきたい。

でも、そういうわけにはいかない。

決してもとには戻らないのだ。

どんなに望んでも、過去は消えない。

リーサは硬い椅子に座ったまま泣こうとした。内側から自分を蝕むなにかを絞り出そうとした。だが、泣けなかった。涙がもう残っていない。こんなふうに尽きてしまうこともあるのか。

立ち上がり、ここではないどこかへ逃げようとしたそのとき、ガラス張りの看護師室のドアがふたたび開いた。

だれかがノックもせず、まっすぐ部屋に入ってきた。

さっき会った年配の刑事だと気づいた。長いこと手を握ってきた、あの刑事。その顔が燃えるように赤い。大声で叫んでいる。

「ちくしょう！　スヴェン！」

スヴェンが上司であるエーヴェルトに腹を立てることはほとんどない。そこがほかの刑事たちとはちがうところだ。同僚たちの大半は、エーヴェルトを嫌っている。何人かは、憎んでいると言ったほうが近いだろう。だがスヴェンは、受け入れようと決心したのだった。善とともに、悪をも受け入れること。我慢するか、逃げるか、ふたつにひとつ。彼は、我慢する道を選んだ。

だが、例外もある。

「記録します。目撃者リーサ・エールストレム医師との事情聴取を中断したのは、ストックホルム市警のエーヴェルト・グレーンス警部」

「悪かったよ、スヴェン。だがな、えらいことになっちまった」

スヴェンは録音機のほうへ身を乗り出すと、スイッチを切った。それから、エーヴェルトに向かって片手を差し出した。どうぞ、という合図だ。

「意識不明の状態で、アトラス地区のアパートから救出した女だが」

「ああ、あの鞭で打たれた女性」

「消えたよ」

エーヴェルトはうなずいた。

「消えた？」

「この病院のどこかに入院しているらしいんだが、ついさっき、指令センターから連絡が入った。病室にいないそうだ。それどころか、ピストルを持って、病室に配置されてた警備員を殴り倒したらしい。まだ病院のどこかにいるはずだ。安全装置を外したピストルを持って」

「どうして彼女がそんなことを？」

「分かっているのは、いま言ったことだけだ」

リーサは三十二番の写真をテーブルに戻し、ふたりの刑事に視線を向けた。そして、看護師室の天井を指差した。

「この上ですよ」

「え？」

「その患者さんは、この上の階に入院していたはずです」

エーヴェルトは白い天井を見上げた。入ってきたばかりの部屋を出ようとしたところで、スヴェンに腕をつかまれた。

「エーヴェルト、待ってくれ。例の面会者がだれだか分かった。ヨッフム・ラングだ。百パーセントまちがいない」

ぎくしゃくと歩くエーヴェルトの大きなからだが、戸口でふと動きを止めた。エーヴェルトは振り向くと、リーサに向かってうなずき、スヴェンに向かって微笑んだ。

「やったぞ、アンニ」

「え？」

「いや、なんでもない」

スヴェンはわけの分からないままエーヴェルトを見つめていたが、やがてリーサのほうを向くと、その肩にそっと手を置いた。

「エールストレム医師に身辺警護をつけなくては」

六月五日水曜日の昼下がり。

エーヴェルト・グレーンスとスヴェン・スンドクヴィストは、ストックホルム南病院にあるあまたの階段のひとつを、六階から七階へと駆け上がっている。

なんとも奇妙な日であった。

五人ともしばらくのあいだ、そっと脚の向きを変えてみたり、ゆっくりと首をかしげてみたりと、そわそわからだを動かしていた。床に座らされ、からだの節々が痛むものの、自分の存在をこの女に思い出させたくない、しかしそう思えば思うほど、逆にじっとしていられなくなる、そんなようすだ。

彼らの激しい不安はリディアにも伝わってきたが、そのまま放っておいた。座らされ、だれかを見上げているとき、しかもそのだれかに、自分のからだの自由を奪われているとき、息をすることがどんなに難しいか、リディアは知っている。ステナ・バルティカでのことを思い出す。殺すぞ、と脅迫されて、助けを求めて叫ぶというあたりまえの行為すらできなくなった、あのときのこと。

突然、五人のうちのひとりが、後ろ手に縛られたまま前に倒れた。

若い男の医学生だ。バランスを崩し、死体の載った解剖台を囲んでひざまずく五人の輪を乱した。

リディアはすばやく、ピストルを彼に向けた。

医学生は前のめりになっている。膝を床についたまま、その上に頭を垂れ、両手は背中の後ろできつく縛られている。からだが震えている。背筋をまっすぐ伸ばす力がない。泣いている。恐怖のせいだ。こんな時がやってくるとは、いままで一度も考えたことがなかった。人生はなにもしなくても続いてきたし、若い彼にとってはすべてが永遠だった。だがいま、彼は気づいた。自分の人生が、いまここで終わってしまうかもしれない。まだ二十三歳なのに。からだが震える。もっともっと長く生きたいのに。

「オン・ニー！」

リディアは医学生に近づくと、首筋にピストルを押しつけた。

「オン・ニー！」

医学生はゆっくりと上半身を起こし、背筋を伸ばした。まだからだが震えている。涙が両頬をつたっている。

「名前《ネーム》」

医学生は黙ったままリディアを見た。

「ネーム！」

口が回らない。言葉が出てこない。

「ヨーハン」

「ネーム！」

「ヨーハン・ラーセンです」

リディアはラーセンに覆いかぶさるようにして立つと、その額に銃口を強く押し当てた。ステナ・バルティカで、男たちにされたのと同じように。ピストルを突きつけたまま、たどたどしい英語で言う。

「おまえ、膝をつけ《ユー・オン・ニー》！　またやったら《イフ・アゲイン》、パーン！」

ラーセンは背筋を伸ばして座り直した。息ができない。からだの震えが止まらない。小便が片方の脚をつたって流れ、ズボンを濡らしたが、気がつきもしなかった。

リディアは五人をひとりずつ眺めた。あいかわらず、だれも彼女と目を合わせようとしない。その勇気がないのだ。リディアは床に置いてあったＩＣＡスーパーの袋を手に取ると、爆薬と雷管の入った包みを取り出した。解剖台脇の小さなステンレスの台に近づいていくと、その上でベージュの粘土のような爆薬を分け、手でこねて柔らかく、成形しやすくする。先ほど忍び込んできたドアのまわりに付着させるためだ。怪我をしていないほうの手にピストルを持つと、たったいまこねた爆薬の半分をその手に取り、ドア枠に、切れ目のないまっすぐな細い線状に貼《は》り付けていく。それから残りの半分を、目の前で床にひざまずいてじっとしている人質の五人、ひとりひとりに貼りつけていく。五人はいま、解剖途中の裸の死体を囲み、輪になって座っている。うなじに貼り付いた、薄いベージュの膜というかたちで、両肩に死を背負っている。

リディアがこの部屋に入ってきてから、すでに二十分近くが経過していた。七階の外科病棟から、地階の奥にあるこの遺体安置所に移動するのに、さらに十分かかっている。

自分が逃げたことは、もうとっくにばれているはずだ。

警察にも通報がいって、捜索が始まっているにちがいない。

リディアは女学生に近づいていった。自分によく似た、セミロングの赤みがかった金髪の、すらりとした彼女。ほかの四人の両手を縛り上げた彼女。

「警察《ポリス》！」

リディアは彼女の目の前に、白衣のポケットを探ったときに見つけた携帯電話を突き出した。彼女の両肩に貼り付いた爆薬に手を置く。服従しなければならないということを思い出させるためだ。それから慎重に、手首を縛っているひもをほどいてやった。

「ポリス！　警察《コール・ポリス》、呼べ！」

医学生はためらった。言われたことを誤解していたらどうしよう。不安げにあたりを見まわし、白髪の医師の顔をうかがう。

医師は先ほどと同様、恐怖を隠し、落ち着いた声で彼女に話しかけた。

「警察に電話しろ、ということだ」

医学生は、分かったというしるしにうなずいてみせた。医師はうわずりそうな声を抑えつつ、続けた。

「電話しなさい。この人の言うとおりにするんだ。1、1、2だ（緊急通報用電話番号。警察・救急・消防に共通）」

医学生の手は震え、携帯電話を床に落としてしまった。拾い上げるが、まちがった番号を押してしまい、リディアにちらりと目をやって謝ると、やっと正しい番号を押した。1、1、

2。リディアは呼び出し音を耳にして納得し、うつぶせに横たわるよう医学生に指示すると、彼女の手から電話を取り上げた。年配の医師に近づいていき、その耳に電話を押しつける。

「話《トーク》せ！」

医師はうなずいた。電話がつながるのを待つ。額が汗で光っている。

完全な沈黙。

一分。

応答する声が聞こえてきた。

医師は通話口に口を寄せて言った。

「警察につないでください」

黙ったまま待つ医師。そのそばで携帯電話を握るリディア。ほかの四人は、目を閉じているか、まっすぐに床の遠くのほうを見つめている。

電話の向こうから、別の声が聞こえてきた。

医師がふたたび話しはじめる。

「グスタフ・エイデルといいます。ストックホルム南病院の指導医です。いま、地下の遺体安置所にいます。病院服を着て、ピストルを持った若い女が、私を含め五人を人質に取っています。安全装置を解除したピストルを、われわれの頭に向けています。彼女はわれわれのからだに爆薬らしきものも貼り付けました」

先ほどまっすぐに座ることができず、からだを震わせて頭から前に倒れた、ヨーハン・ラーセンという若い医学生が、電話に向かって叫び出した。

「セムテックスです！　プラスチック爆弾のセムテックスです。五百グラムぐらい使ってます。起爆させたら大変なことになる！」

リディアは叫ぶ医学生にピストルを向けたが、すぐに下ろした。

セムテックスという言葉が聞こえたのだ。医学生の声はすっかりうわずっている。メッセージはまちがいなく伝わった。電話の向こうの連中も、これで分かったはずだ。

ノートから破り取った紙切れを取り出すと、医師の耳に電話を当てたまま、彼の目の前、床の上に置く。紙切れは何枚かあり、いちばん上に置かれた紙はほとんど空白だ。ただ一行だけ、なにか書いてある。リディアは医師に向かって、話しつづけろと合図した。

指示されたとおり、医師はまた話しはじめた。

「もしもし？」

電話の向こうからも、声が聞こえてきた。

「犯人の女が、ある名前を読め、と私に言っているようです。ノートを破ったらしい紙切れに、名前が書いてあります。ベ、ン、グ、ト・ノ、ル、ド、ヴ、ァ、ル。それだけです」

電話の向こうの人物が、繰り返してくれと言った。

「ベ、ン、グ、ト・ノ、ル、ド、ヴ、ァ、ル。書いてあるのはそれだけです。読みにくい字ですが、まちがいないと思います。女は英語を話していますが、分かりにくい英語です。ロシア人かもしれません。あるいは、バルト三国か」

リディアは医師の耳から携帯電話を離すと、まっすぐ背筋を伸ばして座れ、と合図した。

リディアが書いた名前を、彼は確かに読み上げた。

バルトという言葉も聞こえた。

これでいい。

ベングト・ノルドヴァルは空を見上げた。果てしない灰色。夏へと近づく道のりに、雨がしつこくつきまとう。ベングトは深いため息をついた。いまこそ力を溜めておく時期、気持ちよくリラックスして、暑い夏に備える時期だというのに。今年は、秋もまたこんな天気になるのだろう。そして十月も半ばを過ぎると、だれもが家に閉じこもる。自分以外のなにもかもにうんざりする、そんな季節。

静かだった。聞こえるのは、パラソルに打ちつける雨音だけだ。

レーナはいつもと変わらず、隣に座って本を読んでいる。明日、次の本を読みはじめたら、いま読んでいる本の内容は忘れてしまうのだろう。それでもレーナは、こうして本の世界に百パーセント没頭し、現実を逃れる。椅子の上であぐらをかいて、背もたれにクッションを置き、周囲の世界を忘れ去る。

二日前の朝も、降りつづく雨の中、ベングトは同じ場所に座っていた。エーヴェルトと並んで、庭のベンチに腰を下ろした。服がびしょ濡れになったが、それでも言葉を交わすことのほうが大切だった。ふたりはときおりこうして親密な時間を共有した。じゅうぶんな時間を経て初めて生まれる親密さ。

その次の日に、バルト海の向こうからやってきた売春婦のアパートでエーヴェルトに出くわすことになろうとは、まったく予想していなかった。

ベングトは女の姿を思い浮かべた。鞭でぼろぼろになった背中の皮膚。気持ちが悪くなってきた。いまはもう、あの女のことを、あの傷だらけの背中を、思い出すのはやめよう。

決して広くはない庭だが、ベングトにとっては自慢の庭だ。子どもたちが好きなだけ走り回れる。ここ二年、ベングトはパートタイムで働いている。五十五歳の彼にとって、成長していく子どもの姿を見守れる機会など、おそらくこれで最後だろう。一度きりのチャンスなのだから、できる限り逃したくない。子どもたちは成長し、自分でいろいろなことをこなせるようになってきたが、それでもそばにいて、離れたところから子どもたちの遊びを見守っていたかった。この夏は、子どもたちも外で遊ぶのがいやになったようで、じっとりと雨に濡れた芝生を走り回ることはなく、ばらの花壇でのサッカーも、ライラックの垣根でのかくれんぼもしていない。ふたりとも部屋にこもって、それぞれコンピューターに見入り、ベングトにはさっぱり分からないデジタルの世界に没頭している。

ベングトはふたたびレーナを見やった。微笑む。なんと美しい女性なのだろう。長い金髪。安らぎそのもののような顔。自分は経験したことのない穏やかさだ。リトアニアの街、ビリニュスに思いを馳せる。スウェーデン大使館。ベングトはそこで数年ほど、警備責任者として働いていた。そこにある日突然、レーナが現われた。若く好奇心に満ちた新人職員。なぜ彼女に選ばれたのか分からない。そう、まさにそうなのだ、自分は彼女に選ばれた。家庭を築くのにふさわしい人間というカテゴリーからは、もう除外されたものと思っていたのに、どういうわけか呼び戻され、招き入れられたのだった。

くたびれた、みすぼらしい警察官。二十歳も年上の男。

ある朝レーナが目を覚まし、彼の目を見て、まちがいを犯したことを悟り、出ていって、と言い放つ。そんな日が来るのではないかと、ベングトはいまだに怯えている。

「レーナ」

聞こえていないらしい。ベングトは身を乗り出すと、レーナの頰に軽くキスをした。

「レーナ」

「なあに？」

「中に入らないか？」

レーナは首を横に振った。

「ちょっと待って。あと少し。三ページだけ」

雨がこれ以上激しく降ることはないだろうと思っていたが、予想に反して雨は激しさを増し、頭上のパラソルをも破ろうかという勢いだ。周囲の芝生も、だんだんと芝生ではなくなり、足元のおぼつかない沼地へと姿を変えている。

ベングトは妻の姿を見た。両手で本を持ち、あと三ページで終わる章の向こうに顔を隠している。

不意に、別の女が襲ってきた。

目の前にいるレーナではなく、昨日の、鞭でずたずたにされた背中、固まった血、おぞましくもぼろぼろになった皮膚。どんなに振り払おうとしても、あの売春婦の姿が頭から離れない。目を閉じる。ますます鮮明に見えてくる。意識を失い、担架で運ばれていった女。目を開けても、女はそこにいる。もの言わぬまま、穴の開いたドアを抜け、外へ出ていくところだ。襲ってくる不快感。それを抑えようとすると、不快感はさらに恐怖へと変化を遂げる。

ベングトは思わずうずくまった。

「どうしたの？」

レーナはベンチのひじ掛けに本を置き、ベングトを見つめた。ベングトはしばらく黙っていたが、やがて肩をすくめた。

「なんでもない」

「なんでもないってことないでしょう。なにか心配ごと？」

もう一度、できる限り平然と、肩をすくめてみせる。

「なんでもないよ」

レーナはベングトを知りつくしている。なんでもないわけがない。

「あなたのそんなようす、久しぶりに見たわ。まるで怯えているみたい」

ふたりいた売春婦のうち、ひとりが鞭で打たれた。もうひとりはアパートの中を走りまわり、大声で叫んでいた。若いふたりの、傷だらけのからだ。イメージが追いかけてくる。打ち明けるべきなのかもしれない。レーナには知る権利がある。あそこであのふたりに出会うとは、夢にも思っていなかった。

「携帯鳴ってるわよ」

レーナに目を向ける。レーナが彼の上着のポケットを指差している。着信音に急き立てられて、ポケットの中をあわてて手探りする。四回しか鳴らないようにしてあるのだ。

「もしもし」

ベングトは、携帯電話を耳に押しつけるようにして用件を聞いた。通話は数分で終わった。

ベングトはレーナを見つめて言った。

「事件だ。通訳が要るらしい。行かなくちゃ」

「どこ？」

「ストックホルム南病院」

ベングトは立ち上がると、先ほどと同様、レーナの頬にキスをした。腰をかがめてパラソルを離れ、どしゃ降りの雨の中へ出ていく。

ストックホルム南病院。バルト海の向こうから来た売春婦。遺体安置所。

また、恐怖が襲ってきた。

警備員は緑色の制服を着て、その病室に一台しかないベッドに座っている。額から後頭部にかけて巻かれた包帯は、かなり出血したせいで薄赤く染まっている。胸ポケットにポーランド系の名前が刺繡《ししゅう》された女性看護師がすぐそばに立ち、片手に茶色の錠剤をふたつ持っている。鎮痛剤かなにかだろう、とエーヴェルトは考えた。

参考になる証言は、ほとんど得られなかった。

警備員の話によると、問題の女はラウンジでテレビを見ていた。ほかには四号室に入院している少年ふたりがいた。どのチャンネルだったか思い出せないが、ちょうど昼のニュースをやっていた。女がトイレに行きたがった。そのくらい許可したってかまわないだろうと思った。片腕にはギプスをはめ、腰の怪我のせいで足をひきずっている、痩せ細った弱々しい女、そんな女が危険だなんて思わなかった。それに、どっちみち、いっしょにトイレに入るわけにもいかないし。そうですよね、入るわけにはいかないでしょう？

エーヴェルトは、ふん、と笑った。入るべきに決まってるじゃないか。あの女を見張るのがおまえの仕事だったんだから。女が眠っていようとクソしていようと関係ない。

警備員は痛みを訴え、頭や首筋に手をやった。かなりの力で殴られたのだ。

そのあと、女がトイレの水を二度にわたって流している音が聞こえてきた。女はトイレから出てくると、病室に戻りたい、と合図してきた。そして、いっしょに部屋に入ってくれ、と頼まれた。べつにおかしいとは思わず、女のあとについて二号室、つまりこの部屋に入り、いつもやっているようにドアを閉めた。

すると突然、女がピストルを出してきた。

どうやって持ってきたのかは分からない。分かったのは、女が安全装置の解除のしかたを知っているらしいということ。そして、女はピストルを自分の頭に向けてきた。しばらくしてやっと、この女は本気だ、と分かった。

がらんとした、殺風景な部屋だった。

警備員は首に手をやり、ため息をつきながら出ていった。エーヴェルトは訪問者用の椅子に座ったまま、あたりを見まわした。

金属製のベッド。その隣にキャスターテーブル。窓際には小さな机があり、エーヴェルトが座っている椅子がある。それだけだった。居間のように広い病室。本来は四人部屋だが、おぞましい暴行を受けた女ひとりのために、明け渡され、整えられていた。

エーヴェルトは静かに座っていた。さまざまな思いが、冷たく白い壁にぶつかっては跳ね返る。

じっとして、態勢を整える。力が要る。アーランダ空港からの帰り道、呼び出しを受けて車線を変え、大急ぎでヴェステル橋を渡ってストックホルム南病院へ向かってきた、あのとき予想した以上に、エネルギーが必要だ。ジャンキーがひとり殺され、アンニとの生活を奪った男をついに捕らえる可能性が開けてきた。ところがいまや事態は急展開し、セムテックスを使った人質事件まで発生してしまった。爆発すれば、人でひしめくこの建物の少なくとも一部が、木っ端微塵《みじん》に砕け散ることになる。

エーヴェルト・グレーンスは警部だ。すでに発生した殺人事件を捜査するのが仕事であり、その職務にはだれよりも長《た》けている。が、狂気の進行するただ中へと介入していく大規模な作戦行動には、長いことかかわっていなかった。そう、事件はまさに進行中だ。ヨッフム・ラングが犯人と特定された、そのわずか一階上で、売春婦が警備員を殴り倒して逃げた。そしてその同じ女が、地下の遺体安置所で五人を人質に取り、彼らの肩に薄いベージュの死を貼り付けたとき、エーヴェルトはその七階上にいた。

署のオフィスの戸棚に掛かっている警察官の制服を、パトカーで取ってこさせる。

エーヴェルトはまもなく、現場指揮官に任命される。

ふたつの事件が、彼の肩にかかっている。

スロボダンは、ストックホルム南病院の正面玄関を入る直前、振り返り、ヨッフム・ラングの乗っている車を見やった。日焼けしたスキンヘッドの頭と太い首が、雨に濡れた窓の向こうにちらりと見えた。実のところ、あのハゲ頭のことはかなり気に入っている。ヨッフムはずっと、憧れと、ちょっとした畏怖《いふ》をも抱かせる、兄貴のような存在であった。だが今回は、自分が上に立ってやる。もう三十五になったのだから、そろそろ攻めに出なければ。敬意を勝ちとるのだ。自分を馬鹿にしている連中を見返してやるのだ。今回は、ヨッフムがミスを犯した。洗剤野郎と話をつけに行ったところを目撃されるというミス。だから今回は、自分がその後始末をしてやる。

リーサ・エールストレム。北のほうの訛り。三十歳から三十五歳のあいだ。身長百七十五センチ。黒髪。白衣の胸ポケットに、小さな黒縁メガネ。

スロボダンはエレベーターで六階に上がった。降りてすぐそばのドアに近づき、そのドアを開け、病棟へ、だれもいない廊下へ入っていく。廊下の中ほど、ガラス張りの部屋のそばで立ち止まる。中には、女がひとり。

女はこちらに背を向けて立っている。スロボダンがガラスを軽くノックすると、彼女は振り返った。この女はちがう。この女は、もっと歳をくっている。二十歳は上か。

「リーサ・エールストレム先生に会いたいんですが」

「あいにくいまはいませんが」

スロボダンはにやりと笑った。

「そりゃ、見れば分かりますよ」

彼女はその笑みには応えなかった。

「エールストレム先生は取り込み中です。ご用件は？」

女は看護師のようだ。胸元の名札にそう書いてある。ピリピリしたようす。不安げな顔だ。

「ついさっき、警察の方がいらして、エールストレム先生とお話ししていかれたんですけど。そのことですか？」

「まあ、そうとも言えますね。先生、どこにいるっておっしゃいましたっけ」

「わたしはなにも言ってません」

「どこにいらっしゃる？」

「先生には、担当の患者さんがたくさんいらっしゃって、いま何人もお待たせしてる状況なんです。今日はちょっと、ばたばたしていたものですから」

スロボダンは一歩退くと、廊下の壁沿いに置いてあった椅子を引き寄せ、腰を下ろした。部屋から立ち去るつもりはない、という意思表示だ。

「呼んできてくださいよ」

エーヴェルトは、つい先ほどまで被害者の病室、暴行された女の仮住まいであった部屋、だがいまや加害者の病室、売春婦による犯行現場となった部屋で、しばらく窓際の小さな机に向かって座っていた。携帯電話のバッテリーが切れるまで、次々と電話をかけて指示を下し、それから充電済みの新しいバッテリーに交換した。

出動可能なパトカーはすべて、直ちにストックホルム南病院の救急外来に集合するよう命じた。救急外来を指定したのは、もし爆発が起こってもここならじゅうぶんな距離があると考えたからだ。また、リング通りから病院への入口を閉鎖し、一般車両の通行を禁止した。病院の経営陣にも連絡を取り、遺体安置所の付近にいる人々を全員避難させるよう指示した。ピストルと爆薬を持った女が遺体安置所にいる、全員避難だ、早く！

エーヴェルトは立ち上がると、ちょうど部屋に入ってくるところだったスヴェンに目をやり、ドアを指差した。ふたりは黙ったまま廊下に出た。猛烈な勢いで指示を下した数分間だった。

「爆発物処理の専門家も要るな」

「そうだな」

「手配してくれるか？」

「分かった」

エレベーターにたどり着く。ちょうど一台が到着し、スヴェンが乗ろうとした。

「どうする、乗るか？　それとも、階段で行こうか？」

エーヴェルトは片手を挙げた。

「いや、まだだ」

手にしている封筒をスヴェンに渡す。

「女のベッドのそばで見つけた。これ以外は全部、病院の備品だった」

スヴェンは封筒を受け取ったが、ちらりと見ただけでエーヴェルトに返した。すぐ近くの部屋に入っていき、しばらくなにかを探していたが、目的のものはすぐに見つかった。洗面台の上の棚に積まれたビニール手袋だ。一組つかみ取り、両手にはめる。

「よし。見せてくれ」

封筒を開ける。青い表紙のノート。中身はそれだけだ。エーヴェルトを見やってから、ぱらぱらとめくる。何故か破り取られたページがある。四ページにわたって、ぎっしりと文字が連なっている。スラヴ系の言語らしい、ということしか分からない。

「彼女のか？」

「おそらくな」

「内容がさっぱり分からない」

「翻訳させよう。手配してくれるか？」

エーヴェルトは片手を差し出し、スヴェンが青いノートを封筒に入れるのを待って、ふたたび受け取った。それから、エレベーターの向こうを指差す。

「階段で行こう」

「いいのか？」

「なにか起こって、エレベーターに閉じ込められたらまずいだろう」

エレベーターの隣、コンクリートの急な階段を下りていく。ヒルディング・オルデウスが倒れていた場所に大きな赤い血痕が見える。死体は緑衣の連中がすでに運び出したから、残っているのはそれだけだ。エーヴェルトは通りがけに肩をすくめた。

「こいつの件は後回しだな」

二段下りたところで、スヴェンがふと立ち止まった。そのまま数秒間じっとしていたが、やがて向きを変え、血痕へと近づいていった。

「ちょっと待ってくれ、エーヴェルト」

壁の高い位置についた血痕を見つめ、その輪郭をたどる。

「僕たち人間は、いったい何に駆り立てられてるんだろうな。見えるだろう、エーヴェルト。ついさっきまで生きてた人間の痕跡だ」

「話なんかしてる暇はないぞ」

「僕には分からない。人間がなにに、どんなふうに駆り立てられていくか、仕組みは知っている。それでも理解できない」

スヴェンはしゃがみ込んで軽くからだを揺らし、立ち上がるときにバランスを崩しかけた。

「この男のことは知っている。ヒルディング・オルデウスは恵まれた環境にいた。頭も悪くなかった。そうだろう？　だがこの男にはやっかいな荷物があった。恥を背負って生きていたんだ。こういう連中はみんなそうだ。なんであれ、恥を抱えている」

「急げよ、スヴェン」

「聞いてくれないか、エーヴェルト。恥は、人間を蝕む。恥が、連中を駆り立てる。僕たちが追いつめるべきなのは、犯罪者じゃない。犯罪者を駆り立てる恥だ」

「おいスヴェン、とにかくいまは時間がない。行くぞ」

スヴェンは動かない。エーヴェルトのいらだちを感じながらも、無視している。

「ヒルディング・オルデウスは、こう考えていた。ほんとうの自分がどんな人間か、自分でよくわかっている。だが、そんな自分とはなにがあってもかかわりを持ちたくない。知りたくもない。恥ずかしいからだ。なぜそんなふうに考えるんだろう？」

エーヴェルトはため息をついた。

「俺には分からん」

「こいつ自身もたぶん、なぜかは分かってなかっただろうな。分かっていたのは多分、ヘロインさえやってればそんなふうに考えなくて済む、ということだけだ。それしか考えてなかった。ヘロインさえやってれば、恥を感じなくて済む」

スヴェンはエーヴェルトに目をやった。いずれにせよ、聞いていない。もう階段を下りていこうとしている。

「悪いがな、この下に、ピストルを構えた物騒な売春婦がいるんだ。その話はあとにしよう」

五階。

ちょうどスヴェンが追いついたところで、エーヴェルトが振り返り、歩きながら話しはじめた。

「おい」

「なんだ？」

「交渉人も要るな。人質交渉人だ」

「もう向かってるよ」

「なんだって？」

「彼女が要求した」

エーヴェルトは階段の途中で立ち止まった。

「どういうことだ？」

「僕もついさっき知ったんだよ。出動要請の電話をしたときだ。彼女は人質のひとり、医師に話をさせた。その人が現場の状況を伝えてきた。彼女がそうしろと要求したらしい。スウェーデン語ができないからな。英語も片言だそうだ」

「それで？」

「医師が状況を説明し終わったところで、彼女はその医師に、紙に書いた名前を読ませたそうだ。名前は、ベングト・ノルドヴァル」

「ベングトだと？」

「ああ」

「なぜだ？」

「分からない。電話を受けた指令センターは、ベングト・ノルドヴァルを連れてこいという意味だろう、そうとしか考えられないと言っていた。僕もそう解釈するしかないと思う」

長いこと、仕事ではベングトと顔を合わせていなかった。それが昨日、突き破られたアパートの戸口で出くわした。そしていま、わずか一日の間をおいて、また顔を合わせることになる。むしろプライベートで会いたかった。雨の中での朝食。職場の外で築いている、唯一の人間関係。

エーヴェルトとスヴェンは一階を早足で横切った。数百メートル続くまっすぐな廊下を通って、救急外来へ。医師や看護師たちと短いあいさつを交わす。質問されないことを願いながら。いまはまだ、説明している暇がない。外へと続く扉を抜けて、救急車用の車寄せに出る。ふだんなら、一日に何度も救急車が停まり、怪我人が重い担架に載せられ院内へ運ばれていく、そんな場所だ。

出動可能な全警察車両の集合場所がここだった。指示を出してからまだ間もなかったが、それでもスヴェンがざっと数えた限りでは、広い駐車場に十四台が停まっている。加えて十五台目がちょうど、大きな自動ゲートを通って入ってきた。青い回転灯がついたままだ。

エーヴェルトはさらに五分待った。パトカーが十八台、ずらりと並んだ。いちばん近くに停まっているパトカーの上に、ストックホルムの地図を広げる。

全員がその後ろに集まった。なにも言わずに、警部の発言を待っている。大柄で、なにかと騒々しい、エーヴェルト・グレーンス警部。白髪混じりの髪は薄く、軽く足を引きずって歩き、以前に首を絞められたことがあるせいで首筋がこわばっている。気難しいこの警部については、だれもが噂を耳にしていたが、だれひとりとしていっしょに仕事をしたことはなく、見たことすらない者もいる。自分のオフィスに閉じこもり、シーヴ・マルムクヴィストを聞きながら、ひとりで捜査を進める、それが彼のやり方だ。彼のオフィスに入れてもらえる人間は、ほんの一握りしかいない。そもそも進んでそのオフィスのドアをノックしようと思う人間すらほとんどいない。それが周知の事実だ。

警官たちはひたすら待った。ついにエーヴェルトは向きを変えると、黙ったまましばらく彼らを見つめ、それから話しはじめた。

「犯人は女だ。昨日、売春宿となっていたアパートから、意識不明の状態で運び出されて、この病院で手当を受けていた。ここまでは単純だ。よくある話だ」

ざっと見渡してみる。黙って耳を傾けている警官たち。ずいぶんと若い連中だ。容姿端麗で頑強な彼ら。よくある話といっても、彼らにとっては見知らぬ世界の話かもしれない。

「だがこの売春婦はどういうわけか、今日の正午をまわったころ、よくある話どころか、われわれがいまだかつて見たことのないものに早変わりしちまった。いったいどうやったのかはまだ分からんが、とにかく女はピストルを手に入れた。からだもほとんど動かせないはずなのに、そのピストルを使って、見張りについていた警備員を殴り倒した。それから地下に下りていって、遺体安置所までお散歩だ。中から鍵を閉めて、そこにいた五人を人質にしたうえ、その五人をプラスチック爆弾で飾りつけた。それから、警察に電話してきた」

エーヴェルトは、これまで見たこともなかった同僚たちに向かって、落ち着いた声で話しつづけた。おそらく彼らも、自分の姿を目にするのは初めてだろう。

これからなにをするべきか、なにをすることを期待されているか、エーヴェルトには分かっている。

避難対象となる病院の範囲をさらに広げた。女は爆薬五百グラムと雷管を所持している。だがそれは分かっている限りであって、もっと多量の爆薬を塗りたくっているかもしれないし、どこかに隠しているかもしれない。そのうえ女は遺体安置所への長い道のりを歩いている。爆薬がどこに潜んでいてもおかしくない。

病院の外の進入禁止区域も広げた。病院への入口だけでなく、ラッシュ時にはかなり混雑する近隣地域の通行をも禁止した。タントルンデン公園の芝生から、エーリクスダール小中学校のアスファルトの校庭にかけて、リング通りに高いフェンスを設置する。

ストックホルム県警本部長を通じて特殊部隊の出動も要請し、必要があれば六十分以内に突入できるようにしてほしいと告げた。また、特殊部隊の指揮官のひとりであり、ロシア語も話せるヨン・エドヴァルドソンに、直接電話をかけて現状を説明した。エドヴァルドソンにはこれまでにも何度か会ったことがある。有能な男だ。ベングトも来ることだし、これで交渉に必要な言語を解する人間をふたり確保できた。この交渉には、人の命がかかっている。

スヴェンはエーヴェルトから数メートルほど離れたところに立ち、救急外来の車寄せに集まってエーヴェルトの指示を聞いている警官たちを、じっと見つめていた。

彼らは、そこにいる。真に、疑いなく、そこにいる。

いまこの場で、この瞬間に集中している。それ以外のことは考えていない。

スヴェンは、そこにいなかった。

バルト海の向こうから来た売春婦が、たまたま遺体安置所に居合わせた白衣の五人にピストルを突きつけようと、その同じ病院でヨッフム・ラングが、ヒルディング・オルデウス殺害の犯人と特定されようと、心の奥底ではどうでもいいと思っていた。

仕事がいやなわけではない。いや、むしろ仕事は好きだ。いまのところ、出勤をおっくうだと感じることもない。もちろん、ほかの職業を夢見たことがないわけではない。暴力の帰結を目にするばかりではなく、もっと明るいなにかへとつながっている職業。だがそんな思いは、単なる夢にすぎないのだからと、いつも脇に押しのけてきた。自分は警察官だ。警察官である自分が気に入っている。ほかの職業でゼロからスタートする気にはなれない。

だがいま、スヴェンはそこにいなかった。

家に帰りたい。今日だけでいい。自分は、アニータとともに生きていく。自分とアニータは、ヨーナスとともに生きていく。約束したのだ。今朝、まだ眠っているふたりの頰にキスして、ささやいた。昼過ぎには帰ってくるよ、と。そうしてまた、家族として生きていこう、と。

スヴェンは数歩退き、停車している救急車の陰に隠れて電話をかけた。ヨーナスが出た。電話に出るとき、ヨーナスはいつもフルネームで応える。〝はい、ヨーナス・スンドクヴィストです〟スヴェンは説明しながら自分を恥じた。ヨーナスは泣きだした。〝パパ、約束したのに〟スヴェンはさらに恥じ、ヨーナスは、パパなんか大嫌いだ、ママといっしょにケーキにろうそく立ててきれいに飾ったのに、と大声を上げた。スヴェンはもう限界だった。電話機を耳から離し、黙ったまましばらく立ちつくす。エーヴェルトにちらりと目をやると、ちょうど指示を終えたところで、集まっていた警官たちはすばやく散り散りになっていった。スヴェンは深く息を吸い込んで気持ちを落ち着かせると、電話をふたたび耳元に寄せ、〝ごめんな〟とささやきかけたが、すでに電話は切られていた。

季節は夏、六月の白昼、ストックホルムの街中にある大病院で、中にいる人々の半数が避難させられ、高いフェンスが張られて交通も遮断されたとあって、あらゆるカメラが、あらゆるマイクが、あらゆるペンが歓喜の叫びを上げた。血と混沌《こんとん》のにおいがする。ニュースの干ばつ状態が続き、読者や視聴者という水も涸《か》れつつあるなか、これで空白を埋めることができそうだ。青い回転灯をつけて病院へ向かう十八台のパトカーを追いかけてやってきた記者たちは、制服警官が門を開け閉めして病院職員を避難させている二本の狭い通路のそばに、野次馬たちと肩を並べて群がっている。エーヴェルトは警察と病院の広報担当者に連絡を取り、ここからなるべく離れた場所で記者会見を開き、しかも公開する情報は最小限にとどめてほしい、と頼んだ。臨時指令室となった救急外来の一室も、地下の遺体安置所周辺の廊下も、こうしたマスコミの騒ぎからはなるべく遠ざけておきたかった。スウェーデン西部で数年前に起こった人質事件を思い出し、ぞっと身を震わせる。犯人グループが大口径のピストルを持って一般人の家に立てこもり、人質をとった事件。警察内でも名の知れた凶暴な犯人たちがやっと交渉に乗ってきて、次なる接触の機会を待っていたそのときに、なんと犯人の氏名と携帯電話番号を入手した某テレビ局記者が電話をかけ、しつこくインタビューを求め、そのようすを生中継したのだった。

こんなふうにマスコミを遠ざけようとしても無駄に終わることは分かっている。どんなに記者会見場を遠くに設定したところで、中身のない記者会見をどんなに開いたところで、あの連中をあきらめさせることはできないのだ。

バルト海の向こうからやってきて、ぼろぼろになるまで暴行された売春婦が、入院していた病院で人質を取った。これ以上の特ダネがあろうか。

すべてが終わるまで、記者たちは帰らないにちがいない。

臨時指令室となった部屋は手術室だった。救急外来でふだん使われている手術室は二部屋あり、どちらも空いていたが、この部屋は予備の手術室で、設備は揃っているもののほとんど使われていない。病院の職員と協力して、脇にどけられるものはすべて脇にどけた。殺菌された手術用の設備が、臨時の机となり椅子となった。警官たちが行き来する中、作戦の指揮を担う中枢部は、常に三人以上五人以下の態勢で、それぞれ自分の席を確保し待機している。

エーヴェルトは電話会社の顧客担当部長を脅しに脅した結果、十二時三十一分に遺体安置所から警察に電話をかけた携帯電話の番号を入手していた。電話帳には登録されていない番号で、契約者はストックホルム南病院およびグスタフ・エイデル医師。エーヴェルトはカラープリンターで番号をプリントアウトすると、目の前の壁、ふたつあるステンレス戸棚のあいだにそれを貼り付けた。すぐ隣にもう一枚、遺体安置所の固定電話番号が書かれた紙切れも貼ってある。

エーヴェルトは手術台の隣に座っていた。そこがいつのまにか、自分の席となっていた。すでに二時間近くが経過している。病院の紙コップでコーヒーを飲みながら、いらだちを募らせる。

「あの女、俺たちを焦らせようとしてる」

だれも聞いていない。だれかに話しかけたのか、それとも声に出して吐き出したかっただけなのか、はっきりしない。

「狙ってやってるんだろうか。なにも連絡しなければ俺たちが焦ると分かってるのか。あるいはもう、うまくいかないと悟ってあきらめ、荷物をまとめて引き上げたのか」

エーヴェルトはコーヒーを飲み干すと、紙コップを握りつぶして立ち上がった。部屋の中をそわそわと歩きまわり、部屋の反対側に座っているスヴェンに目をやる。キャスターのついたストレッチャーを机代わりに、耳に電話を当てている。長いことだれかと話していたが、やっと電話を切った。

「オーゲスタムだよ。エルフォシュと検死について話し合ったそうだ。ヒルディング・オルデウスの解剖を、午後にも始めるつもりらしい。それから、この事件のことを知りたがっていたよ。パトカーの出動要請や避難のことを聞きつけたらしい。大事件になると踏んだんだろうな」

エーヴェルトは部屋の中央で立ち止まると、握りつぶした紙コップを壁に向かって投げつけた。

「まったくあいつ、あいかわらず出世のことしか頭にないんだな！　大事件と出世のにおいを嗅《か》ぎつけて寄ってきやがる。ところがヨッフム・ラングの逮捕となると、そこまで興味は示さない。ギャングの脅し屋がジャンキーを殺した事件じゃ、うまみのあるインタビューは受けられないからな」

エーヴェルトは、ラーシュ・オーゲスタムを毛嫌いしている。

そもそも、髪を七三分けにして、靴はいつもぴかぴか、大学を出ただけでなんの経験もないくせに、容疑の正当性がどうの、じゅうぶんな起訴理由がどうのと講釈を垂れてくる、若い検察官という人種自体が気に食わない。エーヴェルトとオーゲスタムが初めて組み、戦い、互いを毛嫌いするきっかけとなったのは、一年前、ある性犯罪者の脱走事件でオーゲスタムが担当検察官に任命されたときのことだった。裁判のたびにスポットライトを浴び、嬉々《きき》としてテレビに映っていたオーゲスタムに、エーヴェルトは何度くたばれと怒鳴ったことか。それからも、この主席検察官志望の若者と何度もぶつかり合っては怒鳴り合っている。エーヴェルトは湧き上がってくる怒りをぐっと飲み込んだ。こうなるだろうとは思っていた。二時間前、空になったリディア・グラヤウスカスの病室から下りてくる道すがら、すでに考えていた。オーゲスタムの野郎、まちがいなくこの事件に注目とスポットライトのにおいを嗅ぎつけることだろう。この事件の予備捜査担当になるためなら、頭を下げ、ごまをすり、必要とあらば裸になってみせることだって厭《いと》わないにちがいない。

きつい灯りに照らされた部屋の中を、そわそわと歩きつづける。蛍光灯の突き刺すような光は、緊急手術には必要だろうが、いまはただ癇《かん》に障るだけだ。光を手で払いのけようとするものの、もちろんなんの役にも立たない。

「グラヤウスカスも同じだよ」

スヴェンはあいかわらず、ストレッチャーに両手を置いて部屋の隅に座っている。エーヴェルトが手で灯りを払いのけようとしているのも構わず続ける。

「分かるか、エーヴェルト？　さっきの事件とまったく同じだ。グラヤウスカスは恥の意識に駆り立てられて、こんな行動に走っている。ヒルディング・オルデウスと同じだよ」

「またその話か。あとにしてくれないか」

「ヴェルンド通りのアパートのようす、覚えてるだろ？　バスルームにウォッカやロヒプノールがあったよな？　どういうことだと思う？　オルデウスと同じだよ。なにも感じないよう、心を閉ざしたんだ。恥ずかしかったから。自分自身を感じることに耐えられなかったから」

エーヴェルトはあからさまにスヴェンに背を向け、訊《たず》ねた。

「あの女が立てこもってから、どのくらい時間が経った？」

「なあ、分かるだろう、エーヴェルト？　グラヤウスカスは、何度も繰り返しレイプされていた。いやでしかたがない、だが続けないわけにはいかない。まるで望まないながらも受け入れているみたいだ。まるで自分も参加しているみたいだ。彼女はそんな恥を抱えて生きようとしていた。破綻《はたん》して当然だ。そうだろう？」

エーヴェルトは振り向かなかった。目の前の壁をバンと叩き、大声を上げる。

「質問してるのが分からないのか？　あの淫売が、たまたま居合わせた五人を人質に取ってから、どのくらい時間が経ったかと聞いてるんだ。答えろ！」

スヴェンは二度ほど深く息をついてから、怒鳴りつけてきたエーヴェルトに視線を向けた。さらに何度か呼吸をしてから、電話の脇の手術台に置いてある時計に目をやった。

「通信指令室に電話がかかってきてから、一時間五十三分」

「遺体安置所に入ってからは？」

「おそらく、二時間十分ほど。殴り倒された警備員が、時間をよく覚えている。グラヤウスカスがトイレに行ったとき、ちょうど昼のニュースをやっていた。トイレで数分、それから彼女が警備員を殴るまで、さらに数分。遺体安置所まで実際に歩いて、時間を計ってみた。およそ二時間十分ということで、ほぼまちがいないと思う」

エーヴェルトは立ち止まり、自分の腕時計に目をやった。

「二時間十分。人質をとって立てこもったのに、なんの要求もしないまま二時間十分か。ロシア語を話せるベングトを呼べという要求はあったが、それだけだ。なんの連絡もない。重い、いやな沈黙だ。あの女、俺たちを焦らせようとしてる。それなら、逆にこっちから焦らせてやろう」

エーヴェルトが病院内に指令室を設けなければならないと気づいたとき、スヴェンはすでにそばにいた。加えて、特殊部隊の四人いる指揮官のうちのひとり、ヨン・エドヴァルドソンも呼び寄せた。殺人・暴行課に連絡し、スコーネ訛りの若い女性警官、ヘルマンソンをも呼び寄せた。それまでの働きぶりで、念入りかつ秩序立った仕事をする警察官だという印象は持っていたが、昨日のできごとで、彼女がたくましさをも備えていることが分かった。事情聴取中のヒルディング・オルデウスに腰を振られ淫売と呼ばれて挑発されても、動揺したようすをまったく見せず、平然とその頰に平手打ちを食らわせたのだから。

こうして、指揮系統の中核となるメンバーが揃った。

ヘルマンソンに視線を向ける。ストレッチャーをスヴェンと共有して机代わりとし、彼とは反対の端に書類を広げている。

「ヘルマンソン。〈ボーダフォン〉に電話してくれ。俺たちの言うとおりにするよう、顧客担当のボスと話をつけてある。グラヤウスカスの使ってる携帯電話の回線を遮断する。向こうから電話をかけられないようにするんだ。それから、この病院の交換台にも連絡して、遺体安置所の固定電話も同じように遮断しろ」

ヘルマンソンは、了解、とうなずいた。これで、ピストルを持ったロシア語を話す女は、思いどおりに連絡を取れなくなる。連絡を取りたければ、こちらの条件に従うしかない。

エーヴェルトは高いスツールの上に置かれた湯沸かし器へ近づいた。そばに置いてあった水差しを手に取り、水を注ぎ入れ、スイッチを入れる。重ねて床に直接置いてあった紙コップをひとつ取り、インスタントコーヒーをスプーンに山盛り三杯入れた。

「こうすれば、いつ話をするかを決めるのは俺たちだ。俺たちが女を焦らせる。俺たちのほうが女を待たせてやるんだ」

だれからの返事も、とくに期待していなかった。

「ところで、ベングトは？　どこにいる？」

ベングトが彼女を引き止めようとした。その手が彼女のベルトをつかんだ。だが、支えきれなかった。彼女は走行中の車から落ちていった。

二十五年。あと一息。もうすぐだ。

遺体安置所の事件が片付けば、もう目の前だ。

この上に、目撃者がいる。ずっと昔にヨッフム・ラングが受けるべきだった罰。

アンニのための罰。

スヴェンがドアの向こうを漠然と指差した。

「ノルドヴァルさんは外にいるよ。待合室だ。救急外来にまだいる患者たちに混じって、ソファに座ってる」

エーヴェルトは黙ったまま、スヴェンが指差した方向を見つめた。しばらくためらっていたが、やがて口を開いた。

「呼んでこよう。そろそろ潮時だ。あと三十分で、遺体安置所の外に配置した特殊部隊の準備が整う。その頃にベングトが接触する」

湯沸かし器が怒ったようにシューッと音を立てた。エーヴェルトはスイッチを切ると、紙コップに湯を注ぎ入れ、スプーンでかき回した。茶色くなった熱い液体に息を吹きかけ、ひとロすすろうとしたところで、部屋の中央に置かれたキャビネットの上の電話、ただひとつの目的のために用意された電話が、鳴りはじめた。

ヘルマンソンはまだ、電話会社に連絡して携帯電話からの発信を遮断するところまでいっていなかった。

通信指令室が発信元番号を確認し、指示どおりに転送してきたのだ。

エーヴェルトは鳴っている電話を手に取った。応答はせず、ディスプレイに表示された番号を確認した。見覚えのある番号だ。先を越された。

電話に出ることなく、じっと立ちつくす。

着信音は十四回鳴った。

ついに切れ、エーヴェルトはニヤリと笑った。

リディア・グラヤウスカスは、ドアの上に掛かっている時計に目をやった。たったいま、二度目の電話をかけた。先ほどと同じく、女性の医学生が番号をプッシュし、それから白髪の医師の耳に携帯電話を押しつけた。

呼び出し音は十四回鳴った。鈍いその音に耳を傾けつつ、待ちかまえる。十四回。応答がない。リディアはいぶかしく思った。電話が通じなかったのか、それとも応答すべき警官が応答しなかっただけなのか？

リディアは、五人から三メートルほど離れたところで、椅子に座っている。ちょうどいい距離だ。彼らをしっかり監視しつつ、近づきすぎる危険は冒さずに済む。五人はずっと黙っている。一度目に電話をかけたとき以来、だれもひとことも発していない。目を閉じていることが多くなった。恐怖にかられているせいだ。

リディアはあたりを見まわした。

遺体安置所は、いくつもの部屋に分かれている。

先ほど通り抜けてきた、玄関のような部屋。ここでしばらくじっとして気持ちを落ち着かせてから、ピストルを取り出した。それからピストルを構えて入っていったのが、次の部屋、死体の載った解剖台を白衣の五人が囲んでいた部屋だ。

いま五人がひざまずいている後ろの壁の向こうには、さらに広い部屋がある。倉庫のようなものらしく、資料の詰まったキャビネットや、解剖台、スイッチの入っていない電子機器などがある。

すべて、ここに来る前から知っていた。ポーランド人の女性看護師から借りた病院案内図を入念に研究して、ノートに写し取り、必要なページを破り取って来たのだから。

だから、あともうひと部屋あることも知っている。

まだその部屋には足を踏み入れていない。人質を支配下に置き、見張るのに忙しかったせいだ。が、自分の後ろ、あの大きな灰色の金属扉の向こうに、その部屋があることは分かっている。

最も広い部屋。遺体安置室そのもの。使い古されたからだが保存されている場所だ。

突然、三人いる男性の医学生のひとり、先ほどこらえきれずに泣き出した男、額にピストルを突きつけたらようやくゆっくりと背筋を伸ばした男が、息を荒らげはじめた。呼吸がどんどん速くなり、過呼吸状態になっている。

リディアは座ったまま、ピストルを下ろし、男が後ろ手に縛られたまま、まっすぐに前へ倒れるのを見守った。

顔から床に倒れ、がたがたと震えている。

「助けてやってくれ！」

先ほど電話で話す役目を果たした年配の医師が言った。声がかすれる。叫ぶものの、からだを動かすことができない。リディアをじっと見つめる。のどがひりひりと痛む。頬が熱い。英語で繰り返す。

「助けて《ヘルプ》！　助けてやってくれ《ヘルプ・ヒム》！」

リディアはためらった。床に倒れて震えている男に目をやる。椅子から立ち上がると、ふたたびピストルを構え、数歩進み出て男に近づく。視線をほかの人質たちに向け、壁を背にしてひざまずいたままであることを確認しつつ。

だから、気づかなかった。

倒れた医学生の両手が自由になっていることに。

いまリディアの目の前で、頭から床に倒れ込みからだを震わせている彼が、自由になった両手を片方の腰に押し当てているということに。

リディアは前かがみになった。ギプスをした腕が、医学生の首筋に近づく。そのとき、医学生がリディアに体当たりした。リディアは仰向けに倒れ、その上に医学生が覆いかぶさる。片方の手でリディアの頭を殴りつつ、リディアが握りしめているピストルをもう片方の手で奪おうとする。

力では、医学生のほうがずっと上だった。この男も、彼らと同じだ。上に覆いかぶさり、殴りつけ、レイプしてきた男たち。彼らが憎い。彼らに殴られて黙っているなんて、もうごめんだ。

そう思ったから、できたのだろう。

あとから振り返ったとき、そんな気がした。

医学生がピストルを引っ張ったが、リディアはなんとか抵抗を続け、引き金に指をかけるところまでこぎつけた。銃声が響きわたる。上に覆いかぶさっていた男の手が緩んだ。からだが脇へずり落ち、どさりと床に転がった。痛みが脚のほうから来ていることに気づいて、彼は顔をゆがめた。

銃弾は膝頭のすぐ下に命中していた。しばらくは歩けなくなるだろう。


ストックホルム南病院地下の廊下で、特殊部隊が隊列を組みはじめていたちょうどそのとき、遺体安置所の扉付近から呼びかける声が聞こえてきた。声は弱々しく、なにを言っているのかなかなか聞き取れない。ゆっくりと近づいていくが、それでも聞き取れるのは短いうめき声ばかりだ。やがて男性の姿が見えてきた。頭を遺体安置所の扉に向け、廊下をふさぐようにして横向きに倒れている。脚と頭から血を流している。かなりの出血だ。直ちに手当てしなければならない。

特殊部隊は慎重に、油断なく進んでいったが、なにも起きることはなく、数分後、怪我を負った男性のもとに無事到着し、彼を担架に載せることができた。訓練を受けたエリート部隊だけあって、むやみに急ぐことはなく、速すぎず遅すぎない、事前の打ち合わせどおりのスピードで、歩調を合わせて移動していく。この人質がおとりである可能性も否定できないからだ。

十二分後、救急外来の臨時指令室に担架が運び込まれたとき、エーヴェルトはいらだちを募らせていた。すでに無線で連絡があったので、この男性がヨーハン・ラーセンという名の医学生であり、五人の人質のひとりであるということは知っている。昼過ぎに病院服姿で遺体安置所へ侵入した女が、つい先ほどピストルで男性の膝頭を撃ち抜いたうえ、その額をピストルの台尻で何度も殴りつけた、ということも知っている。男性が運ばれてくるやいなや、エーヴェルトはストレッチャーのそばに陣取って話を聞こうとしたが、少し待ってください、まず手当てをしなくては、と救急医ににべもなく押しのけられた。

エーヴェルトはたくさんの疑問を抱えていた。

たくさんの答えを求めていた。

リディアは残った人質四人を前に、ふたたび椅子に腰を下ろした。疲れた。最悪の数分間だった。

あの男を撃ったとき、まだ足りなかったのだ、と悟った。初めからずっと、自分は本気だ、自分に服従しろ、と態度で示してきたつもりだった。それなのに、うまくいかなかった。あの男が、ほかの男たちと同じように覆いかぶさってきたとき、リディアは気づいた。自分もこうするべきだったのだ、と。

押し倒し、床に押しつけ、踏みつける。何度も、何度も、それを繰り返す。自分が支配する側となり、彼らに恐怖を感じさせなければならないのだ。

反乱はもう二度とごめんだ。次にやられたら、きっと負けてしまう。

医学生を撃ったとき、リディアはしばらくのあいだ、ピストルを握ったまま床に横たわっていた。脇には医学生が横たわり、痛みにうめきつつ右膝を抱えていた。リディアは立ち上がると、壁を背にして座っている四人を見やり、次いで襲いかかってきた医学生に目をやった。ピストルを掲げ、指差してみせる。

「これで最後《ノット・アゲイン》。またやったら《イフ・アゲイン》、パーン」

一歩前に出ると、医学生のからだをまたいで立ち、見下ろす。もう一度、壁を背にした四人に向けてピストルをちらつかせ、パーンと言いつつ医学生の左膝めがけて引き金を引いた。ふたたび叫び声を上げた医学生に向かって前かがみになると、四人に視線を向けつつ銃口を医学生の口に入れ、パーン、パーンと言う。彼が完全に黙ったところで、やっとピストルを口から出してやると、くるりとその向きを変え、彼が気を失うまで台尻で顔を殴りつづけた——客の男たちが自分を殴ったのと同じように。そして、彼の肩に貼り付けた爆薬をはがしとると、女性の医学生と、年配の医師を指差した。ふたりの両手を縛っていたひもをほどいてやり、身振りで命令する。気を失った医学生を出口まで引っ張っていき、扉を開け、だれもいない廊下に彼を置いてくるように。

いま、リディアはじっと座ったまま、ピストルを四人に向けている。

外の人たちもそろそろ、リディアが撃ったとわかったころだろう。ことによると、すでにあの医学生を運び出し、事情を聞いているかもしれない。

これでいい。

医学生の証言で、リディアが本気であり、屈するつもりなどないこと、最後まで主導権を握るつもりであることが、彼らにも分かるはずだ。

彼らと話がしたい。

外にいる、彼ら。

そろそろ知らせよう。

自分がなにを求めているか。

リディアはピストルを振って、医学生の女性に、携帯電話を手に取り番号を押せ、と身ぶりで指示した。これが三度目の電話だ。一度目の電話で、人質をとったことを知らせた。二度目は、呼び出し音が十四回鳴ったのに、だれも出なかった。そしていま、三度目。医学生は番号を押すと、年配の医師の耳に電話を押しつけた。

医師はしばらく待っていたが、やがて首を横に振った。

「切れている《デッド》」

彼の言ったことはリディアにも聞こえたが、意味をきちんと理解できたかどうか自信がない。ピストルを振る。

「アゲイン！」

「デッド。音がしない《ノー・トーン》」

そう言うと、医師はまるでアメリカ映画でだれかが殺されるときのように、手で首を切るしぐさをしてみせた。もう一度、同じしぐさをしてから、デッドと二度繰り返す。

意味が分かった。リディアは立ち上がると、銃口を四人に向けたまま、その頭上、壁に掛かった固定電話に近づいた。

受話器を上げる。聞こえてくるのは沈黙だけだ。

二つの電話。唯一の連絡経路。それが、切られてしまった。

リディアはひざまずいている四人に向かって、彼らには分からないロシア語で怒鳴り出し、隣の部屋、資料棚や電子機器のある倉庫のドアを指差した。四人は立ち上がった。何時間も床に座らされていたせいで、脚や背中が痛い。倉庫に入っていき、ふたたび壁を背にして座る。彼らに抵抗するつもりのないことは分かっていたが、それでもリディアは念のため、安全装置の外れたピストルを彼らに向け、〝イフ・アゲイン、パーン〟と繰り返してから、倉庫を出てドアを閉めた。それから部屋を横切り、死体の載った解剖台の脇を素通りすると、反対側にある灰色の金属扉へ近づいていった。

扉を開け、ひとりで入っていく。遺体安置所そのものである大きな部屋へ。

ヨン・エドヴァルドソンは、わずか三十四歳で特殊部隊の作戦指揮官に任命された人物である。軍の通訳学校で学び、大学でロシア語と政治学を専攻し、その後警察学校を経て警察官として数年間勤務、という経歴で、作戦指揮官のポストへの立候補者がずらりと並ぶなか、その長い列をするりと抜けて先頭に立ってしまった。不満の声はかなりあったが——人は自尊心が傷つけられると不満を口にするものだ——エドヴァルドソンはまさに適材適所の人選だった。賢明で、人望があり、自信と権威に満ち、むやみに大声を上げずともだれもが耳を傾ける、そんな人物だ。

エーヴェルトはこれまでにもエドヴァルドソンと何度か顔を合わせたことがある。友人というわけではない。エーヴェルトは友情を結ぶということにまったく無関心な人間だ。それでもエドヴァルドソンという人物を理解し、その能力を高く評価している。ストレッチャーや外科用メスが並ぶこの臨時指令室で、エドヴァルドソンという助けを得られたことに、エーヴェルトは満足していた。

エドヴァルドソンはエーヴェルトに近づくと、その腕をつかみ、両膝に銃弾を撃ち込まれた医学生から引き離した。

「あの学生にはまだ事情を聞かなくてもいいですよ。地下からここに上がってくる途中で少し話を聞いておくよう、特殊部隊の連中に指示しましたから」

エーヴェルトはそれを聞いて、両膝の関節を検査している医師を見やった。

「聞かなくていいわけがなかろう。とにかくあらゆる情報が要るんだ」

「いずれにしても、いま聞き出すのは無理ですよ。あとで聞くしかありません。いま分かっていることを報告します。撃たれたあのラーセンという学生は、爆薬はセムテックスにまちがいないと言っています。なぜセムテックスなど知っているのかは言いたがらないようですが、とにかく断言したそうです。ベージュの粘土のような塊だったとも言っていましたから、たしかに一致しますね。犯人の女は、人質と、遺体安置所内のドアすべてに爆薬を仕掛けたそうです。雷管も持っているようです。ラーセンは、あの女なら必要とあらば爆発させるにちがいないと言っています」

「実際撃たれた人間が言うんだから、そうだろうな」

「つまり、どういうことかお分かりですよね？」

「ああ、たぶんな」

「突入することはできません。不可能です。そんなことをしたら人質の命はない」

エーヴェルトはエドヴァルドソンのほうを向くと、腹立たしげにステンレス製のキャスターテーブルを叩いた。ガン、という音に続いて、金属面の震動する音がしばらく響いた。

「まったく分からん。いったいいつからここは、ただの売春婦がピストルを振り回して人質を取るような世界になったんだ？」

「ラーセンは女の支配力についても証言しています。恐ろしくなるような支配力、コントロール力を備えていたと。抜かりなく準備していたようです。両手を縛るひもから、じゅうぶんな数の弾薬、われわれを締め出すための爆薬まで」

「支配力だと」

「ラーセンの言葉です。支配力と度胸。この二語を何度も口にしたそうです」

「女の支配力など知るものか。とにかく特殊部隊を配置してくれ。配置のしかたはおまえにまかせる。狙撃《そげき》手も手配してほしい。必要とあらば女を撃てるように」

エドヴァルドソンが出ていこうとしたところで、エーヴェルトは彼を引き止めた。脇にどかしたストレッチャーの上の封筒を手に取ると、エドヴァルドソンにビニール手袋をはめさせてから、封筒を逆さにし、青い表紙のノートをエドヴァルドソンの両手に振り出した。

「グラヤウスカスの所持品だ。読めるか？」

エドヴァルドソンは慎重にページを繰った。首を横に振る。

「いいえ。残念ながら。リトアニア語です。僕には読めない」

「スヴェン、翻訳のほうはどうなってる？」

エーヴェルトがスヴェンの座っている方へ目を向けたところで、隣の部屋でヨーハン・ラーセンの検査をしていた救急医が、エーヴェルトの注意を引こうと手を振っているのが目に入った。

「グレーンス警部」

「なんだ」

エーヴェルトはさっそく医学生に話を聞こうとストレッチャーに近づいたが、救急医が片手を挙げてそれを制した。

「まだだめです」

「質問がいくつもある」

「まだ無理です。答えられる状態ではありません」

「たかが膝の怪我だろう！　下にはまだ四人もいるんだ！」

「膝の怪我だけではありません。お分かりでしょう。ショックがいま来ているんです。そのことも考慮してやらないと、得られる答えも得られなくなりますよ」

エーヴェルトは横たわっているラーセンを見やった。顔面蒼白で、力なく開いた口からは、唾液があごに沿ってだらりと流れ出している。エーヴェルトは思わずポケットの中のハンカチを握りしめた。アンニの唾液をふいてやるのに使っているハンカチだ。エーヴェルトは目を閉じ、それからもう一度、ラーセンの開いた口を見つめた。またステンレスのテーブルを叩きたくなったが、腕を伸ばしたところで動きを止めた。

「女は人質を取った。人質を取ったと知らせてきた。遺体安置所のあちこちに爆薬を仕掛けた。それなのに、な、な、な、なんの要求もしてこない！」

それから手を振り下ろした。金属面が震動し、音が部屋中にこだました。

「スヴェン！」

「なんだ？」

「電話だ！　あの女に電話するぞ。そろそろ話を始めよう」

ほんものの遺体安置室に入るのは初めてだ。灰色の金属扉が後ろで閉まると、リディアは立ち止まり、あたりを見まわした。想像していたよりも広い。冷たい光に照らされた、薄黄色の部屋。解剖を行なう場所は白いタイル張りになっている。十代のころクライペダで、よくヴラディといっしょに行った二軒のダンスホールと、同じくらい広い。冷蔵引き出しが三段になってずらりと並び、壁の一面をほぼ占めている。縦五十センチ、横七十センチ、小さな冷蔵庫のような、金属製の灰色の引き出し。

数えてみると十五列あった。冷蔵引き出しが四十五個。そのそれぞれに人間が入っている。横たえられ、冷却されたからだ。想像できない。想像したくもない。

ヴラディのことを思い出す。ときおり、こうして彼のことを思う。恋しい。いっしょに育ち、いっしょに学校に通ったヴラディ。彼の手を握るのが好きだった。ふたりでよく、長い散歩をした。ふたりでクライペダを出る計画を立てた。町はずれまで歩いていっては、立ち止まって振り返り、クライペダの街をじっと見つめることもあった。外の世界に憧れていた。ふたりでいっしょに、外の世界を夢見ていた。

リディアはヴラディのことを、自分のものと思っていた。ヴラディもリディアのことを、自分のものと思っていた。

灰色の硬質れんがが敷きつめられた硬い床を、ゆっくりと踏みしめながら歩いていく。もう三年もヴラディに会っていない。どこにいるのだろう。なにをしているのだろう。自分を思い出すことはあるだろうか。

両親のことを思う。ルキシュケス刑務所のパパ。クライペダのアパートのママ。ふたりともたぶん、できるだけのことはしてくれた。愛情いっぱいの家庭というわけではなかったけれど、いがみ合っていたわけでもなく、殴られるようなこともなかった。きっとふたりとも、自分のことで精いっぱいだったのだ。パパやママも、ふたりで外の世界を夢見たことがあっただろうか。町はずれへと歩いていって、あたりを見まわしたことが。ちがう世界を求めたことが。

いまの自分の居場所をママは知らない。よかった、と思う。売春婦となって、ぼろぼろになるまで鞭打たれたあげく、遺体安置所で他人にピストルを向けているなんて。ヴラディも知らずに済んでいる。そう思うとほっとした。彼なら分かるだろうか。きっと分かる、そんな気がする。限界まで侮辱されつづけた人間は、いつかかならず、侮辱し返さずにいられなくなる。耐えられなくなる瞬間が、抱えきれなくなる瞬間が、かならずやってくる。そういうものなのだと、ヴラディなら分かるにちがいない。

電話の音が耳に届くまでに数秒かかった。死体の載った解剖台から数歩離れたところ、中央の部屋の壁に掛かった固定電話だ。リディアは硬質れんがの床を急ぎ、冷蔵引き出しの脇を素通りして、灰色の金属扉を開けた。着信音は四回鳴ったような気がする。五回かもしれない。

受話器を上げ、黙ったまま、向こうが話し出すのを待つ。痛い。モルヒネの効果が薄れてきているせいだ。からだを動かすのがつらくなってきた。これからさらに痛みは増していくにちがいない。

やがて、ロシア語で話す男の声が聞こえてきた。リディアは不意を突かれた。スカンジナビア訛りのロシア語。名乗られて初めて、だれの声か気づいた。

「警察のベングト・ノルドヴァルだ」

リディアはごくりとつばを飲み込んだ。信じられない思いだった。たしかにこれこそ望んだことだった。けれど、ほんとうに実現するとは思っていなかった。

「私を呼んだそうだが」

「ええ」

「リディア、という名前だったね？　話してくれ、いったいどういうこと……」

だがリディアは指先で受話器をかつかつと叩き、大声でさえぎった。

「どうして電話回線を切ったりしたの？」

「それは……」

リディアはふたたび通話口を強く叩いた。

「あなたたちからは電話がかかってくるのに、わたしからはかけられない。どういうことなのか教えてちょうだい」

ノルドヴァルは一瞬ためらった。まわりを囲んでいる同僚たちのほうを向いて、助けを求めているにちがいない。うなずき合ったり、手で合図をし合ったりしているのだろう。

「どういうことだか、われわれにも分からないよ。電話回線を切ったりなどしていない。きみが人質を取って立てこもっているから、この病院にいた人の大半を避難させたことは事実だ。が、電話回線は切っていない」

「もっとましな説明をしたらどうなの」

「リディア、私が言いたいのはつまり、病院の電話交換手も避難させたということだ。きみからの電話がつながらないのは、きっとそのせいだろう」

「固定電話だけじゃないわ！　携帯電話もつながらないのよ！　馬鹿にしてるの？　東から来た売春婦だから、なにも分からないと思ってるわけ？　電話の仕組みぐらい知ってるのよ。わたしが人質に危害を加えることも辞さないって、もう分かったでしょう。だから馬鹿は言わないでちょうだい！　五分あげるわ。これからきっかり五分以内に、電話回線を元に戻して、わたしからも電話をかけられるようにしなさい。さもないと、もうひとり人質を撃ちます。今度は脚だけとは限らないわ」

「リディア、われわれは……」

「もちろん突入なんてしないでね。そんなことをしたら、人質も病院も爆破するから」

ノルドヴァルはまたためらった。ふたたび同僚のほうに目をやったにちがいない。咳払いをして言う。

「では、電話を元に戻してやったら？　引き換えに、なにをしてくれる？」

「引き換え？　引き換えなんてないわ。人質がひとり死なずに済むだけよ。あと四分十五秒」

エーヴェルトはこの会話をエドヴァルドソンの同時通訳で聞いていた。ヘッドホンを外し、スヴェンとヘルマンソンが机代わりにしているストレッチャーに置く。そばに置いていた紙コップを手に取ると、冷め切ったコーヒーを飲み干した。

「どう思う？」

スヴェンを、ヘルマンソンを、エドヴァルドソンを、ベングトを見つめる。

「どう思う？　はったりだろうか？」

エドヴァルドソンは、地下の廊下で待機している特殊部隊の隊員たちと、まったく同じ服装をしている。黒い革のブーツ。制服である迷彩柄のズボンは、腿のところに大きな四角いポケットがついている。そして、灰色のベストを二枚重ね着している。まずは装備収納用ベスト。ストレッチャーの上に銃が置いてあるが、そのための予備の弾倉がこのベストに入っている。その下に、防弾チョッキ。金属プレートが入っており、少なくとも一般的なタイプの弾薬には耐えられる強度となっている。狭苦しい臨時指令室の暑さに、エドヴァルドソンは汗をかいている。額は光り、腋《わき》の下に大きなしみができている。

「あの女が人質に危害を加えることを恐れていないのは確かです」

「だが、はったりかもしれない」

「なぜそんな必要が？　有利なのは彼女のほうです」

「だが人質を殺したら、その有利さを自ら捨てることになる」

「そんなことはありません。人質をひとり殺したって、まだ三人いるんですから」

エーヴェルトはエドヴァルドソンを見つめ、かぶりを振った。

「それにしてもあの女、なぜ遺体安置所なんかに立てこもった？　窓なし、出口なし。人質を全員殺したって、逃げ道はないんだ！　遺体安置所を出たところで捕まるのは目に見えている。あるいは狙撃隊に撃たれて終わりだ。そのことは分かってるはずだ。遺体安置所に立てこもった瞬間から、分かっていたはずだ。俺にはどうもそこがつかめない」

ヘルマンソンはずっと黙ったまま、部屋の中央でストレッチャーに向かって座っていた。そもそも彼女がこの臨時指令室に来てから、ほとんどなにも発言していないことに、エーヴェルトは気づいていた。もともと無口な性質なのか、それとも、我がもの顔で部屋を歩き回る経験豊富な男性の同僚たちを前にして、自分の居場所をなかなか確保できずにいるのか。だがいま、彼女は立ち上がり、エーヴェルトを見据えて言った。

「その点については、ひとつ仮説が成り立つと思います」

エーヴェルトはヘルマンソンのスコーネ訛りが気に入っている。そのきつい訛りがどういうわけか、信頼感をかき立てる。耳を傾けなければならない気になる。

「どういうことだ？」

ヘルマンソンは少したためらい、自分の考えを口に出すべきかどうか考えた。この考えが正しいという確信はある。それなのに、妙に心もとない気がする。消し去りたいのに消し去れない、この不安。自分を見る同僚たちの視線には、どこか幼い少女を見るようなところがある。もちろん彼らにそんなつもりがないのは分かっている。それでも、自分がまるで幼い少女になったような気がしてしまう。

「グラヤウスカスはかなりの怪我を負っています。痛いはずですし、もうすぐからだがもたなくなるはずです。彼女はいま、常人のような考え方はしていないと思います。彼女はもう、限界を超えてしまった。おそらく自分でもできると思っていなかったようなことを、やってのけてしまったのです。彼女は決意を固めているのだと思います。遺体安置所から生きて出ることはないと」

エーヴェルトは微動だにしなかった。珍しいことだ。じっとしていることができず、いつもは、その重々しいからだで、部屋中をそわそわと歩きまわっている。座っているときでさえ、腕を伸ばしたり、無意識に貧乏揺すりをしたり、上半身を左右にひねってみたりと、常にからだを動かしている。静止するということがない。

だがいま、エーヴェルトは身動きひとつしなかった。

ヘルマンソンが口にしたことは、自分で気づくべきだった。

何度か深く息をついてから、エーヴェルトはふたたび動き出した。スヴェンとヘルマンソンの机となったストレッチャーのまわりを、何度もぐるぐると歩く。

「ベングト」

ベングトは戸口に立っていた。両手を横に広げ、ドア枠をつかんでいる。

「なんだ？」

「もう一度電話してくれ」

「いまか？」

「急がなきゃ、まずいことになりそうだ」

ベングトは戸口を離れると、部屋の中央に置かれた電話へと早足で近づいた。エーヴェルトに急かされるまま腰も下ろさず、だが同時に、おぞましい不快感とも戦っている。自宅の庭で、鞭打たれた背中のイメージが襲ってきたとき、すでに感じていたあの不快。

自分は、知っているのだ。彼女のことを。

ヴェルンド通りのアパートに着いたときから、ずっと分かっていた。

さらに強まる、不快感、恐怖。

ベングトは壁に貼ってあるメモに目をやった。これからプッシュする番号が書いてある。振り返り、エーヴェルトがヘッドホンをつけたことを確認した。

電話をかける。呼び出し音が八回。応答はない。

ベングトはふたたび壁に目をやり、もう一枚のメモを見た。拡大コピーされた携帯電話の番号。

ふたたび電話をかける。呼び出し音が八回、十回、十二回。応答はない。

ベングトはかぶりを振り、受話器を置いた。

「応答がない。どちらの電話も」

ベングトの視線の先で、円を描くようにそわそわと歩きつづけていたエーヴェルトは、顔を真っ赤にして叫んだ。

「ちくしょう、淫売が！」

もう一度叫ぼうとしたところで、エーヴェルトは時計を見た。まず、腕時計。それから、壁に掛かった時計。声を落として言う。

「あと一分半だ」

分かっている。彼らは言われたとおり、静かに座っているはずだ。だがそれでもリディアはドアを開け、人質たちの姿をちらりと確認した。資料に積もった埃の舞う倉庫で、四人はじっと黙ったまま、壁に背をつけて座っている。ドアの開く音に気づいて目を上げた彼らに、リディアはピストルを見せ、しばらくのあいだ、彼らに向けて構えてみせた。もう一度、彼らが死を感じるように。

パパは前のめりになって倒れた。後ろ手に縛られていたから、顔ががつんと床にぶつかった。あのとき、パパのところへ駆けていくべきだったのだ。けれどそうする勇気はなかった。頭にピストルを突きつけられていたから。ピストルを構えた警官が、こめかみの薄い皮膚に銃口をさらに強く押しつけてきて、とても痛かった。

リディアはドアを閉めると、遺体安置所の中央の部屋に戻った。時計を見る。約束の五分は、もう過ぎている。

固定電話の受話器を壁に戻す。緑色のマークのついたボタンを押して、携帯電話の電源を入れ、医師に教わったとおりに暗証番号を押した。

待ったのは、わずか数秒だった。

電話が鳴った。予想どおりだ。

二回ほど着信音を聞いてから、壁にかかった黒い受話器をとった。

「時間切れよ」

ベングト・ノルドヴァルの声が聞こえてきた。

「リディア、もう少し……」

通話口を強く叩く。

「言ったとおりにした？」

「もう少し時間が要る。ほんの少しでいいんだ。もう少し待ってくれれば、この電話に関する行き違いもなんとか解決できる」

リディアは冷や汗をかいている。息をするたびに、からだを斬《き》りつけられるような痛みが走る。なかなか集中できない。耐えがたい痛み。リディアはピストルの銃口で受話器を叩いた。強く、何度も。だが、言葉は発しなかった。

ベングトは待った。リディアの足音が遠ざかっていくのが聞こえた。ここにいるのがベングトだけではないこと、ベングトの同僚たちもヘッドホンでこの通話を聞いているのだということを、彼女は承知しているにちがいない。ベングトは受話器を握りしめたまま、しばらく時が経ったのち、できる限りの大声で叫んだ。

「もしもし！」

電話の向こうで、自分の声がこだまするのが聞こえた。自分が発した言葉が、遺体安置所の中を躍っている。

「もしもし！」

そのとき、聞きたくなかった音が聞こえてきた。

銃声が、ほかのすべてをかき消した。

閉ざされた空間で放たれた銃弾。その激しい衝撃が、受話器越しに伝わってくる。

数秒か、それとも、それ以上の時が経ったのか、分からなくなった。

「これで人質は、生きているのが三人と、死んだのがひとり。あと五分あげるわ。わたしからも電話をかけられるようにすること。五分経って、まだ電話がかからなかったら、もうひとり殺すわ」

安定した声だ。

「それからね、このすぐ外の廊下にいる人たち、逃がしてあげたほうがいいわよ。あのあたりでもうすぐ、ちょっと爆発させるから」

エーヴェルトも銃声を耳にした。リディアがふたたび話し出すのを、じっと待ちかまえる。リディアが話しはじめたとき、エーヴェルトは彼女の声の調子に集中した。落ち着いているのか、それとも、落ち着きを装っているだけなのか、判断しようとする。ロシア語はさっぱり分からないから、できることはそれしかない。

エドヴァルドソンがその後ろに立ち、身を乗り出すようにして、リディアの言葉を訳した。

エーヴェルトはそれを聞いて悪態をついた。

スヴェンのほうを向いて言う。「スヴェン、電話を元に戻してやれ、いますぐだ、ちくしょう、あの淫売め」それからエドヴァルドソンのほうへ向き直り、特殊部隊を遺体安置所前から撤退させることを決めた。「みすみす死なれちゃたまらんからな！」

それから、しばらく黙って立っていた。大きく息をつくと、スヴェンの肩に手を置き、その目をのぞき込む。

「おまえも防弾チョッキを着ろ」

スヴェンはびくりとからだをこわばらせた。エーヴェルトの手。考えてみれば、エーヴェルトに触れられたのはこれが初めてだ。

「行ってくれ、スヴェン。地下に。どんな印象を受けたか知らせてほしい。おまえの目なら信頼できる」

スヴェンは遺体安置所の入口から五十メートルほど離れたところで、特殊部隊員三人とともに待機を始めた。廊下が二手に分かれており、その曲がり角に身を隠す。二分弱待ったところで、問題の扉が開く音がした。スヴェンは膝を立ててうつぶせになり、這って前進すると、少し離れたところにある鏡を見つめた。

廊下は暗かったが、遺体安置所の中から強い光が差している。薄暗がりの中、男がひとり動いているのが目に入った。シルエットしか見えない。前かがみになり、なにかを引っ張っている。

それがなにか、しばらく経ってやっと分かった。

男がつかんでいるのは、人の腕だ。死体を引きずっているのだ。

特殊部隊員のそばに置いてあった鞄から暗視鏡をつかみ出す。こちらの姿を見られてしまう危険を考慮しながらも、身を乗り出せば曲がり角の向こうが見える位置まで進み出て、暗視鏡を構えた。

男の顔や、その表情までは見えない。そのとき不意に、男はつかんでいた腕を離すと、早足で遺体安置所へ戻り、入口の扉を閉めた。

スヴェンは這い戻り、曲がり角の陰にふたたび身をひそめた。息を切らしつつ、トランシーバーを口元に当てて呼びかける。

「エーヴェルト！　どうぞ」

いつもどおり、ザザザと雑音がした。

「こちらグレーンス。どうぞ」

「男性の姿が見えた。死体を引きずって、遺体安置所から出てきた。男性は中に戻ったが、死体は廊下に置かれたままだ。死体から導線が何本か伸びている。これ以上近づけない！　爆発する！」

エーヴェルトが応答しようとしたところで、人のからだが爆破される異様な音が、その声をかき消した。

トランシーバーは沈黙した。いや、そうではないのかもしれない。スヴェンはずっと叫んでいたのに、聞こえなかっただけかもしれない。

「やられたよ、エーヴェルト！　廊下の死体が爆発した！」

その声は力を失い、ときに裏返った。

「聞こえるかい、エーヴェルト！　死体はバラバラだ。バラバラだ！」

リーサ・エールストレムは怯えている。みぞおちのあたりにずっと抱えている痛みが、きりきりと叫び声を上げている。歩いていても、ふと立ち止まり、自分がまだ息をしているかどうか確かめずにはいられない。弟を殴ったあげく、車椅子に乗せて階段から突き落としたと思われる男を、自分は目撃した。目に焼きついたその記憶が、これから耐えられなくなるまでつきまとってくるにちがいない。

なにも食べていない。リンゴとサンドイッチを食べようとしたが、のどを通らなかった。なにも飲み込めないような気がした。唾液がまったく出ないのだ。

分からない。

弟は、たしかに死んだ。

だが、リーサには分からない。弟の居場所がはっきりしているということ、弟が馬鹿なことをしておらず、自分や他人を傷つけていないと確信できることが、むしろ心地よいのではないか。自分は、弟の死を悲しんでいるのだろうか。イルヴァや母親にどう話そうかと考えているだけなのではないだろうか。

おそらくもっとも心を占めているのは、どうしたらヨナタンとサンナに分かってもらえるだろう、ということ。愛する甥と姪。自分に子どもができなかった分、代わりに愛情を注いできた子どもたち。

ヒルディングおじさんが死んだ。階段から突き落とされて殺された。

コーヒーを飲もうとキッチンに戻る。今朝いれたコーヒーがそのまま置いてある。先ほど、病棟に残っていた警官のひとりに頼み込んで、本来なら教えてもらえないことまで教えてもらった。弟に暴行を加えて死なせたあのスキンヘッドの男、事情聴取で自分が指差した三十二番の写真の男は、ラングという名前で、脅し屋、つまり依頼を受けて人を脅し、暴行し、金を受け取って生活しているのだという。これまでに何度か傷害罪で有罪判決を受けてはいるものの、嫌疑をかけられた事件の数はもっと多い。だが、たいてい目撃者が証言を翻す。こういう種類の人間は、そうやって生き延びているのだ。脅しをかけて怯えさせる。怯えた人間は、なにも話さない。

ヨッフム・ラングは病院入口の外に停めた車の中で、じっと前を見据えたまま待っていた。下っ端なりに力を誇示したがっているスロボダンは、ヨッフムが目撃されるというミスを犯し、自分がその後始末をする、というこの状況に大喜びだ。まあ、しかたのないことだろう、とヨッフムは考える。人間だれしも、永遠に弱みを見せないというわけにはいかない。だから遅かれ早かれ、上に立つのはだれかを賭けて、下っ端どもとやり合わなければならない。力を欲し、上に立ちたがっている下っ端ども。自分の立場を忘れている彼らに、あらためて思い知らせてやらなければならない。

ヨッフムは運転席に身を乗り出すと、イグニッションキーを半分だけ回した。ダッシュボードのいちばん下の時計が点灯する。

二十分。

いまごろはもう、スロボダンはあの女に会ったにちがいない。もう話がついているかもしれない。

リーサ・エールストレムは、キッチンの流しで前かがみになった。コーヒーは濃すぎたが、それでも飲んだ。飲み込めるだけで嬉しかった。白衣の内ポケットに入っている回診リストの半分も済んでいない。午前中はめちゃくちゃだった。これから長い一日になりそうだ。

カップを置こうとしたところで、病棟の看護師がキッチンに入ってきた。不安げな表情だ。頰が赤い。

「先生、お帰りにならないんですか」

「ひとりになりたくないのよ、アン＝マリー。気力がないの。ここにいることにするわ」

看護師はゆっくりと首を振った。まだ頰が赤い。

「殺人事件があったんですよ。しかも先生は現場をご覧になったんですから。せめてカウンセラーにお会いになってみたら」

「人が死ぬなんて、ここではよくあることでしょう」

「弟さんが亡くなられたんですよ」

「弟はずっと前に死んだわ」

看護師はリーサをじっと見つめた。その頬にそっと手を当て、息を吸い込んでから言う。

「先生に会いたいという方がいらしてます」

コーヒーの入ったカップを片手に、リーサは看護師の目を見た。残りのコーヒーをゆっくりと飲み干す。

「だれ？」

「分かりません。なんだか、感じの悪い方で」

「患者さん？」

「いいえ」

看護師はテーブルに向かって座り、赤白チェックのビニールテーブルクロスに片手を置いた。リーサはふたたびその目を見つめた。

「用件は？」

「それが、なにもおっしゃらないんです。先生と話がしたいっておっしゃるばかりで」

リーサは看護師の隣に腰を下ろした。そのとき突然、床が揺れた。震動は数秒間にわたって続き、戸棚の食器がカタカタと音を立てた。

建物全体が揺れているようだった。

病院の一部に避難命令が出たことは知っていたが、理由は知らなかった。まるで爆弾が爆発したかのような揺れ方だ。近くで爆弾が爆発した経験などなかったが、それでもとっさにそう思った。これは爆発による震動だ、と。

ヨッフム・ラングはふたたびイグニッションキーを回し、ワイパーを動かした。待っているあいだ、外を見たかった。あいかわらずの雨。夜まで降りつづくにちがいない。

それは突然襲ってきた。

はっきりと聞こえた。病院の中から響いてきた、鈍い轟音。ヨッフムは向きを変え、病院入口の雨に濡れたガラスドア越しに、中のようすを見ようとした。爆弾だ。まちがいない。そういう音だった。

次の爆発音を覚悟して待ちかまえたが、なにも起きなかった。轟音は一度響いただけで、ふたたび静けさが訪れた。

部屋が明るすぎる。エーヴェルトは、救急外来のこの手術室に足を踏み入れ、邪魔な設備を脇にどけていたころから、部屋を煌々と照らす電灯の数々にいらだっていた。いま、死体が爆破される音を聞き、トランシーバー越しに呼びかけるスヴェンの打ちひしがれた声を耳にして、エーヴェルトは思った。このくそ明るい電灯、もううんざりだ。こんなに電灯がたくさんあって、いったいどうやって耐えろっていうんだ？　腰を下ろしたがすぐに立ち上がり、駆けるように部屋を横切る。エドヴァルドソンとヘルマンソンが机代わりにしているストレッチャーのそばを通り過ぎ、壁のスイッチに体当たりするようにして電灯を消した。

ほんの一瞬。バラバラになった死体も、人命をもてあそぶ売春婦も忘れて、ほんの一瞬、電灯、いらだち、薄暗がり、壁のスイッチのことだけを考える。自分にも理解できる世界。理解できなければ、気力がもたない。ほんの一瞬だけでいい、理解できるものに囲まれたい。電灯を消しても、互いの姿を見ることはできた。エーヴェルトは部屋の中を歩き回りはじめた。ぐるぐると歩かずにはいられない。消えた電灯のことも忘れ、自分の息づかいだけを、顔のほてりだけを感じる。ヘッドホンをつけたまま座っているベングトのそばで立ち止まり、その肩に手を置いた。

「もう一度電話しよう」


不意に始まった震動は、不意に止まった。リーサ・エールストレムはキッチンで腰を下ろしたまま、テーブルの上に置かれた看護師の手に自分の手を重ねた。

「アン＝マリー」

「はい」

「その人、どこにいるの？」

「先生のオフィスの前です。妙に怖い感じのする人なんですよ。どうしてかは分からないけれど。それにしても、オルデウスさんが亡くなられて、午前中ずっと警察の方たちが病棟を行き来なさってたでしょう。それに加えてこの訪問ですから。なんだかいやな感じ」

リーサは黙ったまま赤白チェックのテーブルクロスに一瞬視線を落とした。そのとき、ドアをノックする音がした。リーサはドアのほうを向いた。男がひとり立っている。黒髪で、口ひげをはやした、少々肥満ぎみの男。看護師が、この人です、と、そっと首を縦に振ったのが目に入った。

「邪魔して申し訳ない」

柔らかい、愛想の良い声だった。

「わたしに用があるというのは、あなたですか」

「ええ」

「どういったご用件？」

「ちょっと個人的なことでね。どこかほかの場所でお話しできませんかね」

みぞおちのあたりがぎゅっと縮まった。男を見つめる。自分の半分は、叫び声を上げて逃げ出したがっている。だがもう半分は、突然の怒りを感じていた。自分を襲うこの恐怖は、自分のせいではない。ヒルディングの薬物依存症のせいなのだ。これまでずっと、ヒルディングの現実逃避に人生を操られてきた。そしていま、弟は死んでさえなお、姉の人生を操っている。姉の力を奪っていく。

リーサはかぶりを振り、答えをためらった。ずきずきと痛むみぞおち。自分を引き裂く恐怖。

「いいえ。ここでお話ししましょう」

エーヴェルトにふたたび電話するよう頼まれ、ベングトは受話器を取ろうと身を乗り出した。できることなら、いま電話をかけたくはない。ほんの短いあいだでいいから、落ち着きを取り戻す時間が欲しい。先ほどの足元の揺れに、彼は衝撃を受けていた。口の中がからからに渇いている。つばを飲み込んでも、不快感がどうしても消えない。話すべきなのだろうか。自分は、リディアを知っている、と。

いや、まだだ。

まだその必要はない。

エーヴェルトに言われたとおり、身を乗り出して、遺体安置所の電話番号を押そうとした。ところがその前に電話が鳴った。

ベングトは振り返ってエーヴェルトを見た。エーヴェルトはうなずき、首にかけてあったヘッドホンを頭に当てた。着信音が二度鳴るのを待ってから、ベングトは電話に出た。

「もしもし」

「ノルドヴァル？」

「ああ」

「いまの、聞こえた？」

「これで分かったでしょう」

「聞こえたよ」

「ああ。分かった」

「人質が死なないと分からないなんて、残念だったわね」

「きみの目的はなんだ？」

「初めに言っておくけど、交渉はすべてお断わり。それから、もしここに突入してきたら、みんな爆弾で木っ端微塵よ」

「分かっている」

「人質に爆薬を仕掛けてあるわ。ここ遺体安置所にもね」

「リディア、きみさえ落ち着いてくれれば、きっと解決の道が見つかるはずだ。だがまず、きみがどうしてこんなことをするのか知りたい」

「あとで話すわよ」

「いつ？」

「あとで」

「いまは？　どうすればいい」

「あなたがここに来てちょうだい」

なぜ彼女が人質を取ったのか分かった。いや、実際には頭のどこかで、初めから分かっていた。消えずに残っていた不快感が、いま、別のなにかに変わった。これまでに感じたことのないなにか。死の恐怖。

ベングトは目を閉じて続けた。

「どういうことだ」

「人質を見張りながら走り回って、あなたたちの電話遊びに付き合うのって、けっこう大変なのよ。だから、あなたにここに来てほしいの。あなたとわたしがここで、ロシア語で話をする。あなたが電話を持って、警察の人たちと連絡を取る」

ベングトは深く息をついた。エーヴェルトはこのやりとりを聞いていたが、内容が分からずにいた。スヴェンはまだ、地下の廊下の曲がり角で待機している。

ベングトは会話の内容をざっと説明した。リディアの要求を伝えると、エーヴェルトは激しく首を横に振った。

それはだめだ。

絶対に。

ストックホルム南病院のまわりを歩いていたふたりの警官は、正面入口前の駐車場に近づくやいなや、一台の車を目にした。いかにも高価そうな新車で、狭い歩道に車輪ふたつを乗り上げて停まっている。違法駐車だ。どしゃ降りの雨の中では、リアウィンドウ越しに中を見ようとしてもなかなか見えなかったが、それでも助手席に男が座っていること、運転席にはだれもいないことが分かった。ふたりは車に近づいていくと、前部座席の両脇にそれぞれ陣取り、軽くノックした。

「駐車禁止ですよ」

男はがっしりとした体格で、スキンヘッド、肌は不自然な茶色だ。ニヤニヤ笑うばかりで、答えようとしない。

「病院の敷地全体が立ち入り禁止になっています。だから当然、敷地内に車を停めるのも禁止です」

男はただ、ニヤニヤしているばかりだ。

助手席のそばに立っている警官は、もう我慢ができなくなった。同僚を見やり、心構えができていることを確かめる。

「身分証明書を見せなさい」

助手席の男は身動きひとつしない。聞こえなかったのか、それとも、どうするか決心がつかないのか。

「身分証明書を見せなさい。いますぐだ」

男は大きくため息をついてみせた。

「分かったよ」

尻ポケットに入っていた財布から身分証明書を出す。警官はそれを手に車のドアにもたれかかると、トランシーバーで連絡を取りはじめた。

「ハンス・ヨッフム・ラング。個人識別番号は五七〇七二五‐〇三五〇。調べてくれ」

数分が経った。

答えは、そこにいた全員の耳に届いた。

「ハンス・ヨッフム・ラング。個人識別番号五七〇七二五 - 〇三五〇。数時間前から指名手配中だ」

車から降ろされるとき、ヨッフムは笑い声を上げた。濡れたアスファルトの上でうつぶせにさせられ、目撃者はいるのかよ、目撃者は、と言ってみせる。ヨッフムの高笑いが響くか、警官たちはそのからだを探り、両手首に手錠をかけ、パトカーの後部座席に乗せて走り去った。


ベングト・ノルドヴァルは、エーヴェルトが首を激しく横に振るのを目にした。明らかな「ノー」だ。

からだが軽くなったような気がした。力が戻ってきたような気がした。

これは、エーヴェルトの決断だ。エーヴェルトの「ノー」だ。

ベングトはふたたび受話器を耳に当てた。

「残念だが、それは無理だ」

「無理ですって？」

「私が遺体安置所に降りていくのは……われわれの人質救出交渉の方針に反する」

「人質を死なせることだって方針に反しているでしょう。もうひとり死んでるのよ。あなたがここに来なければ、もうひとり殺す」

「ほかに解決法があるはずだ」

「あなたがここに来てくれれば、残りの人質は解放するわ。人質が三人からひとりになるってこと」

ベングトは確信した。この事件の行き着く先を。

「だめだ。残念だが」

「ロシア語を話せるあなたに来てほしいの。三十分あげる。三十分過ぎたら、もうひとり殺すわ」

追いかけてくる死の恐怖。怖い。

「リディア、私は……」

「二十九分五十秒」

エーヴェルトはヘッドホンを外し、スイッチへ近寄って、電灯をつけた。

壁の時計は、ちょうど三時十一分を指していた。

病棟のキッチンの戸口に立って、リーサ・エールストレムとふたりきりで話がしたいと言った男は、看護師のほうを向いて言った。

「あんたが席を外してくれると助かるな」

看護師は立ち上がり、リーサを見やった。うなずいたリーサを見て、看護師もうなずき返す。床に視線を落としたままドアへ急ぎ、だれもいない廊下へ出ていった。

スロボダンはその後ろ姿を見送ってから、リーサのほうを向いてニヤリと笑った。リーサが微笑み返そうとしたそのとき、スロボダンがすばやく部屋に入ってきて、リーサのいるテーブルからほんの数メートルのところに陣取った。

「用件っていうのはですね」

なかなか切り出さない。

「あんたはなんにも見てない、っていうことなんですよ。今日オルデウスのところへだれが面会に来たかなんて、なんにも知りませんよね」

リーサは目を閉じた。

もうたくさんだ。やめてほしい。

みぞおちに痛みが走る。膝の上に、テーブルの上に吐いてしまう。ヒルディングのせいだ。目を閉じたまま、吐く。なにも見たくない。もういやだ。もうたくさんだ。ヒルディングのせいだ。

「おい、先生よ」

みぞおちが痙攣する。リーサは目を閉じたまま、ふたたび襲ってくる吐き気を必死にこらえた。

「おい。こっち見ろよ！」

リーサはゆっくりと目を開けた。

「黙ってさえいればいい。簡単だろ？　しゃべれば、死ぬ。それだけのことだよ」

エーヴェルトはヨッフム・ラング逮捕の報を耳にして、もっと感慨を覚えるはずだった。長いこと待ち望んでいた瞬間がついにやってきたのだ。今回は、信頼できる目撃者がいる。殺人事件の立件、無期懲役へとつなげられるかもしれない。

ところが、なにも感じなかった。

麻酔をかけられたような感じだ。地下で人の命をもてあそぶグラヤウスカスに、エネルギーをすべて奪われている。あとで。あとで、喜びを感じるのだろう。グラヤウスカスが終わったあとに。

だがエーヴェルトはしばらく指令室を離れ、別の場所に座って、あの出世ひとすじのオーゲスタム検察官に電話をかけ、説明しておくことにした。目撃者をひとり確保している。医師だ。ヨッフム・ラングがヒルディング・オルデウスのところに面会に来たのを、彼女が目撃している。しかも動機も分かっている。県警の捜査官の報告書によれば、ラングの昔からの雇い主であるユーゴスラビア人マフィアが、彼らの取引しているクスリに洗剤を混ぜて売ったヒルディングに物申すべく、ラングに依頼をしたとみられる。まず、殺人罪の被疑者としてラングを勾留すること。オルデウスに暴行を加えた際に、その血痕やDNAが付着したかもしれないから、その痕跡を探し出すべく、ラングの徹底的な身体検査をすること。これらのことをオーゲスタムが納得し、了承しない限り、なにがあっても電話を切るつもりはない。

リーサ・エールストレムはもう耐えられなかった。胃がすっかり弱り切っている。頭をテーブルに向け、先ほどと同じ場所に嘔吐《おうと》する。脅迫者がさらに近づいてくるのを感じた。

「つらいよなぁ、リーサ。気分が悪いとなぁ。だがな、ほら、俺さっきちょっと待たされただろ。まず下の入口でしばらく時間つぶしてたんだ、ポリ公がうろうろしてたもんでね。それからあんたのオフィスの前でも待たされた。そんなわけで、待ってるあいだに、電話を何本かかけてみたんだよ。なあ、知ってるかい、先生よ？　聞く相手さえうまく選べば、ほんのちょっと話しただけで、なんでも分かっちまう。なんでもできるんだ」

男は身を乗り出し、顔を近づけてきた。

「返事がないな。まあ、じっくり聞いとけよ。あんたの名前は、リーサ・エールストレム。三十五歳。医者になって七年。二年前から、ストックホルム南病院のこの病棟に勤めてる」

リーサはじっと座っていた。じっと動かずにいれば。なにも言わずにいれば。

「結婚はしていない。子どももなし。だが、あんたのオフィスの掲示板にこれが貼ってあった」

男は写真を二枚手にしている。一枚は、夏の写真。六歳の少年とその姉が並んで、海水浴用の桟橋に寝そべっている。燦々《さんさん》と照りつける太陽。子どもたちは少々陽に灼けすぎて、肌が赤くなっている。もう一枚は、クリスマスツリーを背にした、同じ子どもたちの写真。まわりにリボンと包装紙が散らばっている。冬らしい真っ白な肌。期待に満ちた表情。

リーサは目を閉じた。

サンナ。ヨナタン。唯一の宝物。自慢の姪と甥。ふたりにとって、リーサはふたり目のママだ。母親であるイルヴァの家にいることよりも、リーサの家にいる時間のほうが長いことさえある。ふたりとも、やがて大きくなる。こんなひどい世界で生きていくことになる。どうかあのふたりが、身内の薬物依存症で苦しんだりしませんように。そのせいで病んだ行動に走ったりしませんように。いまのわたしが感じているような、こんないまいましい、おぞましい恐怖を、絶対に、絶対に感じることがありませんように。

目を閉じたままでいる。すべてが終わるまで、目を閉じたままでいよう。

見えないものは、存在しないのだから。

「なあ」

「ん？」

「大丈夫か」

「分からん」

エーヴェルトにはほんとうに分からなかった。いまだになにも感じない。グラヤウスカスから与えられた時間は、三十分。なぜ二十分じゃないんだ？　なぜ？　十分でもよかったんじゃないか？　あるいは、一分でも。何分でも変わらないじゃないか？　選択の余地などないのだから。

「エーヴェルト」

「ん？」

ベングトは手術台の端にしがみつくようにして座っている。話すのがつらい。立ち上がることすら難しい。なぜエーヴェルトに呼びかけてしまうのだろう？　なぜこの話を自ら進めてしまうのだろう？　言いたくないことを言い、やりたくないことをやる羽目になる。行かなくてもいいのに。胸を引き裂くこの不快感を、覚える必要はない。アパートの扉に開いた穴も、鞭打たれた彼女の背中も、ステナ・バルティカでのことも、忘れてしまったっていいのだ。

「分かってるだろう、エーヴェルト。俺が行くしかない。選択の余地はない」

エーヴェルトも、選択の余地がないことは分かっている。

そして、選択の余地があることも。

刻々と過ぎていく時間。かならず、なにかしら解決策があるはずだ。だが、なにも見つからない。なにも見当たらない。こういうこともあるのか。

エーヴェルトは部屋を出たいと思いながらも、その場に立ちつくすことしかできずにいた。たったいま、ふたたびオーゲスタムに電話をかけ、ヨッフム・ラングについて説得を試みたところだ。そして、あたりをざっと見まわす。エドヴァルドソンの姿を探す。ちょうど別の部屋で、直属の上司に報告をしているところだ。スヴェンの姿を探す。まだ地下の廊下で、遺体安置所の扉がふたたび開くのを待ちかまえている。

ふたりが必要だった。ヘルマンソンも賢明ではあるのだろうが、ふたりほどには彼女という人物をよく知らない。もちろん、ベングトがいる。だが、これはまさにベングトにかかわる問題であり、だからこそベングトに相談するべきではない問題だ。

「あの女、おまえを要求してきた。人質全員と引き換えに」

エーヴェルトは、友人であり同僚である男を前にして立った。

「なあ、そうだろう？　俺には分からん。おまえには分かるか？」

ベングトはヘッドホンをしたまま座っている。ずっと前に切った電話での会話が、いまだに頭の中で続いている。リディアの言葉が聞こえてくる。自分の言葉が聞こえてくる。だが、そこまでだ。同じセリフが、何度も繰り返される。

もちろんベングトには分かっている。だがそのことは、ぜったいに打ち明けないつもりだ。

「俺にも分からん。だが俺が行くべきだとおまえが思うなら、俺は従う」

エーヴェルトは電話のほうを向いた。遺体安置所への道である、この電話。近づいていき、受話器を上げる。ツーという音に向かって怒鳴る。あの淫売め。死体に雷管をつけて床に放り出すとは。壁の時計が刻々と、考える時間を奪っていく。

「ああ」

受話器を置き、ストレッチャーのまわりを数回歩きまわっても、顔の赤みは消えなかった。

「おまえを行かせるというのは、警察官としての倫理にもとる行為だ。分かるだろう」

「どうしたらいい？」

ベングトはためらった。行くことなどできない。行けない。行けない。行けない。

「エーヴェルト、責任者はおまえだ」

エーヴェルトは歩きつづけた。ぐるぐると、何度も。

「ヘルマンソン」

彼女のほうに目を向ける。

「おまえはどう思う？」

「はい」

ヘルマンソンは時計を見た。残り、三分。

「まず、特殊部隊を突入させることは不可能です。そもそもなんのために病院にいる人の半数を避難させたのかといったら、彼女が爆薬を仕掛けたと分かっていたからですよね。それでも実際に一度、爆発を許してしまった。そのうえ彼女はまたやると言っています。彼女を説得するのも難しいと思います。いままでさんざん試みたのに、彼女の決心は揺らいでいません。ほかに遺体安置所に入る方法があるかどうか検討している時間もありません」

ふたたび時計を見てから、ヘルマンソンは続ける。

「彼女は完全に閉ざされた部屋を選びました。彼女が閉じこもって人質にピストルを向けているかぎり、だれも入ることはできません。ノルドヴァルさんを送り込むことが、警察官としての倫理にもとる行為かと言ったら、たしかにそうだと思います。でも、ほかに方法があるでしょうか？　人質と引き換えに警察官を送り込んだ例はこれまでにもあります。遺体安置所にはいま、三人いるんです。もっと生きたいと願っている人たちが」

エーヴェルトはふたたび部屋を歩き回りはじめた。残り時間は二分強。ヘルマンソンの発言を聞いて、もっと早くから彼女に意見を聞いておけばよかったと思った。そう思ったことを、あとで彼女自身にも伝えよう。ヘッドホンをつけたまま座っているベングトをちらりと見やる。幼い子どもたちと、美しい妻。庭付きの一軒家……

トランシーバー。

スヴェンだ。

「グラヤウスカスが撃ったようだ。まちがいない。遺体安置所の中から銃声が聞こえた」

ベングトはそれを耳にしてもう耐えられなくなった。ヘッドホンを外す。なにかが胸を引き裂いている。弱まることなく、さらに、さらに強く。エーヴェルトは一歩踏み出してヘッドホンをひったくると、叫び返した。

「なんだと！　まだ二分近く残ってるのに！」

スヴェンが動いたらしく、雑音が聞こえてきた。

「エーヴェルト？」

「どうぞ」

「遺体安置所のドアが開いた。人質がひとり廊下に立っている。ぐったりした人間の腕をつかんでる。引きずって出てきたらしい。まただよ、エーヴェルト。ここからはよく見えないが、まちがいないと思う、ぐったりしているほうは……亡くなっている」

ベングト・ノルドヴァルは、地下の暗い廊下の中央に立っている。エレベーターから見ていちばん奥、遺体安置所の入口へ続く廊下だ。寒い。いまは夏だが、裸足に触れる床は冷たい。エアコンの冷風がむき出しの肌に触れる。ベングトは服を着ていない。身につけているのは、下着と小さなマイク、両耳につけたイヤホンだけだ。

遺体安置所のドアの向こうになにが待っているか、彼には分かっている。知っているのだ。あの女の目的を。遺体安置所に入ったが最後、生きるか死ぬかだということも。自分が死ぬか、人質が死ぬか。標的は、自分だ。人質たちが生命の危険にさらされているのは、自分のせいなのだ。

「エーヴェルト、どうぞ」

声を落として話す。できる限り、指令室との連絡を保っていたい。

「聞こえてるよ。どうぞ」

つかまるものがなにもない。

これから長いこと立っていられる自信がない。

レーナを思う。きっといまごろ家のどこかで、あぐらをかいて、本を手にして座っているのだろう。ふたりの家。レーナが恋しい。彼女の隣に座っていたい。

「エーヴェルト、ひとつ頼みがある」

「なんだ？」

「レーナを頼む。もし万が一のことがあったら、おまえから話してほしい」

待つ。返事はない。ベングトは咳払いをした。

「覚悟はできている」

「よし」

「エーヴェルト、指示してくれれば、いつでも中に入る」

「いまだ」

「いま行っていいんだな？」

「ああ。入口まで行って、そこで立ち止まるんだ。両手を挙げて」

「分かった」

「ベングト」

「ああ」

「幸運を祈る」

足の裏の薄い皮膚がコンクリートの床に触れる。足音は立たなかった。冷たい。なんと寒いのだろう。遺体安置所の入口前で立ち止まったベングトは、寒さに震えていた。十メートトル、十五メートルほど後ろに、特殊部隊が控えている。あまり長くは待たされなかった。秒数を数えたが、三十に達しないうちにドアが開き、白髪の男性が出てくると、ベングトのほうを見ずに素通りした。名札が目に入る。エイデル指導医。両肩に粘土のような塊がついているのが見える。うなじのところから線が伸びているのも、はっきり見える。片手に鏡を持ち、そっと傾けている。ドアのすぐ内側にいる人物が、部屋の外に出なくとも、訪問者がひとりであり、裸であることを確認できるように。ベングトにはその人物が見えなかったが、息づかいは聞き取れた。

「エイデル先生ですね？」

ベングトはささやきかけたが、エイデル医師は変わらずベングトの後ろに視線を向けたまま、鏡を持った手を下に降ろすと、振ってみせた。中に入ろう、という合図だ。

ベングトはその場から動かなかった。あと少しだけ、待ってほしい。

目を閉じる。

鼻から息を吸う。口から息を吐く。

襲ってくる恐怖をさえぎる。いまの自分の任務は、観察すること。人質たちの無事を見届けることだ。

エイデル医師は安置所内に戻りたいらしくもどかしげだ。床の死体をまたいで戸口へ向かう。ベングトは震える手をそろりと挙げ、耳にはめている小さなイヤホンを指で押し、きちんとはまっていることを確かめた。

寒いのに、汗が出てくる。

「エーヴェルト」

「どうぞ」

「廊下に人質がひとり倒れている。亡くなっている。血が見当たらないから、どこを撃たれたのかは分からない。それにしても、におう。つんと鼻を突くにおいがする」

部屋に入るとすぐ、リディアの姿が見えた。やっぱり。見覚えがある。ステナ・バルティカ。昨日、彼女の顔はほとんど見えなかった。見えたのは背中に刻まれた鞭の跡だけで、担架で運ばれるときには毛布がかかっていた。だがいま、はっきりした。

微笑みかけようとしたが、口元がぴくぴくと痙攣した。

リディアは部屋の中央に立ち、白衣を着た若い男性の頭にピストルを向けている。小柄な女だ。顔は腫れて傷だらけ。片方の腕にギプスをはめ、片方の足に体重をかけている。腰か膝が痛いのだろう。

リディアはベングトを指差して言った。

「ベングト・ノルドヴァル」

あいかわらずの落ち着いた声だ。

「ぐるっと回りなさい、ベングト・ノルドヴァル。両手は挙げたままで」

言われたとおりゆっくりと回ってみせているあいだに、どのドア枠にも爆薬が貼り付けてあるのが目に入った。

一回転し、ふたたびリディアのほうを向く。リディアはうなずいた。

「いいでしょう。あの人たちに言いなさい。ひとりずつ、あの扉から出ていくように」

エーヴェルトは臨時指令室の床に座って、遺体安置所での会話に耳を傾けていた。エドヴァルドソンが戻ってきて、すぐそばのスツールに腰を下ろし、ロシア語の会話をスウェーデン語に訳している。ヘルマンソンもヘッドホンを与えられた。ストレッチャーのそばでじっと耳を傾け、この不条理な会話の内容をメモしている。不安を和らげるため、なんでもいいから手を動かしていたいのだ。

ベングトが遺体安置所に入った。グラヤウスカスに促され、出ていくよう人質に告げた。残る人質は、ベングトひとりとなった。

そのとき突然、ベングトが話しはじめた。スウェーデン語だ。冷静を装った声。エーヴェルトははっきりとそう感じた。ひび割れていく寸前の声だ。

「エーヴェルト、どうやらわれわれはだまされたらしい。人質はだれも撃たれていない。四人とも生きている。全員無事で、たったいまここから出ていった。ドアのまわりにセムテックスが三百グラムほど仕掛けてあるのは事実だが、爆破できる状態にはない！」

リディアが激しい口調でさえぎった。

「ロシア語を話しなさい！」

ベングトの言葉はエーヴェルトの耳に届いた。届きはしたものの、その意味が分からない。

同僚たちを見やると、同じ驚きの表情を浮かべている。だとすると、初めからもっと多くの人質がいたにちがいない。五人ではなかったのだ。そのうちひとりが両膝を撃たれた。もうひとりは爆薬を仕掛けられて爆破された。それでも四人が生きていて、無事に出ていったというのだから。

ふたたび、ベングト・ノルドヴァルの声。スウェーデン語だ。おそらくまだ、リディアのほうを向いて立っているのだろう。

「グラヤウスカスが持っているのはピストルだけだ。九ミリ口径のマカロフ、ロシアの軍用ピストル。爆薬をもう一度爆発させるには、発電機か電池が必要だ。電池はひとつある。が、つながっている導線は見当たらない」

「ロシア語を話しなさい！　さもないと殺すわよ！」

エーヴェルトは床に座ったまま、エドヴァルドソンの通訳に耳を傾けた。

リディアはベングトに、黙ってその場に立っているよう告げた。

ベングトの目の前で床につばを吐くと、下着も脱ぐよう命令した。

ベングトがためらうと、リディアはその頭にピストルを向けた。下着は床に落ちた。

エーヴェルトはさっと立ち上がった。グラヤウスカスのはったり。裸にされたベングト。

エドヴァルドソンに目をやる。うなずいている。

エーヴェルトはトランシーバーを手に取ると、特殊部隊に呼びかけた。直ちに突入できる態勢を整えるよう指示する。狙撃隊には、銃撃の許可を与えた。

「きみが望んだからだ」

「裸になったわね」

「どんな気分？　遺体安置所で裸になって、銃を構えた女の前に立っているというのは」

「きみの言うとおりにしたまでだ」

「屈辱的な気分。そうじゃない？」

「ああ」

「孤独を感じる？」

「ああ」

「怖い？」

「ああ」

「ひざまずきなさい」

「なぜ？」

「ひざまずいて、両手を頭の後ろで組みなさい」

「まだ足りないのか？」

「ひざまずきなさい。分からないの？」

「これでいいか？」

「なんだ、ちゃんとできるじゃない」

「それから？」

「わたしがだれだか分かる？」

「いや」

「わたしのことを覚えている？」

「どういう意味だ」

「文字どおりの意味よ。ベングト・ノルドヴァル、わたしのことを覚えている？」

「いや」

「ほんとに？」

「ああ」

「リトアニア、クライペダ。二〇〇二年六月二十五日」

「いったいなんの話だ」

「ステナ・バルティカ。二〇〇二年六月二十六日。二十時二十五分」

エーヴェルトはリディア・グラヤウスカスの姿を一度しか目にしていない。ドアに穴の開いたアパートで、意識不明で倒れていた姿だ。あれから丸一日以上が経過している。あのときエーヴェルトは、例のディミトリとかいうポン引きを押しのけて廊下を急ぎ、リディアの裸体に到達した。片腕を骨折し、顔は腫れて血まみれになっていた。背中には鞭の跡がいくつも刻まれ、とても数える気になれないほどだった。リディアのような女たちには、何度も会ったことがある。名前こそちがうものの、物語はいつも同じ展開をみせる。股《また》を開かされる若い女たち。虐待され、その怪我が治ってもまた、股を開かされ虐待される。彼女たちは突然現われ、突然どこかへ消える。アパートを替え、顧客を替える。そうして何度かアパートを転々としたあげく、彼女たちは永遠に姿を消す。人身売買を手がける連中が、常に新人を調達してくる。三千ユーロも払えば、もっと若く、もっと虐待しがいのある女を手に入れることができるから。

グラヤウスカスが担架に載せられ、救急隊員に運ばれていくところも見た。

彼女の抱いている憎しみは理解できる。人間は限界まで辱められると、いつか完全に壊れてしまうか、あるいは受けた屈辱の仕返しをしようとするか、そのどちらかにちがいない。それは容易に想像できる。

だが分からないのは、なぜあんな傷だらけのからだで遺体安置所に立てこもり、弱々しい声で脅迫してくるのかということ。その力の源はいったいなんなのか？　なぜ白衣の医師たちと警察官を選んだのか？　いったいなにが目的なんだ？　わけが分からないままに、エドヴァルドソンの通訳をさえぎり、大声で叫ぶ。

「ステナ・バルティカ？　船の名前じゃないか。どういうことだ？　個人的な恨みなのか？　ベングト、おい、ベングト、中断しろ！　話をやめるんだ！　特殊部隊は突入を開始せよ。繰り返す、突入を開始せよ！」

彼らの記憶は、とくに時刻に関して、少しずつ食いちがっていた。人の死に直面したときに最も把握しにくいのは、往々にしてその時刻である。だが事件の経緯、つまりどんな順番でなにが起こったかについては、全員の記憶がほぼ一致していた。救急外来の手術室に設けられた指令室で、彼らは肩を並べ、同じトランシーバーに耳を傾けていたのだから。まず、二発続けて銃声が響いた。それから、もう一発。最後に、特殊部隊が遺体安置所の扉を破って突入したことを示す轟音が聞こえてきた。

# 第二部　現在

どんな死にも、続きがある。

エーヴェルト・グレーンスはそのことを知っている。警察官になって三十年以上。その大半を、殺人事件を捜査する刑事として過ごしてきた。彼の仕事はたいてい、死とともに始まる。ある意味、死の続きこそが彼の仕事だ。

死んだ人間が、そのあとどんなふうに生きつづけるかは、さまざまである。ものも言わぬまま消えていく人間もいる。だれも行方を問わず、だれもその人の死を悲しまない。まるで初めからこの世にいなかったかのように。

死んだあとにこそ真に生きはじめる人間もいる。動揺。探索。知り合いだった人も、知り合いでなかった人も、それまで口にしたことのなかった言葉を口にしはじめる。何度も繰り返す。そのうち、その言葉が真実となっていく。

おまえは息をしていた。一瞬ののち、おまえの息は止まった。

だがおまえには続きがある。おまえの死の続きがある。どんなふうに続いていくかは、おまえの死にざま次第だ。

遺体安置所からヘッドホンへと響いてきた、三発の銃声。あの瞬間、最悪の事態が起こったことを確信した。そういう音だった。ほかのすべてをかき消す音。

悲しみがやってくることは当然予測できた。悲しみにくれることなど自分に許してはいないが、それでもその悲しみは自分を蝕み、食いつくしていくことだろう。さらには、孤独がやってくるだろうということ、恐れていたよりも大きな孤独が自分を待ちかまえているということも、当然、分かっていた。

だが、それ以上のことは予測していなかった。

ヘッドホンから聞こえてきた死は、たしかに異常で暴力的な死だった。だがそれでもエーヴェルトは、これからの数日間、つまりこの死の続きが、人生最悪の日々となるだろうとは、想像すらしていなかった。

＊

涙は出なかった。なぜかは分からず、納得できるような理由はなにも思いつかなかったが、とにかく泣くことはできなかった。時が経ったいまになっても涙が出ることはなく、破られたドアを抜けて遺体安置所の中に入り、床に倒れ頭に穴の開いたふたりの人間と、まだ乾いていないその血を目にしたあのときにも、涙は出なかった。

ベングトは銃弾を二発撃ち込まれ、あおむけに倒れていた。左目に一発。股間に一発。股間を覆うように置かれた両手が血まみれになっている。グラヤウスカスは最初に股間を撃ったのだろう。ベングトは自己防衛本能で、両手をそこに当てたのだろう。

ベングトは全裸になっていた。白い肌をむき出しにして、遺体安置室の床、灰色の硬質れんがの上に横たわっている。リディア・グラヤウスカスは、そのすぐそばに倒れていた。ギプスをはめた腕が、からだの下で奇妙にねじれている。自らこめかみを撃って床にどすんと倒れ、跳ね返るようにしてうつぶせになったと思われる。

部屋を区切るように引かれたばかりの線を踏まないよう、エーヴェルトは慎重に移動した。まず、全体像をつかまなければ。手際よく仕事を進めなければならない。いつもそうしてきた。ひたすら仕事をして、心を閉ざすのだ。なにも感じずに済むように。クスリなど使わなくとも、感情を遮断することはできる。頭を下げて、地面を見つめ、顔を上げずにいればいいのだ。すべてが終わるまで。

色白の腿を、足先で軽くつつく。

馬鹿野郎。

こんなところに倒れやがって。どうしてこっちを見ない？

スヴェン・スンドクヴィストは、エーヴェルトがベングトの腿を足先でつつき、なにを言うでもなくただ黙ったまま、白い線に囲まれた死体を見下ろしている姿を、数メートル離れたところから見守っていた。近づいていき、エーヴェルトの後ろに立つ。

「エーヴェルト」

「なんだ？」

「引き継ぐよ」

「この事件は俺の担当だ」

「分かってる。でも、ここの現場検証だけでも引き継ぐよ。よりによって、いま、きみがやる必要はない」

「スヴェン、俺は仕事中だ」

「気持ちは分かるが……」

「おい、スヴェン、俺たちはどうして、ただの淫売にこうもやられちまったんだ？」

「エーヴェルト、帰ったほうがいいよ」

「おまえには分かるのか、スヴェン？　分からんのなら、そこをどけ。ほかにやることがあるだろう」

馬鹿野郎。

なにか言えよ。

黙ってないで。

そうやってずっと、裸で床に寝転がって、黙りこくってるつもりか。

立ち上がれよ！

鑑識の四人には見覚えがあった。遺体安置所のあちこちで床に膝をつき、探すべきものを探している。四人のうちふたりはエーヴェルトと同じ歳ごろで、これまで長年にわたり、似たような状況で何度も顔を合わせている。生きていた人間が死を迎えた、その現場で出会い、捜査のあいだは連絡を取り合うものの、終わればなんの接点もなく、そのまま数カ月が過ぎていく。そして次の死をきっかけに、また出会い、連絡を取り合う。エーヴェルトはもう一度ベングトの腿を軽くつついてから、その場を離れ、ICAスーパーのビニール袋のそばに座って指紋を調べている鑑識官に近づいていった。

「ニルス」

「エーヴェルト。残念でならないよ。ベングトが……」

「いまはやめてくれ。仕事中だ。それ、あの女のか？」

「そのようだ。かなりの数の弾薬が残ってる。爆薬と雷管も少々。ノートから破り取った紙切れ数枚。ビデオテープが一本」

「何人の指紋が残ってる？」

「ふたりだ。小さな手だな。右手ふたり、左手ふたり。おそらく、ふたりとも女だろう」

「女がふたりだと？」

「そのうちのひとりは、おそらくこの女だろう」

ニルス・クランツという名のその鑑識官は、動かなくなったリディア・グラヤウスカスのからだに向かって、あごをしゃくってみせた。エーヴェルトも彼女を見やり、それからクランツの手に視線を向けた。

「それ、あとで見たいんだが」

エーヴェルトはビデオテープを指差した。

「もちろん、おまえの仕事が終わってからでいい」

「あと数分で終わるよ」

弾薬。爆薬。雷管。ビデオテープ。エーヴェルトは、グラヤウスカスの傷だらけの背中をじっと見つめた。

「おまえのほんとうの目的は、いったいなんだったんだ?」

そのとき不意に、呼びかける男の声がした。廊下のほう、壊れてなくなった扉のそばから聞こえてくる。

「エーヴェルト!」

「聞こえてるよ」

「ちょっと来てくれ」

彼がもう来ているとは知らなかった。が、頼んだとおりすぐにこの病院に戻ってきてくれたことがありがたかった。

「これを見てくれ」

法医学者のルードヴィッグ・エルフォシュは、かつて人間であったもののただなかに立っていた。リディア・グラヤウスカスが、ドアの外へと運ばせて爆破し、それを見ただれもが彼女の意図を思い知らされた、バラバラになったあの死体だ。エルフォシュはちぎれた腕を指差すと、前かがみになって拾い上げた。

「エーヴェルト。見てくれ。死人だよ」

「そんなことは分かってる。遊んでる場合じゃないぞ」

「とにかく見てくれないか」

「なにを言い出すんだ？　こいつが爆破されてバラバラになった瞬間を聞いてたんだ。死人なのは当たり前だろう」

「そう、死人だ。死人だったんだよ。爆破されたときには、もうとっくに死んでいた。死後一週間は経っていた」

エーヴェルトは手を伸ばし、エルフォシュが持っている腕を触ってみた。想像していたより冷たい。ずっと、なんとなく……だまされているという気はしていたが、なぜかは分かっていなかった。いま、それがはっきりした。

「まわりを見てくれ、エーヴェルト。血痕がないだろう。だが、においがある。におうだろう？」

「ああ」

「どんなにおいだ？」

「つんと鼻を突く。アーモンドのような。ベングトもここに入っていく直前、鼻を突くにおいがすると言っていた」

「ホルマリンだよ。死体の保存状態を良くするために注射する薬品だ」

「ホルマリンだと？」

「遺体を爆破したんだよ。ピストルで撃たれたのも遺体だ。どちらも人質ではなかった。つまりグラヤウスカスがほんとうに撃ったのは、抵抗した医学生のラーセンだけだったということだ」

エルフォシュは一週間以上前に命を失った腕を手に持ったままかぶりを振ると、前かがみになり、腕をもとの場所に戻した。エーヴェルトはその場を離れ、廊下に散らばった死体の断片から断片へと歩きまわった。

血痕は見当たらない。同じにおいがする。

グラヤウスカスが爆破したのは遺体だった。人質は生かしておいたのだ。つまり、狙いはベングトひとりだったということになる。

それがあの女の目的だったということか。

裸のベングトとぶかぶかの病院服に身を包んだ女が並んで横たわっている、遺体安置所の中へ戻っていく。

おまえは黙っているのか。

ベングト。

なにか言ってくれ！

ふたりの死体に近づいたとき、グラヤウスカスのこめかみから流れ出した血を、あやうく踏んでしまいそうになった。

ベングトに恨みでもあったのか。

この淫売が！

俺にはさっぱり分からない。

後ろから鑑識官のニルス・クランツが近づいてきて、ビデオテープを入れ封印したビニール袋を渡そうと声をかけたが、エーヴェルトはまったく気づかなかった。クランツはエーヴェルトの背中を軽く叩き、もう一度言った。

「エーヴェルト。例のビデオテープだよ。さっき見たいと言っていた」

エーヴェルトは振り返った。

「ああ。そうか。ありがとう。指紋はついていたか？」

「ほかと同じ指紋だった。ふたり分の指紋だ。どちらも女だろう。グラヤウスカスと、もうひとり」

「このビデオも、弾薬や爆薬といっしょに入っていたんだな？」

「ああ。ICAスーパーの袋に」

別の場所を調べようと立ち去っていくクランツを、エーヴェルトは呼び止めた。

「おまえに返したらいいのか？」

「押収品目録に記入してから、県警の鑑識課に送ってくれ。そこで保管する」

それからクランツは倉庫らしき部屋の扉に近づくと、白い手袋をはめ、グラヤウスカスがドア枠に沿って貼りつけたベージュの爆薬を、用心深く調べはじめた。エーヴェルトはそのようすを遠くから見守った。

「エーヴェルト」

スヴェンが座っている椅子のそばには、グラヤウスカスが使っていた固定電話があった。彼女から電話をかけられないよう、エーヴェルトが回線を遮断し、その後元に戻した、あの電話だ。エーヴェルトは目を閉じた。グラヤウスカスの姿を思い浮かべようとする。ピストルを人質に向け、この電話を通じて連絡を取ってきたものの、脅すばかりでなんの要求もしてこなかったグラヤウスカス。ほっそりしたからだをギプスと病院服に包んだ彼女のせいで、スウェーデン有数の大病院の一部の人間が避難を余儀なくされ、付近に居合わせた警察官もジャーナリストも、全員が現場に急行した。あの売春婦はたった数時間で、これまでにとった客の数にも匹敵する人数を操ったことになる。

「エーヴェルト」

「なんだ」

「忘れるなよ。奥さんのこと」

遠くから、ベングトの声が聞こえてきた。つい先ほど交わした会話。親友であり、過去と自分とをつなげてくれる唯一の存在であったベングトが、まだ生きていたころの会話。パンツ一丁でこの廊下に降り立ったベングトは、レーナに話してほしいと頼んできた。〝もし万が一のことがあったら、おまえから話してほしい〟。ベングトはそう言っていた。まるで予測していたかのように。なにが起こるかを感じとったかのように。

「どういう意味だ」

スヴェンは肩をすくめた。

「きみは奥さんとも親しいだろう。きみが知らせに行くべきだ」

それまでは気づかなかったあることに、いま気づいた。床に倒れているベングトの青白いからだは、静けさのようなものに満ちている。腹の上に置かれた両手は、祈るように組み合わされている。まっすぐに伸びた脚。軽く扇のかたちに広がった両足。ピストルを額に向けられたときの恐怖など、まるでなかったかのようだ。

俺がレーナに知らせるのか。

なにか言えよ！

俺がレーナのところに行くのか。

俺が生きているから。

おまえが死んだから！

おまえはもう生きていない。

死んでしまった！

エーヴェルトは、彼らをさんざん待たせていることを自覚している。急がなければならない。ラングの身体検査。検出すべきもの、つまりヒルディング・オルデウスの血痕とDNAを検出できる可能性は、分刻みで小さくなっていく。

身体検査にはぜひ立ち会わせてほしいと頼んでおいた。憎きヨッフム・ラングが刑務所に入るまで、すべてを完全に掌握しておきたいからだ。パトカーでストックホルム南病院をあとにし、猛スピードでホーンストゥルを、ヴェステル橋を、フリードヘムスプラン広場を走り抜ける。ベリィ通りには人けがなく、エーヴェルトはパトカーの運転者に礼を言うと、建物に入り、エレベーターで拘置所へ上がった。

医務室はいちばん奥にある。エーヴェルトはずらりと並ぶ分厚い金属扉を横目に急いだ。扉のひとつひとつが、狭い独居房に続いている。片足を引きずるようにして歩くたび、靴底が大きな音を立て、古びた灯りに照らされた薄汚い廊下にこだました。

この部屋には、非公式の事情聴取やちょっとした話し合いなどで何度か来たことがある。設備の整った病室だ。簡易ベッドは壁沿いに押しのけられている。キャスターテーブルの上に、金属製の道具がいくつも置いてある。電子機器もいくつかあるが、なにに使われるものなのか、エーヴェルトには想像もつかない。

部屋をぐるりと見まわす。

やたらと人がいる。数えてみる。十人だ。

部屋の中央にラングが立っている。そのからだにスポットライトが当たっている。手錠をはめた、裸のラング。スキンヘッド。筋肉質のからだ。据わった目。ドアが開いたことに気づいたラングは、エーヴェルトを目にして言った。

「なんだ、おまえもか」

「ラング」

「俺の一物を拝みにきたんだろ」

エーヴェルトはふっと笑った。挑発したいなら好きなだけすればいい。いまはおまえの声など耳に入らない。ついさっき親友が死んだんだ。

黙ったまま、同僚たちに向かってうなずいてみせる。彼らもうなずき返してきた。制服警官が四人。拘置所の看守が三人。鑑識官がふたり。

全員の顔を知っている。

簡易ベッドに目をやる。紙袋がいくつか置いてあり、それぞれにラングが身につけていた服が入っている。透明なビニール手袋をはめた鑑識官が、ちょうど最後の袋に黒の靴下を入れたところだ。もうひとりの鑑識官がその隣に立ち、チューブ型のランプをつまんでかざしている。

その鑑識官がエーヴェルトのほうを見た。来たか。これでやっと始められる。

ランプのスイッチを入れ、ラングのからだに灯りを向けた。

青い光が、顔から足まで、ゆっくりと、くまなくそのからだを探っていく。

やがてその光が止まった。血痕らしき跡が見つかり、鑑識官が綿棒を肌に押しつける。分析用のサンプルとなる断片を採取するためだ。慎重に、くまなく検証を続ける。無罪と有罪とを分けることになるかもしれない、決定的な証拠を見つけようとする。

「おい、グレーンス」

ヨッフム・ラングは舌を出し、股間を前後に振ってみせた。

「なあ、笑えるよなぁ。毎回こうだぜ。毎回同じことの繰り返しだ。サツのホモ連中とのぞき魔が勢揃いだよ」

さらに激しく腰を振ってみせる。うめき声を上げながら、いちばん近くにいる警察官ふたりに向かって舌を出す。

「こいつらもそうだろ。こいつらはな、グレーンス、ポリ公なんかじゃねえ。ヴィレッジ・ピープルだよ。〝少年よ誇りを持て、ゲイであれ、さあ歌おう、みんなでYMCAに行こう〟ってか（アメリカのディスコグループ、ヴィレッジ・ピープルの代表曲『Y.M.C.A』（一九七八年）の歌詞。ゲイを題材にしている）」

ラングは一歩前に踏み出すと、両足を大きく広げて立ち、歌い、腰を振りつづけた。標的となった若い警察官のひとりが、うんざりしたようすでさっとラングに近づいた。ため息をつき、ラングのそばに立つ。

「元の場所に戻れ」

ラングが元の位置に戻るまで、エーヴェルトは腹立たしげにその姿を見つめていた。

そして、言う。

「おまえの刑務所行きはもう決まったも同然だ。無期懲役だぞ。二十五年前に受けるべきだった罰だ。今回は目撃者がいるからな」

「無期懲役だと？　二十五年前って、ただの過失傷害罪だろ？」

ラングは最後にもう一度、股間をぐいっと前に突き出してみせた。〝誇りを持て、ゲイであれ〟。キスするように唇を丸める。

「なに言ってんだよ、グレーンス。面通しやったところで、どうなるか分かってるだろ？なんの足しにもなりゃしねえ」

「おまえの脅迫のせいだ」

「だがな、脅迫罪で有罪になったことはないぜ。六回無罪になってる」

「罪名は裁判妨害罪だ。われわれはそう呼んでいる」

ラングは動きを止めた。ふたりの鑑識官はエーヴェルトを見やり、エーヴェルトがうなずくと、作業を続けた。

青白い光。ＤＮＡの痕跡を探して、腋毛を綿棒でまさぐる。

エーヴェルトは身体検査に立ち会うという目的を果たした。丸一日もすれば、いやもしかしたら二日かかるかもしれないが、いずれにせよ分析結果はすぐに出る。

エーヴェルトはため息をついた。

まったく、なんて一日だ。

次の行き先は分かっている。すぐに向かわなければならない。死の知らせを携えて、レーナのもとへ。いまこの瞬間、レーナの世界では、ベングトがまだ生きているのだ。

「おい、グレーンス」

エーヴェルトは振り返った。ラングは裸で部屋の中央に立ったままだ。鑑識官がその足の爪を探っている。

「なんだ」

ラングは唇を丸め、チュッと音を立てた。

「おまえの同僚のことだけどよ。遺体安置所の。たまたま聞いちまったんだが。最悪だな。あそこでくたばっちまったってわけだろ？　まったく残念なこった。仲良しだったんだろ？　あのとき車から落ちちまった女もそうだよな？　分かるよ……きついだろうなぁ。そうだろ、グレーンス？」

ラングはふたたび唇を丸め、チュッと空気にキスをした。

エーヴェルトはじっとしたまま、ゆっくりと息をつき、それから向きを変えて部屋を出ていった。

一昨日訪れたばかりの住宅街、エーリクスベリへは、車で二十五分弱の道のりだ。移動中、だれもなにも言わなかった。隣で運転しているのはスヴェンだ。出発前、アニータとヨーナスに電話し、帰りがもっと遅くなりそうだ、ケーキは明日いっしょに食べよう、と話していた。後部座席には、エルフォシュが座っている。エーヴェルトが頼んだからだ。鎮静剤になりそうなものをなにか持ってきてほしい。そしてレーナに話すとき、そばにいてくれるだけでいい。人間は、家族が死んだと知らされるとき、実にさまざまな反応を示すものだから。

先ほど訪れた医務室の光景が頭から離れない。裸で腰を振り、挑発してきたラング。あの男は自覚していないのだ、無期懲役への道を自ら歩みはじめているということを。そこらのコソ泥と同じように振る舞い、なにも認めずにいるかぎり——事情聴取でも、まるでゲームかなにかのように、ひたすらすべてを否定し、嘘をつき、黙りこくるであろうことは目に見えている——、つまり少なくともオルデウスに暴行を加えたことだけでも認めないかぎり、ヨッフム・ラングはオルデウスを殺害した犯人として裁かれることになる。脅されても屈しない勇気ある目撃者がいることを、あの馬鹿は知らないのだ。それにしてもなんと皮肉なことだろう。ラングを犯人だと特定し、脅しにもかかわらず証言してくれる目撃者、ヨッフム・ラングを凶悪犯罪へと結びつける証拠を提供してくれる目撃者が現われた、ちょうどそのときに、自分はベングトの死を彼の妻に知らせに行こうとしている。ラングが目撃されるというミスを犯した、その同じ建物で、ベングトが無意味な死に方をした。たいがいのことは耐えられるが、これだけはごめんだ。まだ家族の死を知らない遺族に会いに行く、それだけは。

実のところ、レーナとはさして親しいわけではない。親友であるベングトとレーナが結婚してあの家に移り住んで以来、週に一度は彼らの庭や居間でコーヒーを飲んできた。レーナはいつも温かく気さくに迎えてくれ、エーヴェルトもできるかぎり感じのいい態度で付き合おうと努力してきたが、それでも歳がちがいすぎるせいか、あるいは単にちがう種類の人間だからか、真に親しくなることはなかった。ふたりはベングトを共有していた。その共通の愛情だけでじゅうぶんだったということか。

エーヴェルトは車から降りることなく、外から彼らの家を眺めた。キッチンと玄関の電気がついている。二階は暗い。おそらくレーナは一階にいて、夫の帰りを待っているのだろう。遅い時間に夕食をとるのが彼らの習慣だと、エーヴェルトは知っている。

だめだ。俺にはできない。

レーナが中にいる。なにも知らずに。

知らずにいるかぎり、ベングトはまだ生きている。

レーナにとって、ベングトはまだ生きているんだ。

エーヴェルトはドアをノックした。子どもたちは小さいから、もう寝ているかもしれない。寝ているといいのだが。小さい子どもってのはふつう、何時ごろ寝るものなんだろう？ じっと待つ。その後ろ、玄関へと続く小さな階段の下、砂利の敷かれた小道のところで、スヴェンとエルフォシュも待っている。なかなか応答がない。先ほどよりも少し強く、少し長く、ふたたびノックする。足音が聞こえてきた。キッチンの窓から、レーナがちらりとこちらを見た。鍵を開け、扉を開ける。遺族に死を知らせることなど、何度もやったことがある。だが自分が大切に思っている人間に知らせるのは、これが初めてだ。

こんなところに立っているはずじゃなかった。

おまえが生きていてくれたなら、俺はここに立つこともなかった。おまえの死を両手に抱えて、戸口で待つこともなかった。

分からない。

エーヴェルトはなにも言わなかった。ただ、レーナの前に立ち、ドアの開いた玄関先で、彼女を強く抱きしめた。レーナが泣き止むまでそうしていた。どのくらい時間が経ったのか分からない。

彼らは家に上がり、キッチンに入った。レーナがコーヒーメーカーのスイッチを入れ、四人分のカップを出す。エーヴェルトは、レーナが知りたいと思っているであろうことを話して聞かせた。レーナはずっと黙っていた。そして四人全員がコーヒーを飲み終え、二杯目を受け取ってから、レーナは初めて口を開いた。もう一度、初めから話してほしい。事件がどんなふうに展開したのか。その女がだれだったのか。ベングトがどんなふうに殺されたのか。死体はどんなようすだったか。女の要求はいったいなんだったのか。エーヴェルトはレーナの望みどおり、レーナの満足がいくまで、事件のことを話して聞かせた。自分にできることはそれしかないと分かっていた。レーナと話すこと。何度も、何度も、繰り返し。彼女がゆっくりと納得しはじめるまで。

それからレーナは長いこと泣いていた。エーヴェルトを、スヴェンを、エルフォシュを見つめた。

食卓についたまま、エーヴェルトの腕をつかんで問いかけた。子どもたちにはなんて言ったらいいと思う、エーヴェルト？　子どもたちにはいったい、なんと言ったらいいの？

エーヴェルトは頰のほてりを感じた。

帰り道。E4号線はかなり空いている。そろそろ街灯がともるころだ。

激しい平手打ちだった。

それは不意に起こった。帰ろうと玄関へ向かっていたときに、レーナが早足で近づいてきて、叫んだ。〝あなたのせいよ、あなたがベングトが死んだなんて言うから〟。そして、エーヴェルトの左頰に平手打ちを食らわせた。初めは当惑したが、やがて彼女にはそうする権利があるのかもしれないという気がしてきて、ふたたびレーナが〝あなたのせいよ〟と叫んで手を挙げたときには、じっと動かずに立っていた。ほかにどうすればいいというのだ？　だれかが殴りかかってくるといつもそうしているように、彼女の手をぐいっとつかめというのか？　レーナの声が裏返る。スヴェンが一歩進み出てレーナの腕をがしりとつかみ、キッチンへ連れて行った。

隣で運転しているスヴェンに目をやる。車はストックホルム市街へ向け、少々遅すぎる速度で中央車線を走っている。スヴェンの思いも、どこか別の場所にあるようだ。

頰に手をやる。しびれているような感じさえする。頰骨のところに命中したからだ。しかたがない。

自分が死を携えて行ったせいなのだから。

時刻は夜の十時をまわっているが、夏の日は長く、まだ明るい。一日中降りつづいた雨も止んでいる。なかなか気持ちのよい夏の夜だ。スヴェンは署のそばでエーヴェルトを降ろした。行きと同じく、帰りもだれひとり口をきかなかった。レーナの絶望を感じていた。それは重く、言葉にならない絶望だった。

エーヴェルトはオフィスに足を踏み入れた。黄色や緑色の付箋《ふせん》がいくつも机に貼られている。記者たちがしつこく電話をかけてきたせいだ。すべてゴミ箱に放り込む。ここからずっと離れたところでまた記者会見を開き、広報のだれかに質問に答えてもらおう。自分はまっぴらごめんだ。机に向かって腰を下ろす。建物全体が沈黙している。椅子を何度かくるくると回転させ、止まり、また回転させる。なにも考えられない。この数時間で起こったことを反芻しようとする。ベングトの死。グラヤウスカスの死。無事だった人質。床に倒れたままのベングト。食卓で腕をつかんできたレーナ。すべてのできごとを、ひとつひとつ思い返そうとする。だが、だめだった。できなかった。考えが浮かんでも、まるで自分のものではないような気がした。エーヴェルトは座ったままぐるぐると回っていた。どのできごとから始めるにしても、気力がもたなかった。

一時間半。ひとり、座っている。なにも考えることなく。

掃除人がドアをノックしてきたので迎え入れる。かなり上手なスウェーデン語を話す、にこやかな若い移民の男性だ。こうして曲がりなりにも小休止が訪れた。考えることのできない考えをただ抱えているより、ずっとましだ。掃除人はモップを持ってしばらくうろうろしていたが、やがてゴミ箱を空にして出ていった。

アンニ、助けてくれ。

ときに人恋しくなることもある。ときに孤独はおぞましくも醜い。

エーヴェルトは受話器を手に取ると、そらで覚えている番号を押した。たしかにもう遅い。だがこの時間、彼女はたいてい起きている。長い眠りのような人生を生きている人間は、実際に長く眠る必要がないのかもしれない。

若い職員が電話に出た。彼女のことは知っている。ここ何年か夜勤をしているアルバイト職員だ。学生ローンだけでは生活費が足りないのだろう。

「もしもし。エーヴェルト・グレーンスだが」

「こんばんは、グレーンスさん」

「彼女と話したい」

一瞬の間があった。彼女は振り返り、受付の後ろに置いてある時計を見たのかもしれない。

「もう遅いと思うんですが」

「分かってる。だが大事なことなんだ」

若い職員は席を離れた。廊下を歩き去っていく足音が、受話器越しに聞こえてくる。数分後、彼女は戻ってきた。

「起きてらしたので、お電話だと伝えてきました。いま別の職員が、アンニさんのお部屋で受話器を持ってます。おつなぎしますね」

荒い息づかいが聞こえてきた。舌足らずな、言葉にならないしゃべり。電話をかけるといつもそうだ。あごへと流れる唾液を、職員がふいてくれているといいのだが、とエーヴェルトは考える。

「アンニ。俺だよ」

アンニが甲高い声で笑った。エーヴェルトはからだが温まり落ち着くのを感じた。

「助けてくれ。なにひとつ、さっぱり分からない」

エーヴェルトはそうして十五分強ほど、アンニと話しつづけた。アンニは息づかいを荒げ、ときおり笑い声を上げたが、それを除けばほとんど黙っていた。エーヴェルトは電話を切ると、またすぐアンニと話したくなった。

立ち上がる。大きなからだが重い。が、疲れてはいない。

オフィスを出て、数部屋先のドアへ向かう。あまりにも広すぎる会議室。鍵はいつも開いたままだ。

しばらく暗闇の中でスイッチを探す。記憶よりも高い位置にあった。ひとつのボタンで、電灯、テレビ、ビデオが同時につき、OHPも起動して音を立てた。こうした機械類の使い方はさっぱり分からない。大声で悪態をつきつつ、やっとのことでビデオ用のチャンネルを見つけ出す。

ビニール手袋をはめると、ビデオテープをそっと袋から引っ張り出す。遺体安置所で受け取って以来、袋ごと、ジャケットの内ポケットに入れていた。

青白く強い光が画面からあふれた。照りつける日差しのなか、キッチンの窓際に置かれたベンチに、女がふたり座っている。カメラを構えている人物はどうやら、ホワイトバランスやピントの調節のしかたを知らないらしい。

それでも、だれが映っているのかは明白だった。

見覚えのある女たちだ。

リディア・グラヤウスカスと、アレナ・スリューサレワ。場所は、彼女たちに初めて出会った、あの場所。電子ロックのついたあのアパートだ。

ふたりは黙ってじっとしている。カメラマンが準備完了の合図を出すのを待っているのだろう。カメラマンはマイクのスイッチを入れ、テストでもしているかのように、レンズを上下に動かしている。

ふたりは緊張しているようすだ。レンズをじっと見つめることに、自分の姿を映像に残すことに、慣れていないにちがいない。

グラヤウスカスが話しはじめた。

「Это мой повод. Моя нстория такая」

二言で切る。

スリューサレワのほうを向く。スリューサレワが、スウェーデン語で続けた。

「これがわたしの動機です。わたしの物語です」

ふたたび、グラヤウスカス。スリューサレワを見つめ、二言。

「Надеюсь что когда ты слышишь это того о ком идет речь уже нет. Что он чувствовал мой стыд」

真剣な面持ちでうなずく。スリューサレワがカメラのほうを向き、スウェーデン語に訳しているあいだ、じっと待っている。

「わたしの望みは、あなたがこれを観るころまでに、問題の男がこの世からいなくなっていること。その男が、わたしの恥を感じていること」

ふたりはゆっくりと話す。ロシア語の言葉が、スウェーデン語の言葉が、すべてしっかりと理解されるように。

その後もエーヴェルトは、テレビの前で二十分間、身動きひとつせず座っていた。

画面には映っていない映像が見える。声が聞こえる。

あの女がまた変身を遂げた。ふたたび、加害者から被害者へ。淫売から、暴行された女へ。

エーヴェルトは立ち上がると、例のごとく目の前の机を叩きはじめた。握りこぶしが痛くなるまで、叫び、叩きつづける。それ以外になにをしたらいいというのだ？

さっき行ってきたばかりだというのに。

おまえの死をレーナに知らせたのは俺だ！

このことは、だれが伝えればいい？

レーナがこんな目に遭ういわれはない。

そうだろう！

レーナには知らせないぞ。ぜったいに。

どうやら大声で叫んでいたようだ。自分では声に出していないと思っていたが、のどに違和感がある。声に出して叫んだにちがいない。そうでなければこんな感触はないはずだ。

エーヴェルトはビデオプレーヤーに向き直り、ちらつく画面を見つめた。それから、テープを巻き戻す。

「わたしの望みは、あなたがこれを観るころまでに、問題の男がこの世からいなくなっていること。その男が、わたしの恥を感じていること」

エーヴェルトはもう一度、初めの部分に耳を傾け、それからテープを最初に巻き戻した。

ふたりの姿が目に浮かぶ。遺体安置所の床に、並んで倒れていたふたり。ねじれた腕を下にして、うつぶせに倒れていた女。股間を撃たれ、目を撃ち抜かれ、裸で倒れていたベングト。

せめておまえが、あの女の問いかけに、イエスと答えていたら。

ベングト、ちくしょう！

あの女に訊《き》かれただろう！

あのとき、おまえがイエスと答えていたら。

あの女を知っていると、おまえが認めていたら。

おまえは生き延びたかもしれない。

それでじゅうぶんだったかもしれないんだ。

おまえがあの女にきちんと目を向けさえすれば。理解しさえすれば。

エーヴェルトは一瞬ためらったが、やがて赤字に白でRECと書かれたボタンを押した。たったいま見た映像を消去する。いまこの瞬間を境に、このビデオはなくなるのだ。

だが、なにも起こらない。

同じボタンを二度押してみる。やはりなにも起こらない。テープは進みもせず、巻き戻りもしない。

プレーヤーから黒いテープを取り出すと、その裏側を調べてみた。録画防止用の爪が折られている。女たちはきちんと手を打っていたのだ。こうして語った内容が、なんとしても奪われないように。上書きされてしまわないように。

あたりを見まわす。

決めた。なにをするべきか。

立ち上がると、ビデオテープを内ポケットに入れ、会議室を出た。

夜半過ぎ、レーナ・ノルドヴァルはキッチンに立った。カップが四つ。コーヒーの香りが残っている。

カップを湯ですすぎ、それから水ですすぐ。湯で。水で。カップを手放す力が湧いてくるまで、三十分にわたって洗いつづけた。それから、ふきんでひとつずつふいていく。乾かさなければ。完全に乾かさなければ。もう一枚、ふきんを手に取る。念のため、新しいふきんを。それが終わると、食卓にカップを一列に並べた。天井の蛍光灯の光を浴びて、つやつやと光っている。

レーナはカップを手に取ると、ひとつずつ、玄関の壁に向かって投げつけた。

やがて子どもがひとり、二階からパジャマ姿で下りてきた。男の子だ。床に散らばった磁器のかけらを指差して、コップの壊れる音がうるさいと言う。レーナは流しのところに立ったままだった。

# 六月六日（木）

背中が痛い。

オフィスのソファは小さすぎる。いつか替えてもらわなければ。なかなか眠れなかった。ベングトの嘘《うそ》、ビデオに映っていたグラヤウスカスとスリューサレワ、握ることのできないアンニの手、自分を空っぽにした涙。服はしわくちゃで、口には昨日からの口臭がこもっている。時間が長く感じられる夜のあいだ、眠るのをやめて、オルデウスとラングの件に取り組もうとしてはみたものの、どうしてもグラヤウスカスとスリューサレワが頭を離れない。青白く、消耗しきったふたりの女。彼女たちが、自分の親友の話をした。彼に恥を感じてほしい、と言った。なんとか眠ろうと、横になって何度も寝返りを打っているうちに、朝の光が差し込んできて眠れなくなった。

ビデオテープの入ったビニール袋は、上着の内ポケットに入れたままだ。ぼんやりと手をやり、指先でまさぐってみる。上書きしようとしたが、できなかった。そのとき、決めた。

決心は まだ揺らいでいない。これは、消してしまうべきだ。

エーヴェルトはオフィスを出ると、だれもいない廊下を歩き、自動販売機でひからびたチーズサンドイッチとジュースを買った。それから更衣室に向かい、服を脱ぎ、長々とシャワーを浴びた。

またレーナに会いに行くことになる。

昨日は死を携えて行った。

今日は恥を携えて行くことになるのか？

あのおぞましい遺体安置所を排水口へ流す。頭と肩に湯がかかるまま、じっと立ちつくしているうちに、ふといらだちが消えていくのを感じた。だれかの忘れ物らしきタオルがある。からだをふき、服を着ると、廊下に出てふたたび自動販売機を目指す。コーヒーを一杯。いつもと同じブラックコーヒー。ゆっくりと目が覚めていく。

「グレーンス警部」

ちょうどそばを通りかかった部屋の中から、女の声が聞こえてきた。部屋の中央で、椅子に腰掛けている。机の上に、訪問者用のソファに、本棚の空いているところに、書類が散らばっている。

「ヘルマンソン。早いな」

彼女はまだ若い。意欲にあふれている。たいていの人間はそのうち、意欲を失っていく。

「ストックホルム南病院の件で、目撃者の事情聴取記録を読んでいたんです。役に立ちそうな内容ですよ。静かなうちに目を通しておきたいと思いまして」

「そうか。俺が知っておくべきことはありそうか？」

「ええ。じゅうぶんありそうです。グラヤウスカスが殴り倒した警備員と、テレビルームで隣に座っていた少年たちの事情聴取記録も、これから読むつもりです。ちょうど印刷しているところです」

「で、どんな内容だ？」

「スリューサレワの関与です。ほぼまちがいないと思います」

スコーネ訛りのせいか、落ち着いた話し方のせいか、エーヴェルトは自然と、ヘルマンソンの言うことに耳を傾けていた。昨日、救急外来に急遽《きゅうきょ》設けた臨時指令室でも、遅まきながら耳を傾けた。彼女に伝えておくべきかもしれない。おまえは有能だ。おまえの言うことは正しいと思う。そして、それはめったにないことだ、と。

「説明してくれ」

「あと数時間いただけますか？　そのころには全体像をお話しできると思います」

「昼食のあとにしよう」

エーヴェルトは出ていこうとした。が、やはり言っておくべきだ、と考え直す。

「ところでだな」

「はい？」

ヘルマンソンがこちらを見た。続けないわけにはいかない。

「昨日はいい仕事をしてくれた。おまえの分析。おまえの意見。ぜひまたいっしょに仕事がしたい」

ヘルマンソンは微笑んだ。エーヴェルトが予測していなかった反応だった。

「お褒めの言葉ですか。しかも、エーヴェルト・グレーンス警部から。珍しいことですよね」

エーヴェルトはその場に立ちつくした。この感覚。素っ裸にされたような無防備さ。なじみのないその感覚に、エーヴェルトはなにも言わなければよかったような気がして、ぶっきらぼうに話題を変えた。なんでもいいから、別のことを話したかった。

「会議室用の倉庫だが」

「えっ？」

「いくつか要るものがあるんだが、行ったことがない。どこにあるか知ってるか？」

ヘルマンソンは立ち上がった。笑っている。なぜかは分からない。こちらを見て、笑い声を上げている。

エーヴェルトは困惑した。

「グレーンス警部。失礼ですが、ここだけの話」

「なんだ」

「もしかして、女性の警官を褒めたの初めてですか？」

ヘルマンソンはまだ笑っている。廊下に出て、自動販売機の向こうを指差した。

「倉庫はあそこです。コーヒーの自販機のすぐ隣」

ヘルマンソンは部屋に戻ると、椅子に腰を下ろし、床に置いた書類を探りはじめた。エーヴェルトはしばらく彼女の姿を見ていたが、やがてその場を離れた。ヘルマンソンに笑われた。いったいどういうわけだろう。

リーサ・エールストレムは、長いこと目を閉じていた。脅してきた黒髪の男。彼の立ち去る足音が聞こえても、リーサはじっと椅子に座ったまま身動きする勇気すら出なかった。やがて、看護師のアン゠マリーがガラス張りの看護師室を出て、キッチンに戻ってきた。年下であるリーサにそっと話しかけ、肩を抱き、隣に腰を下ろした。ふたりはしばらくのあいだ、どの手がいちばん上になるか試してみようとする子どものように、テーブルの上で左右交互に両手を重ね合わせた。

その後リーサは帰宅した。担当の患者を診察しようとしてはみたものの、とてもそんな力は出なかった。激しい恐怖。こんな恐怖は初めてだ。

夜はとても長かった。

大丈夫、と自分に言い聞かせ、胸の痛みをなんとか消そうとする。動悸《どうき》を鎮めようと、ゆっくりと息をつき、いつものリズムを取り戻そうとするものの、逆に自分の呼吸が怖くなってきた。空気を吸い込めない。眠ることもできない。二度と目覚めないのではと思うと怖かった。なにもしたくない。眠りたくない。目を閉じたくない。もう、なにもかもがいやだ。

ヨナタンとサンナ。

ふたりの姿が頭から離れない。

夜のあいだ、ずっと、ふたりの姿が頭から離れなかった。

リーサはゆっくりと息をつき、彼らの姿を振り払おうとした。ふたりのことを愛している。ほかの人を愛する勇気がなかったぶん、すべての愛情をふたりに注いでいる。もちろんヒルディングのことはしばらく愛していたと言えるかもしれないが、そのせいで心を閉ざさざるをえなくなった。ヨナタンとサンナは、まるで自分の一部のように感じる。

あの男が、写真を手にしていた。ヨナタンとサンナの存在を知られてしまった。

胸が痛くてしかたがない。

リーサの泣きどころ、リーサの逃げ場であるふたり。彼らを失うことには耐えられそうにない。それでも不思議なことに、パニックに陥りそうになっても持ちこたえているのは、まさにふたりのおかげでもあった。

早朝、スヴェン・スンドクヴィスト警部補から電話があった。ヒルディングの転落死について事情聴取をし、犯人の写真はどれかと訊ねてきた、あの刑事だ。リーサはまだベッドの中だった。スンドクヴィスト警部補は謝罪したうえで、こう言った。迅速に捜査を進めなくてはならないのです。できるだけ早く、警察署までおいでいただけませんか。

そしていま、リーサは警察署の中、ある暗い部屋にいる。ひとりではない。数メートル離れたところに、スンドクヴィスト警部補が立っている。被疑者の弁護士らしき人物が、ちょうど部屋に入ってきた。

スンドクヴィスト警部補は言った。焦らなくてけっこうです。じっくり見てください。大切なのは、正しい人物を特定していただくことですから。

リーサは窓に近づいた。

この窓の向こうを見ることができるのは、こちら側にいる三人だけだ。向こう側からは鏡にしか見えない。だから安心してください、と説明された。

十人いる。

同じ背丈、同じ歳ごろの男たち。全員がスキンヘッドだ。

大きな番号札を胸にぶら下げている。白地に黒の数字。横一列に並んでこちらを見ている。彼らにはこちらが見えていない、そう分かっていても、見られている気がする。ガラス窓の向こうから、こちらの動きをじっと見張られているような気がする。

リーサは目を向けたが、見てはいなかった。

ひとりひとり、数秒ずつ時間をかけて、足先から頭のてっぺんまで目を走らせる。彼らの目を見るのは避けた。

「いいえ」

リーサは首を横に振った。

「ここにはいません」

スヴェンはリーサに一歩近づいて言った。

「ほんとうですか？」

「全員ちがいます」

スヴェンはガラス窓のほうを向いてうなずいてみせた。

「これからあの連中がぐるりと歩いてみせます。もう一度見てください。お願いします」

1と書かれた番号札を胸にぶら下げて、左端に立っていた男が、数歩ほど前に出て、かなり広い空間をぐるりと一周してみせた。リーサはその姿を目で追った。その姿を見つめた。ゆらゆらと揺れるような歩き方。自信に満ちたからだの動き。まちがいない。

ラングだ。

ヒルディングの馬鹿。

リーサが見守るなか、ラングは元の場所に戻り、2番の男が歩き出した。リーサはその後も、ひとりずつ目の前でぐるりと回ってみせる男たちを目で追った。ついさっきは全員が同じように見えたのに、いまはちがいがはっきり分かる。ひとりひとりの全体像が見えてきた。

スヴェンも、1から10までの番号を下げた男たちがぐるりと歩いてみせているあいだ、じっと黙ったままでいた。十人目が歩き終わったところで、リーサのほうに向き直り、答えを待つ。

「これで二度見ていただきました。顔も、からだつきも、歩き方も。見覚えのある男はいますか」

リーサはスヴェンのほうを見なかった。見ることができなかった。

「いいえ」

「いないんですか？」

「いません」

スヴェンはリーサに近づき、そのさまよう視線をとらえようとした。

「ほんとうですか？　あなたが見た男は、あなたの弟さんであるヒルディング・オルデウスを殺した男は、ほんとうにここにいないんですか？」

目の前にいる女性を見つめる。こんな反応をみせるとは思わなかった。弟が死んだというのに、悲しんでいない。むしろ、怒っているように見える。

「きょうだいどうしの愛情ってお分かりですよね？　わたしも、ヒルディングのことを愛していたと思います。いっしょに育ったヒルディングのことをね。でも、昨日死んだヒルディングはちがいます。薬物依存症のヒルディングは愛していませんでした。むしろ、憎んでいたんです。わたしをこんな目に遭わせたヒルディングを憎んでいました」

リーサはごくりとつばを飲み込んだ。心の中で揺れている、怒り、憎しみ、恐怖、パニック、すべてを飲み込む。

「申し上げたとおりです。あちら側にいる十人のだれにも、見覚えはありません」

「どの男も見たことがないと？」

「ええ」

「ほんとうなんですね？」

最後に部屋に入ってきた、背広にネクタイをしめた四十歳ほどの弁護士が、初めて口を開いた。鋭い声。憤慨しているようすだ。

「もうじゅうぶんでしょう。目撃者は見覚えがないと言っているんですよ。まだしつこく迫るつもりですか!」

「昨日の証言と食いちがっているから、確認しているだけです」

「望みどおりの証言を引き出そうとしているんじゃないですか」

弁護士はスヴェンのほうへ身を乗り出した。

「ラング氏を釈放してください。いますぐに。なんの証拠もないんですから」

スヴェンはその腕をとり、出口へと軽く促した。

「規則は承知してます。申し訳ないが、もう少し話したいので」

弁護士を出口まで送り出し、きっちりとドアを閉める。リーサは窓のそばに立ち、ガラスの向こう、空になった部屋を見つめている。

「どういうことですか?」

スヴェンは近づいていくと、リーサと窓とのあいだに割り込んだ。

「どういうことなんですか。昨日の事情聴取、覚えていらっしゃるでしょう?」

「ええ」

リーサはのどがひりひりするのを感じた。視線で訴えかけようとする。

「では、ご自分でおっしゃったことも覚えていますよね?」

「ええ」

「あなたは三十二番の写真の男が犯人だとおっしゃった。僕はそれがヨッフム・ラングという男だとお伝えしました。あなたは数度にわたって、ヒルディングに暴行を加えて死なせたのはこの男だ、まちがいない、とおっしゃいました。僕ははっきり覚えています。あなたも覚えていらっしゃる。だからいま、わけが分からないんです。なぜいまになって、窓越しにラングの姿を生で見ているというのに、まったく覚えがないなどとおっしゃるのか」

リーサはなにも言わなかった。ただかぶりを振りつつ、床を見下ろした。

「脅迫されたんですか？」

スヴェンは答えを待った。なにも返ってこない。

「ラングのいつもの手口です。脅迫して、黙らせる。そうして、また別の事件を起こす」

リーサの視線をとらえようと、辛抱強く待ちつづける。

ついに、目が合った。

リーサはもう視線をそらさなかった。そらしたかったが、やめた。その場にとどまり、スヴェンの目をじっと見つめる。

「ごめんなさい、スンドクヴィストさん。ごめんなさい。わたしには甥と姪がいるんです。お分かりでしょう？　愛する甥と姪がいるんです」

リーサは咳払いをした。

「お分かりでしょう？」

朝の通勤ラッシュは終わっており、都心で渋滞にはまることもなく、高速E4号線も空いていて、車の影はまばらだった。三十分足らずで到着した。半日も経たないうちに、二度目の訪問だ。

レーナはエーヴェルトの訪問を喜んでいた。

玄関へ続く小さな木の階段をエーヴェルトが上がりはじめる前に、レーナはいち早くドアを開けて出てくると、エーヴェルトを抱きしめた。エーヴェルトはそうしたスキンシップに慣れておらず、とっさにあとずさりしそうになったものの、なんとか踏みとどまった。ふたりとも、抱擁を必要としていた。レーナは上着を取ってきた。雨は止んでいるが、まだ肌寒い。今年の夏はどうやら、真に暑くなるということがなさそうだ。

ふたりはそれぞれ自分の思いにふけりながら、浄水場へと続く野原で、黙ったまま肩を並べて散歩を続けた。そうして二十分ほど経ったところで、レーナが問いかけた。いったいどんな女だったのか、と。

ベングトを撃った若い女。

ベングトのそばに倒れていた女。

どうしても知りたいのか、とエーヴェルトが聞き返すと、レーナはうなずいた。ぜひ知りたい。理由を説明する気力はないけれど。エーヴェルトは立ち止まってレーナを見つめると、語りはじめた。初めてグラヤウスカスを見たときのこと。電子ロックのついたアパート。意識不明だったグラヤウスカス。鞭で打たれた背中が赤く腫れ上がっていた。

レーナはじっと耳を傾けていた。しばらく黙って散歩を続けてから、ふたたび問いかけた。

「外見は？」

「外見？　死体のようすってことか？」

「いいえ。生きていたころ。生きていた彼女がどんなふうだったか知りたいの。どんな人だったのか。エーヴェルト、わたしたちふたりのこれからの人生を、彼女が奪っていったのよ。それがどういうことか、あなたなら分かるはずだわ。見ていて耐えられるニュース番組はぜんぶ見たし、今朝起きてすぐ、朝刊を二紙チェックしてもみた。でも、彼女の写真は載っていないの。写真などないのかもしれないし、彼女の顔なんてどうでもいいのかもしれない。他人にとってはね。赤の他人にとっては、彼女がなにをしたか、どんなふうに死んだかが分かれば、それでいいのかもしれない」

ふたりのこれからの人生。

エーヴェルトも、同じ言葉を使ったことがある。同じ思いを抱いたことがある。

風が少々吹いている。エーヴェルトは歩きながら上着のボタンをはめた。そういえば、内ポケットに入れてある。リトアニアの警察から取り寄せた写真。

そして、レーナ。俺はあのテープも持っている。でも、もうすぐ消してしまうつもりだ。きみが知らずに済むことはたくさんある。

「写真があるよ」

「持ってるの？」

「ああ」

エーヴェルトは立ち止まると、たったいまはめた上着のボタンを外した。封筒を手に取り、開け、白黒写真をレーナに見せる。少女の写真だ。

にっこり笑っている。金髪の長い髪を高い位置で結び、リボンらしきものをつけている。

「名前はリディア・グラヤウスカス。二十歳。出身はクライペダ。この写真は三年ほど前、リトアニアで行方不明になる直前に撮られたものだ」

レーナはその場でじっと立ったまま、写真の顔に指を当て、まるで見覚えのあるなにかをたどっているかのように、そっとなぞった。

「かわいい子ね」

レーナはもっと、なにか言いたがっている。そんなふうに見えた。

レーナは、わずか一日前に最愛の人を撃ち殺した、若い女の写真を見つめている。

そして、なにも言わずにいる。

スヴェンは昨日、かなり遅くに帰宅した。

すでに真夜中近いというのに、帰ってくるまで待ってるから、との言葉どおり、アニータがキッチンで本を読みつつ待っていてくれた。スヴェンはアニータを抱きしめてから、ふたりとも大いに気に入っている銀の燭台《しょくだい》を取り出した。白いろうそくをともすと、互いを見つめ、半分残ったケーキを食べ、ワインを二杯ほど楽しんだ。

四十一歳になった。四十二歳へと向かう一年が、もう始まっている。

二階に上がり、ヨーナスの部屋に入ると、その額にくちづけたが、すぐに後悔した。ヨーナスがはっと起きてしまったからだ。面食らったような表情であたりを見まわし、なにやらもごもごとつぶやいている。スヴェンは、ヨーナスがふたたび眠りにつくまでの数分間、その頬をそっと撫でつづけた。その後バスルームにアニータを見つけ、きれいだよと褒めてやり、手を握りながらベッドに入った。ふたりは肌を重ね合い、しっかりと抱きしめ合った。

目が覚めたのは早朝だった。

静まり返った家を出て、職場へ向かう。

はりきりすぎだという自覚はあった。目撃者にはすでに、写真で犯人を特定してもらっているのだ。だがそれでも、スヴェンはオフィスに到着するやいなや、リーサ・エールストレムに電話をかけ、面通しへの協力を依頼した。写真を使って特定したうえで、さらに面通しもするというのは、たしかにプロらしくないかもしれない。だが、とにかく早く確証を得たかった。きちんとした説得材料と根拠をオーゲスタムに示したい。今回ばかりはなにがあっても、証拠不十分でヨッフム・ラングを釈放、などという結末は避けたい。

だからいま、胸に番号札を下げて横一列に並んだ十人とリーサ・エールストレムとを隔てるガラス窓を離れ、リーサを置いて立ち去りつつ、スヴェンは激しい怒りを感じていた。態度には出さないようにしなければ。これは彼女のせいではないと、心のどこかで分かっている。彼女はむしろ犠牲者だ。命を脅かされ、恐怖におびえている犠牲者。それでも顔に出てしまう。辛辣《しんらつ》で横柄な口調になってしまう。抑えきれないほどの怒りには慣れていない。ぐいぐいと引っ張られているような感じ。うまく処理できない。

スヴェンは走り去った。

クロノベリ拘置所の取調室へ。

ラングを釈放などするものか。

ストックホルム郊外のシャーホルメンからフルーエンゲンにかけて道路工事があり、エーヴェルトはダッシュボードを叩いて大声を上げた。急いで戻らなければならないというのに。署に戻って用事を済ませ、それから徒歩でサンクトエーリク通りに向かわなければならない。スヴェンと昼食をとる約束をしているのだ。

自分ではだめだ。そのことは自覚している。レーナの肩を抱き、適切なセリフを言おうと努めてはみたものの、いま思い返すとすべてまちがっていたような気がする。慰めることもできなかった。抱擁することもできなかった。そういうことは昔から苦手なのだ。浄水場のそばの野原で、風の吹くなか、レーナはじっと立ったまま、リディア・グラヤウスカスの写真を強く握りしめていた。エーヴェルトがそっと、そろそろ戻らないか、と促すまで。

あの場面で、悲しみであるはずのなにかの渦中で、自分はいったいなにをしていたのだろう？　ベングトを失ったから？　レーナにはほかにだれもいないから？　自分にはほかにだれもいないから？

車の列がじりじりと前進する。三車線が一車線になり、エーヴェルトの焦りをよそに、時間は刻一刻と過ぎていった。遅刻は確定だ。だが、しかたがない。

昼食前に、倉庫に行かなければ。

スヴェンには待ってもらうことになりそうだ。


取調室はあいかわらず殺風景だった。

スヴェンは息を切らして到着した。怒りに駆られ、必要以上の早足で警察署を走り抜けてきた。ラングは机に向かい、煙草を吸っている。スヴェンが部屋に入ってきても、顔を上げすらしなかった。

取調官スヴェン・スンドクヴィスト（取）：おまえは、ストックホルム南病院に入院していたヒルディング・オルデウスのところへ面会に行った。オルデウスが暴行を受けて殺される直前のことだ。
ヨッフム・ラング（ラ）：へえ、そうかい。
取：目撃者がいる。
ラ：そりゃよかったな、スンドクヴィストよ。ここに連れてきて面通しさせたらどうだ。
取：オルデウスの病室におまえを案内した人だ。
ラ：だからよ、たとえばの話だがな、そいつをここに連れてきて、俺とあと九人ぐらい、窓越しに見せてやったらどうだ。むちゃくちゃ役に立つぜ。そうだろ、スンドクヴィスト。やれよ。

スヴェンははらわたが煮えくり返る思いだった。向かい側に座っているこの男は、取調官である自分を取り乱させようとしている。しかも成功しつつある。落ち着かなければ。落ち着いて尋問をし、どんな答えが返ってこようと、満足できるまでひたすら尋問を続けるのだ。ラングはニヤニヤ笑っている。すでに弁護士を通じて、面通しが失敗したことを知っているのだ。弁護士はたいてい、そういうことをすぐぺらぺらしゃべるものだから。

だが、この脅し屋を釈放するつもりはない。

少なくとも、いまは、まだ。

もう一度、質問に答えさせる。こいつがしゃべるつもりのないことも、なんとかしゃべらせてみせる。そうすればオーゲスタムも、被疑者勾留中のまま、予備捜査を最後まで続けられるにちがいない。

取:おまえは、南病院の入口のそばで、駐車違反のBMWに乗っているところを捕まった。

ラ:へえ、スンドクヴィスト、おまえ駐車違反も担当してるのか。

取:立ち入り禁止区域内に停めた車の助手席に座っていた。なぜだ?

ラ：どこにいたって俺の勝手だろ。
取：今回は逃がさないぞ。
ラ：おい、スンドクヴィスト、いいからもう独房に帰してくれよ！　ほんとに罪になることをしでかしちまう前にな。

十二時十分。

エーヴェルトは署の前に車を停めた。スヴェンはもうレストランに到着し、首を長くして待っていることだろう。だがそれでもエーヴェルトは署に入り、オフィス近くの廊下へ向かった。コーヒーの自動販売機のそばで立ち止まる。なにかを飲むためではない。そのすぐ隣にある倉庫。ヘルマンソンに教えてもらった場所。そこが目的地だ。

ビデオテープは、空気のよどんだ倉庫のいちばん奥の棚に置いてあった。茶色の段ボール箱に、それぞれ二十本ずつ入っている。エーヴェルトはそのひとつを手に取ると、プラスチックの包装を破り取り、黒いビデオテープを取り出した。調べてみる。ごくふつうのビデオテープだ。どれも同じように見える。

倉庫を出ると、後ろ手にドアを閉め、自分のオフィスに入った。箱に入ったグラヤウスカスの所持品が、机の上に置いてある。エーヴェルトはICAスーパーの袋を手に取ると、新品のビデオテープをその中に入れた。

レーナの恥か、それとも、グラヤウスカスの恥か？

レーナは生きている。グラヤウスカスは死んだ。

したがって、グラヤウスカスの物語はもう存在しない。それはもう水の中だ。エーリクスベリから戻ってくる途中、そのすぐ北にあるスラグスタで湖畔に車を停め、メーラレン湖の底にテープを沈めた。死んだ人間の恥よりも、生きている人間が抱える恥のほうが、はるかに重いから。

エーヴェルトはあくびをした。新品のビデオが入ったビニール袋を、机の上でゆらゆらと振ってから、グラヤウスカスの所持品の入った箱の中に戻した。

エーヴェルトはレストランの奥の薄暗い一角に腰を下ろした。入口からちらりと中をのぞくだけでは見えない場所だ。それにしてもつまらんレストランだ、とエーヴェルトは思う。場所は、サンクトエーリク通りとフレミング通りの交差点近く。署からはかなり距離がある。だがほかに選択肢はない。

記者たちがクングスホルメン島のあちこちに散らばって、エーヴェルトを探している。いつもどこで昼食をとっているかも割れているらしい。先ほどそこに行こうとしたら、入口の外にたむろしている記者たちの姿が遠くから見えた。

答えてやるわけがない。自分はなにがあろうとノーコメントで通す。警察がわざわざ広報担当を雇っているのだから、何人もの記者が同時に叫ぶような記者会見を、できるだけ言葉数少なく乗り切るのも、彼らの役目だ。

そこでエーヴェルトはきびすを返すと、すでに中で待っていたスヴェンに電話をかけ、数ブロック先に移動した。以前にも、殺人事件でマスコミに騒がれたとき、ここで食事をしたことがある。まずいレストランだが、少なくとも騒ぎからは逃れられる。

隣のテーブルに朝刊が置きっぱなしになっていた。スヴェンが来るまでしばらく読む。ストックホルム南病院遺体安置所の立てこもり事件が、六面にわたって特集されている。

「ちょうど注文した料理が来たところだったのに」

スヴェンだ。エーヴェルトの背中を軽く叩き、腰を下ろす。

「六十五クローナ払ったのに、手をつけないで出てきたよ。それもこんなところに来るために」

スヴェンはあたりを見まわしてかぶりを振った。

「ずいぶんといいレストランを選んだもんだね」

「マスコミの目にはつかない」

「そりゃそうだろうな」

スコーネ風ビーフシチュー、付け合わせにビーツ。ふたりとも同じものを注文した。

「どうだった？」

「レーナのことか」

「ああ」

「まだつらそうだ」

「きみが来てくれてありがたいと思ってると思うよ」

エーヴェルトは大きくため息をつき、新聞を脇にのけた。そわそわと落ち着かず、椅子を揺らしている。

「スヴェン、俺にはどうしたらいいのか分からん。苦手なんだよ、こういうの。さっきもまずいことをしちまったかもしれない。グラヤウスカスの外見がどんなだったか知りたいと言うんで、写真を見せた」

「本人が見たいと言ったんならいいんじゃないか」

「どうだろうか。なんだかようすがおかしいんだ。なんというか、まるでわけが分かってないような、まるでグラヤウスカスに見覚えがあるような、とにかく写真をじっと見て、指でなぞってた。なにか言おうとしてたが、なにも言わなかった」

「まだショック状態にあるんだろう」

「旦那を殺した人間の顔なんて知る必要ないだろう。俺はレーナの顔に糞《くそ》をこすりつけたようなものかもしれない」

シチューには具がほとんど入っていない。肉片がほんの少々。ふたりは食べなければという義務感だけで食べつづけた。

「エーヴェルト」

「ん？」

「こっちは暗礁に乗り上げたよ」

エーヴェルトは皿の上のビーツをフォークでつかまえようと格闘していた。だがビーツは結局、出来合いのパウダーで作られたシチューの海へ消えていき、エーヴェルトはあきらめた。

「俺が喜びそうな話か？」

「いや」

「じゃあ話してくれ」

スヴェンは、その朝のできごとをもう一度再現した。

リーサ・エールストレムと顔を合わせた瞬間、彼女が怯えており、協力を渋っている、と感じたこと。ガラス窓の向こうにずらりと並んだ、十人の男たち。ここにはいない、というリーサの証言。男たちがぐるりと一周するから、もう一度見てほしい、と頼んだこと。だがリーサはすっかり怯えたようすで、窓の向こうにいる人物のことなど考えたくないようすだったこと。甥と姪を愛している、分かってください、とリーサに懇願され、脅迫があったことを悟ったときの、自分の怒り。リーサの否認。リーサの恥。ラングを釈放するべきだ、と迫ってきた弁護士。

エーヴェルトの反応は思ったとおりだった。

フォークとナイフを置く。顔が赤らみ、眉間にしわが寄り、こめかみの血管がぴくぴくと脈打っている。テーブルを叩こうとした瞬間、スヴェンがその腕をつかんで止めた。

「ここではだめだよ、エーヴェルト。人目を引くのはまずいだろ」

エーヴェルトは息を荒らげながら小さな声で言った。憤怒に力を奪われ、なかなか声が出ない。

「ちくしょう、スヴェン、分かったような口ききやがって」

立ち上がる。テーブルのまわりを一周しつつ、テーブルの脚をすべて蹴りつける。

「エーヴェルト、僕だって同じくらい頭に来てるんだよ。でも頼むから落ち着いてくれ。ここは署じゃないんだ」

エーヴェルトは腰を下ろさない。

「あいつ、あの医者を脅迫しやがった！　子どもをダシにして！」

スヴェンはしばらくためらった末、予想外の展開であったその朝のできごとについて、続けて話して聞かせることにした。上着のポケットから小型のカセットプレーヤーを取り出すと、テーブルの中央、まだ半分ほど食事の残っているふたりの皿のあいだに置く。

「面通しが終わってから、ラングの取り調べをしたんだ。聞いてくれ」

ふたつの声。

対話をしようとする、ひとつの声。

対話を終わらせようとする、もうひとつの声。

エーヴェルトはテーブルのそばにじっと立っていた。ヨッフム・ラングの声がするたびに、顔の筋肉がぴりりと引きつる。テープが終わり、スヴェンがプレーヤーを片づけようと手を伸ばしたとき、初めて口を開いた。

「もう一回聞かせてくれ。最後のところだけ」

椅子を引きずる音。

荒い呼吸。

ラングの声。

「おい、スンドクヴィスト、いいからもう独房に帰してくれよ！　ほんとに罪になることをしでかしちまう前にな」

エーヴェルトは大声を上げた。まだ残っている数少ない客が振り向き、大柄な年配の男がテーブルの脇に立ってこぶしを振り上げている一角を見やった。

「座ってくれ、エーヴェルト」

「言っとくがな、スヴェン、こんなんじゃ俺は納得しないぞ。これ以上ラングの言いなりになってたまるか！　今度こそぶち込んでやる。なんとしてでも」

エーヴェルトはまだ座らない。スヴェンを指差して言う。

「リーサ・エールストレムの電話番号は」

「なんでまた？」

「知ってるんだろう？　よこせ！　仕事にかかるぞ。このレストランからな」

まだ若い、少女と言ってもいいような歳のウェイトレスが、ふたりのテーブルにおそるおそる近づいてきた。少し身構えてから、エーヴェルトの視線を避け、スヴェンのほうを向いて言う。お静かにお願いできますか。ほかのお客さまもいらっしゃいますから。でないと警察を呼ぶことになってしまいます。スヴェンは謝罪した。もう止めます。それにもうすぐ出ますし。会計お願いできますかね？

「ここに書いてあるよ」

スヴェンはエーヴェルトに手帳を差し出した。リーサ・エールストレムの番号がていねいな文字で書いてある。エーヴェルトはスヴェンに向かってニヤリと笑った。電話番号が、持ち主のアルファベット順にきちんと整理されている。いかにもスヴェンらしい。

エーヴェルトは携帯電話を取り出すと、リーサ・エールストレムに電話をかけた。つながった。病棟にいるらしい。今朝の面通しが終わってすぐ、勤務先へ直行したのだ。

「エールストレム先生？　エーヴェルト・グレーンス警部ですが。一時間後に何枚か写真を送りますから、見てください」

リーサはなかなか答えない。エーヴェルトの言ったことの意味が分からず、なんとか理解しようとしているかのようだ。

「写真って？」

「殺人事件に強盗事件、傷害事件の写真ですよ」

「いったいどういうことですか」

「あんたのファックス番号は？」

リーサがまた答えをためらう。沈黙。会話を続けたくないのだ。

「なぜ写真を見ろと？」

「見れば分かりますよ。一時間後に連絡します」

スヴェンが低アルコールのビールを飲み干し、持っているはずなんだがと現金を探しているあいだ、エーヴェルトはじれったそうに待っていた。だが結局、スヴェンに向かって手を振ると、急いでいるからと二人分を支払い、料理に見合わない多額のチップを置いて席を離れた。

往来の激しいサンクトエーリク通りに出ようとしたところで、エーヴェルトは歩道の向こうに話をしたくない記者がふたりいることに気づいた。ちょっと待った、とスヴェンに告げ、開きかけたドアの後ろで、彼らが通り過ぎ、消えていくのを見守った。

ようやくふたりは、スコーネ風ビーフシチューのにおいをあとにした。

肩を並べてフレミング通りを急ぎ、ベリィ通りの警察署、殺人・暴行課を目指して歩き出す。数分ほど歩いたところで別れた。

エーヴェルトは自分のオフィスに入ったが、数分もしないうちに白黒写真を二枚手にして出てくると、廊下の奥にコピー機と並べて置いてあるファクシミリを目指した。

「グレーンス警部」

振り返る。今朝顔を合わせたときに、自分のことを笑った女だ。

「ヘルマンソン。おまえ、昼食が終わったら俺に報告する約束だったな。いまできるか」

怒っているように聞こえるだろうか、とふと考える。怒っているわけではないのだが。

「はい。準備できてます」

「よし」

「事情聴取の内容を印刷したものを、全部ざっと読みました。興味深い内容です」

エーヴェルトは写真を二枚持っている。ヘルマンソンはその写真を手で指した。ファックス、先にどうぞ。待ってますから。だがエーヴェルトは写真をそばに置き、ヘルマンソンに続けるよう促した。

「警備員が、女の姿を見たことを覚えていました。グラヤウスカスの直前に身障者用トイレを利用したそうです。その証言からして、彼が見たのはグラヤウスカスの仲間、アレナ・スリューサレワにまちがいないと思います」

エーヴェルトは耳を傾けた。今朝のことを思い出す。ヘルマンソンを褒めたあと、まるで裸にでもされたような、いやに気詰まりな心地がした。なぜだかは分からなかった。いまも分からない。こんな感覚には慣れていない。

「それから、テレビルームでグラヤウスカスの隣に座ってニュースを見ていたふたりの少年ですが、そのうちのひとりが、同じ女が通り過ぎていったことを覚えていました。この子の証言も、警備員の証言と一致しています。アレナ・スリューサレワの姿そのものです」

ヘルマンソンは書類の入ったフォルダーを抱えている。発生からもうすぐ二十四時間が経過する、遺体安置所での殺人・自殺事件。その捜査資料の一部だ。ヘルマンソンはそれをエーヴェルトに渡そうと差し出した。

「スリューサレワですよ、警部。リディア・グラヤウスカスにピストルと爆薬を渡したのは。まちがいないと思います。したがってアレナ・スリューサレワは、監禁および殺人の共犯者ということになります。もうすぐ逮捕できるでしょう。逃げ道はふさいでありますから」

エーヴェルトはフォルダーを受け取った。立ち去ろうとするヘルマンソンを見て、咳払いをする。

「ところでだな」

ヘルマンソンは立ち止まり振り返った。

「今朝おまえが言ったことは正しくない。俺が女の警官を褒めたのは、あれで二度目だった。いまの報告で、三度目をやる羽目になりそうだ」

ヘルマンソンは首を横に振って言った。

「ありがとうございます。でも、もうじゅうぶんですよ」

ふたたび立ち去ろうとしたヘルマンソンを、エーヴェルトが引き止めた。もうひとこと。

「今朝おまえが言ったことだが」

「まだなにか？」

「あれは、俺が女の警官とうまくやっていけないのではとおまえが思っている、そういう意味に解釈していいのか」

「ええ。そのとおりです」

ヘルマンソンはためらわずに答えた。落ち着いた、ビジネスライクな口調だった。エーヴェルトはまたそこで、今朝と同じ、裸にされたような気分を味わった。

だがいま、それがなぜだか分かった。アンニの面影が浮かんだからだ。

エーヴェルトは大きく咳払いをすると、すぐそばのコーヒー自販機に向かった。必要なのは、プラスチックのカップに入ったブラックコーヒー。気持ちを落ち着かせるために、そんなただのコーヒーが要る。飲み干すと、ボタンを押し、もう一杯分注ぎ入れる。自分でも分かっている。女の警官と、いや、女性全般とうまくやっていけないのがなぜなのか。二十五年前。最後に女性を抱いたのは、二十五年前だ。どんな感じだったかほとんど思い出せない。あの感触が恋しいと思いつつ、その感触を思い出すことができない。

もう一杯。

最後の一杯をゆっくりと飲み干す。一度に三杯までと決めている。最後の一杯を、それが与えてくれる落ち着きを、しばらくとっておきたかった。コップを片手にのんびりと飲んでいるうちに、ふと、もう片方の手にまだ写真を持っていることに気づいた。

写真を見る。ぜったいにうまくいくという自信があった。

呼び出し音が五回鳴り、リーサ・エールストレムが応答した。

「ちょうど一時間。時間どおりですね」

「ファックスを見に行ってください」

廊下を歩くリーサの足音が聞こえた。病棟のようすを思い浮かべる。リーサがどこにいるのか、だいたい見当がついた。

「受信しましたか」

「たったいま」

「で？」

「あなたの目的が分かりません」

「写真にはなにが写っていますか」

リーサはため息をついた。彼女がふたたび話し出す気になるまで、エーヴェルトは待った。

「いったいどういうことですか」

「あなた、医者でしょう？　写真を見てください。なにが写っていますか？」

リーサは黙り込んでいる。受話器越しに息づかいが聞こえる。が、彼女はなにも言わない。

「これ以上繰り返しませんよ。なにが写っていますか？」

「左手です。指が三本折れています」

「親指が折れていますよね」

「ええ」

「五千クローナです」

「なにが言いたいんですか」

「人差し指が千クローナ。小指が千クローナ」

「まだ分からないわ」

「ヨッフム・ラングですよ。それがやつの料金、やつの手口なんです。二枚とも鑑識が撮った写真だが、事件は結局不起訴になった。左手が使い物にならなくなったこの男は、七千クローナの借金を抱えていた。ラングの被害者のひとりです。あなたがかばっているのは、こんな犯罪を職業としている男なんですよ。あなたがやつをかばいつづける限り、やつは罪を重ねていくんです」

エーヴェルトは口を閉ざしてじっと待ち、それから電話を切った。しばらくのあいだ、折れた指三本の白黒写真を前に、ひとりでじっくり考えてもらおう。それからまた連絡するのだ。

廊下の先でドアが開き、エーヴェルトはそちらを向いた。スヴェンが早足でこちらに向かってくる。なにやら焦っているようすだ。

「エーヴェルト、たったいま連絡があったんだが」

エーヴェルトはファクシミリに腰を下ろした。脚が痛くなってきたからだ。たまにこういうことがある。自分の重みで薄いプラスチックのカバーがきしむのが聞こえた。スヴェンにもその音が聞こえたが、そんなことを話しているひまはない。エーヴェルトを見て言う。

「フリーハムネン港で見つかった。ロシア語の通訳がこっちに向かってる」

「は？」

「リトアニア行きの船に乗ろうとしてたそうだ」

エーヴェルトはじれったそうに両腕を広げた。

「いったいなんの話だ」

「アレナ・スリューサレワだよ。たったいま捕まった」

ふたりで何度も語り合ったものだった。

ベングトとは、取調室、居酒屋、ベングトの家の庭などで、ともに時を過ごしてきた。会話はしばしばひとつのテーマに収束した。そのテーマとは、真実。ある意味、すべては馬鹿らしいほど単純だ。真実と嘘、ふたつにひとつ。人がずっと抱えていられるのは、真実のほうだけである。

嘘をずっと抱えていることなどできない。ひとつの嘘が新たな嘘を生み、その嘘がまた新たな嘘を生む。ついには嘘にからめとられ、真実がなんだったのか分からなくなってしまう。存在するのは真実だけだというのに。

ふたりの友情は、真実の上に成り立っていた。たとえ面倒でも、思ったことはかならず正直に言う。たとえ善意からであっても、相手がなにかを隠している、黙っていると感じれば、彼らはしばらく部屋に閉じこもって大声で言い争った。そして、真実をすべて口にしてから、やっとふたたびドアを開くのだった。

エーヴェルトは身震いした。

それこそまったくの嘘じゃないか。

いったい自分はなにを信じてきたのだろう？　ベングトと自分は、互いになんの隠しごともしていない、本気でそう信じていたのか？

机に向かって座り、ビデオテープのことを考える。ほぼ一日、上着の内ポケットに入れっぱなしにしていた、あのビデオテープ。メーラレン湖の底に沈めたビデオテープ。

いま、俺は嘘をついている。

レーナのために。

俺たちの真実なんて、嘘っぱちだった。

おまえの嘘を守るために、俺は嘘をついている。

エーヴェルトは机の端に置いてあった紙箱を引き寄せた。身を乗り出し、ふたを開ける。中に入っているのは、数時間ほど前、警官がフリーハムネン港でアレナ・スリューサレワを逮捕し、ふたりがかりで身体検査を行なった際に没収した、彼女の所持品だ。

箱を持ち上げてひっくり返す。スリューサレワの人生がいま、机の上にある。中身は少ない。逃亡者が持ち歩ける程度の量だ。エーヴェルトは彼女の所持品をひとつずつ手に取ってみた。

クリップで留められた千クローナの束。三年間、一日十二回ずつ、股を広げて得た報酬だ。日記。鍵を壊し、ぱらぱらとめくってみる。キリル文字の長い単語がずらりと並んでいる。さっぱり分からない。

サングラス。通りすがりに見かけて買うたぐいの、プラスチック製の安物だ。

携帯電話。比較的新しい機種だ。見当もつかない機能がいくつも備わっている。

六月六日、つまり今日出発の、ストックホルム発クライペダ行きフェリー片道切符。時計を見る。有効期限はついさきほど切れたばかりだ。

エーヴェルトはもう一度、スリューサレワの人生を見渡してから、箱の中に戻した。同封されていた押収品目録に目を通し、署名すると、いっしょに箱の中に入れる。

自分は、知りたかった以上のことを知っている。

これからアレナ・スリューサレワの事情聴取だ。

スリューサレワはまさに、自分が聞きたくないことを口にするだろう。自分は耳を傾け、そして忘れるつもりだ。荷物をまとめてリトアニアに帰れと、スリューサレワに言うつもりだ。

レーナのために。おまえのためじゃない。レーナのためだ。

エーヴェルトは立ち上がると廊下に出て、エレベーターに乗り、拘置所の看守長のもとを訪れた。待ちかまえていた看守長と連れ立って、アレナ・スリューサレワが一時間半前から収容されている独居房を目指す。看守長はいつもどおり、少し前かがみになり、ドアの中央に開いている小さな四角い穴をのぞき込んだ。アレナ・スリューサレワがそこにいた。幅の狭い簡易ベッドに、頭を膝につけるようにして、前のめりになって座っている。黒髪が床にだらりと垂れ下がっている。

看守長がドアを開け、エーヴェルトは薄汚れた独居房に足を踏み入れた。アレナが顔を上げた。泣いていたのだろう、目が腫れている。エーヴェルトはアレナに向かってうなずいた。

「スウェーデン語はできるな？」

「だいたいは」

「よし。これから取り調べをする。場所はここだ。おまえの独居房の簡易ベッドに座ってやる。俺とおまえとのあいだに、この録音機を置く。分かったか？」

「どうしてですか？」

アレナは身をすくませた。これまでにもときおり、同じように身をすくませたことがあった。客があまりにも強く入ってきたとき。性器がひりひり痛んだとき。だれにも見られたくないと思ったとき。

取調官エーヴェルト・グレーンス（グ）：俺のことは覚えてるか？
アレナ・スリューサレワ（ス）：あのアパートで、あいつの、ディミトリのおなかを棒で殴って倒した刑事さんですよね。
グ：あの場面は見てたんだな。だがそのあと、おまえは逃げた。
ス：ベングト・ノルドヴァルの姿が見えたんです。それで、パニックになって。逃げることしか考えられませんでした。

エーヴェルトは、若いリトアニア人女性と並んで、拘置所の狭いベッドに座っている。オフィスのソファで数時間しか眠っていないせいで、背中が痛い。あいかわらず脚も痛む。エーヴェルトはゆっくりと息をついた。疲れた。自分に唯一残っているもの、誇りとか、アイデンティティとかいったものを、ここで汚してしまいたくはない。自分が抱えている嘘が憎い。それでも嘘をつきつづけるしかない。

ス：さっき知りました。リディアが死んだって。
グ：ああ。
ス：ほんとうなんですね。
グ：グラヤウスカスはまず、なんの罪もない警察官を射殺してから、同じピストルで頭を撃って自殺した。九ミリ口径のマカロフだよ。そこでぜひ知りたいのは、グラヤウスカスがどうやってピストルを手に入れたのかということだ。
ス：リディアが死んだ。死んでしまった！　ほんとうなのね。

アレナは望みをかけていた。こういうとき、人はいつでも望みをかけるものだ。起こったことを知りさえしなければ、それは起こっていないも同然だから。
アレナは泣き出した。
震える手で十字を切り、ひたすら泣いた。それは、大切な人がもうこの世にいないということを悟った人間だけが見せる泣き方だった。

エーヴェルトはアレナが泣き止むまでじっと待った。回りつづける録音機に目をやりながら、アレナが落ち着き、ふたたび質問に答えることができるようになるまで、なにも言わずにじっと待った。

グ：九ミリマカロフだ。

ス：（聞き取れず）

グ：爆薬も持っていた。

ス：わたしです。

グ：え？

ス：わたしが取ってきました。

グ：どこから？

ス：同じ場所から。

グ：というと？

ス：ヴェルンド通りのアパート。あの地下からです。

エーヴェルトは録音機を手で強くはたいた。あやうくアレナも殴ってしまうところだった。ぼろぼろにされて、怯えきった、しかも逃亡中の小娘が、アパートの入口にいた見張りの目を逃れて地下に侵入したうえ、大病院の一部を木っ端微塵にできる量の爆薬を持ち出した。いったいどうしてそんなことができたんだ？

アレナはびくっとした。この叩き方。客の男たちと同じだ。さらに身をすくめる。エーヴェルトは謝った。もう叩いたりしないと約束した。

グ：なんに使うか知っていたんだろう？
ス：いいえ。
グ：なんに使うのかも聞かないで、弾丸をこめたピストルを渡したというのか？
ス：なにも知らなかったんです。聞きもしませんでした。
グ：グラヤウスカスもなにも言わなかった？
ス：分かってたんだと思います。もしわたしに話したら、わたしもいっしょにやると言い出すだろうって。

エーヴェルトは録音機を止め、カセットを取り出した。嘘。この事情聴取が記録に残ることはない。このカセットも捨てるつもりだ。リディアとアレナの物語を今日捨てたのと同じように。

アレナを見つめる。アレナは視線をそらした。もう耐えられなかった。

「リトアニアに帰りなさい」

「いますぐ？」

「いますぐだ」

アレナはさっと立ち上がった。片手で髪を整え、ブラウスのしわを伸ばそうと何度か引っぱり、拘置所のスリッパを履く。

約束したはずだった。帰るときは、ふたりいっしょだと。

決して果たされない約束。リディアは死んだ。

たったひとりで帰るのだ。

エーヴェルトは自らタクシーを呼んだ。そうするのがいちばんいい。かかわる人間が少なければ少ないほど、ことは単純で済む。アレナに付き添ってベリィ通りに出る。年配の男と、その若い恋人。年配の男性と、その娘。どちらとも取れそうだ。殺人・暴行課の警部と、これから故郷に帰る売春婦だなどとは、だれも思わないにちがいない。

アレナが後部座席に乗り込み、タクシーはストックホルムの午後の混雑へと分け入った。メーラレン湖畔に出てから、ヴァーサ通り、クング通り、ステューレプラン広場を抜け、ヴァルハラ通りを横切り、リディンゲ通りを通って、港へ。もう二度とここには来ない。もう二度とリトアニアを離れない。アレナはそう決めた。一生分の旅はもう終わったのだ。

エーヴェルトがタクシー代を払い、ふたりはフェリーのターミナルへ入っていった。次のフェリーは、二時間もしないうちにストックホルムを出発する。エーヴェルトはチケットを買い、アレナに渡した。アレナはそれをぎゅっと握りしめた。なにがあっても手離すものか。

港町クライペダ、故郷のクライペダで、船を降りるそのときまで。

なかなか思い浮かべることができない。十七歳であとにした町。船に乗ってスウェーデンに行けば給料のいい仕事がある、あのふたりにそう誘われたとき、さほど長いこと迷いはしなかった。貧しさから逃れることができる。変わる見込みのほとんどない環境から、離れることができる。ほんの数カ月だけのつもりだった。すぐに帰るつもりだった。ヤーノスにもひとことも言わなかった。なぜ話さなかったのか、いまとなっては思い出せない。

あのころの自分は、いまとは別人だ。

たった三年前なのに、まったく別の人生、別の時代のような気がする。

いまの自分は、同じ歳の人たちよりも、ずっと歳をとっている。

ヤーノスは捜してくれただろうか？　自分の行方を案じただろうか？　彼の姿を思い浮かべる。心の中にはいつも、彼の姿があった。それだけはだれも奪えないものだった。犯されても、つばを吐かれても、ヤーノスの姿だけは心にしっかりとしまい込んで、だれにも触れさせなかった。彼はまだクライペダにいるのだろうか？　生きているだろうか？　いまはどんな人になっているのだろう？

エーヴェルトはターミナルの奥のカフェテリアにアレナを誘った。コーヒーとサンドイッチをおごり、アレナは礼を言って食べた。エーヴェルトが新聞を二紙買い求め、ふたりは席についたまま、それぞれ新聞を読みながら、出発時間を待った。

まだ丸一日も経っていない。

レーナ・ノルドヴァルは食卓についている。なにかを凝視している。こういうとき、人はいつでもなにかを凝視するものだ。

どれほど時間がかかるのだろう。二日？　三日？　一週間？　二週間？　一年？　永遠？納得できなくてもいい。納得できなくて当然だ。まだ、いまのところは。おそらく。

ふと気づいた。後ろにだれかが座っている。玄関のそば、二階へ続く階段に腰掛けている。

レーナは振り向いた。座っているのは娘だった。黙ってこちらを見つめている。

「いつからそこに座ってたの」

「分かんない」

「外で遊ばないの」

「雨降ってるもん」

私たちの娘は五歳だ。いや、私の娘は五歳だ。これからはそういうふうに考えなければならない。自分の娘。家中を見まわしたって、ほかに大人はいないのだ。自分ひとり。責任を抱えて。未来を抱えて。

「ねえ、ママ、いつまで？」

「なにがいつまでなの？」

「パパ、いつまで死んでるの？」

娘の名前はエリンという。長靴を履いている。濡れて泥だらけだ。だが、レーナには見えていない。エリンはそのまま階段から食卓へ歩いてきた。濡れた土の跡が床に残った。だが、レーナには見えていない。

「パパいつ帰ってくるの？」

エリンが隣の椅子に腰掛けた。そのことにレーナは気づいたものの、エリンが矢継ぎ早に投げかける質問は、まったく耳に入っていない。

「帰ってこないの？」

自分の娘が手を伸ばし、頬に触れ、撫でてきた。

「パパ、どこ？」

「パパは寝てるのよ」

「いつ起きるの？」

「もう起きないの」

「どうして？」

隣に座った自分の娘が、質問を投げつけてくる。その言葉がからだにぶつかる。やっと気づいた。質問が襲いかかってきて、肌をぐいと引き裂き、からだの中に入り込もうとする。レーナは立ち上がった。ぶつかってくる言葉に耐えられなかった。怒鳴りつける。納得しようとしている少女に向かって。

「もうやめて！　しつこく聞かないで！」

「ねえ、なんでパパ死んだの？」

「もういや！　分からないの？　もういやよ！」

そして、娘を叩きそうになった。その衝動はあまりにも速くやってきた。腕が上がる。頭をがんがんと叩く質問。はっとした。腕を振り上げたものの、叩くことはしなかった。子どもを叩いたことなどないのだ。代わりに、泣いた。腰を下ろし、娘を、自分の娘をかき抱いて、泣いた。

三流レストランから歩いて署に戻ってくる途中、スヴェンはひとり声を上げて笑った。出された料理を笑ったのではない――もちろん、出来合いの粉で作った薄いシチューに、脂だらけのちっぽけな肉片が浮かんでいたあの料理は、笑うに値するものだったが――そうではなく、エーヴェルトがおかしくて笑ったのだった。彼の姿を思い浮かべる。テーブルのまわりをぐるりと歩き、脚をすべて蹴りつけたエーヴェルト。どすの利いたラングの声を再生したカセットプレーヤーに向かって、悪態をついたエーヴェルト。おそるおそる近づいてきて、静かにしてください、警察を呼びますよ、と言ったウェイトレス。

思わず笑い声を上げたスヴェンに、歩道ですれちがった女性ふたりが悲しげな視線を投げかけ、小声で不安げにアルコールの害を話題にしはじめた。頭が少しおかしいと思われたにちがいない。スヴェンは深く息を吸い込み、なんとか落ち着こうとした。まったく、エーヴェルト・グレーンスという人間は強烈だ。見ていて退屈することがない。

いま、エーヴェルトはアレナ・スリューサレワの事情聴取に向かっている。スリューサレワこそ、事件をさらに理解するための鍵となる情報を握っている人物にちがいない。スヴェンはそう確信していた。歩幅を広げ、自分のオフィスへ急ぐ。ラングの件はしばらく忘れ、立てこもり事件の謎《なぞ》に集中しよう。あの遺体安置所には、おそろしく不快な印象がある。死体が保管されているというだけではないなにかが。

納得できない点はほかにもある。

グラヤウスカスの奇妙なまでに断固とした残忍性。医師を人質に取り、その頭にピストルを向け、死体を爆破した。人質と引き換えにベングト・ノルドヴァルを呼び寄せ、彼を撃ち、自殺した。ここまでしたのに、いったいなにを要求したいのかについては、ひとことも口にしなかった。

事件の推移をもう一度たどってみる。

六月五日水曜日を、分刻みに分解する。新たになにかが起こるたび、そこに正確な時刻を割り当てていく。発端は、リディア・グラヤウスカスが外科病棟のソファで昼のニュースを見ていた、十二時。終結は、ヘッドホンをはめた複数の人間が一様に、まず二発、その後さらに一発の銃声が響き、次いで特殊部隊が遺体安置所の入口を突破する轟音が聞こえてきた、と証言した、十六時十分。

人質の事情聴取記録にも目を通す。年配のエイデル医師も、四人の医学生たちも、グラヤウスカスについてほぼ同じ証言をしている。常に落ち着き払って、事態の把握を怠らなかったグラヤウスカス。ラーセンに押し倒されたときを除けば、だれも傷つけるようなことはしなかった。

彼らの証言からは、鮮やかなグラヤウスカス像が浮かび上がってくるが、いちばん知りたいことはやはり分からないままだ——彼女の動機はいったいなんだったのか？

最後に、遺体安置所の鑑識報告書と押収品目録に目を通した。やはりここにも答えは見つからない。予想を裏切るものはなにもない。予測できなかったことはなにもない。

一点を除いて。

その二行を、スヴェンは何度も読み返した。

グラヤウスカスのビニール袋に入っていたビデオテープ。ケースはなし。キリル文字の書かれたシールが貼ってある。

ふたりは新聞を交換し、エーヴェルトは追加でコーヒーとアップルパイのバニラソースがけを二人分買い求めた。アレナはさきほどのサンドイッチと同様、パイもがつがつ食べている。

エーヴェルトは、目の前の女をじっと観察した。

美しい女だ。だからどうというわけでもないが、美人であることはまちがいない。

故郷にとどまるべきだったのだ。なんともったいないことだろう。こんなにも若く、人生これからだというのに、こんな目に遭って。ありきたりな住宅街で、庭の芝刈りをやらされ、うるさいガキどもと老けた妻に囲まれて暮らしている、そんな生活に飽きた男たちのために、毎日、股を広げさせられて。

エーヴェルトはかぶりを振った。まったく、これほどもったいないことがあるだろうか。

アレナがアップルパイを食べ終わり、スプーンを皿に置くまで、エーヴェルトはじっと待った。

ブリーフケースに入れてあったものを取り出し、テーブルの上に置く。

「こいつに見覚えはあるか？」

アレナはそれを見つめた。青いノート。肩をすくめる。

「いいえ」

エーヴェルトはノートの表紙をめくると、アレナに向けてテーブルの上を滑らせた。

「これ、分かるか？」

アレナはそこに書かれた文字を見つめた。何行か読み、それからエーヴェルトの目を見る。

「どこにあったんですか」

「グラヤウスカスの病室だ。ベッドのそばにあった。彼女の唯一の所持品だ。グラヤウスカスのものだろう？」

「たしかに、リディアの筆跡です」

エーヴェルトは説明した。リディアが人質を取って遺体安置所に立てこもっているあいだ、つまりリディアがまだ生きているあいだに、これを翻訳させようとしたのだが、リトアニア語を訳せる人間が見つからず、間に合わなかったのだと。

そして、心のうちで付け加える。ベングトがまだ生きていたころに。あいつの抱えていた嘘が、まだ明らかになっていなかったころに。

アレナはゆっくりとノートをめくりつつ、四ページにわたって書かれた内容を読んだ。それから、スウェーデン語に訳した。

すべてが書かれていた。

昨日起こったことのすべてが。

詳細にわたって。

グラヤウスカスは、すべてを計画し、書きとめ、そのとおりに実行したのだった。ピストル、爆薬、雷管、ひも、ビデオテープを、身障者用トイレのゴミ箱に入れてもらう。警備員の頭を殴る。遺体安置所に歩いていく。人質をとる。死体を爆破する。通訳としてベングト・ノルドヴァルを呼ぶ。

エーヴェルトは耳を傾けた。耳を傾け、ごくりとつばを飲み込んだ。ここにすべてがあったのだ。知ってさえいたら。こいつを翻訳させてさえいたら。そうすれば、あいつを送り込むことはなかった。そうすれば、あいつは死なずに済んだ。

そうすれば、おまえは死なずに済んだんだ！

あそこに行きさえしなければ、おまえは死なずに済んだ。

おまえも分かっていたんだろう？

なぜなにも言わなかった？

俺にも、あの女にも、なぜなにも言わなかった？　せめてあの女に、知っている、という答えをせめてあの女を知っていると認めていたら。せめてあの女に、知っている、という答えを与えていたら。

そうすれば、死なずに済んだ。

あの女は、おまえを撃ち殺したかったわけじゃない。

確証が欲しかっただけなんだ。こうなったのは自分のせいではないという確証。アパートに閉じ込められて、男たちのために服を脱ぎつづける、そんな日々を自分で選んだわけではないのだ、という確証。

そのノートを持ち帰ってもいいか、とアレナに聞かれ、エーヴェルトは首を横に振った。手を伸ばし、青いノートを受け取ると、ブリーフケースに戻す。出発二十分前まで待ってから、アレナを促して立ち上がらせ、連れ立って乗船口へ向かった。アレナは手に持った切符を、フェリー会社の制服を着て窓口に座っている女性に見せた。

そして振り返ると、礼を言った。エーヴェルトも、気をつけて、と声をかけた。

エーヴェルトはアレナと別れると、窓口にできた行列を離れ、ターミナルの奥へ向かった。フェリーから降りてくる乗客の姿と、乗船許可を待つ乗客の姿、両方を見渡せる場所で立ち止まる。柱に寄りかかり、もう一件の捜査について考える。拘置所にいるヨッフム・ラング。先ほどファックスで写真を送ったリーサ・エールストレムには、さらに何枚か写真を送るつもりだ。だがどんなに考えようとしても、すべての思いがするりと消えていく。いま頭を占めるのは、クライペダから来たふたりの女のことばかり。到着し、からだに海を残しながら降りてくる乗客たちを、ぼんやりと眺める。人々の姿を遠くから眺めるのは、なかなか心地のよいものだ。ここにいる彼らは皆、どこか別の場所へ向かっている。免税店で酒をまとめ買いしたのだろう、大きなビニール袋をいくつも持った赤ら顔の連中がいる。フェリーの中でも安い酒を飲みまくり、ダンスホールで踊り、女にちょっかいを出し、あげくの果てにはフェリー下階の船室で、ひとり眠りに落ちたにちがいない。かと思えば、一張羅に身を包んだ人もいる。リトアニアから、バルト海の対岸にあるスウェーデンという国で、一週間の休暇を過ごそうと、何年にもわたって貯金してきたのかもしれない。疲れ果てたようすで、荷物も少なく、とにかく急いでどこかへ向かっているのも何人かいる。エーヴェルトはそんな人々の姿をじっくりと観察しながら、待ち時間をつぶした。いまは待つこと以外、なにもする気力がない。もうすぐ、もうすぐアレナは旅立っていくはずだ。

向きを変えようとしたそのとき、最後の乗客らしきグループが船から降りてきた。

あの男だと、すぐに分かった。

つい昨日、アーランダ空港で目にした男。大柄な男ふたりにはさまれて歩き、小柄ながらも恰幅のよいリトアニア大使館の職員にひどく叱られ、ゲートに向かって突き飛ばされ、飛行機に乗って一時間先のビリニュスへと向かった、あの男。

ディミトリだ。

飛行機へ連行されていったときと同じ背広。グラヤウスカスを鞭打って意識を失わせたうえ、六階のアパートで、破られたドアをふさごうと戸口に立ちはだかったあのときと、同じ背広。

ひとりではない。入国審査を通り過ぎると、立ち止まり、あとから若い女がふたり出てくるのを待っている。いや、女というより、十六、七歳ほどの少女に見える。ディミトリが手を差し出した。ふたりとも、持っていたなにかを彼に手渡している。それがなんなのか、はっきりとは見えなかったが、見当はついた。

ふたりのパスポート。

ふたりの借金だ。

ジャージの上下に身を包んだ女がひとり、すっと彼らに近づいていった。頭にフードをかぶり、エーヴェルトのいる方向に背を向けている。だから顔は見えなかったが、女が三人にあいさつしているのは見えた。頰に軽くキスをする、リトアニア風のあいさつだ。女がすぐそばにある出口を指差した。三人がそのあとに続いた。だれも荷物は持っていない。

エーヴェルトは吐き気を覚えた。

リディア・グラヤウスカスが自らこめかみを撃ち抜いたのは、つい昨日のことだ。アレナ・スリューサレワはスウェーデンを逃れ、この船で故郷に戻っていく。ふたりは三年にわたり、電子ロックのついたアパートで、見知らぬ男たちに利用されてきた。脅され、暴力をふるわれつづけ、内面からどんどん壊れていきながらも、性的に興奮しているふりをしつづけてきた。一日、たった一日で、ふたりの代わりがやってきた！　新たな若い女がふたり。待ち受けている運命を、彼女たちは知らない。ふたりはやがて、つばを吐きかけられてもにっこり微笑むことができるよう、きびしく躾《しつ》けられることになる。人を売り買いする連中がこれからも、性器ひとつあたり、月に十五万クローナを稼げるように。

エーヴェルトは立ち去るのをやめた。あと二分。あと二分で、フェリーは埠頭を離れる。彼らが去っていくのを目で追う。フードをかぶったリトアニア人の女。その隣に、ディミトリ。先ほどパスポートを手放したふたりの少女が、そのあとに続いた。やっと胸がふくらんできた程度の年齢だというのに。

いまはなにもできない。グラヤウスカスとスリューサレワには、抵抗し、やり返す勇気があった。だがそれはきわめて稀《まれ》なことだ。いや、そんな話はほかに聞いたことがない。このふたり、こんなにも幼いふたりには、証言をする勇気すらないだろう。怯えきって、なにもかも否定するにちがいない。そしてあのディミトリも、同じように否定するのだろう。

したがって、いまはまだ、なんの犯罪も行なわれていないことになる。

だがいつの日か、自分が、あるいは自分の同僚が、このふたりに出会うだろう。いつどこでかは分からないが、遅かれ早かれ、かならず破局が訪れる。

鑑識報告書の記載を目にしたスヴェンは、残りの書類を脇にどけ、問題のビデオテープを探しはじめた。ＩＣＡスーパーのビニール袋に入っていて、グラヤウスカスとスリューサレワの指紋がついていたというビデオテープだ。

まず、押収品のあるべき場所、県警の鑑識課に問い合わせてみる。

そこにはなかった。

昨晩の当直警官に問い合わせ、次いで、ビデオテープのラベルに書かれていたキリル文字を調べたのかもしれないと考え、通訳担当にも問い合わせてみる。

そこにもなかった。

最後の可能性を確認する。なにかのまちがいで、証拠品ではなく遺失物として扱われているのではないか。だが、そこにもなかった。

みぞおちの違和感が、また襲ってきた。

膨れ上がり、力を奪っていく不快感が、いらだちへ、怒りへ変わっていく。こんな感情には慣れていない。いやでしかたがない。

遺体安置所を最初に調べた鑑識官に問い合わせることにする。ニルス・クランツ。スヴェンが刑事になって以来、いやそのはるか前から、事件のたびに活躍しているベテラン鑑識官だ。クランツはちょうど、レイエーリング通りのアパートで起こった傷害事件の現場にいた。忙しそうだったが、質問に答える時間は割いてくれ、ビデオテープがどんなふうに袋に入っていたか、どんなラベルが貼ってあったか、ざっと説明してくれた。報告書に書いてあったことと一致している。

「ありがとうございます、クランツさん。で、ビデオの中身は？」

「ビデオにはなにが映っていたんですか？」

「知らないよ」

「知らない？」

「あんたらの仕事だろう」

「だからそれを調べようとしてるんです」

クランツが通話口から顔をそむけ、だれかほかの人と話している声が聞こえてきた。内容までは聞こえない。三十秒ほどで戻ってきた。

「ほかに質問は？」

「はい。そのビデオがいまどこにあるかはご存じですか？」

クランツは脱力したように笑い出した。

「あんたらの連絡系統は、いったいどうなってるのかね」

「え？」

「グレーンス警部に聞きなさいよ」

「エーヴェルトに？」

「ビデオを見たいと言うから、作業が終わってすぐ渡したよ。遺体安置所でね」

スヴェンは深く息をついた。腹の痛み。いらだち。怒り。

机を離れると、ドアを四つ素通りし、エーヴェルトのオフィスの扉をノックした。

「え？」

アレナ・スリューサレワの事情聴取中であることは分かっている。ドアノブに触ってみる。鍵はかかっていない。

中に入り、ざっとあたりを見まわす。妙な感じだ。押収品を取りにきたとはいえ、いまこの瞬間、自分は侵入者だ。招かれざる人間。ここにいるべきでない人間。さすがのスヴェンも、エーヴェルトのオフィスにひとりでいるのは初めての経験だった。テープは数秒で見つかった。エーヴェルトの椅子の後ろに置かれた棚、いつもシーヴ・マルムクヴィストを流している古ぼけたカセットプレーヤーの隣。背面にラベルが貼ってあり、読めないキリル文字が書いてある。

ビニール手袋をはめ、ビデオテープを手に取った。しばらく手でもてあそび、あてもなく指でなぞってみる。グラヤウスカスは自分の人生の終末を入念に計画していた。一瞬たりともためらうことなく、一歩ずつ、意図的に死へと向かっていった。スヴェンはビデオをひっくり返すと、そのつるつるした表面を指でたどった。偶然のはずがない。グラヤウスカスはなんらかの意図を持って、このビデオを用意したにちがいない。つまり、なにかを見せたいと考えたのだ。

スヴェンは廊下に出てそっとドアを閉め、会議室に向かった。テーブルの奥にビデオプレーヤーが置いてある。

テープを入れる。

昨晩遅く、エーヴェルトが座ったのと同じ椅子に、スヴェンは腰を下ろした。

だがスヴェンが見た映像は、エーヴェルトが見たものとはちがっていた。

こういう映像を、息子のヨーナスはいつも〝蟻《あり》の戦争〟と呼ぶ。ザーッという雑音。なんの映像も映し出されない。灰色の画面がちらついているだけだ。

あるはずのない、押収品目録に入っていない、証拠品として正式に記録されていないビデオ。映像の入っていないビデオ。みぞおちのあたりの不快感は、いまや完全に怒りへと変わっている。突然の憤激で吐き気がしてくる。

エーヴェルト、きみはいったいなにをやってるんだ?

アレナ・スリューサレワを乗せたフェリーがフリーハムネン港を出航した。ストックホルム沖の群島を抜けて外海に入り、バルト海を横断し、リトアニア、クライペダへと向かっていく。到着し、クライペダの土を踏んだら、彼女はもう二度と振り返ることはないだろう。

エーヴェルトはタクシーを待っている。なかなか来ない。悪態をつき、ふたたび電話をかけて、なぜ遅れているんだと交換手に詰め寄った。交換手は謝罪したうえで、注文自体が入っていないと答えた。お名前はグレーンスさん、ベリィ通りの警察署へ、というご注文ですが、承っていないようなんです、もしよろしければこれから手配いたしますが。エーヴェルトはまた悪態をついた。管理体制はどうなってるんだ、役立たずめ、などと叫び、怒りを爆発させる。あとから思えばまったく無駄な怒りだった。交換手の名前を聞き出し、ついにやってきたタクシーの後部座席に腰を下ろすまで、しきりに悪態をついていた。

海の向こうを見やる。入り江の向こうの街並みが見える。

頭から、血が流れ出していた。

俺は車に寄りかかり、彼女を抱きかかえていた。彼女の耳から、鼻から、口から、血が止まらずに流れつづけた。

彼女が恋しい。

彼女に会いたくてしかたがない。ここ数年なかったほどの強い欲求。月曜の朝まで待てない。いまこれから、リディンゲ橋を渡って、ミレスゴーデン（ストックホルム・リディンゲ島にある、スウェーデンを代表する彫刻家カール・ミレスの作品を展示した美術館・庭園）の脇を通って、がらんとした駐車場へ入り、ホームに駆け込みたい。彼女を抱き、そばにいたい。ふたりでいたい。

だが、彼女はいないのだ。

恋しい、いとおしい女がいなくなって、もう二十五年になる。

おまえが彼女を奪ったんだ、ラング。

タクシーが二カ所で午後の渋滞にはまり、クロノベリの警察署まで三十分もかかったので、エーヴェルトはそのあいだに落ち着きを取り戻し、会計をしてタクシーを降りた。暖かくなってきた。昨日、夜明けから遅くまで降りつづいていた雨のせいで、夏になりかけていたのがすっかり冷めてしまっていたが、いま、夏が息を吹き返そうとしている。照りつける日差しを感じる。風もない。天気というのはまったくおかしなものだ。

署に入り、自分のオフィスへ向かう。カセットプレーヤーのスイッチを入れ、薄っぺらなモノラルのスピーカーにシーヴ・マルムクヴィストが満ちると、エーヴェルトは声を合わせて歌いはじめた。『ツイてるあなた』一九六八年、オリジナルは『ハロー・メアリー・ルー』。机の上に置いてあったフォルダーを開く。ヨッフム・ラングに関する捜査書類だ。

やはり、写真はそこに入っていた。

一枚ずつ、じっくりと見つめる。床に倒れた死人の姿。下手な写真で、画質は粗く、光もほとんど当たっておらずぶれてしまっている。クランツもその部下たちも有能にはちがいないが、写真は苦手のようだ。エーヴェルトはため息をつくと、それなりの質を保っている写真を三枚選び出し、封筒に入れた。

二カ所に電話をかけるだけで、準備完了だ。

まず、リーサ・エールストレムへ。病院の廊下を歩きながら応答したらしく、声がいらだっている。エーヴェルトは、これからスヴェン・スンドクヴィストといっしょに病棟を訪ねていき、何枚か写真を見せるつもりだ、とぶっきらぼうに告げた。リーサは抗議した。ただでさえ忙しいのに、ぼろぼろになるまで殴られた人間の白黒写真なんか見たくもない。エーヴェルトは、お会いできるのを楽しみにしていますよ、とだけ答えて電話を切った。

次いで、検察庁のオーゲスタムへ電話をかける。エーヴェルトはまたぶっきらぼうに告げた。リーサ・エールストレムという名の医師が、ヨッフム・ラングに不利な証言をすることを決意した。オルデウスを殺した犯人はラングにまちがいないと言っている。オーゲスタムは不意を突かれ、もっと詳しく知りたがったが、エーヴェルトはすぐさま彼をさえぎった。

もちろん、もっと詳しく教えてやる。ラングの階段突き落とし事件だけでなく、同じ病院で起こった、グラヤウスカスの人質事件についても、明日会うときに話すつもりだ。

シーヴがまだ歌っている。エーヴェルトはふたたび声を合わせて歌いはじめ、軽い足取りで部屋中を動きまわった。『ママはママのママにそっくり』一九六八年、オリジナルは『サディ・ザ・クリーニング・レディ』。


ヴェルンド通り三番地の入口に車が停まったが、ほとんどだれも目をとめなかった。車はとくに大きくも新しくもなく、スピードもごくふつうだった。運転席の男がドアを開けた。後部座席には、少女がふたり。十六、七歳だろうか。かわいらしい少女たちだ。ものめずらしげにあたりを見まわしている。

父親とその娘たちかもしれない。

男が後部座席のドアを開け、少女たちは車を降りると、ずらりと並ぶよく似た窓の数々を見上げた。どうやらここに住んでいるのではなさそうだ。見たことのないものを見るような目で、この建物を見つめている。

知り合いの家を訪ねるところなのかもしれない。

運転していた男が車をロックし、三人は連れ立って入口へ向かった。男は取っ手をつかんで扉を開けつつ、振り返ってなにやら口にした。それを耳にした少女たちのひとりが、ヒッと叫んで泣き出した。もうひとりがその肩を抱く。この少女のほうが強そうだ。泣いているほうの頬を撫で、なんとか歩かせようとしている。

建物の中に入っても、男は話しつづけ、少女は泣きつづけた。だれかがこの三人に目をとめていたとしても、男がなにを言っているのかを理解することはできなかっただろう。スウェーデン語ではない、外国のことばだったから。したがって、たとえこの男が、おまえたちにはこれから借金を返してもらう、これからおまえたちのどちらかの股を開いて、血が出るまで開通式をやってやるからな、などと言ったのだとしても、それはだれにも知り得ないことだった。


スヴェンは空のビデオテープを持って会議室を出た。コーヒー自動販売機のそばで立ち止まる。コーヒーに大量のミルクを入れる。エネルギーが要る、だが慎重にならなければ。怒りのせいで胃が痙攣しているから。

ビデオにはなにも録画されていなかった。それがグラヤウスカスの意図だとはどうしても思えない。彼女はすべてを周到に計画していた。人生最後の数時間を完璧《かんぺき》にコントロールして死んでいった。このビデオテープにも、なんらかの目的があったにちがいない。

オフィスに戻り、ニルス・クランツへ二度目の電話。クランツはすぐに応答した。まだレイエーリング通りのアパートにいて、忙しさにいらだっているようすだ。

「またビデオの話かい？」

「新品のテープでしたか？」

「それとも、使った形跡がありましたか？」

「新品？」

「あったとも」

「どうして分かるんですか？」

「この目でちゃんと見たからな。開けたとき、中に埃が入ってた。裏側についてる録画防止用の爪が折れてた。つまり、録画してある映像が消えないようにしてあったってことだ」

スヴェンはビデオを手に持っていた。デスクランプを動かし、ビデオに光を当てる。新品だ。つやつやしている。塵《ちり》ひとつついていない。録画防止用の爪も折れていない。スヴェンは受話器をふたたび耳に当てた。

「これからそちらに向かいます」

「あとにしてくれ。いまは時間がない」

「もう一度、このテープを見ていただけませんか。大事なことなので。どうもつじつまが合わないんです」

ラーシュ・オーゲスタムは、笑えばいいのか泣けばいいのか分からなかった。ついいましがた、電話でエーヴェルト・グレーンスと話をした。リディア・グラヤウスカスとベングト・ノルドヴァルの死だけでなく、ヒルディング・オルデウスの死についても、これから報告に向かうという。つまり、アレナ・スリューサレワとヨッフム・ラングの両方について。同じ場所で同じ日に起こったというだけのかかわりしかない、二つの事件について。前回エーヴェルト・グレーンスと仕事をしてから、もう一年近くが経つ。娘を手にかけた犯人を撃ち殺した父親を裁いた、あの異様な裁判。検察庁で最年少だった自分はあのとき、とにかく大事件を求めていた。そうしてまさに降ってきた大事件。予備捜査担当検察官に任命され、噂で耳にしてはいたものの会ったことはなかったエーヴェルト・グレーンス警部に向かって、指示を出す立場となった。遠くから感服するだけだったグレーンス警部と、突然いっしょに仕事をすることになり、ときには対立することを強いられた。

ふたりのあいだの連携は、最悪もいいところだった。

グレーンスには初めから協力する気などないようだった。捜査のためにもせめて気持ちよく仕事をしよう、そんなふうに考えることすらできないのだ。

だからいま、オーゲスタムは笑うことにした。笑うほうが楽だ。一年が経ち、ふたたびグレーンスと仕事をする羽目になった。ストックホルム南病院で数時間のうちに起こった二つの事件、自分がかかわっている二つの捜査の両方で、グレーンスと組むことになった。しかもその根拠というのが笑える。前回グレーンス警部が大事件の捜査を担当したときに、組んだのがオーゲスタムだったから。その連携の結果を見て、またふたりを組ませようということになった。

なにが連携だ。

オーゲスタムは細いからだを震わせて笑った。上着を脱ぎ、つやつやに磨かれた黒い靴ごと、足を机の上に投げ出して、短い髪を手でくしゃくしゃにする。涙が出るまで笑いつづけた。まったく、なにが連携だ。

スヴェンはレイエーリング通りで空を見上げた。夏らしい青空であるはずの空が、醜く疲れた灰色の姿で見つめ返してくる。もうすぐまた雨が降り出すのだろう。スヴェンはしばらくその場に立ちつくした。署に戻るべきだが、そんな気力が残っているとは思えない。署に戻れば、さきほど始めてしまったこの件に、自分を激しく怒らせ、自分を内側から壊していくこの件に、対処しつづけなければならないのだから。高級アパートでの現場検証の最中、ニルス・クランツはいらだちを隠さなかったが、例のビデオテープは見てくれた。そして、わずか数秒で返してきた。あの現場で分析したテープとはちがう。予想どおりの答えだった。その予想が外れることを願っていたのに。あり得ないことが起こっていると、人はときにそう願うものだ。

いま、スヴェンには真実が分かった。いや、むしろ、なにも分からないと言うべきか。

自分の知っているエーヴェルト・グレーンス、尊敬しているエーヴェルト・グレーンスが、証拠のビデオテープをすり替えたりするはずがない。

自分の知っているエーヴェルト・グレーンスは、たしかにやっかいな人間だ。が、やっかいなりにまっすぐで、正直な人間だ。

なにかがおかしい。エーヴェルトらしくない。

灰色の空は、かたくなにじっと見つめ返してくる。電話が鳴った。エーヴェルトだ。スヴェンは深く息を吸い込んだ。心の準備はどうだ？　いや、できていない。まだだめだ。そこで、なにも言わずに耳を傾けた。これからストックホルム南病院に行くぞ、とエーヴェルトが言う。リーサ・エールストレムに会うんだ。写真を何枚か見せるからな。そこにいろ、あと数分でそこを通るから、拾って行く。

エーヴェルトを見るのがつらい。スヴェンはエーヴェルトの視線を避けた。あとで、その時が来たら、かならず目を見て話すつもりだが、いまはまだ無理だ。車の中でエーヴェルトと並んで座り、少し前を走っている平凡な車をフロントガラス越しに見つめてさえいればいい、そのことがありがたかった。ラッシュアワーの混雑の中、車は旧市街ガムラスタンの東岸をゆっくりと進み、スルッセン、セーデルマルム島へと坂道を上がっていった。スヴェンはこれから会う予定のリーサ・エールストレムに思いを馳せた。失敗に終わったあの面通し、一度肯定したことを否定した彼女のやりかたには、まだ怒りが収まらない。たしかに、彼女は脅迫を受けている。その恐怖はもちろん理解できる。だがそれだけではないなにかがある。リーサは怖がっていただけではない。彼女も恥を抱えているのだ。昨日エーヴェルトに説明しようとした、恥というもの。リーサの事情聴取をしたとき、彼女がヒルディングの死を悲しみつつも、間接的とはいえ麻薬のやりすぎで死んだ弟に対して怒りと憎しみを感じているのが、はっきり分かった。

自分には、弟の命を救うことができなかった。これこそ、彼女が抱えている恥だ。彼女が面通しでラングを特定しなかったのは、脅迫されたからというだけではなく、この恥のせいでもあったにちがいない。

スヴェンは確信していた。リーサ・エールストレムという人は、いつも自分の力が足りないと感じている、そんな種類の人間だ。絶えず他人に手を差し伸べながら、自分がじゅうぶん手を差し伸べているとは決して思わない人間。そもそも彼女が医師となったのも、ヒルディングが原因なのではないか。家族として、ヒルディングを守らなければ、と思ったにちがいない。手を差し伸べ、守り、救ってやらなければ、と。

だがいま、ヒルディングはこの世にいない。リーサが手を差し伸べたにもかかわらず。そうして彼女の恥は、ある意味、永遠となった。彼女がその恥から解放されることは決してないだろう。

エーヴェルトとスヴェンが病棟に到着したとき、リーサはすでにガラス張りの看護師室で待っていた。顔色が悪く、疲れ切った目をしている。悲しみ、恐怖、憎しみ、それぞれが力を奪っていく。三つが合わさると、命が蝕まれていく。ふたりがドアを開けて入ってきても、あいさつすらせず、ふっと見やっただけだった。その目には、嫌悪感めいたものが浮かんでいた。

エーヴェルトはそんなリーサの態度に気づかないふりをしているのか、ほんとうに気づいていないのか、いずれにせよぶっきらぼうに話しかけた。さきほどお話しした、合計七千クローナの、骨折した指三本の写真のことですが。リーサは視線をそらした。話したくないという意思表示のつもりか、それとも目を合わせる気力がないだけなのか。そんなリーサに、エーヴェルトは鋭い口調で、こちらを向いてください、と言った。あと何枚か、写真を見てもらいますから。

リーサはしばらく壁を見つめていたが、やがて目の前の丸テーブルに視線を移した。白黒写真が置かれている。

「なにが見えますか？」

「こんなゲームみたいなことをして、いったいどういうおつもりですか？」

「質問したいからしているだけですよ。さあ、なにが見えますか？」

リーサはちらりとエーヴェルトを見やると、軽くかぶりを振った。写真を手に取り、指でなぞってみる。ふつうとはちがう、ざらざらした紙に現像してある。

「左腕です。骨折しています」

「三万クローナ」

「えっ？」

「さきほどファックスした写真、覚えていますよね？　折れた指三本の写真ですよ。親指が五千クローナ、あとの二本がそれぞれ千クローナ。ご説明しましたよね。それがラングのやりかただと。それがラングの料金であり、手口なのだと。指を折られたこの哀れな男は、七千クローナの借金があったのだと。あれはね、嘘でした。ほんとうの額は、三万七千クローナ。腕一本の値段が三万クローナなんです」

スヴェンはエーヴェルトの斜め後ろに座っていた。恥ずかしい。これは、彼女を踏みつけにする行為だぞ、エーヴェルト。きみの狙いは分かる。たしかに僕たちには彼女の証言が要る。だが、これはやりすぎじゃないか。

「もう一枚あるんですがね。なにが見えますか」

白黒写真がもう一枚。ストレッチャーに横たえられた裸の人間。全身が写っている。横斜め上の角度から取られている。この写真もまた光の調節が下手だが、なにが写っているかははっきり分かる。

「なにもおっしゃいませんね。助け舟を出しましょうか。これはね、死体ですよ。先ほど見ていただいた腕は、この死体のものだ。見えますか？　指も、ほら、ここ、死体の腕の先についていますでしょう。つまり、私はまた嘘をついてしまったわけだ。この男の借金は三万七千クローナじゃない。十三万七千クローナだったんですよ。ラングの殺人料はちょうど十万クローナですからね。こいつの借金はチャラになった。全額返済ですよ。十三万七千クローナ」

リーサは歯を食いしばった。なにも言わず、身動きもせず、ただ叫び出してしまわないよう、ぐっと口を結ぶ。スヴェンはその姿を見つめていたが、やがてエーヴェルトに目を移した。これはきっと成功する。もうすぐだ。でもやりすぎだぞ、エーヴェルト、きみは彼女を傷つけてしまっている。これからさらに傷つけることになる。だが、これはまだいい。きみのやっていることが恥ずかしい、きみの代わりに僕が恥ずかしがってやる、だが同時にきみは、僕がいままで出会った中でいちばん有能な刑事だ。彼女の証言が必要だから、なんとしてでもそれを手に入れる、きみはそれができる人間だ。だがもうひとつのほうはどうだ！　もうひとつの捜査のほうは！　こうして証言を強要するきみに、僕も加担するべきなのかもしれない。もうすぐ望みどおりの証言が得られることを喜ぶべきなのかもしれない。だがエーヴェルト、エーヴェルト！　グラヤウスカス事件の捜査できみがやっていることは、いったいなんなんだ？　さっき、クランツに会ってきたよ。僕が集中できずにいるのはそのせいだ。きみと目を合わせたくない。きみと僕とのあいだにあるこのテーブルに横たわって、きみが耳を傾けるまで叫びつづけたい気分だ。クランツが僕の疑いを裏付けた。あれは別のビデオだ、と。別のビデオテープだぞ、エーヴェルト！

エーヴェルトは軽く伸びをした。エールストレムの崩壊を待つ。あと少し待ってやろう。

「そうそう、また別の写真が何枚かあるんですがね」

リーサの答えはささやき声だった。それ以上の声は出なかった。

「おっしゃりたいことはもう分かりました」

「そうですか。そりゃよかった。これからお見せする写真は、さらにご興味を引くと思いますよ」

「見たくありません。それに、分からないことがひとつあります。おっしゃることがほんとうなら、つまりこれがすべてラングのしわざだとしたら、これがラングの、なんとおっしゃいましたっけ、『料金』なのだとしたら、どうしてラングは刑務所に入っていないんですか？」

「どうして？　あなたならご存じのはずですよ。脅されたんですからね。ちがいますか？　なら、やつの手口もお分かりでしょう」

キッチンにやってきたあの男。サンナとヨナタンの写真を持っていた。あのときの感覚は、いまもありありと思い出せる。胸の痛み。止まらない震え。

エーヴェルトは封筒をテーブルの上に置いた。それを開けると、一枚目の写真をリーサの前に置く。先ほどとは別の人間の手だ。骨折が五ヵ所。指が五本とも折られていることは、医師でなくてもはっきり分かる。

リーサは黙っていた。エーヴェルトは気にかけず、二枚目の写真を出して隣に置いた。膝頭が割られている。これも、だれが見ても分かる。

「どうです、パズルみたいでしょう？　手がここで、膝がここ。同じ人間のものですよ、お分かりと思いますがね。だがこいつの問題は金ではなかった。なわばりの問題でした」

エーヴェルトは二枚の写真をリーサの目の前に突きつけた。

「ユーゴ人の仕入れたアンフェタミンを洗剤なんかと混ぜちゃならない、ということですよ」

リーサの顔に写真を突きつけたまま、最後の写真を封筒から出し、さらに目の前へ近づけた。

見下ろすようにして撮られた写真。カメラを構えているのは、階段を数段上がったところに立っている人物だ。レンズが見つめているのは、死んだばかりの男。そのすぐ脇に車椅子がある。男の頭から流れ出した血だまりの中に転がっている。

リーサは写真を見ると、さっと顔をそむけた。泣いている。

「だが、この男はそれをやっちまったんですな。ちなみに、こいつの名前はヒルディング・オルデウス」

ストックホルム南病院から戻る車中で、スヴェンは決心していた。いまは黙っていよう。署に着いたら、自分のオフィスに閉じこもる。一歩も外に出ない。あれが見つかるまでは。

山と積まれた事情聴取記録を見つめ、床から拾い上げる。

どこかで見た。まちがいない。

もう一度目を通す。ゆっくりと。答えはそこにあるのだ。見逃しているひまはない。

それは十五分ほどで見つかった。

女性の医学生の事情聴取記録から読みはじめた。かなり短い。まだ弱っているせいだ。なにが起こったのか、なかなか理解できずにいるのだろう。スヴェンはページをぱらぱらと繰り、グスタフ・エイデル医師の事情聴取記録を読みはじめた。こちらのほうはかなり長く、きちんとした会話になっている。エイデル医師は論理的に話をすることによって、自分の恐怖をコントロールしているのだ。頭を使って理性的に話していれば、感情にとらわれずに済む。スヴェンがこれまでに事情聴取したなかには、そういう人が何人もいた。自分を抑え、パニックを遠ざける方法は、人それぞれなのだ。だからエイデル医師は優れた証人でもあった。起こったことを、交わされた言葉を、詳細にわたって再現できる証人。聞いている側も、その現場に立つことになる。エイデル医師と同じように、縛られ、力なく、遺体安置所の床に座ることになる。

それは、事情聴取の中ほどにあった。

グラヤウスカスのビニール袋が話題にのぼっていた。彼女がピストルを入れていた袋だ。エイデル医師はそこで突然、ビデオテープのことを話しはじめた。

スヴェンは一行ずつゆっくりと指でなぞりながら、一語一語を読み進めた。

エイデル医師は、リディア・グラヤウスカスが爆薬を出そうとビニール袋の口を開けたときに、黒いビデオテープを目にしたのだという。それはまだ人質となって間もないころで、エイデルはリディアの信頼を勝ち得るため、また学生たちを落ち着かせるために、リディアと話をしようと試みた。リディアは答えようとしなかったが、エイデルは問いかけつづけ、リディアもついに、片言の英語で口ごもりながら答えた。

このビデオテープは真実《トゥルース》だ、とリディアは言った。いったいどんな真実なのか、と問うと、リディアは同じ言葉を三度繰り返した。トゥルース。トゥルース。トゥルース。そしてしばらく押し黙り、ずっと下を向いて爆薬を形作っていたが、ふとエイデル医師のほうを向き、話しはじめた。

トゥー・カセット。

イン・ボックス・ステーション・トレイン。

トウェンティ・ワン。

それからリディアは指で番号を示した。両手を広げて、二回。それから、片方の親指を立てた。

ボックス21。

エイデル医師は事情聴取で、交わした言葉はすべて覚えている、と語っている。あのとき、グラヤウスカスはまちがいなくこう言った。彼女は無口だった。話すときには苦しそうだった。そうかんたんに忘れられるものではない。

真実。二本のカセット。電車の駅のボックス。二十一。

スヴェンは数ページ戻り、その節を読み返した。

電車の駅のボックス。二十一。

まちがいない。同じテープがもう一本あるのだ。ストックホルム中央駅の、二十一番ロッカーに。録画防止用の爪の折られたテープが。画面がちらつくだけではない、中身のあるテープが。

スヴェンは事情聴取記録を脇に置いて立ち上がり、中央駅へ急いだ。

写真を顔に突きつけられた。

リーサ・エールストレムは、人を憎むことができなかった。これまでに人を憎んだことはないと思う。愛したこともない。愛も憎しみも同じ感情、表われ方がちがうだけ。どちらも退けてきた。片方を感じることができないのなら、もう片方を感じることもできない。だがあの刑事は、憎い、と思った。あまりにも異常な一日を過ごしたせいだろうか。ヒルディングを失った悲しみは、ほんとうの悲しみではなく、甥と姪に対する暗黙の脅迫という恐怖も、ほんとうの恐怖ではない。三十五歳のいまになって、あらゆる感情が数時間のうちに引き出されてきたかのようだ。汚いものにはふたをして、押しのけて、なにも感じなくて済むよう、恥の後ろに身を隠す。どうしていいか分からないから！　こんな感情に出会うのは初めてだ。こんなにも強く、こんなにも赤裸々な感情。逃げ隠れのできない感情。

だというのに、押しのけようとしてきた汚いものを、あの足を引きずっている刑事が、ごしごしと顔にこすりつけてきた。

すぐにヒルディングだと分かった。階段の踊り場に倒れているヒルディング。立ち上がり、写真をひったくってびりびりと破ると、看護師室のガラス張りの壁に投げつけた。

行き先は分かっている。廊下を急ぎ、南病院の出口を目指す。勤務時間はまだ数時間残っているが、生まれて初めて、そんなことはどうでもいいと思った。出口の外に広がるアスファルトの広場に出ると、タントルンデン公園に向かって歩き出した。踏切を渡る。放し飼いの犬たちが、パニック状態で走っている自分を見て興奮しているが、怖いとすら思わない。ただ、ひたすら走る。シンケンスダム運動場のそばのアパート群を通り過ぎ、ホーン通りを渡って、大きなヘーガリード教会の陰でやっと立ち止まった。

疲れは感じなかった。額から頬へ流れる汗にも気づかなかった。しばらく立ちつくし、心の準備ができたところで、芝生を横切り、坂を下りて、自分の家と同じくらい頻繁に訪れている建物へ向かっていった。

ヴェルンド通り、六階のアパートのドアは、すでに付け替えられている。つい二日前に開いていた大きな穴も、もう見当たらない。なにも知らない人間が見たら、ここで裸の女が背中を三十五回鞭で打たれるという凄惨《せいさん》な事件があり、警察が突入してそれを止めたなどとは、想像もつかないにちがいない。

十六、七歳のふたりの少女は、父親のようにも見える男の後ろに立って、男が鍵を開けるのを待っていた。玄関を入ると電子ロックが目に入ったが、それがなにかは分かっていない。男はドアを閉めると、ふたりにパスポートを見せ、ふたたび説明した。パスポートは高価なものだ。ふたりはいま、借金を抱える身である。働いて返してもらう。あと二時間ほどで、最初の客がやってくる。

入口のところで泣き出した少女は、まだ泣いている。異議を唱えようとした。が、つい数日前までほかの若い女ふたりにポン引きディミトリと呼ばれていたその男が、ピストルを少女のこめかみに当てた。少女は一瞬、引き金を引かれる、と思った。

男は少女たちに、服を脱ぐよう命じた。試しに寝てみよう。大事なことだ。ふたりともこれから先、客の男たちの望むことを理解できるようにならなければならないのだから。

暑くてしかたがない。病院からずっと走ってきて、ヘーガリード通りにあるイルヴァの家が見えたとき、初めて立ち止まった。

さっき考えたことはまちがっていた。自分にだって、愛することはできる。その対象は男性ではないけれど、甥と姪のことなら自分以上に愛している。あれ以来、イルヴァの家にまだ行っていない。ふだんは毎日顔を出しているというのに、いまはドアを開ける気力すらない。甥と姪に、おじさんが昨日、階段の壁にぶつかって亡くなった、などと伝える気力は残っていなかった。

甥も姪もヒルディングが大好きだった。ふたりの目に映っていたヒルディングは、薬物依存者ではなかった。ヒルディングはいつも出所したばかりの時期にふたりと会っていた。顔もふっくらとして、まるで別人のようだった。そのときは穏やかなようすなのに、それからわずか数日後、ヒルディングがまわりの世界を脅威と感じ、感じたくない感情を断ち切らずにはいられなくなると、そんな穏やかさも消えてしまうのだった。甥も姪も、麻薬を目にしたことがない。ヒルディングの変化も目にしたことがない。彼らはいつも、数日しか顔を合わせなかった。別人になってからのヒルディングは、甥や姪に会いにくることなどなかった。

話さなければならない。顔に突きつけられたあの白黒写真のことを、ふたりが知らずに済むように。

リーサはイルヴァの手を握った。黙ったまま玄関で抱き合い、こぢんまりとした居間のソファに腰を下ろす。ふたりとも同じ気持ちを抱えている。悲しみではない。ほっとしたような気持ち。ヒルディングの行方を案じなくて済むから。そんなふうに感じていいのか、よく分からない。が、感じるべきではないことを感じてしまうとき、そんなふうに感じているのは自分だけではない、と思えるほうがずっと楽だ。

ヨナタンとサンナは目の前にいて、それぞれひじ掛け椅子に座っている。いつもとなにかがちがう、そう察しているらしい。なにも話していないのに、リーサが玄関のドアを開けたときにはもう、受け入れる覚悟を決めているように見えた。ドアの取っ手を押し下げるしぐさ、あいさつのしかた、廊下での歩き方、そうしたすべてから感じ取ったのだろう。今日はいつもとなにかがちがう、と。

どうやって話しはじめればいいのか分からなかった。が、考える必要はなかった。

「どうしたの？」

サンナは十二歳、子どもからティーンエイジャーへの階段を上りつつある。信頼しているふたりの大人を見つめ、ふたたび問いかけた。

「ねえ、どうしたの？　なんかあったんでしょ」

リーサは身を乗り出すと、片方の手をサンナの膝に、もう片方の手をヨナタンの膝に置いた。ヨナタンはまだ幼く、脚はリーサの手にすっぽりと収まってしまう細さだ。

「ええ。サンナの言うとおりよ。ヒルディングおじさんのことなの」

「死んだんだね」

サンナはためらわなかった。この言葉を口にするのを待っていたかのようだった。

リーサは手に力をこめると、うなずいた。

「昨日亡くなったの。病院で。わたしの働いてる病院でね」

小さなからだに六年間の人生を宿したヨナタンは、泣いているママを見つめ、泣いているリーサを見つめた。まだ、よく分からないらしい。

「でも、ヒルディングおじちゃん、歳とってないよね。ちがう？　死んじゃうほど歳とってたの？」

「バカだなあ、ヨナタンは。分かんないの？　クスリのやりすぎで死んだんだよ」

サンナは弟を見つめ、手放してしまいたい思いを弟に投げつけた。

リーサはサンナの膝から手を離し、その頬を撫でた。

「そんな言い方しないで」

「だってそうでしょ？」

「ちがうのよ。事故だったの。階段から落ちたのよ。乗っていた車椅子が落ちて止まらなくなってしまったの。だから、もうそんな言い方しないでちょうだい」

「そんなこと言ったって関係ないよ。おじさんがクスリやってたの知ってるもん。だから死んだんでしょ。そうに決まってる。おばさんとママがどんなに嘘ついたって分かるよ」

ヨナタンはじっと耳を傾けていた。が、いま聞いたことが受け入れられない。ひじ掛け椅子の上に立ち上がる。泣いている。ヒルディングおじさんは死んでなんかいない。そんなわけない。前のめりになって叫び出す。

「おばちゃんが悪いんだ!」

部屋から走り去ると、裸足のまま玄関を出て、四角いコンクリートの敷き詰められた中庭へと出ていった。ひたすら叫びつづけている。

「おばちゃんのせいだよ! おばちゃんのバカ! おじちゃんが死んだなんて言うからいけないんだ!」


午後がゆっくりと夕方に移っていこうとするなか、ラーシュ・オーゲスタムは驚いて顔を上げた。オフィスのドアをノックもせずに、エーヴェルト・グレーンスが入ってきたのだ。あいかわらずだな、と思う。大柄な体格。白髪混じりの薄い髪。こわばった脚を引きずっている。

「明日の朝いらっしゃるんじゃなかったんですか」

「早く来たっていいだろう。いくつか知らせたいことがある」

「というと?」

「あの二つの殺人事件についてだ。ストックホルム南病院で起こった二つの事件の捜査、両方について」

オーゲスタムに椅子を勧められるのも待たず、エーヴェルトはドアのそばにあった椅子をつかんだ。そこに積まれていた書類をどさりと床に置くと、椅子を引き寄せ、オーゲスタムと向き合うかたちで腰を下ろす。昔から、若造の検察官のほとんどは「キザ野郎」としていっしょくたに考えてきた。オーゲスタムもそのひとりだ。

「まず、アレナ・スリューサレワ。リトアニア女の片割れだが、いまはバルト海の向こうの故郷に帰るべく、フェリーで移動中だ。話は聞いた。が、なにも知らなかった。ベングト・ノルドヴァルなど聞いたことがないと言うし、グラヤウスカスがどうやってピストルや爆薬を手に入れたのかも知らないそうだ。そもそも人質を取る計画のことすら知らなかった。だから、家に帰してやった。リトアニアのクライペダだ。彼女にはそれが必要だった。こちらには彼女が必要なかった」

「リトアニアに帰したんですか」

「文句でもあるのか」

「まず僕に知らせていただかないと。話し合ったうえで、彼女を家に帰したほうがいいという結論が出れば、そのように僕が決定を下す。それが筋なんじゃないですか」

エーヴェルトは苦々しい気持ちでキザ野郎を見つめた。怒鳴りたい衝動が襲ってくる。が、なんとか我慢した。

自分はいま、抱えてきた嘘を、検察官の机の上に差し出した。

今回はこらえよう。怒りを隠すことにしよう。

「言いたいことはそれだけか？」

「つまり、武器の不法所持および大量破壊の準備行為で有罪かもしれず、そのうえ監禁罪の共犯かもしれない人間を、みすみす帰してしまったというわけですか？」

オーゲスタムは肩をすくめた。

「ですが、しかたありませんね。あなたがそうおっしゃるなら。もうフェリーに乗ってしまっているのなら、いまはなにもできません」

エーヴェルトは、机の向かい側に座っているオーゲスタムへの軽蔑の念をなんとか抑え込もうとした。なぜここまで我慢ならないのか、ほんとうのところは自分でもよく分からない。とにかく我慢がならないのだ。大学で教わったことを基準にして現実を理解しようとする連中、なにも体験していないくせに経験豊富なふりをしている連中には。

「だがな、ヨッフム・ラングのほうはいけるぞ」

「というと？」

「きちんと刑務所にぶち込んでやるときが来たようだ」

オーゲスタムは、エーヴェルトがいましがた椅子から床に下ろした書類を指差した。

「そこに書類が積んでありますよ、グレーンスさん。事情聴取に次ぐ事情聴取。それなのに成果は上がってない。もうあまり長くは勾留できません」

「できるだろう？」

「できませんよ」

「公式にヒルディング・オルデウス殺害の被疑者として構わない。目撃者の証言がある」

「だれですか？」

オーゲスタムはほっそりとした体型で、小さな丸メガネをかけ、前髪を斜めに流している。最近三十歳になったが、エーヴェルトに問いかけながら、大きすぎる革椅子にもたれかかった彼の姿は、これまで以上に少年のように見えた。

「リーサ・エールストレム。オルデウスが入院していた病棟の医師だ。オルデウスの姉でもある」

オーゲスタムはしばらく黙っていたが、やがて椅子を後ろに押しのけるようにして立ち上がり、エーヴェルトを見つめた。

「スンドクヴィストさんから受けた報告では、面通しの結果が思わしくなかったという話でしたが。弁護士もここに駆け込んできましたよ。当然のことながら、ただちにラングを釈放しろと言ってきました。彼を特定できる目撃者はだれもいないのだから、と」

「俺の言ったことが分からんのか？　目撃者はまちがいなくラングだと言っているんだ。明日の朝には証言を用意できる」

オーゲスタムはふたたび腰を下ろし、足を使って椅子を机に引き寄せた。映画の登場人物が脅されたときのように、両手を挙げてみせる。

「降参ですよ、グレーンスさん。説明してください。いったいどういうことなのか」

「明日には証言を用意すると言ってるだけだ。ほかに説明することなどない」

オーゲスタムはじっと座ったまま、いま聞いたことを理解しようと試みた。

自分は、エーヴェルト・グレーンスが担当しているふたつのまったく異なる事件、同じ日に同じ場所で発生し、終結したふたつの事件の、予備捜査担当検察官である。

だがエーヴェルト・グレーンスの出した答えはあまりにも単純すぎた。いまの報告で、スリューサレワがすでに帰国したこと、ラングを特定できる目撃者がいることを知り、自分は安心するべきなのだろう。捜査を担当している警部が、すべてうまくいっている、と報告してきたのだから。だが安心などできなかった。なにかがおかしい。どう考えてもおかしい。

「マスコミがしつこく聞いてきてます」

「無視すればいいだけのことだ」

「グラヤウスカスの動機について質問されてるんです。売春をしていた女性が、出口のない遺体安置所で警官を撃ち殺し、自分も自殺した。いったいどんな理由があってそんなことをしたのか。僕には答えられません。僕も答えを知らないんですから」

「答えはまだ分からない。調べているところだ」

「そう、そうでしょう、グレーンスさん。僕が分からないのはそこですよ。まだ動機が分かっていないのなら――いったいなぜ、アレナ・スリューサレワを帰したんですか？　彼女こそ、動機につながるなにかを知っている唯一の人間かもしれないのに」

エーヴェルトは憤りを覚えた。検察のキザ野郎どもを前にするといつもそうだ。怒鳴り声を上げそうになる。が、ベングトの嘘を抱えているという事実が、エーヴェルトを押しとどめ、いつもとはちがう人間にしている。ここは慎重にいかなくてはならない。そこで怒鳴る代わりに、声にならないほどの声で吐き出すように言う。

「俺に向かって取調官の真似でもするつもりか」

「病院での、発砲に至るまでのやりとりの記録を、読ませてもらいました」

オーゲスタムは、脅しをかけるようなエーヴェルトの声を無視し、視線もそらしつつ、机の上に束ねて置いてあった書類の中から、目当ての数ページを手に取った。ページの中ほどの文章を指でなぞりつつ、声に出して読みはじめる。

「グレーンスさん、ご自分でもおっしゃっていた、いや、叫んでいらしたではないですか。以下、あなたのおっしゃったとおりに引用しますよ。〝個人的な恨みなのか？ ベングト、おい、ベングト、中断しろ！ 話をやめるんだ！ 特殊部隊は突入を開始せよ。繰り返す、突入を開始せよ！〟」

オーゲスタムはエーヴェルトを見つめると、背広に包まれた細い腕を広げ、肩をすくめてみせた。

「引用は以上です」

机の中央に置かれた電話が不意に鳴り出した。ふたりとも電話に目をやった。それぞれが着信音を七回まで数えたところで、電話は鳴り止み、ふたりは話をつづけた。

「引用でもなんでもしたらいい。おまえは現場にいなかったんだからな。そうだろう？ あ、あのときはそう思ったよ。個人的な恨みかもしれないってな。いまだにそうかもしれないという気もしている。だがどういう形でかは分からん」

オーゲスタムはエーヴェルトと目を合わせようとした。そして一瞬目が合ったものの、ふとそらし、窓の外に視線を向けた。そこには、ひとときも休まることのない街、ふたりには把握しきれないほどの大都会が広がっていた。

オーゲスタムはためらっている。

この奇妙な感覚。なかなか消えない執拗《しつよう》な思い。自分の中でたったいま、告発めいた言葉が生まれた。だが相手はここの事実上の最高権力者だ。かといって言わずにいればどうなるか。言わなければならない。言わないわけにはいかない。オーゲスタムは振り返り、ふたたびエーヴェルトを見つめた。

「つまり……なにも分かってないっていうことですか？ いったいどういうことなのかよく分かりませんが、エーヴェルト、こうお呼びするのは初めてでしょうね、エーヴェルト、ご自分の行動をちゃんと自覚していますか？ 僕が言いたいのはつまり、今回の捜査はあなたの親友にかかわっています。親友が亡くなった。それがつらいというのなら理解できます。だから、なんというか、あなたが捜査に適任なのかどうか。ノルドヴァルさんと近しかったのだから、その死を悼み、悲しむのは当然のことです」

オーゲスタムは次の言葉に備え、深く息を吸い込んだ。

「つまり……この件はだれかほかの人に担当してもらいましょうか？」

エーヴェルトはさっと立ち上がり、帰り支度を始めた。

「おまえは机に向かって書類読んでるだけだろう、ガリ勉野郎め！ だが俺はな、ずっと昔から、おまえのお袋が親父に向かって初めてスカートをたくし上げたころから、犯罪の、ほんものの犯罪の捜査をやってきたんだ。いまもそれが俺の仕事だ」

エーヴェルトはドアを指差した。

「帰らせてもらう。脅し屋と売春婦のところへな。まだなにか言いたいことは？」

オーゲスタムは首を横に振った。出ていくエーヴェルトを見送り、ため息をつく。

たったいま机をはさんで向かいあっていた警部は、失敗というものをほとんどしない。いい加減なミスを犯すことがない。他人との接しかたやコミュニケーション能力の欠如について、人がなんと言おうと、彼が有能であることに変わりはない。

オーゲスタムは、エーヴェルト・グレーンスを信用している。

だから、今回も信用しよう、と決めた。

郊外の自宅と都心の職場との往復に人生の貴重な時間を費す人々を、夕闇が時間をかけて辛抱強く脇へ押しのけていく。ストックホルム中央駅はふたたび沈黙し、通勤客がまたホームからホームへと急ぎはじめる明日の朝に向け、力を蓄えようとしている。

スヴェンはベンチに腰を下ろし、自分でもなぜか分からないまま、電車の到着や出発を知らせる電光掲示板をじっと見つめている。三十分前、駅の大広間からロッカーのある部屋へ入っていった。二十一番ロッカーはすぐに見つかった。鍵のかかったロッカーがずらりと並んだ列の中央、最下段だ。こういうロッカーがあることは知っていた。短期滞在者向けに作られたロッカーだが、往々にしてホームレスが所持品の保管に使っていたり、犯罪者が麻薬や盗品、武器の隠し場所として使っていたりする。スヴェンはロッカーを前にして立ち止まった。片手でロッカーに触れてみる。ここから立ち去ってしまおうか、と考える。事情聴取記録にふたたび目を通したことなど、忘れてしまえばいいのではないか。

ほかにあれを読む者など、もうだれもいない。

家へ、アニータとヨーナスのもとへ、帰ってしまってもいいんだ。

だれも深く考えたりしない。

家に帰ってしまえばいい。簡単なことだ。面倒なことは避ければいい。

だがスヴェンは立ち去らなかった。また、怒りが襲ってくる。腹の痛みはもう気のせいではない。ベテラン鑑識官のクランツと交わした会話を、その確信に満ちた態度を思い出す。

グラヤウスカスの持っていたビデオテープは使用済みだった。録画防止用の爪が折れていた。だがそのビデオテープはどこにもない。

エーヴェルト、きみはいま、三十三年間続けてきたこの仕事を失う危険を冒している。どうしてそんなことをするのか、僕には分からない。

だからいま僕はこうして、ストックホルム中央駅のロッカーの前に立っている。もうすぐどんな事実を知ることになるのか、リディア・グラヤウスカスがなにを言いたかったのか、まったく見当もつかない。分かっているのは、このことを知らずに終わっていた可能性もある、ということだけだ。

荷物預かり所という名のついた一角で働いている女性に、自分がほんとうに殺人・暴行課の刑事であり、自分のものではないロッカーを開けなければならず、そのために彼女の助けが必要なのだと納得してもらうのに、十五分かかった。

彼女は何度も首を横に振った。説得に疲れたスヴェンがついに声を張り上げ、それならば命令するまでだ、あなたには市民として警察の指示に従う義務があるんですから、と言い渡したところで、渋々ながらもやっと、全ロッカーの合鍵を保管しているという警備会社の担当者に連絡を取ってくれたのだった。

そしていま、正面入口を入って来る緑色の制服が目に入った。スヴェンはベンチから立ち上がると、制服姿の警備員へまっすぐに近づいていった。向き合ったところで立ち止まり、身分証を見せてあいさつを交わす。それから肩を並べてロッカーのある部屋へ入っていった。

重い鍵の束。

二十一番ロッカーの外観は、ほかのロッカーと変わらない。

警備員は鍵を回すと脇に退いた。あっという間に開いた扉。ロッカーの中が見えた。金属製の内壁に棚が取り付けられ、二段になっている。かなり暗い。もっとよく見ようと、一歩近づいてみる。

中身は乏しかった。

ワンピースが二着入ったビニール袋。白黒写真が何枚か入ったアルバム。写真店で撮った家族写真らしく、全員がよそ行きの服を着て、緊張した笑みを浮かべている。それから、シガーボックスがひとつ。スウェーデンの紙幣、百クローナ札や五百クローナ札が入っている。ざっと数えてみると四万クローナあった。

リディア・グラヤウスカスの全財産だ。

スヴェンは金属の扉を片手で開けたまま、ふと思った。この二十一番ロッカーが宿していたのは、ひとりの人間の人生そのものだ。リディアに残っていた唯一の過去。リディアが夢見ることのできた唯一の未来。このロッカーは、希望。逃げ道。鍵のかかったアパートの外にこそ、真の自分がある、という思い。

スヴェンはブリーフケースを開けると、ワンピースやアルバム、シガーボックスをそれぞれ袋に入れた。

それから、ふたたびロッカーの上段に腕を伸ばした。ビデオテープが置いてあった。キリル文字の書かれたシールが背面に貼ってある。


ヨナタンを追いかけて中庭を横切り、建物を通り抜けてヘーガリード通りの歩道まで走った。ヨナタンはそこで立ち止まっていた。裸足のままで、涙が頬をつたっている。いとしいヨナタン。そのからだを引き寄せ、抱き上げ、何度も名前を呼びかけた。ヨナタン、わたしの甥。たとえ自分の子どもができても、これほどの愛情は感じないにちがいない。

リーサはヨナタンの髪を撫でた。帰らなければ。もう夜も遅い。あたりが暗くなっている。夏至まであと二週間ほどだから、まだ真っ暗ではないけれど、それでも暗闇が昼の光をゆっくりと押しのけつつある。ヨナタンの頰にキスをする。サンナはもう寝てしまった。姉のイルヴァを見つめ、それから玄関を出る。家族がまた減ってしまった。パパはもういないし、ヒルディングもいなくなった。もちろん人はみな死ぬのだから当たり前のこと。ずっと前から分かっていたことだ。だがいま、それが現実となってみると、リーサはますます孤独を感じた。

歩いていこうと決めていた。ヴェステル橋を渡り、クングスホルメン島の南岸に沿って歩いてから、左に曲がる。そう長い道のりではない。ストックホルムの黄昏《たそがれ》の中、三十分ほど歩く。目的地は、もう何度か訪れたことのある場所。警察署だ。

あの人は遅くまで働いているにちがいない。自分でもそう言っていた。仕事を取ったらなにも残らない、そんな人間だ。いまもオフィスでなにかの捜査を進めているにちがいない。先週は別の捜査を進めていたのだろう。来週はまた別の捜査を進めるのだろう。そうやって、家に帰らない口実を絶えず作り出すのだろう。

来訪を知らせるべく、あらかじめ電話をかけた。すぐに応答があった。あの人は分かっていたのだ。電話を待っていたのだ。

エーヴェルトは入口でリーサを迎えると、先に立って警察署の暗い廊下を歩いた。よどんだ空気のなか、エーヴェルトのぎくしゃくとした足音が壁にこだまする。いやな場所だ。ここで生きていくことを選ぶ人がいるとは。リーサはエーヴェルトの背中を見つめた。幅の広い背中。肥満ぎみのからだ。禿げ上がった頭。ぎくしゃくとした歩きかた。猫背ぎみの背中。

強そうには見えない風貌ながら、この人は強さそのものを放っている。この埃にまみれた建物で、安心しきっている人間、ここで生きていくことを選んだ人間だけが、放つことのできる強さ。そう、彼はほんとうに、ここで生きることを選んだのだ。

エーヴェルトはオフィスのドアを開けると、リーサを先に通した。机の手前に置かれた訪問者用の椅子を指差し、座るよう促す。リーサはあたりを見まわした。なんともつまらない部屋だ。事務用品店でまとめ買いしたような家具や備品が並ぶなか、人間らしさを漂わせているものといったら、机の後ろに置いてある、百年前のものかと思うほど巨大なカセットプレーヤーと、リーサの後ろに置いてある、使い古された薄汚いソファしかない。リーサは確信した。この人はいつも、このソファで寝ているにちがいない。

「コーヒーでもいれましょうか」

エーヴェルトは訊ねた。べつにコーヒーをいれるつもりはないが、聞くのが礼儀というものだから。

「けっこうです。コーヒーを飲みに来たわけではありませんから」

「そうおっしゃるだろうとは思いましたがね。いちおう聞いてみただけです」

そう言うと、エーヴェルトは自動販売機のプラスチックカップをつかみ、半分ほど残っていたブラックコーヒーを飲み干した。

「それで？」

「驚いていらっしゃらないようですね。わたしが来たことに」

「驚きはしませんでしたよ。嬉《うれ》しいですがね」

　リーサは、自分が感じているもの、自分を引き裂いているものがなにかを悟った。疲れた。ずっと、ひどく張りつめていた。いま、くずおれてしまわない程度に力を抜いてみて、分かった。この一日で、どれほどの力を奪われたか。

「写真はもう見たくありません。私の知らない人、知りたくもない人の手で、目の前に写真を突きつけられるのは、もうたくさんです。証言します。昨日弟のところへ面会に来たのは、ラングにまちがいない、と」

　リーサは身を乗り出すと、机にひじをつき、両手であごを支えた。疲れてしかたがない。これが終わったらすぐ家に帰ろう。

「でも、これだけは申し上げておきます。今朝証言しなかったのは、脅されたからというだけではありません。かなり前に決心していたからです。ヒルディングに、ヒルディングの薬物依存症に、振り回されるのはもうやめよう、と。この一年はそう考えて、ヒルディングとの縁をほぼ絶っていました。でもそれも無駄だったような気がします。どうしたって逃れられない！　弟は亡くなりました。だというのに、弟は生きていたとき以上に、わたしの人生から力を奪っていくんです！　それなら証言しても同じことだと思いました」

　エーヴェルトは笑みを浮かべないよう気をつけた。解決だ。そう思った。

アンニ、終わったよ。

やっと終わった。

「だれもあなたを責めませんよ」

「同情していただかなくてけっこうです」

「どう受け取るかはあなたの自由だ。私はありのままを述べているだけです。あなたがなにをすべきか迷ったからといって、だれもあなたを責めはしない」

エーヴェルトは立ち上がり、カセットテープを探りはじめた。目当てのカセットを見つけ、プレーヤーにセットする。シーヴ・マルムクヴィストだ。リーサは確信した。

「ひとつお聞きしたい。だれに脅されたんですか」

シーヴ・マルムクヴィスト。自分はいま、人生でいちばん難しい決断を下したというのに、この人はシーヴ・マルムクヴィストをかけるのか。

「どうでもいいことでしょう。いずれにせよ、証言するつもりなんですから。ですが、ひとつだけ条件があります」

リーサは頬杖《ほおづえ》をついたまま、すぐそばにいるエーヴェルトに向かって顔を上げ、言った。

「甥と姪のことです。あの子たちに警護をつけてください」

「もうつけていますよ」

「なんですって？」

「見張りはもうつけてあるんですよ。面通しの時点からね。だから私は、たとえばあなたが今日お姉さんの家を訪れたことも、甥御さんが裸足で歩道に出たことも知っています。もちろんこれからも引き続き警護しますよ」

疲れのせいでからだが動かない。リーサはあくびをした。こらえようとすら思わなかった。

「もう帰ります」

「送らせましょう。一般車両で」

「では、ヘーガリード通りへ。ヨナタンとサンナの家です。もう寝てるころです」

「警備を強化しようかと思うんですがね。アパートの中にもひとり警備員を配置する。どうでしょう？」

あたりはもう夜になっていた。

暗闇、沈黙。この大きな建物が、すっかり空っぽになったかのようだ。

リーサはカセットプレーヤーの傍らに立っている刑事を見つめた。音楽に合わせ、いっしょに歌っているように見える。のんきなメロディーに、意味のない歌詞。声に出すことなく歌っている。哀れな人だ、とリーサは思った。

# 六月七日（金）

暗闇はどうしても好きになれない。

不毛の地、北極圏のキルナで育ち、果てしなく長く暗い冬を味わってきた。警察学校に入るためストックホルムに引っ越し、数えきれないほど夜勤をこなしてきたが、それでもほんとうの意味で暗闇を受け入れてはいない。暗闇に慣れたいとは思わない。スヴェンの世界において、暗闇が美しいということはあり得なかった。

居間の窓から外を眺める。六月の夜闇が森を覆っている。生い茂る木々で、夏の森は真っ暗だ。あの女のビデオテープや財産を茶色のブリーフケースに入れて、十時過ぎに帰宅した。ヨーナスはもう眠っていた。スヴェンはいつもどおり、その額にキスをしてから、規則正しい息づかいにしばらく耳を傾けた。アニータは台所の食卓でクロスワードパズルをしていた。すこし場所をあけてもらって、同じ椅子に腰を下ろし、ぴったりとからだを寄せる。一時間ほどいっしょにパズルを解いた。三隅にそれぞれひとつずつ空欄が残った。たいていこういう結果になる。あと二、三文字を埋めることができさえすれば、パズルを切り抜いて封筒に入れ、掲載されていた地方紙に送れるのに。抽せんで宝くじ券が三枚当たるかもしれないのに。

それからふたりは愛し合った。アニータはまずスヴェンの服を脱がせてから、自分も服を脱いだ。食卓の椅子にスヴェンを座らせ、その膝の上に裸で腰を下ろした。ふたりのからだが、触れ合いを求めていた。

スヴェンはアニータが眠りにつくまで待った。十二時十五分、彼はベッドから起き上がると、Tシャツとジャージのズボンを身にまとった。台所に置きっぱなしにしていたブリーフケースを取りに行き、居間へ持っていくと、テレビの前のソファに置いた。

このビデオを取り出すときは、ひとりでいたほうがいいと思ったからだ。

みぞおちの強い不快感を抱え、たったひとり。

アニータやヨーナスが知ることはない。知らなければ、苦しむこともない。

スヴェンは外の暗闇を凝視した。木々の輪郭がかろうじて見える。

時計を見る。一時十分。もう一時間近く、暗闇を目でたどっていることになる。

これ以上先延ばしにすることはできない。

グラヤウスカスはエイデル医師に、ビデオが二本あると言った。

ダビングしておいたのだ。万が一に備えて。だれかがビデオに上書きしようとしたり、新品のビデオと交換してしまったりする、そんな場合に備えて。そして、その万が一は実際に起こった。

いま見ている映像が、もうひとつのビデオに映っていたものと同じかどうか、スヴェンには知るすべがない。

だが、そうにちがいないと思った。

ふたりは緊張しているようすだ。レンズをじっと見つめることに、自分の姿を映像に残すことに、慣れていないにちがいない。

グラヤウスカスが話しはじめた。

「*Это мой повод. Моя нстория такая*」

二言で切る。

スリューサレワのほうを向く。スリューサレワが、スウェーデン語で続けた。

「これがわたしの動機です。わたしの物語です」

ふたたび、グラヤウスカス。スリューサレワを見つめ、二言。

「*Надеюсь что когда ты слышишь это того о ком идет речь уже нет. Что он чувствовал мой стыд*」

真剣な面持ちでうなずく。スリューサレワがカメラのほうを向き、スウェーデン語に訳しているあいだ、じっと待っている。

「わたしの望みは、あなたがこれを観るころまでに、問題の男がこの世からいなくなっていること。その男が、わたしの恥を感じていること」

ふたりはゆっくりと話す。ロシア語の言葉が、スウェーデン語の言葉が、すべてしっかりと理解されるように。

スヴェンは身を乗り出してビデオを止めた。

もう見たくない。

いま感じているのは、もはや不快感ではなく、恐怖でもない。ただ、怒りだけだ。自分の内からあふれ出してくる怒り。いままではほとんど知らずに済んでいた怒り。もはや疑いの余地はない。なにかのまちがいであってほしい、当然そう願っていた。だがもうはっきりしてしまった。エーヴェルトがビデオをすり替えたこと。その動機もあったこと。

立ち上がり、台所に向かう。紙のフィルターにコーヒーを山盛りに入れ、コーヒーメーカーのスイッチを入れる。考えることができなければならない。長い夜になりそうだ。

食卓に置きっぱなしになっていたクロスワードパズルを脇にのけると、後ろの出窓に積んであったヨーナスの画用紙を一枚手に取り、真っ白なその紙をじっと見つめた。その上に、ヨーナスの紫色のフェルトペンを無造作に走らせる。

男の姿。年配の男だ。大きな上半身。禿げ上がった頭。じっとこちらを見据える目。

エーヴェルトだ。

スヴェンはそれを見て、ひとり笑みを浮かべた。エーヴェルトの絵なんか描いて。しかも紫のペンで。

なぜそんなことをしたのかは、もちろん自覚している。目の前のテーブルに載っていることの絵こそ、これから過ごす長い夜そのものだ。

エーヴェルト・グレーンスと知り合ってもうすぐ十年になる。以前は自分も、ほかの連中と同じく、グレーンス警部に怒鳴られる立場にあった。だがいつしか、ふたりのあいだに友情めいたものが生まれているのに気づいた。自分は、エーヴェルトがみずから話しかけ、部屋に招き入れ、エーヴェルトが人を寄せつけるその限界まで近づくことのできる、数少ない人間のひとりとなったのだった。以来、月日が経つにつれ親しさは増し、エーヴェルトのことをもっとよく知るようになった。が、それでいて自分はなにも知らなかった。彼の家には行ったことがない。家に行ったこともないのに、彼のことを知っていると言えるだろうか。エーヴェルトがここに来たことはある。この食卓で、アニータとヨーナスにはさまれて座り、コーヒーを飲んだり、夕食を食べたりしたことはある。

自分はプライベートな場へエーヴェルトを招き入れた。だがエーヴェルトがそうしてくれたことは一度もない。

目の前の絵を見つめ、さらに描きくわえていく。紫の男に、紫の靴を履かせ、紫の上着を着せた。私人としてのエーヴェルト・グレーンスについて、自分はなにも知らない。知っているのは、刑事としてのグレーンス警部だけだ。朝はだれよりも早く出勤し、廊下中に響きわたる音でシーヴ・マルムクヴィストをかける。それから深夜まで仕事をし、オフィスのソファで寝泊まりしては、夜が明けるやいなや、捜査の続きに取りかかる。

エーヴェルトはこれまでに出会っただれよりも有能な刑事だ。単純なミスは決してしない。捜査を進めることをなによりも優先し、それがどんな影響をもたらすかは二の次だ。捜査こそ第一、それ以外はどうでもいい。エーヴェルトがそういう刑事だということは知っている。

だがいま、なにも分からなくなった。

スヴェンは目の前のコーヒーを飲み干すと、コーヒーメーカーの保温プレートに置いたままにしてあったガラス製のサーバーを取りに行った。もっとコーヒーが要る。

別のフェルトペンを手に取る。今度は、けばけばしい緑だ。

紫の男のそば、空いたところに書きはじめる。

リディア・グラヤウスカスのビニール袋にビデオテープが入っているのを、グスタフ・エイデル医師が見た。

現場検証の際に、ニルス・クランツがそのビデオを発見した。壊れていないこと、女性ふたりの指紋がついていることを確認した。そのうちのひとりはリディア・グラヤウスカスだった。

ニルス・クランツはそのビデオを遺体安置所でエーヴェルト・グレーンスに手渡した。

エーヴェルト・グレーンスはビデオを受け取ったにもかかわらず、それについてどこにも報告しなかった。遺失物係にも、当直警官にも、県警の鑑識課にも。

スヴェン・スンドクヴィストは、エーヴェルト・グレーンスのオフィスの棚でビデオテープを発見したが、そのビデオにはなにも録画されていなかった。グスタフ・エイデルは事情聴取の際に、同じ内容をダビングしたもう一本のビデオテープがストックホルム中央駅のロッカーに置いてある、そうリディア・グラヤウスカスが言っていた、と証言した。スヴェン・スンドクヴィストはそのロッカーを開けさせ、ビデオテープをブリーフケースに入れて自宅に持ち帰った。夜中にこっそり起き出して、そのビデオにきちんと録画された内容があることを確認した。

スヴェンは書くのをやめた。しかし臆病なので最後まで見ることができなかったと付け加えることもできたが、そうはせず、代わりにフェルトペンで描かれたエーヴェルトをじっと見つめた。きみはいったいなにをしたんだ？　きみが証拠を隠滅したことを、僕は知っている。なぜそうしたのかも分かっている。スヴェンは画用紙を丸め、テーブルの向こうの流し台へ放り投げた。クロスワードパズルを引き寄せると、空欄のまま残っている三カ所を見つめ、アルファベット順に文字を当てはめてみたが、結局分からず十五分ほどであきらめた。

台所を出て、ふたたび居間へ向かう。

ビデオのことが頭から離れない。

取りに行かなくてもよかったのに。家に持って帰ってこなくてもよかったのに。

だが、もう選択の余地はない。

見るしかないのだ。

ふたたび、リディア・グラヤウスカス。数秒ほど、カメラのピントがずれてしまった。カメラマンからのOKの合図を待ってから、グラヤウスカスは話しはじめた。

「*Когда Бенгт Нордвалл встретил меня в Клайпейде сказал он что это была хорошая высокооплачивая работа*」

グラヤウスカスはスリューサレワを見つめ、スリューサレワがスウェーデン語に訳すのをじっと待っている。スリューサレワはグラヤウスカスの頬を撫でてから、カメラのほうを向いた。

「ベングト・ノルドヴァルにクライペダで出会ったとき、給料のいい仕事がある、と彼は言いました」

スヴェンはまたビデオを止めた。居間を出て、ふたたび台所に逃げる。冷蔵庫を開け、パックから直接牛乳を飲み、アニータを起こさないようそっと扉を閉めた。

なにを恐れているのか、自分でもはっきり言葉にできずにいた。が、いまはっきりした。恐れていたのは、まさにこれだ。

もうひとつの真実。

もうひとつの真実とともに、嘘が生まれる。だれかが暴かないかぎり、嘘は生きつづける。

居間に戻り、ソファにそっと腰を下ろした。

自分はいま、ベングト・ノルドヴァルの嘘を知った。

エーヴェルトも知ったにちがいない。エーヴェルトが受け取ったビデオの内容も、たったいま自分が見たのと、まったく同じだったにちがいない。エーヴェルトはこれを見て、隠滅しようとした。友人をかばおうとしたのだ。

いまや自分も、ベングトの嘘を抱えている。ベングトの嘘は、エーヴェルトの嘘となった。自分がこの嘘を暴かなければ、それは自分の嘘となる。エーヴェルトと同じ道を歩むことになる。目にした真実から目をそらし、友人をかばうことになる。

スヴェンはふたたびビデオを再生し、早送りした。あと二十分ほど録画されている。時計を見る。二時半だ。もう一度巻き戻して、グラヤウスカスの物語を最初から最後まで聞いたとしても、三時前には終わるだろう。それからそっと寝室に忍び込み、仕事に行かなければならなくなった、とアニータの枕元に書き置きをして、服を着替え、車へ向かおう。こんな時間だ。二十分もあれば都心に着く。

三時四十五分、スヴェンはオフィスの扉を開けた。

朝がもう来ている。自宅のあるグスタフスベリからストックホルムの中心まで、すいた高速道路を走ってくるあいだ、東に広がる海のほうから差し込んでくる光が見えた。

コーヒーを飲みつづける。眠気覚ましのためというわけではない。さまざまな思いが頭の中を渦巻くばかりで、眠ることなど考えられない。むしろ、明晰《めいせき》であるため。頭の中のざわめきがあちこちに飛んで、勝手な分析をかたちづくってしまうまえに、しっかりとつかまえることができるように。夜中に考えごとをすると、そういうことになりがちだから。

机の上に積んであった書類や写真やファイルを、すべて床に置く。こうして机は完全な空白となった。こんな状態の机を見るのは初めてのことだ。いや、五、六年前だったか、この部屋に引っ越してきたときには、机もこんなふうだったかもしれないが。

ズボンのポケットから、丸めた紙を取り出す。出かけるまえに台所の流しから取ってきた紙だ。広げ、机の中央に置いた。

スヴェンは知っている。紫のペンで描かれたこの男が、ひとつの境界線を越えてしまったということを。保身のために、自分のものですらない嘘を守るために、捜査に必要な証拠を改ざんしたということを。

スヴェンはフェルトペンの線をぼんやりと指でたどった。怒りを感じる。知っているからといって、いったいどうすればいいのか、さっぱり分からない。

ラーシュ・オーゲスタムは、眠れないときの習慣どおり、背広を身にまとい、黒靴を履いて、ブリーフケースの中身をなるべく軽くしたうえで、ヴェリンビーの自宅を出て、夜明けと肩を並べて歩き出した。ストックホルム西の郊外を横断し、検察庁のオフィスまで三時間の道のりだ。

なんとも奇妙な会話だった。理解に苦しんだ。めったにないことだ。エーヴェルト・グレーンスと、感服しつつも哀れまずにはいられないグレーンスと、一対一で話をした。彼の説明はこうだった。リディア・グラヤウスカスがなぜ警備員を殴り倒して人質を取り、警察官を殺して自殺したのか、その動機はまだ分かっていない。しかしグラヤウスカスの友人のスリューサレワはまったくなにも知らない。したがって彼女はいまごろ、バルト海の向こうの港町を、自由に歩きまわっている。

オーゲスタムは眠れなかった。

あのときは、グレーンスを目の前にして、この人を信用しよう、と考えた。

いま、オーゲスタムは夜明けの太陽とともに歩いている。ストックホルム南病院の守衛には、もう電話で知らせてある。もう一度、遺体安置所を訪問するつもりだ。

ノックの音はしなかった。いつもそうだ。エーヴェルト・グレーンスはいつもそうだ。

スヴェンはびくりとして顔を上げた。

「エーヴェルト？」

「なんだ、スヴェン、もう来てたのか」

スヴェンは赤面した。エーヴェルトにも見えたにちがいなく、恥ずかしくなって机に視線を落とす。悪事が露呈したかのような気分だ。なんといっても自分が見つめていたのは、紫のペンで描いたエーヴェルトなのだから。

「たまたま目が覚めたもんだから」

「まだ五時半にもなってないぞ。たいがい俺しか出勤してない時間だ」

戸口に立っていたエーヴェルトが、部屋に入って来るそぶりを見せた。スヴェンは目の前のペン画をちらりと見やり、その上に手を置いた。

「いったいなにやってんだ？」

嘘をつくのは上手ではない。とくに、友情を感じている相手に対しては。

「大したことじゃないよ。ただ、やることがたくさんあるから」

息が詰まる。頬が真っ赤になっているにちがいない。

「ほら、南病院の事件だよ。マスコミ連中がしつこいんだ。きみは対応したくないだろう。

それで、たたき台として基本的な情報をまとめておくことにした。広報担当が欲しがってるから」

机に視線を落とす。もうこれ以上、嘘をつかせないでくれ。これ以上は無理だ。

エーヴェルトはスヴェンのほうへ一歩踏み出したが、立ち止まり、一瞬ためらった。それからくるりと向きを変え、背中を向けたまま大声で話しながら、部屋を出ていった。

「そりゃよかった、スヴェン。おまえなら安心だ。おまえがマスコミ連中への対応を考えてくれると助かるよ」


ストックホルム南病院は大きく、不格好で見苦しい建物だが、朝日に照らされると、窓やトタン屋根に薄赤い光が射し、美しい建物のようにも見える。オーゲスタムはだれもいない入口の廊下を進んでいった。時刻はまだ六時にもなっていない。もうすぐ、この建物も目を覚ますはずだ。

エレベーターで地下に降り立つと、二日前、ずたずたになるまで暴力をふるわれたグラヤウスカスが、もう犠牲になるのはごめんだと、病院服の下にビニール袋を隠して歩いたのと、同じ道をたどっていく。

廊下の奥の一角が、白と青のテープで区切られていた。テープが張られているのは、ちょうどスンドクヴィストが待機していたあたり。遺体安置所の扉から三十メートルほど離れているが、見張るにはじゅうぶんな距離だ。その扉もいまはなくなっている。オーゲスタムは身をかがめて最初のテープをくぐると、爆破されて散り散りになった壁の破片の合間をジグザグに進み、かつて扉であった大きな穴にたどり着いた。現場は立ち入り禁止になっている。かつてドア枠であった部分に、数メートルものテープが張り巡らされている。オーゲスタムはテープを引きちぎり、中に足を踏み入れた。

玄関めいた長方形の部屋。その先に、ふたりが発見された部屋がある。冷たい硬質れんがの床に、白いチョークで描かれたふたりが、いまだ並んで横たわっている。女の死体。そのすぐそばに、男の死体。ふたりの血が混ざっている。男は女とともに死んだ。女は男とともに死んだ。ふたりの永遠の眠り。グラヤウスカスはなんらかの目的があって、こうなることを選んだはずなのだ。

物音ひとつしない。オーゲスタムは部屋の中央に立ち、あたりをぐるりと見まわした。死について考えるとパニックになる。死へのカウントダウンのような気がするから、時計も持たないようにしている。そんな彼がいま、たったひとりで遺体安置所に立っている。納得しようとしている。

床の中央に、カセットプレーヤーを置く。

彼らのやりとりを聞きたかった。

参加したいと思った。自分はいつもこうやって、あとから事件に参加するのだ。

「エーヴェルト」

「どうぞ」

「廊下に人質がひとり倒れている。亡くなっている。血が見当たらないから、どこを撃たれたのかは分からない。それにしても、におう。つんと鼻を突くにおいがする」

ベングト・ノルドヴァルの声。落ち着いた声だ。少なくとも、落ち着いているように聞こえる。オーゲスタムはベングト・ノルドヴァルに会ったことがない。ノルドヴァルの声を耳にするのも初めてだ。

死んでしまった人間を、なんとか理解しようとする。

「エーヴェルト、どうやらわれわれはだまされたらしい。人質はだれも撃たれていない。四人とも生きている。全員無事で、たったいまここから出ていった。ドアのまわりにセムテックスが三百グラムほど仕掛けてあるのは事実だが、爆破できる状態にはない！」

そのあたりから、恐怖が聞こえてきた。ノルドヴァルは変わらず観察を続け、状況を描写しているが、声が変わった。彼はなにかを悟ったのだ。ヘッドホン越しに会話を聞いていた連中には分かっていなかった、なにかを。いま自分が理解しようとしている、なにかを。

「どんな気分？　遺体安置所で裸になって、銃を構えた女の前に立っているというのは？」

「きみの言うとおりにしたまでだ」

「屈辱的な気分。そうじゃない？」

「ああ」

「孤独を感じる？」

「ああ」

「怖い？」

「ああ」

「ひざまずきなさい」


まだ二日と経っていない。録音された声には生命がある。ロシア語通訳を介しても、まだ生き生きとしている。閉ざされた空間で、言葉のひとつひとつがはっきりと響いている。リディア・グラヤウスカスは、覚悟を決めていたのだ。オーゲスタムはそう確信した。初めから決めていたにちがいない。自分はここで死ぬのだと。ベングト・ノルドヴァルも、ここで死ぬのだと。


まず、ノルドヴァルに屈辱を味わわせる。それから、ふたりで死ぬ。

遺体安置所の床に、ふたりで横たわる。ともに。永遠に。

ちょうどノルドヴァルが立っていた場所で、オーゲスタムはじっとしていた。ノルドヴァルは、悟ったのだろうか。あと数秒で、あと一瞬で、無になるのだということを。

エーヴェルトはなかなか集中できずにいた。

そもそも一睡もしていない。オフィスにとどまって、訪問者用のソファで寝ればよかった。自宅には、注意を引きつけるものが多すぎる。あれこれ考えてしまうことがたくさんありすぎる。眠ることなどできない。

レーナと昼食をともにする約束をした。ベングトのことをもっと話したいというのだ。初めはまったく気乗りがせず、断わった。もちろんベングトの死を悲しむ気持ちはあるが、同時に、自分は知っている。自分が死を悲しんでいるベングトが、現実のベングトとはちがっていたことを。

前から知ってさえいれば。

おまえはレーナのことを考えたか？　すこしでも？　家に帰って、レーナと愛し合ったのか？　あの娘たちをだましたあとに？

俺がこうするのは、レーナのためだ。

おまえはもう死んだのだから。

その後ふたたびレーナに頼まれ、承諾した。レーナはなにも食べなかった。食事はつついただけで、ミネラルウォーターを二瓶飲んでいた。泣いていた。いちばんつらいのは子どもたちのことだと言っていた。子どもたち。あの子たちには理解できていない。でも、エーヴェルト、わたしも理解できていないことを、どうすれば子どもたちに説明できるのかしら？

あとになってから、行ってよかったと思った。レーナは自分を必要としている。レーナは、同じことを何度も繰り返し口にしなければならない。それがゆっくりと腑《ふ》に落ちていくまで。

自分は、人の死を悲しむということが苦手だ。

だが、他人が恐れることなく人の死を悲しんでいるのを目にして、気分がすっきりした。

オーゲスタムは何度もカセットを巻き戻した。広い部屋の真ん中に立って録音に耳を傾け、人質がしていたように壁に背を向けて床に座ってみた。そして最後には、ベングト・ノルドヴァルが倒れていた場所、床に引かれた白いチョークの線の中に、みずから身を横たえてもみた。ノルドヴァルよりも小柄なので、線からはみだすことはなかった。ノルドヴァルがしていたように、股間に両手を当て、天井を見つめてみる。ノルドヴァルとグレーンスとのやりとりを聞き終えて、確信した。いま自分が横たわっているこの場所で事切れたベングト・ノルドヴァルは、リディア・グラヤウスカスのことを知っていたにちがいない。なんらかの関係があったはずだ。そして、グレーンスもそれを感じ取ったにちがいない。いや、いまグレーンスは、そのことをはっきりと知っているのではないか。なんらかの理由で、刑事生命をなげうってでも、真実を隠そうとしているのではないか。

遺体安置所でちょうど二時間を過ごしたのち、帰り支度を始めた。腹が減ってきた。カフェで朝食をとろう。しゃべり、食べ、生きている人々のたくさんいるカフェで。ここから出ていかなければ。死について考えると襲ってくるパニックが、また不意にやってきた。

「ここは立ち入り禁止だよ」

近づいてくる足音に、まったく気づかなかった。鑑識官のニルス・クランツだ。会ったことはあるが、よく知っているわけではない。

「申し訳ありません。入らずにはいられなかったんです。どうしても分からないことがあって」

「勝手に現場を踏み荒らされちゃ困る」

「僕は予備捜査担当検察官です」

「知ってるよ。だからなんだ。予備捜査担当だろうと、ちゃんとチョークの線に沿って歩いてくれよ。私は責任をもって、ここに残っている痕跡を読み取らなきゃならんのだから」

オーゲスタムは大きくため息をついた。クランツにも聞こえただろう。彼の言い分は当然であり、議論するつもりはない。オーゲスタムは向きを変えると、床に置いていたカセットプレーヤーを手に取り、メモといっしょにブリーフケースに入れ、朝食に向かって歩き出した。

「ずいぶんと急いでいるようだね」

「それがお望みじゃないんですか？」

クランツは肩をすくめた。部屋の中をゆっくりと歩きまわり、最後に人質が座らされていた倉庫へ続くドア枠を見つめる。爆薬がまだ残っている。背中をオーゲスタムに向けたまま、大声で話しはじめた。

「話はちがうけどね。分析結果が出たよ。あんたも関係あるだろう」

「なんの結果ですか」

「もう一件のほうだよ。ラングの身体検査」

「それで？」

「ゼロだった」

「ゼロ？」

「からだのどこにも、オルデウスの痕跡は見つからなかった」

部屋を出ようとしたところで、クランツの大声に足を止めたオーゲスタムは、もはや動く気力もなく、ぼんやりと立ちつくした。

「なるほど」

オーゲスタムはその場に立ったまま、ビニール手袋をはめた手でドア枠を調べるクランツを見やった。そうしてしばらくのあいだ、疲れ果てたようすでその姿を見つめていたが、やがてブリーフケースをふたたび手に取ると、かつて扉であった穴に向かって歩き出した。穴を抜けようとしたところで、ニルス・クランツがまた声を上げた。

「だがね」

「はい？」

「ラングの服も調べたんだよ。靴にね、あったよ。オルデウスの血痕とＤＮＡが」

エーヴェルトは、レーナをひとりレストランに残して立ち去ってきた。まだ座っていたいと彼女が言ったからだ。レーナは、三本目のミネラルウォーターを注文し、帰り際のエーヴェルトを強く抱擁した。それからエーヴェルトは殺人・暴行課に戻るべく歩き出したが、ふと気が変わり、少々遠回りをして拘置所に寄ることにした。

そうせずにはいられなかった。

信用ある医師が、写真をもとに百パーセントの確信をもって犯人を特定したからといって、ふつうそれだけではだめだ。面通しの前に、犯人側がこの信用ある医師を脅し、怖がらせさえすれば、彼女はふたたび犯人を特定する勇気を失う。そして犯人は、法律に助けられ、ふたたび人を殺すことができるようになる。

だが今回はちがう。今回は大丈夫だ。

エレベーターに乗り、拘置所の二階で降りた。ヨッフム・ラングに話がある、取調室に連れて行きたい、と看守に告げる。

二歩ほど先を歩く看守の後ろについて、独居房の扉がずらりと並ぶしんとした廊下を歩いていく。八号室。ほかの独居房と同じく、扉は閉まっている。看守に向かってうなずいてみせると、看守は扉の四角い小窓を開けた。中を見るための小窓だ。

ラングはそこにいた。目を閉じて、簡易ベッドに仰向けになっている。眠っているようだ。ほかになにをすることがあろう。二十四時間のうち二十三時間を、狭苦しいこの部屋で、新聞もラジオもテレビもなく過ごすのだ。

エーヴェルトは小窓越しに呼びかけた。

「ラング。起きろ」

聞こえてはいるようだが、身動きひとつしない。

「さっさと起きるんだ。ちょっと話がある」

ラングはエーヴェルトの声にちらりと顔を上げたが、動こうとはせず、やがて寝返りを打つと、横向きになってドアに背を向けた。

エーヴェルトは腹立たしげに小窓を閉めた。

ふたたび看守に向かってうなずいてみせる。ドアを開けろという合図だ。独居房に足を踏み入れると、敷居をまたいですぐのところに立ち止まり、ふたりきりにしてくれ、と看守に告げた。

看守はためらった。ヨッフム・ラングは危険人物に分類されている。そこでその場にとどまった。エーヴェルトはできるかぎり辛抱強く、今後の全責任は自分が負う、なにか起これば自分の責任だ、と言い含めた。

看守は制服に包まれた肩をすくめ、独居房を出ていくと、扉を後ろ手に閉めた。

エーヴェルトは一歩前に進み出た。簡易ベッドまでの距離は一メートルほどだ。

「聞こえてるんだろう。立て」

「うるせえなあ、グレーンス」

最後の一歩。横になったまま動こうとしない男のからだに触れることもできたが、やめておいた。代わりにベッドの端をつかんで揺らしてやった。ついにラングはがばっと立ち上がった。

ふたりのあいだの距離はほとんどない。

同じくらいの背丈。ただひたすら、互いを凝視する。

「取り調べだ、ラング。行くぞ」

「うるせえ」

「血液型も一致した。DNAも一致した。目撃者の証言もある。今度こそ、殺人罪でムショ行きは確定だ」

ふたりの顔と顔。その距離、二十センチほど。

「グレンス。どういうつもりか知らねえけどよ。考え直したほうがいいんじゃねえのか。前にもあっただろ。ポリ公が車から落ちて怪我したりよ」

エーヴェルトは、もう真っ白とは言えない歯を見せ、ニヤリと笑った。

「俺を脅したいなら、好きなだけ脅すがいい。俺には失うものなどない。いまの俺にとってなによりも大事なのは、おまえが六十になるまで塀の中でマスかいてる姿を見ることだからな」

どちらの憎しみのほうが強いか、判断するのは難しい。

ふたりは互いの目を探り合うように見つめた。

ラングが低い声で話し出したとき、その息は熱かった。

「もう取り調べには協力しねえ。分かったか、グレーンス。もし今後一回でもおまえらがここに来て、もう一度事情聴取をやるなどと言ってきたら、俺は全力で攻撃にかかる。いいか、一回しか言わねえぞ。失せろ。ドアは閉めていけよ」

スヴェンは自宅に電話して、なぜ夜中に姿を消したのか、なぜ枕の上に書き置きだけして、起こそうともせず出ていったのか、なんとか説明しようとした。アニータは憤慨していた。きちんと話してくれなきゃいやよ、前に約束したじゃない、出ていくときはかならず理由を説明してからにするって。結局、口論になった。連絡したほうがいいだろうと思って電話したのに、かえって気まずくなってしまった。そこでスヴェンは帰宅することにした。むしゃくしゃして、かなりのスピードで走った。いつも混んでいるスルッセンのあたりも、今日は渋滞していない。馬鹿馬鹿しいほど大きな船がいくつも停泊しているバイキングライン・フェリーのターミナル脇を過ぎたところで、ラーシュ・オーゲスタムから電話がかかってきた。ずいぶんと小声だ。

検察庁に来てほしいという。ふたりだけで話がしたい。勤務時間のずっと後、ほかの連中が帰宅してから。

スヴェンは車を停め、ふたたびアニータに電話をかけた。さらに気まずくなった。こうしてスヴェンはいま、ひとりでストックホルムの街を歩いている。こんな長い時間をいったいどうやってつぶせばいいのだろう。実際には、たった数時間だ。だがいまはそれが永遠のように思える。

おそらく気持ちのよい夕べなのだろう。六月にときどきある、ほんのりと暖かい夕べ。署のあるクロノベリ地区から出発して、ゆっくりと散歩し、クングスホルメン島をぐるりと回る。遠くから聞こえてくる音楽。歩道にテーブルを出しているレストランから漂ってくる香り。周囲は生き生きしている。スヴェンも、微笑み、心地よい時間をしばらく共有しているように見えたが、実際にはほとんど気づいていなかった。

疲れてきた。

長い夜だった。そして、さらに長い一日だった。

見てしまったあのビデオ、いま自分が抱えているおぞましい真実について、考える気力はない。

オーゲスタムの話というのは、そのことだろうか？

自分の忠誠心を試そうというのだろうか？

とにかく疲れすぎていて、いまはなにも決断できない。

八時過ぎ、ふたりは検察庁で落ち合った。オーゲスタムは入口の外に立って待っていた。あいかわらずの風貌だ。前髪を斜めに流し、背広を着て、ぴかぴかに磨いた靴を履いている。オーゲスタムは握手でスヴェンを迎え、鍵代わりのカードを通して入口の扉を開けた。ふたりは肩を並べてエレベーターに乗った。言葉はほとんど交わしていない。どうせもうすぐ口を開かざるをえないのだ。

九階でエレベーターの扉が開き、ふたりは足を踏み出した。オーゲスタムにオフィスへ案内され、スヴェンは窓の向こうに広がるストックホルムの街を見やった。夏の夕闇がゆっくりと、昼の光を押しのけようとしている。

机の横に訪問者用の椅子が二脚置いてあり、スヴェンはそのうちの一脚に腰を下ろした。オーゲスタムは、失礼、と言って部屋を出ると、数分後、コーヒー二杯と切り分けた菓子を載せたトレーを持って戻ってきた。サイドテーブルの上、山と積まれた捜査書類のそばにトレーを置く。

「砂糖入れますか？」

「ミルクを」

ふたりとも明らかに緊張しているが、オーゲスタムはなにげないふうを装って、その緊張を解こうと必死になっている。が、さして成功しているとは言えない。ふたりとも分かっている。菓子を食べるために集まったわけではない。もう時間も遅く、皆とっくに帰宅している。つまりこれは内密の話だ。だれにも聞かれてはならない話。ここで話したことが広まってしまってはならない、ということだ。

「昨晩、よく眠れなかったんですよ」

オーゲスタムは、自分がどれほど疲れているかを示すかのごとく、両腕を挙げて伸びをした。

僕もだ、とスヴェンは考えた。よく眠れなかったどころか、一睡もしていない。あのいまいましいビデオ。話っていうのはそのことなのか。どうなんだ。

「横になって、あなたの友人、あなたの同僚のことを考えていました。エーヴェルト・グレーンス警部のことです」

やめてくれ。いまは、まだだめだ。

「そこでスンドクヴィストさん、あなたと話をしなければと思いました。どうもつじつまが合わないんです」

オーゲスタムは咳払いをし、立ち上がるそぶりを見せたが、結局座ったまま続けた。

「僕がグレーンスさんと馬が合わないことはご存じですよね」

「そんな気がしている人は何人かいるだろうね」

「ええ。でも、念のため言っておきますが、これからお話しすることは、僕がエーヴェルト・グレーンスという人物をどう思っているかとは、まったく関係ありません。百パーセント仕事の話です。僕の担当である事件を捜査する刑事として彼が遂行している職務に関することです」

オーゲスタムは、ふたたび立ち上がろうとする。今回はほんとうに立ち上がった。スヴェンを見つめ、それから部屋の中をそわそわと歩きはじめる。

「昨日のことです。グレーンスさんから妙な報告がありました。アレナ・スリューサレワを、リトアニア、クライペダ行きのフェリーに乗せて帰したというんです。僕に確認せずに」

オーゲスタムはオフィスの中央に立ち、スヴェンの反応を待った。なにも返ってこない。

「今朝、遺体安置所に行ってみました。理解したかったからです。そのあと、あなたの同僚たちとも話をしました。そうしたら、ヘルマンソン巡査が教えてくれましたよ。話をするのは初めてでしたが、ひじょうに有能な人ですね。とにかく、彼女によれば、互いに接点のない証人ふたりが、アレナ・スリューサレワらしき人物を目撃したと証言しているそうです。その人物が身障者用トイレから出てきたあと、すぐにリディア・グラヤウスカスが同じトイレに入りました。その後ピストルを持って遺体安置所で人質を取ったわけです。だとすれば、グラヤウスカスに爆薬とピストルを渡したのはスリューサレワだろうと、簡単に想像できますよね。それならなぜ、グレーンスさんはスリューサレワをさっさと帰してしまったんでしょう？」

スヴェンは黙りこくっていた。

ビデオ。恐れていたのは、オーゲスタムの話というのが、あのビデオについてなのではないか、ということだった。あるひとりの刑事が、同僚をかばうため、刑事生命とひきかえにすり替えたビデオ。自分もいまは、あのビデオのことを知っている。いまこの場で、話すか、嘘の後ろに身を隠すか、選択を迫られることになる。

「スンドクヴィストさん、お願いします。教えてください。あなたはなにかご存じですか。僕が知らなければならないことはありませんか」

スヴェンはなんと言っていいか分からず黙っていた。

オーゲスタムは質問を繰り返した。

「ご存じなんですか？」

答えないわけにはいかない。答える。

「いや。なにも知らない」

オーゲスタムは部屋の中を歩き回りはじめた。緊張した息づかい。話はまだまだ終わっていない。

「グレーンスさんはトップクラスの刑事です。だから僕も、安心して捜査をまかせるべきなのでしょう」

何度か大きく呼吸したら、やっときちんと声が出た。

「ですが、どうもおかしい気がしてならないんです。分かりますか？　眠れなかったのはそのせいです。夜中に家を出て、遺体安置所の床、死体が横たわっていたちょうどその場所で、チョークの線に囲まれて横たわってみたりしたのも、そのせいです」

そしてスヴェンの目の前に立ち、彼を見つめた。目が合った。だがスヴェンはまだ黙っている。なにを言っても無駄なのだろうか。

「リトアニアのビリニュスにも電話しました」

スヴェンの前に立ったまま、続ける。

「向こうの警察に頼んで、アレナ・スリューサレワの行方を調べてもらいました。見つかりましたよ。クライペダの両親の家にいるそうです」

オーゲスタムは机の端に座り、後ろに積まれていた書類の束を手に取った。問題の捜査の書類だ。目の前に掲げる。

「グレーンスさんによるスリューサレワの事情聴取の記録は、なにも残っていません。スリューサレワの帰国を、グレーンスさんは独断で決めてしまった。グレーンスさんの証言以外に、僕たちが事情聴取の内容を知るすべはないわけです」

そこでオーゲスタムは言いよどんだ。これから自分が言おうとしていることは、刑事に対して、その同僚について、言ってはならないことだと分かっている。

「グレーンスさんの話は矛盾している」

間を置き、続ける。

「なぜかは分かりませんが、捜査の内容をねじ曲げているのではないかと思います」

オーゲスタムは、机の上に置いてあるカセットプレーヤーの再生ボタンを押した。ふたりは耳を傾けた。聞いたことのあるやりとり。最後の部分だ。

「ステナ・バルティカ？　船の名前じゃないか。どういうことだ？　個人的な恨みなのか？　ベングト、おい、ベングト、中断しろ！　話をやめるんだ！」

なにも言わない。忠誠心や真実にかかわる決断もしない。それは、まだだめだ。

「スンドクヴィストさん？」

「なんだ」

「クライペダに行っていただけませんか。だれにも言わないで。アレナ・スリューサレワから事情を聞いてください。そして、僕に報告してください。知りたいんです。彼女がほんとうはなにを言ったのか」

# 六月八日（土）

パランガ国際空港は強烈なにおいがした。ゲートを出て、手荷物受取所に向かう途中、香料のきついクレンザーのにおいが鼻をついた。床はまだ濡れている。スウェーデンではるか昔に禁止された化学物質や香料。遠く離れた異国のにおいだ。

一時間二十分、とスヴェンは思う。たった一時間ちょっとで、クレンザーまでちがうのか。リトアニアを、いや、そもそもバルト三国を訪れるのは、これで二度目だ。一度目のことはあまり覚えていない。まだ新米警官だったころのことだ。どこの空港に到着したかも忘れてしまった。特別護送を任され、ある囚人をビリニュスの刑務所へ運んだのだった。悪名高き犯罪者を外国へ護送するというのは、当時の自分にとって大仕事だった。だがいま思い出せるのは、刑務所のようすだけだ。まるで別の時代へとタイムスリップしたかのような体験だった。吠える犬たち。湿った廊下。頭を剃《そ》られた生気のない囚人たち。狭すぎる監房に何人もの囚人が押し込まれ、ただ静かに座っていた。息苦しい空気。結核への注意を促す看板。

奇妙な体験だった。だれにも話したことはないと思う。アニータにさえも。

ターミナル出口を出ると、黄色いタクシーがずらりと並んでいた。スヴェンはそのうちの一台に合図をした。南へ二十六キロ。クライペダへ。アレナ・スリューサレワへ。知りたくない真実へ。

アーランダ空港からヨーナスにおはようの電話をかけ、土産《みやげ》を買う約束をした。なにを買うかは内緒、帰ってからのお楽しみ、と言っておいた。とはいえ、買うものはもう決まっている。キャンディーだ。どこかの売店で、大急ぎで買うしかない。時間がないのだ。リトアニアでの滞在時間は限られている。明日の早朝、帰りの飛行機に乗る。それまでにやらなければならないことがある。

タクシーはパランガからクライペダへ続く道路をのんびりと進んだ。文句を言ってスピードを上げてもらおうかとも考えたが、それはやめ、背もたれに沈み込んだ。大した時間のロスではない。時間を稼げたとしてもごくわずかなのだから、わざわざ文句を言うこともないだろう。それにしてもきれいなところだ。太陽に照らされた風景。リトアニアについての知識はあまりないが、貧しい国だということは知っている。十人に八人が、最低限の生活水準をなんとか維持している状況である、ということも。だがここには、ある種の品格めいたものが漂っている。いままで見たことのなかったリトアニア、あの刑務所とはまったくちがうこの風景が、スヴェンはとても気に入った。テレビのニュースではいつも、ありきたりな映像が流されている。灰色の季節に生きる、灰色の服を着た、灰色の人々。昔そういうイメージが流布したせいで、いまも同じだとだれもが思っている。だがここには、夏がある。ほんとうの人々がいる。ほんとうの生命が、ほんとうの色がある。

タクシーには、直接ホテルへ向かってくれと頼んでおいた。チェックインは昼過ぎからで、早すぎる到着だったが、ホテル・アリボは満室にはほど遠く、準備の済んでいる空室に通してくれた。

しばらく横になる。いままでホテルで目にしたなかで最も狭いベッドだ。そうして数分ほど、彼女の姿を思い浮かべようとする。これから会うことになる女性。どんな外見だったか。どんな話し方だったか。

あのアパートで会ったときは大混乱だった。彼女はすっかり動転したようすで叫びつづけていた。意識不明で床に横たわるリディアのこと。数メートル離れたところ、破れたドアの前に立っている、光沢のある背広を着たディミトリのこと。あのときは、彼女の姿をじっくり見ているひまがなかった。その数日後、ダビングされたビデオでふたたびその姿を見ることになろうとは、そしてこうしてバルト海の対岸、異国の地でまた彼女に会うことになろうなどとは、もちろん思いもしなかった。

あのとき彼女は、少し離れたところ、隣の部屋にいた。床に倒れているリディア同様、裸だった。

さまざまな捜査の過程でしばしば出会う、東欧から来た売春婦たちと比べると、もっと黒っぽい髪の色をしていた。

その後、暴行された女を運び出し、リトアニアのパスポートをかざしてリトアニア領を主張するポン引きに対応しているあいだに、彼女は姿を消した。

以来、彼女の行方は知れなくなった。

だがついにフリーハムネン港で、フェリーに乗って出発しようとしているところをつかまった。

エーヴェルトが彼女に事情を聞いた。だが彼はその数時間後、とにかく彼女を家に帰す、という決断を下した。

スヴェンは起き上がると、シャワーを浴びて薄手の服に着替えた。こんなに暑いとは思っていなかった。例の灰色のイメージにとらわれていたせいだ。立ったまま、開いたブリーフケースの中身に目をやる。小さな録音機が入っている。取り出すことなくブリーフケースを閉めた。これから彼女に事情を聞く。が、紙とペンでメモを取ろうと決めた。なぜそうしようと思うのか、自分でもよく分からない。彼女の証言を恐れているのか。聞きたくないことを語る彼女の声を恐れているのか。

街を歩く。建ち並ぶ建物は美しいが、別の時代の空気を吸っているようだ。通り過ぎていく人々の顔に、スヴェンは何度もリディア・グラヤウスカスの面影を認めた。

アレナに言われたとおり、小さなフェリーに乗って、クライペダの対岸にあるクルシュー砂州のスミルティネへ向かう。パランガでスヴェンを迎え、クライペダまでついてきた暑さは、さらに強さを増しており、フェリーでの短い船旅のあいだにも首筋に照りつける太陽をがいない。

感じた。日焼け止めを塗っておくのだった。夜になるころには、ひどく赤くなっているにち

アレナの説明に従って、船から降りると右へ進み、海岸に沿って歩いた。指定の待ち合わせ場所である大水族館は、かつての要塞《ようさい》の中に建っている。バルト海に生息する百種もの魚を飼育し、イルカショーもやっているという。フェリーを降りるとすぐ目に入ったポスターにそう書いてあった。人ごみにまぎれていたい、アレナはそう言っていた。お昼ごろなら、観光客や遠足の子どもたちなど、たくさんの人が水族館を訪れているはずだ。同じように歩き回って魚を見ながら、長いあいだ話をしていれば、きっとだれも不審に思うことはない。

スヴェンは入口の外で立ち止まった。待ち合わせ場所はここで合っているはずだ。時計を見る。早く着いてしまった。約束の時間まで二十分ほどある。クライペダの中心にあるホテルから、スミルティネにあるという水族館兼バルト海魚類博物館のような場所まで、どのくらい時間がかかるのか、うまく見当をつけられなかったせいだ。

待ち合わせ場所から数メートルほど離れたベンチに腰を下ろした。日差しが顔に照りつける。目を細め、行き交う人々を眺める。そして、自分自身の姿を探す。見知らぬ人々を眺めるときはいつもそうする。知らない顔の流れのどこかに、自分がいる。少なくとも、自分によく似た人間がいる。同じ歳ごろで、愛する女性と並んで歩いている。その数歩前を、ふたりの子どもが歩いている。警察官かもしれないし、あるいは職務に忠実であることと、長時間残業することが求められる、なにかほかの職業かもしれない。家がいちばんと思っている

のに、あまり家にいない、その他大勢のひとり。エーヴェルトのように攻撃的でもなく、ラングのようにかたくなでもなく、またグラヤウスカスのように、踏みにじられても立ち上がり、復讐《ふくしゅう》を遂げるようなタイプの人間でもない。意外性のかけらもない、退屈な、ごくふつうの人間。

そこには、たしかに自分がいた。いろいろな姿かたちで存在していた。もしここで生まれていたら、彼らのようになっていたのかもしれない。そのうちのひとり、半袖のシャツに薄手のスラックスを身にまとい、水族館の入口へ向かっている男性を、じっと観察し、微笑みかけてみる。そのとき、肩を叩かれた。

自分を探すゲームに没頭していたせいで、彼女が近づいてきたことに気づかず、足音も耳に入っていなかった。いま、目の前にアレナ・スリューサレワが立っている。サングラスをかけ、少々ぶかぶかのTシャツにジーンズという服装だ。着ているものこそちがっているが、それを除けば記憶のとおりだった。長い黒髪。整った顔立ち。背はあまり高くない。商品として三年を過ごし、毎日何度も犯された女。外から見ただけでは、そのような痕跡を見てとることはできない。人生これからの、ごくふつうの二十歳の女性だ。だが内面はちがう。そうスヴェンは理解した。彼女の内面は年老いている。そこにこそ、傷が残っている。決して癒えることのない傷が。

「スンドクヴィストさんですよね」

「ええ」

スヴェンはアレナに向かってうなずくと、ベンチから立ち上がった。ふたりのコミュニケーションに支障はなかった。スヴェンは学校で習った英語をなんとか話し、アレナはそれよりも流暢な英語で話した。基礎は学校で習い覚えたが、外国で三年を過ごして上達した。スウェーデン語よりも英語のほうが話せるようだ。

「よく分かりましたね」

「見覚えがあったんです。あのアパートで見かけたから」

「あのときはめちゃくちゃな状況だったのに」

「でも、一度も会ったことがなかったとしても、たぶん分かったと思いますよ。スウェーデン人男性の特徴は分かっていますから」

アレナが入口を指差し、ふたりは肩を並べて歩き出した。スヴェンがふたり分の入場料を払い、中に入る。いつ質問を始めたらよいか決めかねていたところ、アレナが代わりに口を開いた。

「なにをお聞きになりたいのかよく分かりません。でも、わたしで答えられることなら答えるつもりでいます。いますぐ始めてくださるとありがたいです。あのアパートでお仕事ぶりを見てましたから、あなたのことは信用しています。でも、できるだけ早く終わらせたいんです。家に帰りたい。忘れたいんです。分かっていただけますか？」

アレナの後ろには水槽があり、魚が泳ぎまわっている。アレナの視線は訴えるようだ。スヴェンは落ち着いた態度を見せようとした。実際よりも落ち着いているふりをした。彼女は答えるつもりだという。いったいどんな答えが返ってくるのか。怖くなってきた。

「時間はどのくらいかかるか分かりません。どんなふうに話が進むかによります。でも、あなたのおっしゃりたいことは分かります。なるべく早く済ませるようにします」

スヴェンは水族館というものの意味がよく分からない。動物園も同じだ。閉じ込められた動物を見てなにが楽しいのだろう。だから、ぞろぞろと歩いている人々、見られる対象としての魚たち、そういったまわりの風景をすっかり頭から切り離して、集中し、耳を傾けることができた。アレナ・スリューサレワに。彼女の答えに。

恐れていた物語に。

実際には起こらなかったと思いたい、一連のできごとに。


ふたりは三時間ほど対話を続けた。そう、それは事情聴取というよりも、むしろ対話と言うべきものだった。アレナはアパートを飛び出してからの一日について語った。ストックホルムの街で過ごした一日。からだの中で自由が叫び声をあげていた。捕まるのではと思うと恐ろしかった。背中を鞭で打たれて意識不明の状態だったというのに、置き去りにしてきてしまったリディアが心配でならなかった。ふたりは誓っていた。ふたりとも自由になるまで、決して互いを見捨てないと。が、階段を駆け下り建物を飛び出したあのときは、例の六階のアパートから遠ざかったほうがリディアの助けになれるにちがいない、そんな気がした。なにか分からないことがあると、スヴェンはアレナをさえぎった。するとアレナは、さらに詳しく、はっきりと説明した。話の内容を翻すことは、スヴェンの感じたかぎりでは一度もなかった。

ふたりは、水槽の中でじっとしている魚に見入る人々とすれちがいつつ、ゆっくりと歩いていった。アレナは語った。逃げてから一日が経ち、リトアニアに帰ろうと埠頭に立っていたときに、リディアが病院から電話をかけてきたこと。のちに遺体安置所で使うことになる道具の数々を、持ってきてほしいと頼まれたこと。

リディアがそれらをなんに使うつもりだったのか、まったく知らなかった。アレナはそう語り、信じてください、と小声で付け加えた。

スヴェンは立ち止まり、アレナを見つめて言った。この対話の目的は、あなたが監禁・殺人の共犯であるかどうかを決めることではありません。

アレナはスヴェンの目を見つめて問いかけた。それではいったいなんのため？

「なんのためでもありません。同時に、すべてのためでもある。それしか言えません」

簡素な椅子に、小さな丸テーブル。スヴェンがコーヒーを二杯買い求め、ふたりは家族連れに囲まれて、カフェテリアの中央のテーブルについた。大きな魚の模様のついた、青いビニールのテーブルクロスがかかっている。

アレナは話を続けた。中央駅のロッカーのこと。地下に侵入したこと。ICAスーパーの袋を、外科病棟のトイレのゴミ箱に隠したこと。スヴェンはアレナをさえぎった。彼女がどこまで真実を話しているのかを知るために。

「何番でしたか」

「えっ？」

「ロッカーの番号です」

「二十一番でした」

「中にはなにを入れていたんですか」

「ほとんどがわたしのものでした。追加サービスと引き換えにもらったものです。リディアはそういうとき、お金しか受け取ろうとしませんでした」

「追加サービスというと？」

「殴るとか、つばを吐くとか、ビデオを撮るとか。ご想像におまかせします」

スヴェンはごくりとつばを飲み込んだ。彼女の苦しみが見てとれた。

「リディアは？　なにを入れていたんですか」

「お金です。箱に入れてました。それと、ビデオテープ二本」

「ビデオテープ？」

「真実。そのビデオのことを、リディアはそう呼んでました。わたしの真実って」

「どういうことですか」

「ぜんぶ話したんです。わたしもスウェーデン語への通訳をして協力しました。どんないきさつでスウェーデンに来たか。だれがわたしたちを商品扱いしたか。なぜあの警察官を憎んでいたか。リディアが遺体安置所で撃った人です」

「ノルドヴァル氏のことですか」

「そうです。ベングト・ノルドヴァル」

スヴェンは語らなかった。自分が二十一番ロッカーに行ったことも。ビデオを見たことも。自宅の居間のソファに座って、ふたりの物語に耳を傾けたことも。リディア・グラヤウスカスが遺体安置所に持っていったビデオは消え、今後だれの目にも触れることがない、ということも。ある刑事が同僚を守るため、ふたりの物語を闇に葬ったということも。そして、ふたりの女性の尊厳が踏みにじられたという事実と、同僚であり友人である人物を告発することと、どちらを優先すべきか、また自分だけが知っている二本目のビデオの存在、もうひとつの真実の存在を公にすべきか、決めかねている自分を恥じているということも、スヴェンは黙っていた。

「あの男がいるのが見えました」

「え？」

「あのアパートで。ベングト・ノルドヴァルの姿が目に入りました」

「ノルドヴァル氏を見たんですね」

「あの男も、わたしのほうを見ました。わたしのことが分かったと思います。リディアのことも分かったはずです」

それからは、アレナの話に耳を傾けるのがつらかった。

アレナは話を続け、スヴェンも質問をしつづけたが、彼の思いは別のところにあった。怒りが襲ってくる。いままでに感じたことがないほどの怒りが。

叫ばずにはいられない。

だが、叫ばなかった。

なぜって、自分は、ごくふつうの平凡な人間だから。

叫びを押し殺す。胸がぎゅっと締めつけられる。

スヴェンはその後も演技を続けた。落ち着いているふり。アレナの話すことを恐れていないふり。彼女を怖がらせたくない。こうして話すことがどんなにエネルギーのいることか想像がつく。この人は勇敢な女性だ。

スヴェンは叫んだ。

叫んでしまってから、アレナに謝った。胸が痛いのだと言い訳した。あなたに向かって大声を出したわけじゃないんです、ただちょっと、胸が、このあたりが痛くて。

その後ふたりは、スミルティネからクライペダの中心街へフェリーで戻った。スヴェンはすでに、自由の身であったアレナが、つまりヴェルンド通りのアパートを逃げ出してから、フリーハムネン港で捕まるまでのアレナが、そのあいだになにをしていたかを、事細かに知りつくしていた。まだ腹や胸のあたりで怒りが渦巻いている。細かいところまで話をしたにもかかわらず、まだ話が終わっていないような気がした。もっと知りたいと思った。この三年間について。どんなふうに人身売買が行なわれているのかについて。女の性器が一日に何度も売りに出され、その金で車を買ったり、貯金をしたりしている連中がいる、ということについて。

夕食をごちそうしたいのだが、どうだろうか、と聞いてみる。

アレナは微笑んだ。

「もうお話しする気力はないと思います。家に帰りたい。とにかく帰りたいんです。三年も留守にしていたのですから」

「この件でスウェーデンの警察がお邪魔するのは、これで最後です。約束します」

「でも、どういうことですか。なにをお知りになりたいというんですか」

「先日、在スウェーデン・リトアニア大使館の人と話す機会がありました。ポン引きのあのディミトリという男が強制送還されたときに、アーランダ空港にいらしていたんです。ひどく嘆いていました。その人が教えてくれたんです。人身売買がどれほど広まっているか。あなたはその世界を逃れてきた人だ。あなたにも教えていただきたいんです。僕は学びたい」

「もう疲れました」

「今晩だけ。話をするだけです。それが終わったら、もう二度とお邪魔しません」

スヴェンは不意に顔を赤らめた。アレナの前に立ちはだかって、彼女の注意を引こうとしている自分に気づいたのだ。これでは、彼女が憎むようになったスウェーデンの男たちと同じではないか。

「申し訳ない。そういう意味ではありません。誤解しないでください。ただ知りたいだけです。僕は既婚者です。子どももいます」

「あそこに来ていた人たちも、たいていそうでしたよ」

スヴェンはかつてのビール工場の脇を通り、急ぎ足でホテル・アリボへ戻った。ふたたびシャワーを浴びる。夏の暑さをすすぎ落とさなければ。八時間前にチェックインして以来、着替えるのはこれで二度目だ。

フェリーを降りた時に出会った年配の女性ふたりに、アレナが聞いてみたところ、タラヴォス・アニコという中華レストランを勧められた。分量が多くてたっぷり食べられるし、奥の席に座ることができれば、キッチンのようすを見ながら食事ができるのだという。

アレナはすでに座って待っていた。水族館で会ったときと同じ服装だ。微笑む。スヴェンも微笑み返す。それぞれ、ミネラルウォーターとセットメニューを注文する。だれかほかの人が考えてくれた、前菜、主菜、デザートの組み合わせ。中身も値段も決まっている。

アレナは長いこと言葉を探していた。無理強いしたくない、とスヴェンは思った。

そして彼女は、当たり障りのない感情から出発し、そこから徐々に、絡まった心の糸をほどいていった。知っていると思っていた、だが実はまったく知らなかった世界をめぐる旅へと、スヴェンをいざなった。泣きながらささやくように話しはじめたアレナは、やがてよどみなく語りはじめた。大人としての一歩を踏み出してから、どんな生活を送らされてきたか、他人に話すのは初めてだ。自分で語っている言葉を、自分で耳にするのも初めてだった。スヴェンは耳を傾けながら、彼女の力に驚嘆せずにはいられなかった。こんな目に遭ったというのに、この人はなんとしっかりしているのだろう。

アレナが話し終えるまで、話す力がなくなるまで、スヴェンはじっと待った。そしてついに、彼女は黙り込み、うつろな視線を向けてきた。

終わった。彼女の物語は終わった。もうだれに乞われても語りはしない。

スヴェンは身をかがめると、足元のブリーフケースを持ち上げた。テーブルの上、空になった皿のそばに置く。

「実はここに、僕のものではないものが入っています」

ブリーフケースを開け、小さな茶色の箱と、きちんと折り畳まれた二着のワンピースを取り出した。

「リディアのものだと思うのですが」

アレナは箱を、ワンピースを見た。どこにあったものか分かっている。それでも、問いかけるようにスヴェンを見つめた。スヴェンはうなずいた。そう。そのとおり。

「あのロッカーはもう空です。だれかほかの人が使っているでしょう。これはあなたにお渡しします。リディアの服だろうと思うので。そしてこれは、リディアの箱。四万クローナ入っていました。すべて百クローナ札で」

アレナは身動きひとつせず、なにも言わなかった。

「これをどうするかは、あなたにおまかせします。あなたが持っていてもいいし、リディアのご家族がこの町にまだいらっしゃるなら、お渡ししてもいい」

アレナは身を乗り出すと、つやつやとした黒い服をそっと撫でた。

リディアの遺品。

「昨日行きました。リディアのお母さんのところに。リディアがよく、お母さんのことを話していたから」

そして、テーブルに視線を落とす。

「亡くなったそうです。二カ月前に」

スヴェンはしばらくためらったのち、箱とワンピースをアレナのほうへ押しやった。それからブリーフケースを閉じ、床に置いた。

「リディアについて、もう少し教えてもらえませんか。ほんとうのところ、どんな人だったのか。僕は、背中を三十五回鞭で打たれたリディア、人質をとったリディアしか知らないんです」

アレナは首を横に振った。

「もうお話しできません」

「彼女がやったこと、どこか理解できるような気がするんです」

「今晩も、これからも、お話しするつもりはありません」

それからふたりは、あまり言葉を交わすことなく、ただじっと座っていた。ウェイターにそろそろ閉店ですからとやさしく促され、立ち上がりその場を去ろうとしたところで、二十歳ほどの男性がレストランに入ってきて、ふたりのテーブルに近寄ってきた。スヴェンはその男性をすばやく観察した。背が高く、金髪で、陽に灼けている。穏やかな振る舞い。喧嘩を売りにきたわけではなさそうだ。アレナはその男性に近づくと、頬にキスをして腕を組んだ。

「ヤーノスです。わたし、彼になにも言わないで行ってしまったのに、彼は待っていてくれました。感謝の気持ちでいっぱいです」

ふたたびヤーノスの頬にキスをし、彼を引き寄せる。自分がいなくなってから七カ月のあいだ、彼が自分を捜してくれたこと、お金も時間もかけて捜したあげく、あきらめざるを得なくなったことを、アレナは手短に話した。

笑っている。今晩初めて見る笑顔だ。スヴェンは微笑み、よかったですね、と言った。一瞬、希望が見えた。

「リディアは？　付き合ってる人はいなかったんでしょうか」

「いましたよ。ヴラディという名前」

「彼は？」

「リディアを売ったのは彼です」

アレナはそれ以上語らず、スヴェンもなにも聞かなかった。レストランの外で別れのあいさつを交わし、スヴェンはふたたび、今後この件でスウェーデンの警察がお邪魔することは一切ない、と約束した。

アレナは歩き出したが、数歩で立ち止まり、振り返った。

「ひとつだけお聞きしてもいいですか？」

「どうぞ」

「水族館での事情聴取ですけど。いまだによく分からないんです。どうしてそんなことをしたのか」

「犯罪があったわけですからね。それを捜査するのが警察の仕事です」

「今晩こうしてお会いしたのは分かるんです。知りたいというあなたの気持ちは分かりました。でも水族館でお話ししたことは、もうご存じだったでしょう？」

「どういうことですか」

「まったく同じでしたもの。もうひとりの刑事さんに聞かれたことと」

「もうひとりの刑事？」

「年配の刑事さん。あなたといっしょに、あのアパートに来ていた」

「グレーンス警部のことですね」

「その人です」

「同じことを聞かれた？」

「水族館でお話ししたことは、グレーンス警部にもぜんぶお話しししました。同じことを聞かれて、同じように答えました」

「ぜんぶ話したんですか？」

「ええ」

「リディアと連絡をとったことも？　あのロッカーからビデオを取ってきたことも？　ピストルと爆薬を取ってきたことも？　ビニール袋を外科病棟のトイレのゴミ箱に隠したことも？」

「ええ。ぜんぶ」

狭いベッドに横になったとき、時刻は二時をまわっていた。ヨーナスへの土産もまだ買っていない。数時間だけ寝て、リディア・グラヤウスカスの母親が眠っているという聖ヨハネ・ルーテル教会へろうそくをともしに行ってから、空港に向かってストックホルム行きの飛行機に乗ろう。免税店にもキャンディーはあるだろう。きらきら光る紙包みに入ったグミなりチョコレートなり、買う時間はあるはずだ。

暗闇の中、窓を開けたまま、スヴェンはじっと横たわった。

クライペダは沈黙している。

もう、あまり時間がない。

決めなければならない。自分が抱えているこの真実を、いったいどうすればいいのか。

六月九日（日）

初日、新人のふたりを試してみたときには、ふたりともほとんど使いものにならなかった。処女も同然。フェリーの船室でやったのが初めてだったのだから。

だがあれからずいぶんと上達した。ヴェルンド通り三番地での三日目。ふたりとももうすぐ、一日に十二人の客を取れるようになるだろう。あの頭のおかしいグラヤウスカスと、その薄汚い片割れも、血迷って手に負えなくなる前には、一日当たり十二人の客を取っていた。

とはいえまだまだ改善の余地はありそうだ。もっと積極的になってもらわないと困る。やりたくてたまらない、うずうずしているようすを見せること。これが重要だ。客たちに、自分は魅力的だ、自分はハンサムなのだ、と感じさせてやること。ふたりで求め合っている、と感じさせてやること。でなければ、洗面所でマスターベーションをするのと大して変わらないのだから。

ふたりとも、殴ったら多少おとなしくなった。数日もすればあんなふうにうるさく泣くこともなくなるだろう。まったく頭に来る。新人はいつもそうだ。鼻を詰まらせ、ぐすんぐすんと泣くばかり。

それにしてもグラヤウスカスとスリューサレワは有能だった。服ひとつ脱ぐのも上手だった。だがふたりとも頻繁に、あざけるような笑いを浮かべるようになっていた。あの冷笑をもう見なくて済む。殴るたびにポン引き野郎と言われることもないのだ。そう思うとせいせいする。

もうすぐ、最初の客が来る。

八時過ぎ。

彼らは自宅から直行してくる。最近太り気味の妻を家に置いて、職場へ赴くまえに、日常とはちがった体験を、というわけだ。

今日はふたりの仕事ぶりを見るつもりでいる。つまり、試験。本格的に客を取れそうか、それとももっと教え込む必要がありそうか、見極めるための試験だ。

グラヤウスカスの部屋を引き継いだほうから始めることにする。この娘はグラヤウスカスに似ているから、常連客をそのまま引き継ぎやすいだろう、と判断して、部屋を決めた。娘は言われたとおりにきちんと支度を済ませていた。客が希望した下着をつけている。なかなか似合っている。

ノックの音。彼女は鏡をのぞき込んでから、電子ロックに向かっていった。ディミトリが目を光らせているいま、電子ロックは解除されている。彼女はドアを開け、客に向かって微笑んだ。光沢のあるグレーの背広に、ライトブルーのシャツを着て、黒いネクタイを締めた男。

微笑み。男がつばを吐いたときにも、彼女は微笑みを使った。つばは吐いたというよりも、むしろ垂らしたような感じで、黒いハイヒールを履いた彼女の足先に落ちた。

男が指差した。

指を一本、ぴんと伸ばして、下に向ける。

彼女は男の望みどおり、男に微笑みかけつつ、身をかがめた。両腕でからだを支えて、ゆっくりと四つん這いになり、鼻を床にこすりつけて、冷たい床に舌をつけ、つばを舐め、飲み込む。

それから立ち上がり、目を閉じた。

男は彼女の頬を平手で打った。彼女は微笑んだ。男に向かって、微笑みを絶やさずにいた。教えられたとおり。

ディミトリはその光景に満足した。グレーの背広の男に向かって、親指を立ててみせる。男も同じように親指を立ててきた。

合格だ。

本格的に予約を入れはじめても大丈夫だろう。

リディア・グラヤウスカスの痕跡は、ここにすら、もう残っていない。

飛行機が着陸する瞬間は、いつも怖くてしかたがない。車輪が出てくるときのドンという音。小窓越しにだんだんはっきりと見えてくる地面。アスファルトに接触するときの衝撃。いつまでたっても慣れることがない。それどころか、飛行機に乗るたびに恐怖が増していく。しかもこのような、三十五席しかない、立ち上がるのもひと苦労な飛行機だと、着地の衝撃がおさまり、滑走路をしっかりと走るようになるその直前、なぜこんな飛行機に乗ってしまったのだろうと思わずにはいられない。

スヴェンはやっと息をついた。飛行機を降り、アーランダ空港を出る。ストックホルム北の郊外があまり混雑していなければ、三十分強でストックホルムに着くはずだ。

考えがまとまらない。

あるときは十六歳に戻り、出会ったころのアニータ、初めて裸で抱き合ったときのアニータを思い出していた。あるときは、ストックホルム南病院の階段でヒルディング・オルデウスを殺したヨッフム・ラングのことを考え、またあるときは、憎い男と並んで遺体安置所に横たわっていたリディア・グラヤウスカスのことを思い、またあるときは、一歳のときにカンボジアで引き取ったヨーナス、その二週間後にパパという言葉を口にしたヨーナスを思い出し、またあるときは、大きめの赤いTシャツを着て、クライペダの中華レストランで、三年間にわたる屈辱の日々を語ってくれたアレナ・スリューサレワのことを思い、またあるときは……

あちこちに思いをめぐらせる。エーヴェルトのことを考えなくて済むように。

ソレントゥーナで道路工事があり、二車線が一車線に狭まって大渋滞になっていた。ギアを下げ、止まり、ギアを上げ、ギアを下げ、止まる。まわりで自分と同じ動作を繰り返している人々を眺める。それぞれ自分の車の中で、時が過ぎるのを待っている。だれもがじっと前を見据えている。彼らもそれぞれ、解決すべき問題を、それぞれのエーヴェルトを抱えているのだろう。

不快感から人がときにそうするように、スヴェンはからだをぶるっと震わせた。予定よりも長く車を走らせて、ストックホルムを通過し、南のエーリクスベリへ向かうことにする。彼女の住んでいる場所だ。レーナ・ノルドヴァル。

もっと、時間が要る。

この硬い木の長椅子には、もう何度も座ったことがある。否認を続けるろくでなしを前に何時間も続く、無意味な抗弁を見物するためだ。いま、古い法廷はしんと静まりかえっている。いちばん後ろの席に座って待っているふたりのほかには、だれもいない。エーヴェルトは、ストックホルム地方裁判所のこの古い警備法廷が気に入っている。たしかに長椅子は硬く、法律家たちの無駄口もうんざりだが、ここに来るのはある意味、領収書を受け取りに来るようなものだ。自分の捜査がひとつの結果につながり、ことによると完全に解決するかもしれない、という証明。

時計を見る。あと五分で、拘置所の看守たちが扉を開け、ラングを促して座らせる。勾留手続きのはじまりだ。長い懲役刑のはじまりと言ってもいい。

エーヴェルトは隣に座っているヘルマンソンのほうを向いて言った。

「どうだ、いい気分だろう」

ここに来るのに、ヘルマンソンに同行してもらった。スヴェンはまったく行方が知れず、電話にも出ようとしない。ベングトは死んでしまった。レーナはじゅうぶんに慰めてやれていない。だがここにはひとりで来たくなかった。そこでヘルマンソンに同行を頼んだ。ヘルマンソンが気に入った。そのことは渋々ながらも認めざるを得ない。女性の警官と、いや、そもそも女性とうまくやっていけないのでしょう、などと遠回しにいやみを言われて、ふつうなら激怒してもおかしくないところだが、それには彼女の口調が穏やかで冷静すぎた。もっとも、女性とうまく付き合えないのはほんとうのことなのだから当然かもしれない。臨時職員としての契約が切れても、ストックホルムに残らないか、そう持ちかけてみるつもりだ。彼女とはもっと仕事がしたい。いや、もっと話がしたいのかもしれない。まだ若い彼女に対してそんな気持ちを抱いていることで、自分がいやらしい人間になったような気がしないでもないが、これは年寄りが若い女にちょっかいを出そうとしているのとはまったくちがう。もっと親しくなりたいと思う相手が、まだこの世に残っているということに、エーヴェルトは素直に驚いていた。

「ええ。私たちのつかんだ証拠でじゅうぶんいける、という確信がありますから。ラングの事件に、遺体安置所の人質事件。ストックホルムに来た甲斐《かい》がありました」

判事、参審員、検察官、弁護士、被告、原告、傍聴人という名の野次馬、そうした登場人物のだれもいない法廷は、がらんとして無防備だ。この場所で、ひとつの犯罪、暴力と被害に含まれるドラマのすべてが語られる。発せられる言葉のすべてが、屈辱を特定し、測定していく。

そうしたものの欠けた法廷には、生命がない。

エーヴェルトはあたりを見回した。陰気臭い木の壁。シェーレ通りに面した大きな窓の、汚い窓枠。立派すぎるシャンデリア。古い法律書のにおい。

「それにしても奇妙な連中だよ、ヘルマンソン。ラングみたいな職業犯罪者ってのは。俺はずっと、こういう連中を相手に仕事をしてきたが、それでもいまだに分からんことだらけだ。事情聴取や裁判になると、連中のとる行動は決まってる。黙りこくるんだ。こっちがなにを言っても、なにを聞いても、ひたすら黙秘を続ける。知らねえ。聞いたこともねえ。なにもかも否認する。だがこれは実際、勝ちにつながる戦略だ。腹立たしいがな。連中のしわざだってことを、こっちが完璧に実証しなきゃならなくなる」

エーヴェルトは片手を挙げ、真正面を指差した。壁と同じ、重々しく暗い色をした木の扉がある。

「あと数分で、あそこからラングが入ってくる。やつも同じ戦略をとるはずだ。黙りこくって、なにもかも否認する。知らねえよとぼやきつづける。だがな、ヘルマンソン、だからこそ今回、やつは負けることになる。今回そんな戦略をとったら、それこそ人生最大のミスだ。

どういうことかって？　俺はな、ラングは無罪だと思ってる。少なくとも、殺人は犯していない」

ヘルマンソンは驚いてエーヴェルトを見つめた。エーヴェルトが説明を続けようとしたところで、木の扉が開き、拘置所の看守が四人入ってきた。さらに、武装した制服警官がふたり。そのふたりに挟まれ、拘置所から支給されたぶかぶかの青い服を身にまとい、手錠をはめたヨッフム・ラング。ラングはすぐにふたりに気づき、エーヴェルトは手を振って微笑みかけた。それからヘルマンソンのほうを向き、声をひそめて続けた。

「鑑識報告書と、エルフォシュの検死報告書を読んだが、これは故意の殺人ではないという気がする。ラングはおそらく、オルデウスの指を五本折り、膝を砕いただけだ。やつが請け負った仕事はそこまでだった。殺せという指示ではなかったはずだ。オルデウスのほうが勝手に、階段から落ちて壁に激突した」

座っているヨッフム・ラングを、あからさまに指差してみせる。

「見ろ、あの馬鹿面を。いつもどおり黙秘を続ければ、殺人罪で懲役十年だ。きちんと話をすれば、傷害罪、二年半で済むかもしれないってのに」

エーヴェルトは憎しみの対象に向かってふたたび手を振った。ラングの視線には、一昨日独居房でにらみ合ったあのときと、同じ力が宿っている。そのスキンヘッドの後ろから、さらに何人もが入場してきた。最後に、オーゲスタム。エーヴェルトのほうを見てうなずいた。エーヴェルトもうなずき返す。ふと、あの若造はいま、いったいなにを考えているのだろう、と思う。一昨日の会見。オーゲスタムの机に並べた嘘。だがエーヴェルトはその記憶を振り払った。振り払わなければならない。ヘルマンソンのほうに身を乗り出し、ささやくように話しかける。

「そういうことだ、ヘルマンソン。これは故意の殺人じゃなかった。だがな、俺はそのことをだれにも言うつもりはない。指一本動かすつもりもない。ラングは刑務所行きだ。刑務所行きだ！」


ディミトリは満足していた。新人ふたりとも、肌は柔らかくすべすべとして、セックスもずいぶんと上達している。分割払いで手に入れたふたり。もし使いものにならなかったら残額は支払わない、そう決めていた。

だがじゅうぶん使いものになりそうだ。残額も支払うことにする。

あの警官は消されてしまった。が、協力者の女は、変わらずいい仕事をしてくれた。あらかじめ決めておいたとおり、すぐに新人をふたり調達してくれた。

女はもう待っているはずだ。今日、二度目の支払いをする。ひとり三千ユーロ。その三分の一を、今日支払う。

〈エデン〉の扉を開ける。舞台上には、裸の女がひとり。膨らませたゴム人形に胸を押しつけ、セックスをするように下腹部を動かしてみせている。彼女がうめき声を上げ、少し叫んでみせると、男たち——客はひとりを除いて全員が男性だ——はそれぞれの席で股間に手をやった。

女はいつもの席に座っていた。舞台からいちばん遠い、奥の一角。裏口のすぐそばだ。ディミトリが近づいていき、ふたりはうなずき合った。

いつもと同じジャージの上下。いつもどおり、フードをかぶっている。

自分のことはイローナと呼べ、と女が言うので、ディミトリはもどかしく思いながらもそう呼んでいる。ほんとうの名前はちがうのに。

ふたりはあまり言葉を交わさない。いつもそうだ。礼儀上、ロシア語で二言三言交わすのがせいぜいである。

ディミトリは金の入った封筒を女に手渡した。女は中身を確認することもなく、受け取った封筒をそのままハンドバッグに入れた。

一カ月後。

一カ月後に、次の支払いをする。そうすれば、ふたりは自分のものだ。ふたりとも、自分の所有物となる。


勾留手続きの終了直前、エーヴェルトは立ち上がると、ヘルマンソンにも立ち上がるよう手で促し、連れ立って法廷をあとにした。階段で三階分、地下へ降りていき、地下駐車場への通路を急ぐ。どこに行くんですか、というヘルマンソンの問いかけに、エーヴェルトは答えた。あと少しだ。あと少ししたら分かる。ぜいぜいと息を切らしつつ走りつづけ、やっと立ち止まったエーヴェルトは、かび臭い地下駐車場の埃にまみれていた。なにかを探して視線を走らせる。見つけた。金属扉を目指して歩く。その扉の向こうには、拘置所に上がっていくためのエレベーターがある。

エーヴェルトは扉の前で立ち止まった。まちがいなくここを通るはずだ。ヨッフム・ラングは、あの古い警備法廷から拘置所に戻る途中、ここに連れてこられるはずだ。

数分とかからなかった。

ラング、拘置所の看守が四人、警察官がふたり。全員が地下駐車場に入ってきた。金属扉をめがけて歩いている。

エーヴェルトは数歩進み出て彼らを迎えると、全員に向かって告げた。しばらくラングをまかせてほしい。少し離れたところにいてくれないか。彼らは言われたとおりにした。責任者である拘置所看守は不服そうだったが、グレーンス警部に会うのはこれが初めてではない。彼に抵抗しても無駄なのは分かっている。

エーヴェルトとラングはにらみ合った。こんなふうににらみ合うのが、もはや習わしとなっている。エーヴェルトは、ラングが動き出すのをじっと待ちかまえていたが、ラングは動かない。ただ、手錠のかかった大きなからだを、ゆらり、ゆらりと揺らしている。殴りかかろうか、やめようか、なかなか決心がつかないかのように。

「まったく、馬鹿な野郎だ」

ふたりを隔てる距離はほとんどなく、エーヴェルトのささやき声はじゅうぶんラングの耳に届いた。

「また黙秘だ。あいかわらずだな。だが勾留されることになった。裁判でもまちがいなく有罪になる。おまえ、オルデウスを殺したわけじゃないんだろう。俺には分かってる。だがほかの連中はそんなこと、考えも及ばないだろうな？　そのへんのコソ泥みたいに、ひたすら否認と黙秘を決め込んでるかぎり、刑も六、七年は長くなるだろうよ。めでたいな」

そしてエーヴェルトはその場から動かず、看守たちに向かって、来い、と合図をした。

「言っておきたかったのはそれだけだ、ラング」

ランクはなにも言わず、身動きもせず、去っていくエーヴェルトを目で追うことすらしなかった。

看守が扉を開け、ラングが出ていこうとしたところで、エーヴェルトは、おい、こっちを向け、とラングに呼びかけた。

ラングは振り向き、ぺっとつばを吐いた。エーヴェルトは大声を上げた。このあいだの身体検査、覚えてるか。おまえ、死んだ同僚のことで俺を馬鹿にしやがって、キスするみたいに口とがらせてただろう。覚えてるよな!?　エーヴェルトは唇を丸め、チュッと大きな音を立てた。投げキッスの返礼だ。ラングはエレベーターへ、拘置所へ連行されていった。

スヴェンが車を停めた道には、小さな家が並んでいる。子どもたちがホッケーをして遊んでおり、手製のゴールがふたつ置いてあって、車が通れなくなっていた。子どもたちは近づいてくる車を目にしたものの、大して気にかけるようすもなく、九歳ほどの子どもがふたり、このおじさん、なんでよりによってここを通るんだろう、とでも言いたげに、大きくため息をついて道をあけてくれるまで、スヴェンは待たされる格好となった。

いま、自分は知っている。リディア・グラヤウスカスは最初から、ベングトを殺して自分も死ぬつもりだったのだ。彼女はその理由を語った。自分の恥を語った。だが、エーヴェルトがそれをさえぎった。

だれがエーヴェルトにそんな権利を与えた?

レーナ・ノルドヴァルは庭にいた。目を閉じて座っている。すぐ脇のテーブルにラジオが置いてあり、音楽が流れている。どこかの民放局の放送らしく、テーマ音楽とともに周波数と局名が絶え間なく繰り返されている。彼女と顔を合わせるのは、ベングトの死の知らせを携えてここに来た、あの夜以来だった。

エーヴェルトは、親友の妻と子どもたちを守ろうとした。

だがそのために、死者の語る権利を奪った。

「おはようございます」

スヴェンは暑くて汗をかいているというのに、レーナは濃い色の長ズボンに長袖《ながそで》セーター、Gジャンといういでたちで太陽に当たっている。どうやら聞こえなかったらしい。スヴェンが近づいていくと、レーナはびくりとからだをすくませた。

「ああ、驚いた」

「すみません」

レーナは片手を差し出し、スヴェンにも座るよう促した。スヴェンはレーナが指差した椅子を動かすと、彼女と向き合い、じりじりと照りつける日差しを背中に浴びるかたちで座った。

レーナを見つめる。レーナも視線を返してくる。電話をかけ、ここに来たいと言ったのは自分のほうだ。だから、自分から切り出すしかない。

それが難しい。よく考えてみると、レーナのことはほとんど知らないのだ。会ったことはあるが、誕生日祝いなどといった機会で、かならずベングトとエーヴェルトがいっしょだった。レーナと話していると、自分が馬鹿で醜いような気がしてどぎまぎしてしまい、言おうとしていたことも思い出せなくなって口ごもるはめになる。彼女はそういう類《たぐい》の女性だ。なぜかは分からない。たしかに美人ではある。が、美人と話すとかならずそうなるわけでもない。自分を不安にさせ、気後れさせるなにかを、この人は放っている。そういうタイプの人間なのだ。

「お邪魔でしょうか。申し訳ない」

「そうおっしゃったって、もう来ていらっしゃるでしょう」

スヴェンはあたりを見まわした。この庭には以前にも一度、こうして座っていたことがある。五、六年ほど前、エーヴェルトが五十歳を迎えたときに、ベングトとレーナが夕食を用意し、この庭で誕生日を祝ったのだった。誕生日なんか祝わんでもいい、と言っていたエーヴェルトが、唯一受け入れたプレゼントだった。スヴェンとアニータがエーヴェルトの両側に座り、まだ幼かったヨーナスは、ノルドヴァル家の子どもたちといっしょに芝生を走りまわっていた。出席者はそれだけだった。その夜エーヴェルトはあまり口をきかなかったが、楽しんでいるらしいことは感じられた。きっと、祝われるという立場に戸惑っていたのだろう。

レーナはGジャンの上から両手で腕をさすった。

「寒いわ」

「こんなに暑いのに？」

「水曜日にあなたがたがここにいらして以来、ずっと寒くてしかたがないんです」

スヴェンはため息をついた。

「すみません。お察しするべきでした」

「気温が三十度にもなろうという日に、長袖長ズボンで日向に座っているのに、それでも寒いんです。お分かりになります？」

「ええ。たぶん」

「こんなに寒いのはもうたくさんです」

レーナは突然立ち上がった。

「コーヒーいれましょうか」

「おかまいなく」

「ええ。でも、飲みたくないですか？」

「じゃあ、いただきます」

レーナはサンルームのドアの向こうに姿を消した。コーヒーメーカーをセットし、カップを出している音がする。路地のほうからは、ホッケーをして遊んでいる子どもたちの叫び声が聞こえてきた。ゴールが決まったのだろうか。それとも、まただれかが車を乗り入れ、試合の邪魔をしたのだろうか。

大きなグラスに入ったコーヒー。泡立てたミルクをかけてある。流行りのカフェみたいな出し方だ。自分はそんなカフェに行っているひまはないが。スヴェンはコーヒーを飲むと、グラスをテーブルに置いた。

「エーヴェルトのことはどのくらい知っていますか？」

レーナはスヴェンを見た、いや、じっと観察した。不安を感じさせるあの視線だ。

「そのためにいらしたの？　エーヴェルトの話をするために？」

「ええ」

「これは事情聴取かなにかですか？」

「そんなことはありません」

「じゃあ、なんのため？」

「分かりません」

「分からないですって？」

「ええ」

レーナはまだ寒がっているかのように、ふたたびGジャンの上から両腕をさすった。

「おっしゃることがよく分からないわ」

「もっときちんとご説明したいと思ってます。でも、できないんです。いわば、僕の個人的な考えごとのようなものです。そう思っていただいてかまいません。警察の捜査とは、まったく関係のないことです」

レーナはグラスのコーヒーを飲んだ。飲み干すまで、なにも言わなかった。

「エーヴェルトは、夫の古くからの友人でした」

「それは知ってます。あなた自身は？　どのくらい親しいですか」

「あの人と親しくなるのは、なかなか難しいと思うわ」

レーナは自分を追い出したがっている。自分を嫌っている。スヴェンはそう感じた。

「あとちょっとだけ。お願いします」

「エーヴェルトは知っているんですか？　あなたがここにいらしてること」

「いいえ」

「どうして？」

「エーヴェルトがこのことを知っているとしたら、あなたに質問をする必要もありません」

照りつける太陽。背中が汗でびっしょりだ。どこか別の場所に座りたい。だがスヴェンはその場にとどまった。これ以上ピリピリした雰囲気にしたくない。

「エーヴェルトからなにか聞いてますか？　遺体安置所での事件について。ご主人の身に起こったことについて」

どうやら聞こえなかったらしい。レーナはスヴェンを指差した。そうやって長いこと指を差され、スヴェンは落ち着かなくなってきた。

「そこに座ってたんです」

「え？」

「ベングトが。電話がかかってきて、遺体安置所に呼ばれたとき」

自分はここに来るべきではなかった。彼女をそっとしておくべきだった。だれにも邪魔されず、夫の死を悲しめるようにしてあげるべきだった。だが、別のエーヴェルト像、善きエーヴェルト像をどうしても見つけたい。そして彼女こそ、そんなエーヴェルト像を見せてくれるかもしれない人物なのだ。スヴェンは質問を繰り返した。

「ご主人の身に起こったことについて、エーヴェルトからなにか聞いていますか？」

「わたしのほうから質問しました。でも、新聞に書いてあるようなことしか話してくれませんでした」

「ほかにはなにも？」

「もうお帰りいただけませんか」

「エーヴェルトに聞いてみなかったんですか？　なぜほかならぬご主人が、あの売春をさせられていた女性に撃たれたのか」

レーナは長いこと黙っていた。

ずっと口にするのをためらっていた質問。ここに来たのは、この質問をするためだ。賽《さい》は投げられた。

「なにを言い出すの？」

「なぜほかの人間ではなく、ご主人が殺されたのかについて、エーヴェルトと話をしましたか？」

「あなたはなにかご存じなんですか？」

「僕の質問に答えてください」

レーナは視線をそらすことなく、スヴェンの目をじっと見つめた。

「いいえ」

「疑問には思わなかったのですか？」

不意にレーナが泣き出した。椅子に座ったまま、小さく身を縮め、丸くなる。悲しみを振り払うようにして、続けた。

「疑問には思いました。エーヴェルトに聞いてもみました。でも、答えてはもらえませんでした。ただの偶然だと言われました。だれでもよかったのだと。それがたまたま、ベングトになってしまっただけだと」

だれかが後ろから近づいてきて、スヴェンは振り向いた。少女だ。まだ幼い。ヨーナスより年下、五、六歳だろうか。家の中から出てきたようだ。白い半袖のTシャツに、ピンク色の半ズボン。少女はレーナの前で立ち止まった。母親の動揺を感じとったらしい。

「ママ、どうしたの？」

レーナは前かがみになって少女を抱きしめた。

「なんでもないのよ」

「ママ泣いてるよ。おじさんのせい？　おじさんが意地悪したの？」

「ちがうわ。意地悪されたわけじゃないの。お話ししてるだけなのよ」

白いTシャツとピンクの半ズボンが向きを変え、大きな目がじっとスヴェンを見つめた。

「ママ悲しいんだよ。パパが死んじゃったの」

スヴェンはごくりとつばを飲み込み、微笑んだ。なんとかして、真剣ながらも優しげな表情を浮かべようとする。

「おじさんはね、パパと友だちだったんだよ」

スヴェンは黙ってレーナを見つめた。彼女はこの四日間、ふたりの子どもをひとりで支えている。彼女の苦しみは想像に難くない。エーヴェルトがなぜ彼女を守ることにしたのか、なぜ彼女は真実を知らなくてもよいと判断したのか、いま、理解できた。

エーヴェルトは明日まで待てなかった。彼女に会いたくてしかたがない。

日曜日の道路は空いており、ストックホルム市街を走り抜けるのにはさほど時間がかからなかった。ヴァータ通りにも車の影がほとんどない。カーステレオでシーヴ・マルムクヴィストをかけ、リフレインを大声で歌いつつ、リディンゲ橋を渡っていく。不意に降りはじめた雨にも気づかなかった。

いつもはがらんとしている駐車場が満車になっている。一瞬わけが分からなくなり、場所をまちがえたのかとも思ったが、すぐに気づいた。日曜日にここを訪れるのが初めてだからだ。日曜日とあって、たくさんの人が面会に来ているにちがいない。

受付の職員は驚いたようすだった。エーヴェルトだと気づいているが、どうも混乱しているらしい。今日は日曜日なのに。この人は明日来るはずでは？　エーヴェルトは彼女に向かって微笑んだ。彼女の驚きが嬉しかった。いつもの方向へと歩き出したところで、職員に呼び止められた。

「いらっしゃいませんよ」

なにを言われているのか、分からなかった。

「お部屋にはいらっしゃいません」

エーヴェルトはその場に凍りついた。職員が息継ぎをしているほんの一瞬のあいだ、エーヴェルトはあのときと同じ感覚をふたたび味わった。まるで、自分が死んだかのような、あの感覚。

「テラスにいらっしゃいます。日曜日ですから。午後のお茶の時間なんです。なるべく外でお茶をするようにしているんです。とくに夏はね。大きなパラソルもありますし」

だがエーヴェルトには聞こえない。若い職員が話しつづけるが、エーヴェルトの耳には届かない。

「もちろん、テラスにいらっしゃってかまいませんよ。お喜びになるでしょう」

「どうして部屋にいない？」

「え？」

「どうしていないんだ？」

めまいがする。入口のすぐそばの椅子に腰を下ろす。上着を脱いで膝に置いた。

「大丈夫ですか？」

職員はエーヴェルトの前にしゃがみ込んだ。その姿が、エーヴェルトの目に入った。

「テラスと言ったね？」

「ええ」

アイスクリームの広告が描かれた大きなパラソルが四つ、ウッドデッキの大部分を覆っている。職員がふたり。車椅子に座っている人々。手押し車を脇において座っている人々。全員が知った顔だ。

アンニはほぼ中央に座っていた。彼女の前にはコーヒーカップが置いてある。食べかけのシナモンロールを手に持っている。子どものような笑い声。パラソルに降り注ぐ雨音や、何人かが合唱している歌声にもかかわらず、アンニの笑い声ははっきりと聞こえてきた。エーヴェルトは歌が終わるまで待った。どうやらトーブ（エーヴェルト・トーブ（一八九〇〜一九七六）吟遊詩人・歌手）の歌のようだ。終わったところで近づいていく。わずかな距離なのに、雨で肩や背中がびしょ濡れになった。

「こんにちは」

白衣を着た職員に声をかける。自分と同じ歳ごろの女性だ。彼女はにっこりと微笑んだ。

「あら、いらっしゃい。日曜日なのに！」

彼女はアンニのほうを向いた。アンニはぼんやりとこちらを見つめている。

「アンニ。お客さまよ」

エーヴェルトはアンニに近寄ると、いつもどおり、その頬に手を当てた。

「少しここを離れてもいいですかね。ちょっと話があるもので。いい知らせなんですが」

職員は立ち上がると、アンニの車椅子のブレーキレバーを引いた。

「もちろんですよ。もうずいぶん長いことここに座ってますしね。それに、殿方のご訪問ですもの。お邪魔をしては申し訳ないわ」

アンニはまた別の服を着ていた。赤のワンピース。昔エーヴェルトが買ってやった服だ。雨は弱まっており、パラソルから軒下までのわずかな距離ではほとんど濡れずに済んだ。エーヴェルトはアンニの後ろに立ち、車椅子を押して中に入ると、長い廊下を抜け、アンニの部屋にたどり着いた。

ふたりはいつもの場所に落ち着いた。

部屋の中央に、アンニ。そのすぐそばの椅子に、エーヴェルト。

エーヴェルトはふたたびアンニの頬を撫で、額にくちづけをした。アンニの手を握る。うっすらと、握りかえしてきたような気がした。

「アンニ」

エーヴェルトはアンニを見つめた。アンニも自分を見ていることを確かめてから、続けた。

「終わったよ」

一時。ディミトリが一時間の休憩をくれる約束になっている。朝からひっきりなしに股を広げてきた。最初の客が床に吐いたつばを、微笑みながら舐めさせられた、あのあとから、ずっと。

彼女は泣いた。

最初の客が帰ってから、さらに七人に犯された。あと四人。一日当たり、十二人の相手をする。最後の客は、六時半過ぎに来ることになっている。

一時間の休憩。

彼女はベッドに横たわった。どうやらこの部屋で暮らしていくことになるらしい。ごくふつうの建物の六階。きれいなアパートだ。

数人の客に、リディア、と呼ばれた。名前がちがうと言ったら、彼らは、自分にとってきみはあくまでもリディアだ、と言っていた。

以前この部屋にいた女性が、リディアという名前だったのだ。男たちはみな、リディアの客だった。それを、自分が引き継いだ。

ディミトリはもう、あまり殴ってこない。

やっと分かってきたようだな、と言われた。ただ、もっと声を出せ。おまえの欠点はたぶんそこだ。客が中に入ってきたらうめくんだ。少しうなってみせるだけでもいい。声を出したほうが客は喜ぶ。そのために金を払ってるようなものなんだ。

ひとりになったときだけ、泣く。泣いているところをディミトリに見られたら、また殴られるから。

一時間の休憩。ドアを閉める。休憩が終わるまで泣こう。もう一度身だしなみを整え、鏡に向かって微笑むそのときまで。二時に来る客の望みどおり、自分の股間に手を当ててみせる、そのときまで。

エーヴェルトは一時間ほど、オフィスでじっと座っていたが、それでも気持ちが落ち着かず、なかなか集中できずにいた。トイレに行き、廊下の販売機でコーヒーを買い、ピザの出前を頼むべく受付に二度足を運んだ。したことはそれだけだ。ただ、オフィスに閉じこもり、座っていた。

まるで、なにかを待っているかのように。

シーヴ・マルムクヴィストに寄り添い、机とソファのあいだで踊る。耳に入ってくるのは、その柔らかな声だけだ。

スヴェンはいったいどこにいるのだろう。オーゲスタムからも、なんの連絡もない。

ボリュームを上げる。もうすぐまた夜がやってくる。とても信じがたい。昼間ずっと窓から差し込んできた日差しのせいで、オフィスの中はやたらと暑い。六〇年代のリズムで踊っていると、汗が出てきた。

おまえに会いたいよ、ベングト。

おまえは俺たちを騙した。

分かってるのか？　自分がなにをしたか！

レーナはなにも知らない。

なにも知らないんだ。

おまえにはレーナがいた。

おまえには子どもたちがいた。

おまえには、大切にすべきものがあったのに！

カセットプレーヤーに近づくと、停止ボタンを押し、カセットを取り出した。

あたりを見まわす。

今晩はだめだ。今晩は、ここに泊まりたくない。

オフィスを出る。だれもいない廊下。外に出る。新鮮な空気。駐車場へ歩いていく。いつもどおり、鍵をかけずに停めてある車。運転席に座ると、エンジンもかけず、ただ両手をハンドルに置いた。

しばらく車を走らせよう。久しぶりに、あてもなく車を走らせよう。

六時半。股を広げるのも、今日はこれで最後。十二度目だ。あっという間に終わった。この客は殴ることも、つばを吐くこともなく、ただほんの少しだけ肛門に入れてきた。もっとして、もっとして、そうささやけと言われた。痛みはほとんどなかった。

長いことシャワーを浴びる。朝からもう、何度も浴びているのに。こうして流れていく湯の中にいるときが、いちばん泣けてくる。

七時にはきちんと服を着て、にっこり嬉しそうな顔でベッドに座っていろ、とディミトリに言われた。港に迎えに来ていた女、イローナと名乗ったあの女が、ふたりのようすを確かめに、このアパートに来るという。支払いがまだ三分の一残っているから、ふたりはまだイローナの所有物でもある。だから今後一カ月は、彼女にも気に入られるよう努めなければならない。ディミトリはそう言っていた。

イローナは時間どおりにやってきた。台所の時計が、七時三十秒前を指していた。港で会ったときと同じ服装だ。ジャージを着て、フードを頭にかぶっている。電子ロックのついたドアを通って、アパートの中に入ってきても、フードをとろうとしない。ディミトリが彼女を迎え、なにか飲むかと問いかけたが、イローナは首を横に振った。急いでいるから。貸し出し中の商品をチェックしに来ただけ。

イローナが部屋をのぞき込んできた。ディミトリに言われたとおり、嬉しそうな表情を浮かべてみせる。今日は何人の相手をしたの、と聞かれ、十二人、と答える。イローナは満足げに言った。上出来ね。まだまだ若い器なのに、十二人とは。

ベッドに横になり、泣く。ディミトリに怒られると分かっている。もうすぐここに来るだろう。殴られるにちがいない。それでも、涙が止まらない。フードをかぶった女のことを思う。自分を犯した男たちのことを思う。さっきディミトリに言われたことを思い出す。荷造りをしなければならない。コペンハーゲンのアパートに移動するというのだ。ただ、死にたい、と思った。

ストックホルムの街を、あてもなく二時間ほど走りつづけた。まず、街の中心、ストックホルムで最も混雑している界隈を走る。赤信号。道を渡ろうと走る人々。クラクションを鳴らしつづける馬鹿ども。それからスルッセンを通って、ホーン通り、リング通り、ヨート通り。芸術家と若者の集う下町だったはずが、最近ではどこの町とも変わらない風景となりつつある、セーデルマルム地区。それから、街の中心をはさんで反対側のエステルマルム地区へ。ずらりと並ぶ生気のない建物を素通りしていく。ヤーデット地区、スウェーデン公営テレビのところで曲がり、バルト三国からの売春婦を乗せた大きな船がいくつも停泊しているヴァータハムネン港へ。エーヴェルトはあくびをした。ヴァルハラ通りを抜け、ルースラグストゥルのインターチェンジ、永遠に続くかと思われるほどの大ロータリーに入る。

人の流れ。

だれもが、どこかに移動しようとしている。

エーヴェルトは彼らを羨《うらや》んだ。自分はどこに向かっているのか、さっぱり分からない。

サンクトエーリク広場に向かう。道はすいていた。夜になると交通量もたいてい減る。狭い道をいくつも抜けて、ボニエ社（大手メディア会社）の建物の角を左に曲がり、アトラス通りに入る。坂道を下り、左へ。建物の入口の前に車を停める。初めてここを訪れたあの日から、まだ一週間も経っていない。信じがたい気がした。

車のエンジンを切る。

静かだ。昼の光がまもなくその戯れを終えるこの時間、都会にもそれなりの静けさが訪れる。ずらりと並ぶ窓。どのアパートにも、ふわふわのカーテンと大きな植木鉢がある。人が住んでいるのだ。

エーヴェルトは入口の外に停めた車の中で、そのままじっとしていた。数分が過ぎた。いや、十分かもしれない。あるいは六十分かもしれない。

あの女は、背中を鞭で打たれていた。傷跡が腫れ上がっていた。意識を失い、裸で床に倒れていた。アレナ・スリューサレワは、その隣の部屋にいた。鞭を放った背広の男に向かって叫び、ポン引き野郎と罵《ののし》っていた。

ベングトはドアの外で、一時間近く待っていた。

あのときの光景が、ふたたび目の前に広がった。

ベングトが、ドアの外に立っていた。

あのときにはもう、分かっていたんだろう、おまえには。

エーヴェルトは車の中にいる。まだだめだ。あと数分。落ち着くまで待とう。それからここを去り、いまだに自宅と呼んでいる場所、最近は帰りたいとも思わなくなったあの家へ、帰ることにしよう。あと数分したら。

不意に、暗い入口の扉が開いた。

出てきた人影は四人。その姿を見て、すぐにだれだか分かった。

数日前、リトアニアのクライペダに向けてバルト海を横断するフェリーに、アレナ・スリューサレワを乗せた、あのとき。

彼らはその同じ船を降り、スウェーデンの土を踏んだのだった。男はあのとき、ヴェルンド通りで着ていたのと同じ背広を身に着けていた。ポン引きディミトリ。入国審査を通り過ぎると、くるりと向きを変え、十六、七歳の少女ふたりを待ちかまえた。片手を差し出し、ふたりのパスポートを取り上げ、ふたりに借金を負わせた。そのとき、ジャージの上下を着てフードをかぶった女が彼らに近寄り、頬に軽くキスをするリトアニア風のあいさつをした。

その四人がいま、目の前の扉から外に出てきた。まず、ディミトリ。その後ろに、鞄を持った少女ふたり。最後に、フードで顔を隠した女。

エーヴェルトはじっとしたまま、歩道を去っていく彼らの姿を見送った。

外務省に電話をかけ、担当者を呼び出し、ディミトリ・シマイトについて訊ねる。

いまのエーヴェルトは、自分のことで精いっぱいだ。

だがそれでも、ディミトリがいまだに外交官特権を保持しているのかを知りたかった。そして、彼に協力している女がだれなのか、調べてほしいとも依頼した。

いつか、かならず捕まえてやる。ふたりとも。

この件が片付いたら。ラングの刑期が始まったら。ベングトの葬式が終わったら。

レーナが嘘なしでも生きていける、そう思える日が来たら。

いつのまにか、一日が過ぎていた。

クライペダのホテルの狭いベッドで目を覚まし、アーランダ空港から車を走らせた。まず、長袖長ズボンで陽にあたって震えていた、レーナ・ノルドヴァルのところへ。次いで、署の自分のオフィスへ。それから、検察庁、待ちきれずにうずうずしていたオーゲスタムのところへ。

家に帰りたい、とスヴェンは思った。

疲れている。だが、もうすぐ終わるはずのこの一日からは、まだ解放されていない。それどころか、これから始まる時間こそがなによりも長いのだ。

今朝、エーリクスベリのノルドヴァル家の庭で内容のない会話を終え、ホッケーをしている子どもたちのほうへ、停めてある車へ向かっていたとき、レーナ・ノルドヴァルが息を切らしつつ、後ろから追いかけてきた。腕をつかまれ、こう聞かれた。アンニのことはご存じ？　スヴェンはアンニという名前すら聞いたことがなかった。エーヴェルトとは十年前からともに仕事をしてきた。友人だと思っていた。それなのに、なにも聞いたことがなかった。

レーナが教えてくれた。エーヴェルトの指揮のもと、アンニとベングトとエーヴェルトが警察車でパトロールをしていたときのこと。犯人を捕まえようとしたのが、最悪の事故につながってしまったこと。

スヴェンはなんとか立っていたものの、からだががくがく震えるのを感じた。

分からないことだらけだ。

エーヴェルトがどこに住んでいるのかすら知らない。いままで一度たりとも、彼の家を訪れたことがないのだ。ストックホルム市内のどこか。知っているのはそれだけだ。

スヴェンはふっと笑い声を上げたが、その顔は笑っていなかった。

なんと奇妙なことだろう。なんと一方的な友情だったことだろう。

自分がエーヴェルトを招く。エーヴェルトは招かれる。それだけだった。

自分のほうは、思いを、温かみを、力を共有していると思っていた。だがエーヴェルトのほうは、自分のプライバシーを明かさない権利を盾に、その後ろに身を隠していた。

警察の職員名簿でエーヴェルトの住所を突きとめた。そしてスヴェンはいま、立派な建物の前、入口から少し離れたところに立っている。スヴェア通りの最もにぎやかな界隈だ。

ここに来てからまもなく二時間が経過する。エーヴェルトが住んでいるという四階の窓の列を観察して、時間をつぶした。だがどの窓がエーヴェルトの住まいかは分からない。どれも同じに見える。遠くから見ると、まるでこのアパート全体がたったひとりの住まいであるような気さえする。

エーヴェルトは八時過ぎに帰ってきた。こわばった脚を引きずり、大きなからだをぎくしゃくと揺らして歩いている。入口の扉を開けると、振り返りもせずその向こうに消えていった。

スヴェンはさらに十分待った。深く息をつく。緊張してきた。こんなに孤独を感じるのは久しぶりだ。

呼び鈴を鳴らす。しばらく待ったが、応答がない。もう一度、ボタンを長めに押してみる。建物の外壁に取りつけられたスピーカーから、雑音が聞こえてきた。四階で、あの不器用な手が、インターホンの受話器をとった音だ。

「はい」

声にいらだちが表われている。

「エーヴェルト？」

「だれだ？」

「僕だよ。スヴェンだ」

沈黙が聞こえてきた。

「エーヴェルト。僕だよ」

「ここでなにをしてる？」

「ちょっと上がってもいいか」

「ここにか？」

「ああ」

「いま？」

「ああ」

「なぜだ？」

「話さなきゃならないことがある」

「明日話せばいいじゃないか。俺のオフィスで」

「それじゃ遅すぎる。今晩話さなきゃならない。開けてくれ」

ふたたび、沈黙。スピーカーを見る。スイッチはまだ入ったままだ。長い時が過ぎた。少なくとも、そう感じられた。

かちゃりと鍵の開く音がした。扉の取っ手を触ってみる。開いている。

エーヴェルトの声は小さく、聞こえにくかった。

「四階だ。ドアにグレーンスと書いてある」

腹がきりきりと痛む。ずっと抱えてきた痛み。これからなんらかのかたちで、この痛みを引き渡すことになる。あのビデオを見たときと同じ、激しい痛みだ。

アパートへの呼び鈴を押す必要はなかった。ドアはすでに開いていた。

のぞき込むと、長い廊下が見えた。

「エーヴェルト？」

エーヴェルトの声がした。姿は見えない。どこか奥の部屋にいるらしい。

スヴェンは中に入ると、ドアマットの上で立ち止まった。

「左だ。廊下を歩いてこい。ふたつめのドアまで」

いったいどんな住まいを想像していたのか、自分でもよく分からない。だがいずれにせよこの家は、想像とはまったくちがっていた。

こんな広いアパートは初めてだ。

果てしなく続く廊下を歩きつつ、あたりを見まわす。

六部屋、いや、七部屋はあるだろうか。高い天井。ほとんどの部屋の角にタイルストーブがついている。完璧なまでに美しい木張りの床には、厚いマットが敷いてある。

だがなによりも気になるのは、このアパートが空っぽであるということだ。

スヴェンは息を詰めたまま歩いた。

他人の邪魔をしているような気がしてくる。だれもいないのに。こんなふうに捨て去られた空間は見たことがない。あまりにも広く、あまりにも清潔で、あまりにも孤独な空間。

エーヴェルトは図書室とでも呼べそうな部屋にいた。小さな部屋で、壁二面に置かれた本棚は、床から天井まで本で埋め尽くされている。黒い革の古めかしいひじ掛け椅子。脇のフロアランプがともされている。

だがそうしたすべては、スヴェンの目にほとんど映らなかった。別のもの、ドアの脇の壁に掛かったあるものが、彼の目を引きつけた。かぎ編みで編まれ、額に入れられた飾り。赤字に黄色でメリー・クリスマスとある。そのすぐそばに、白黒写真が二枚。警察官の制服を着た、二十代らしき男女の写真だ。

果てしなく広いアパート。だが、ひとつはっきりしていることがある。この二枚の写真とクリスマスの飾りこそ、この家の中心だ。

エーヴェルトはスヴェンを見てため息をつくと、片手で招き入れるしぐさをした。足を載せていたフットスツールを、スヴェンのほうへ押しやる。スヴェンはそれを受け止め、腰を下ろした。

エーヴェルトは本を読んでいたところを、スヴェンの突然の訪問で中断したようだ。スヴェンはなんの本なのか見ようとした。会話のきっかけが欲しいと思った。だがその本は、小さなサイドテーブルの上に、開いたままタイトルを下にして置いてあった。そこでスヴェンは立ち上がると、いま来た方向を指差した。

「エーヴェルト、これはいったいなんなんだ？」

「どういう意味だ」

「このアパート、ずっとこうなのか？」

「ああ」

「こんな家、初めて見たよ」

「家といっても、ここで過ごすことは少なくなってきた」

「廊下だけで、僕の家がすっぽり入りそうだ」

エーヴェルトはスヴェンに向かって首を縦に振った。座れ、という合図だ。本をぱたんと閉じ、身を乗り出す。顔が赤くなっている。無意味なおしゃべりをする気はなかった。

「いまは日曜日の夜だよな。ちがうか？」

スヴェンは答えない。

「時刻は八時を過ぎている。そうだろう？」

答えを期待しているわけではない。

「俺にはこの時間、ひとりになる権利ってものがある。そうだろう？」

沈黙。ひたすら、沈黙。

「なぜここまで来て邪魔をする？」

スヴェンはゆっくり息をつこうとした。こんなふうに怒るエーヴェルトを見るのは初めてではない。だが、怖がっているエーヴェルトは初めてだ。そうだ、これは恐怖にちがいない。スヴェンはそう確信した。エーヴェルトがこれまで一度たりとも見せようとしなかった恐怖。いま、自宅の革椅子に座っているエーヴェルトから読み取れるのは、その恐怖以外のなにものでもない。攻撃的になることで、それを隠そうとしているのだ。

スヴェンはエーヴェルトを見つめた。

「なあエーヴェルト、真実を知るってことがどれほどつらいか、分かるか？」

エーヴェルトに座れと言われているのも構わず、スヴェンは立ったまま言った。窓の外を見る。信号から信号へ急ぐ車の列を目で追う。数歩下がり、本棚に軽くもたれた。

「僕はいつも、一日の大半をきみと過ごしている。妻よりも、息子よりも、長い時間をいっしょに過ごしている。邪魔したくてここに来たわけじゃない。ほかに選択肢がないからだ」

エーヴェルトは座ったまま、椅子に背を預けてスヴェンを見つめている。

「嘘のことだよ、エーヴェルト。きみのついている大嘘のことだ！」

エーヴェルトは、微動だにしない。視線もそらさない。

「きみは嘘をついた。なぜなのか教えてほしい」

エーヴェルトはふん、と鼻先で笑ってみせた。

「おまえに事情聴取されるってわけか」

「質問に答えてほしいだけだ。笑いたいなら笑えばいい。なんと言われたって構わない。そんなのには慣れっこだ」

スヴェンは窓のそばへ戻った。車の数は減り、流れも緩くなってきている。早く外に出たい。早く終わってほしい。

「僕は二日間病欠してた」

「だがここに来て事情聴取ごっこをする元気はあるんだな」

「病気じゃなかったんだよ。リトアニアに行ってきた。クライペダだ。オーゲスタムに頼まれて」

予想どおりの反応だ。エーヴェルトは立ち上がり、怒鳴りはじめた。

「あのくそガキ！　おまえ、オーゲスタムの指示でリトアニアに行ったっていうのか？　俺の知らないところで？」

　エーヴェルトが怒鳴り終わるまで待ってから、スヴェンは言った。

「座ってくれ、エーヴェルト」

「この野郎！」

「座ってくれ」

　エーヴェルトはためらった。スヴェンをじっと見つめてから、腰を下ろし、フットスツールに両足を載せる。

「アレナ・スリューサレワに会ってきたよ。クライペダの観光客が集まる水族館でね。彼女が話してくれたことこそ、まさに僕たちが探していた答えだった。リディア・グラヤウスカスに頼まれて、ストックホルム南病院に行き、ピストルと爆薬を置いてきたと言っていた」

　スヴェンは答えを待った。が、なんの反応もない。

「人質事件の前に連絡を取り合っていたそうだ。携帯電話で」

　スヴェンはひじ掛け椅子に座っている男を見つめた。

　なにか言えよ！

　反応しろよ！

　ただ僕を見るのはやめてくれ！

「中華料理屋で食事をして、夜遅くに別れたとき、妙なことが起こった。なぜわざわざ同じ質問をしたのか、とスリューサレワに聞かれたんだ。もう、別の刑事との事情聴取で、すべての質問に答えたのに」

沈黙。

「黙ってないでなにか言えよ、エーヴェルト」

ふたたび、沈黙。

「なにか言えよ!」

エーヴェルトは笑った。涙が出るまで笑った。

「なにか言えって? なにを言えばいいんだ? なにも分かっちゃいないガキどもの話でもすればいいのか?」

さらに声を上げて笑い、シャツの袖で涙を拭いた。

「オーゲスタムはまだ分かる。が、スヴェン、おまえまでガキじみたことしやがって!」

招かれざる客を見つめる。日曜日の夜八時に呼び鈴を鳴らし、ひとりになる権利を踏みにじった男。

エーヴェルトは声を落として笑いつづけ、かぶりを振った。

「加害者のグラヤウスカスは死んだ。被害者のベングトも死んだ。事件に至ったいきさつや動機なんて、だれが気にするものか。おまえの給料を払ってる一般市民が、そんなこと少しでも気にかけてると思ったら、大まちがいだぞ」

スヴェンは窓のそばから動かなかった。怒鳴りたい。これ以上聞きたくないから、怒鳴り返して黙らせたい。だがスヴェンには分かっている。この攻撃性の陰には恐怖が隠れているのだと。

「エーヴェルト、ほんとうにそう思ってるのか?」

「思ってるんじゃない。ありのままを述べてるだけだ」

「僕は決してそうは思わない。アレナ・スリューサレワとはね、事件について話を聞いたあとも、クライペダのレストランで話を続けた。教えてほしいって頼み込んで、話してもらったんだ。彼女とグラヤウスカスが商品としてスカンジナビア中を転々とさせられた、この三年間について。客の数は、一日に十二人だったそうだ。アパートに閉じ込められて、奴隷のように扱われた。ものすごい屈辱だ。そんな実態は自分も知っていると思っていたが、実際のところ、なにも分かっちゃいなかった。我慢するためにロヒプノールを飲んで、ウォッカをがぶ飲みする。なにも考えなくて済むように。恥とともに生きていくために。恥の意識にとりつかれてしまわないように」

エーヴェルトは立ち上がってドアへ向かった。ついてこい、とスヴェンに手で合図する。

スヴェンはうなずいたが、しばらく動かずにいた。二枚の写真にふたたび目をやる。希望に満ちた若者たち。とくに男のほうの目に、スヴェンの目は釘《くぎ》付けになった。生きている目。まったく別の目。見たことのない目だ。

このアパートには、まったくそぐわない。

男の目は、きらきらと光り、生気にあふれている。

このアパートは、空虚だ。すべてが停止してしまったかのようだ。

スヴェンはその目を離れ、部屋をあとにした。長い廊下に沿って、ドアをふたつ素通りし、三つ目の入口、キッチンへ入っていく。アニータがいつも欲しがっている類のキッチンだ。料理をするにも、人を招いて楽しむにも、じゅうぶんな広さがある。

「腹減ってるか？」

「いや」

「コーヒーは？」

「いらない」

「じゃあ、ひとりで飲ませてもらうぞ」

鍋に水を入れてコンロにかける。電気コンロが赤く光った。

「コーヒーなんて飲む気分じゃないよ。分かるだろ」

「偉そうな口をきくな」

スヴェンはしばらく黙っていた。力を寄せ集めなければ。がんばらなければ。最後までやりとおさなければ。

「スリューサレワは、スウェーデンに来たいきさつも教えてくれたよ。ある男に連れられて、船に乗って来たと言っていた。その男がだれかは、エーヴェルト、きみも知ってるはずだ」

湯が沸いた。エーヴェルトはコンロを切り、空のカップに湯を注いだ。スプーン二杯分のインスタントコーヒーを混ぜる。

「いったいなんの話だ?」

「知ってるんだろう?」

エーヴェルトはコーヒーカップを手に取ると、キッチンの奥へ入っていった。ダイニングコーナーだ。丸い食卓のまわりに、椅子が六脚置かれている。エーヴェルトの顔が赤い。怒っているのか、それとも、怯えているのか。

「なあ、想像できるかい、エーヴェルト? ロヒプノールとウォッカを流し込んでも足りなかったんだよ! 考えずにはいられなかった! そこで彼女たちは新しい方法を編み出した。リディア・グラヤウスカスは、自分にはからだがないと信じ込んだ。からだの感覚をなくした。客の男たちに犯されても、それは自分のからだではないと思い込んだ」

エーヴェルトの視線は、コーヒーカップに注がれている。黙ったまま、半分ほど飲んだ。

「アレナ・スリューサレワは逆の方法をとった。彼女にはからだの感覚があった。客の男たちにもてあそばれていることも感じていた。でも、彼らの顔は見えなかった。彼らには顔がないと信じ込んだ」

スヴェンは一歩進み出ると、エーヴェルトのカップをつかんで脇にどけ、自分のほうに目を向けさせた。

「でも、そんなことはもう知ってるよな、エーヴェルト。ビデオで言ってたもんな」

エーヴェルトはスヴェンの手のうちにあるカップを見つめている。あいかわらず黙ったままだ。

「捜査資料に目を通したんだ。どうもおかしいと思ったから。グラヤウスカスは、ビデオテープを持っていた。ビニール袋に入れて、遺体安置所まで持ってきていた。そのビデオがどんなふうに床に落ちていたか、鑑識の写真で確認できた。ニルス・クランツに連絡してみたら、ビデオはきみに渡したと言われた」

エーヴェルトはカップを取ろうと手を伸ばした。スヴェンはふたたび断わった。ふたたびスヴェンにコーヒーを飲むかと問いかけ、スヴェンはふたたび断わった。ふたりはそのままキッチンで、ナイフや杓子《しゃくし》が収納され、まな板を置く場所もあるカウンターをはさむようにして、しばらく立ちつくしていた。

「テレビはどこにある？」

「なぜそんなことを聞く」

スヴェンはキッチンを出て玄関に向かうと、脱いだ靴のそばに置いていた鞄を持って戻ってきた。

「どこにあるんだ？」

「あそこだよ」

エーヴェルトは廊下の向かいにある部屋を指差した。スヴェンはその部屋に入り、エーヴェルトにもついてくるよう促した。

「ビデオを観るんだ」

「プレーヤーがない」

「そう言うだろうと思って、携帯用のを持ってきた」

プレーヤーを取り出すと、テレビの裏側にケーブルを接続する。

「これを、いっしょに観よう」

部屋にはソファがあり、ふたりはそれぞれ隅に腰を下ろした。スヴェンがリモコンを手に、セットしたばかりのビデオテープを再生する。

黒字に白の砂嵐。蟻の戦争。

スヴェンはエーヴェルトのほうを向いた。

「このテープは空っぽだ」

エーヴェルトはなにも答えない。

「それもそのはず。きみがニルス・クランツから受け取ったビデオは、これじゃないんだから。そうだろう？」

癇に障るザーッという音。頭の中で擦れ合い、きしみつづける音。

「知ってるんだ。クランツが教えてくれたから。きみに渡したビデオはまちがいなく使用済みのものだった、埃まみれで、女ふたりの指紋がついていた、とね。このビデオにはおそらく、きみと僕の指紋しかついていないはずだ」

エーヴェルトは顔をそむけている。同僚であり部下であるスヴェンを正視できずにいる。

「気になってしかたがないんだ。エーヴェルト、もともとのビデオには、いったいなにが入っていた？」

リモコンをテレビに向け、癇に障る音を止めた。

「ノーコメントか。じゃあ、もう少しはっきり聞こう。もともとのビデオには、三十三年間続けてきたこの仕事をなげうってもかまわないような、なにかがはいっていた。それはいったい、なんだったんだ？」

スヴェンはふたたび身をかがめると、鞄の中からもう一本、ビデオテープを取り出した。最初のビデオをプレーヤーから出し、二本目のビデオをセットする。

女がふたり。ピントがずれている。カメラマンがカメラを脇に向け、レンズを回している。女たちは緊張したようすで、開始の合図を待っている。

おびえた目をした金髪の女が、まずロシア語で二言話す。それから、もうひとりの女、黒髪の女のほうを向く。黒髪の女が、スウェーデン語に訳す。

ふたりとも真剣な面持ちで、声を振り絞るようにして話している。カメラの前で話すのは初めてなのだろう。

ふたりは二十分強にわたって語った。

三年分の物語を。

スヴェンはかたくなに前を見据え、エーヴェルトの反応を待った。

しばらくかかったが、反応はあった。ビデオに映ったふたりの女が話し終えたときに。

エーヴェルトは、泣き出した。

両手に顔を埋《うず》め、涙を流している。三十年近く溜め込んできた涙。ずっと恐れてきた、この涙。空っぽになるのが怖かった。消えてしまうのが怖かった。

スヴェンはエーヴェルトのほうを見ることもできずにいた。こんなエーヴェルトは見るに堪えなかった。不快感と怒りがからだを駆け巡る。立ち上がり、プレーヤーに近寄ると、ビデオテープを取り出してテーブルに置いた。

「きみがすり替えたのは、一本だけだった」

スヴェンはビデオを指で突き、エーヴェルトのほうへと押しやった。

「遺体安置所でなにがあったのか、事情聴取記録に目を通してみた。グスタフ・エイデル医師が、ビデオは二本あると証言していた。中央駅のロッカーについても話していた」

エーヴェルトは深く息をつき、スヴェンのほうを見た。が、なにも言わなかった。涙はまだ止まっていない。

「このビデオは、そのロッカーにあったものだ」

ふたたびビデオテープを指でつき、テーブルの上を滑らせる。テープは花の活けてある花瓶の脇を通り、エーヴェルトの目の前で止まった。この怒りを、とにかく外に出さなければ。

「このふたりの話す権利を、どうして奪ったりできるんだ？　嘘をついていたきみの親友をかばう、それだけのために！」

エーヴェルトは目の前のビデオテープを見つめ、黙ったままそれを手に取った。

「それだけじゃない。きみ自身も罪を犯している！　証拠を隠滅した。犯罪者をかばって逃がした。彼女の証言が怖かったからだ。いったいどこまでやる気だったんだ？　エーヴェルト、この嘘にそこまでの価値があるのか？」

エーヴェルトはプラスチックのカバーを指先でいじった。

「このビデオを隠すだけの価値、ということか」

「ああ」

「おまえ、俺が自分のためにそうしたと思ってるのか？」

「ああ」

「なんだと？」

「きみはきみ自身のためにやったんだ」

「じゃあ、レーナが夫を亡くしただけじゃ足りないってのか？　こんなことまで知らされなきゃならないのか？　ベングトの嘘まで！」

テーブルにビデオを放り出す。

「むなしさだけでじゅうぶんじゃないのか？　ベングトの汚らしい面まで見せつける必要はない！　レーナは知らなくて済むことだ！」

スヴェンはもう耐えられなかった。

友人を追いつめた。彼が泣くのを目にした。彼の生涯にわたる悲しみも知った。もう帰りたかった。今日という一日。この一日から、もう解放されたい。

「アレナ・スリューサレワがね」

エーヴェルトのほうを向いて言う。

「なあ、エーヴェルト。スリューサレワがね、彼女の恥について話してくれたよ。毎日、十二回、なんとかして洗い流そうとした恥の意識だ。だがこれはどうだ。きみの場合は！」

スヴェンはテレビの画面を、つい先ほどまでそこに映っていたものを叩いた。

「これは、きみ自身が耐えられなかったからだ。なぜなら、エーヴェルト、罪悪感は、他人になにかをしてしまったときに抱くものだ。自分に対してなにかをしてしまったとき、人は恥の意識を抱く。罪悪感には耐えられる。恥は耐えがたい」

エーヴェルトはなにも言わず、目の前で話しつづけている人間を見つめた。

「きみは、ベングト・ノルドヴァルを遺体安置所に送り込んで死なせたことで、罪の意識を感じていた。それは理解できる。罪悪感は分かる」

スヴェンは声のボリュームを上げた。力尽きつつあることを見せたくなかった。

「だが、恥は、エーヴェルト、恥のほうは理解できない！　きみはベングトにだまされた自分を恥じた。ベングトの正体をレーナに知らせなければならない、そのことを恥じた」

さらに声を上げ、続ける。

「エーヴェルト、きみはレーナを守ろうとしたんじゃない。逃げようとしただけだ。きみ自身の恥から」

外は妙に肌寒かった。

六月。一年のなかでも暖かい時期のはずなのに。スヴェンは、エーヴェルトの住むアパートのすぐ外、スヴェア通りを渡る赤信号で立ち止まった。なかなか信号が変わらない。

抱えていた嘘を、たったいま手放してきた。

若い女ふたりの物語。嘘をついていたひとりの男をかばうために、消し去られた物語。ベングト・ノルドヴァルは汚らしい悪党だった。スヴェンですら憎しみを抱かずにはいられない悪党であり、死の瞬間までそうありつづけた。遺体安置所で裸にされて、ロシア製のピストルを頭に突きつけられても、彼が改心することはなかった。グラヤウスカスに対しても、恥を認めようとはしなかった。そして、エーヴェルトがあとに続いた。グラヤウスカスがさらけ出した恥を、白黒の砂嵐へ、蟻の戦争へと変えてしまった。

信号が変わった。スヴェア通りを横断し、北に向かってあてもなく歩き出す。夏の夜、往来のなか、ヴァナディース公園の脇を通り、ヴェンネル＝グレン・センターを抜けて、ハーガ公園へ。

リディア・グラヤウスカスは死んだ。ベングト・ノルドヴァルも死んだ。

それがエーヴェルトの認識だった。

被害者はいない。加害者もいないのだ。

ハーガ公園はいいところだ。アスファルトの道路がすぐ近くを走っているのに、ここには静けさがある。リードなしで放たれた黒いシェパードを、飼い主が困り果てたようすで呼び戻そうとしている。芝生の真ん中でカップルが抱き合っている。そのほかにはだれもいない。人々がばたばたと休暇を取る夏の数週間、ここではない別の世界がにぎわっているあいだ、都会はこんなふうに空っぽになる。

いまのところ、死者に代わって語ろうとする者はだれもいない。自分が語らないかぎり。スヴェンは大きく息をついた。これまでに出会ったなかで最も有能な刑事を、自分が告発したとして、実際、それがいったいなんになるのだろう？　ほかの、まだ生きている人々に答えを迫ったところで、それがなんになるのだろう？　これまでと同じように署で仕事を続けるエーヴェルトと、仕事をクビになってあの空虚な自宅をさまようエーヴェルトと、どちらがましだろう？

湖。到着だ。沈み行く太陽が水面に反射している。いつもこんなふうだったらどんなにいいか。

スヴェンは鞄を手に持ったままだ。ビデオプレーヤー、書類、ビデオテープ二本。鞄を開けると、かつて中央駅の二十一番ロッカーに入っていたビデオテープ、背面にキリル文字の書かれたシールが貼ってあるビデオテープを取り出した。地面に落とし、踏みつけてプラスチックのケースを壊すと、拾い上げ、茶色の磁気テープに指をかける。一メートル、また一メートルと、指で引っ張り出していく。くるくると丸まったようすが、まるでプレゼントにかけるリボンのようだ。

湖はほとんど波立っていない。ときおりふと訪れる穏やかさだ。

数歩を踏み出し、美しくカールしたテープをケースのまわりに丸め、手のひらに押しつけて、放り投げた。できるかぎり遠くへ。

ずしりと重く、同時に軽くなったような気分だった。泣いているような気もする。これはリディア・グラヤウスカスの涙だろうか。少し離れたところから自分の姿を眺める。つい先ほど、エーヴェルトとベングトのしたことを非難しておきながら、自分もまったく同じことをしている。リディア・グラヤウスカスの語る権利を奪ったのだ。

スリューサレワの物語を、オーゲスタムが知ることはない。

スヴェンは、自分を恥じた。

# 三年前

狭いアパートだ。キッチンと、二部屋。

そこに五人が住んでいる。彼女のほかに、ママ、お兄ちゃん、妹、おばあちゃん。いままではべつに、なんとも思っていなかった。昔からずっとこうだったから。

彼女は、十七歳。

名前はリディア・グラヤウスカス。

どこか、別の場所へ行きたい。そう願っている。

自分の部屋、自分の人生が欲しい。これでは狭すぎる。もう大人の女なのだから。いや、もうすぐ。もうすぐ、自分は大人の女になる。大きくなったのだから、それなりのスペースが要る。

パパに会いたい。

パパのことをよく思い出す。パパはいつも分かってくれた。いつでもそばにいてくれた。何度も聞いてみたけれど、いまだに分からない。なぜパパが死ななければならなかったのか。

なによりも懐かしく思い出されるのは、パパとふたりで散歩したこと。自分の手をしっかりと握ってくれた、パパの手。長いこと散歩して、いつかクライペダを出る日のことを、いっしょに計画した。ヴラディとの散歩と同じように、町はずれまで行って立ち止まると、振り返り、クライペダの街をじっくりと眺めた。そんなとき、パパはいつも歌ってくれた。子どものころに覚えた歌だとパパは言っていたけれど、ほかの人が歌っているのを聞いたことがない。そんなふうにして、外の世界へと思いを馳せた。パパといっしょに。

まったく、このアパートときたら。なんて狭いんだろう！　ひとりになれない。いつもだれかがいる。

昨晩のできごとを思い出す。カフェに来た男の人たちのこと。初めて見る顔だったけれど、気さくでいい人たちだった。ヴラディに会いにきたという。軍警察がドアを蹴破ってなだれ込み、黙れと怒鳴って、いつもそばにいてくれるヴラディ。パパを床に押しつけたあのときも、いっしょにソファで横になっていたヴラディ。男の人たちはふたりとも、にっこり微笑んで、コーヒーとサンドイッチを注文した。ロシア語を話していたけれど、ふたりのうちのひとり、少し年上らしきほうは、ロシア人には見えなかった。

きっとスウェーデン人かデンマーク人だ。

彼らはかなり長いことカフェにいた。コーヒーのお代わりを二度注ぎに行った。ヴラディが帰ったあと、ふたりが話しかけてきた。初めのうちはちょっと言葉を交わすだけだったけれど、そのうちカフェがすいてくると、いろいろ聞かれた。名前とか、いつからここで働いているのかとか、カフェのウェイトレスの給料はいくらぐらいなのかとか。ふたりとも、とても感じがよかった。やたらとお世辞を言ってきたり、誘ってきたりする客が多いなかで、彼らはちがった。しばらく彼らといっしょに座って話をした。ほんとうはいけないのだけれど、ほかには客がほとんどいなくて、どちらにしても暇だったから。

いろんな話をした。あらゆることについて。ふたりともほんとうに信じられないほど感じがよかった。たくさん笑った。あんなふうに笑ったのは久しぶりだった。家では、笑うことなどほとんどないから。

彼らはふたたびやってきた。

今日、リディアが店を閉めようとしているときに、ふたりがまた現われた。もう名前も知っている。ディミトリとベングト。ディミトリはビリニュスに、ベングトはスウェーデンに住んでいる。ベングトは警察官で、いまはクライペダでなにかの捜査をしているのだという。

ふたりはとても親しいらしい。昔からの知り合いのようだ。はっきり聞いたわけではないけれど、ディミトリはリトアニアの警察となにか関わりがあるのだろう、と思う。

あいかわらず感じがいい。カフェでもらっている給料の額を打ち明けたら驚いていた。スウェーデンならもっと稼げるのに、と言う。二十倍は稼げるそうだ。月給が二十倍！　信じられない。二十倍って！

この街を出たいと思っていることも話した。キッチンのほかに二部屋しかない、狭いアパート。ヴラディとの散歩。クライペダだけでは、もう満足できない。

ふたりは追加でサンドイッチを注文し、ここに座りなさい、と言ってくれた。

また、いっしょに大笑いした。なんだかすっきりした。笑うことで、なにかが洗い流されたような気がした。

彼らは三日続けてやってきた。

リディアは、彼らが来るのを待っていたようなものだった。注文を受けてもいないうちから、コーヒーとサンドイッチを用意して出してあげた。

昨日、ふたりに聞かれた。よかったら手助けしてあげようか？　必要な手続きを済ませてあげることもできる。きみが望むならね。もちろん強制はしない。スウェーデンでの仕事も手配する。二十倍の給料だ。

そのときは、嘘でしょう、と笑い飛ばした。

今日、リディアは自分から訊ねる。お願いした場合、どんなふうにことが進むのか。

まず、パスポートが要る。歳を少々上にごまかしたパスポート。これは彼らが手配してくれる。かなり高価なものだが、立て替えておいてくれるという。スウェーデンで働いて給料をもらうようになったら返せばいい。

彼らはこれまで、何人ものリトアニア人の女の子に仕事を紹介したことがあるそうだ。彼女たちの名前を聞いてみると、いくつか答えが返ってきたが、知らない名前ばかりだった。

スウェーデンにいる女性も協力してくれているのだという。快適に過ごせるよう、その人がいろいろ世話してくれるらしい。

彼らは長いこと座っていた。リディアはコーヒーをおごった。

ふたりはこう言った。焦って決めなくてもいいんだよ。大事なのは、しっかり考えてから決めることだ。だが、もしほんとうに行きたいのなら、ほんとうにこの町を出たいのなら、二日後に出発するストックホルム行きのフェリーに乗れるよう、パスポートを手配してあげることもできる。自分たちも、その船に乗って行くから。

港に到着した。暑い。リディアはヴラディと手をつないでいる。嬉しそうなヴラディ。いっしょに喜んでくれているのだ。どしゃ降りだった雨は止み、太陽が照っている。風もほとんどない。旅行鞄ひとつに、洋服と、何枚かの写真、日記帳、それから、持ち出してもおかしく思われない程度の洗面用具を詰めてきた。

なにも言わずに出てきた。

きっとママには分かってもらえない、そう思ったから。

ママは、町を出たいなどとは考えない人だから。

あとで、到着してから電話しよう。職場から電話するのだ。お金を送ると言おう。毎月。そうすれば、ママにも分かってもらえるかもしれない。自分が去った理由。いままでとはちがう、別の人生を生きるためだ、と。

待ち合わせ場所は、ターミナルの入口だ。

遠くから彼らの姿が見えた。グレーの背広を着た黒髪のディミトリ。金髪で、ディミトリより少し背が低く、親切そうな目をしたベングトが、ヴラディに封筒を手渡している。ヴラディは嬉しそうにそれを受け取ったが、もはやリディアと視線を合わせようとはせず、リディアを抱擁してその場を立ち去った。そのとき、若い女性がもうひとり近寄ってきた。同じくらいの歳だろうか。黒髪で、とても感じがよさそうだ。

あいさつを交わす。アレナという名の彼女も、旅行鞄を手にしている。そして、同じように偽造パスポートを受け取っている。

立派なフェリー。こんなに大きな船に乗るのは初めてだ。乗客はスウェーデン人がほとんど。リトアニア人も少し。どこの人か分からないのが数人。リディアは微笑みつつ船に乗り、これまでの人生をあとにした。


アレナといっしょの船室に泊まる。

すぐに打ち解けた。アレナは開けっぴろげで好奇心が強く、聞き上手。よく笑う人だ。リディアもいっしょになって笑う。笑いがこみあげてくる。だって、からだで感じるのだ。これから旅がはじまるのだと。

もうすぐ食事に行くことになっている。

まず、一階上の、ディミトリとベングトの船室を訪れる。それから、四人で食堂に行くのだ。

船室のドアをノックする。

しばらく待つ。なかなか返事がない。

ベングトがやっとドアを開けてくれた。にっこり笑って、どうぞ、と手で招き入れる。リディアとアレナは顔を見合わせた。少しためらう。男性ふたりの船室に入るなんて、なんだかちょっと変な感じだ。

そして、すべてが崩れ去った。

一呼吸。

それだけで、すべてが終わった。

男たちが手を挙げ、ふたりの顔を殴りつける。

ふたりが床に倒れるまで、殴りつづける。

よそいきのワンピースをびりびりと破り、その布をふたりの口に押し込む。

ふたりの腿を力ずくで広げ、中に入る。
リディアは一生忘れないだろう。あの音を。顔にかかる男の息づかいを。

その夜は眠れなかった。何時間も、船室のベッドに横になったまま、枕を抱きしめていた。男たちに怒鳴られた。殴られた。冷たい金属の感触。そう、ピストルを頭に突きつけられて、黙ってろ、さもないと殺すぞ、と言われた。

わけが分からない。

家に帰りたい。

アレナはベッドの下段に横たわっている。リディアほど泣いてはいない。ただ、黙っている。物音ひとつ立てない。

リディアは、洗面台のそばの床に置いてある自分の鞄に目をやった。だれにも言わずに荷造りして来た。家を出てから、まだ一日も経っていない。

船の舳先《へさき》に海の水がぶつかる音が聞こえてくる。窓の向こうから。そう、窓を開けることはできたけれど、小さすぎて、そこから飛び降りることはできない。

午前中のうちに到着した。

リディアはまだ横になっている。

からだを動かす勇気が湧かない。

ドアを叩き、さっさと船室を出て船を降りなさい、と怒鳴る人たちの声を、どうにかして無視しようとする。

ディミトリがリディアの数歩前を歩いている。ベングトが彼女のすぐ後ろを歩いている。

出口へ向かい、入国審査を通らなければならない。

叫び出したい。

けれど、その勇気がない。

覚えているから。顔を殴られたことを。やめてと懇願したのに、彼らに犯されたときの、股間の痛みを。

大きなターミナルだ。クライペダのターミナルより大きい。迎えに来ている人々。抱き合っている。再会を喜んでいる。

リディアはなにも感じない。

ただ、恥ずかしい、と思う。

なぜかは分からない。

ガラス張りのブースに入った制服姿の男性に、パスポートを見せる。黙ってろ。男性はパスポートをぱらぱらとめくると、リディアのほうを見て、うなずいた。さもないと殺すぞ。

リディアは入国審査を通過し、アレナが自分のパスポートを差し出す。

入国審査所を出たところで、ディミトリが振り返って言った。パスポートを返せ。これがおまえの借金だ。これから働いて返してもらう。

彼の言葉は、リディアの耳に届かない。

まわりの人々がだんだんいなくなり、大きなターミナルがゆっくりと空になっていく。彼らは入国審査所から少し離れたところ、新聞を売っている売店のそばで立ち止まり、待っている。

しばらくして、女がひとりやってきた。この女を待っていたのだ。ディミトリとベングトの協力者。

ジャージの上下を身にまとい、頭にグレーのフードをかぶっている。まだ若い女だ。ディミトリに微笑みかけ、頬にキスをする。ベングトに微笑みかけ、まるで恋人同士のように、唇にキスをする。それからリディアとアレナのほうを向くと、微笑みを浮かべたまま、なにやら口にした。ふたりには意味が分からない。スウェーデン語にちがいない。

「なるほどね。あんたたちふたりが新人ってわけ」

女は近寄ってくると、リディアの頬にキスをし、アレナの頬にキスをし、微笑んだ。ふたりも微笑み返そうとする。

ふたりは気がつかない。ベングト・ノルドヴァルが女に近づき、片手でそっとフードの端を持ち上げて、ささやきかけたことに。

「きみが恋しかったよ、レーナ」

ふたりに聞こえたのは、女の言葉だ。女は笑みを浮かべたまま、ロシア語で言った。

「スウェーデンへようこそ。楽しい滞在をね」

# 著者より

『ボックス21』は、われわれを取り囲む現実を描いている。商品としての女性。利益を見込んだ投資。そんな現実がいまも隣のアパートで進行している。金を払おうとする男たちがいるかぎり。

『ボックス21』はまた、恥を描いてもいる。われわれを駆り立てる力としての恥。それは外へと向かうこともあれば、自分の内へと向かうこともある。多くの人は、恥と戦い、恥から逃げ、あるいはせめて、恥を理解しようとしている。

連帯責任としての恥、という考え方は好きではない。が、商品を試してみるような気持ちで女性を犯す連中、脅しをかける連中、そして女性が服を脱ぐよう強いられていることを知りながら勃起《ぼっき》する連中を、われわれは男として恥ずかしいと思う。

それ以外に関しては、当然のことながら、真実でない描写もある。

遺体安置所の場所はちがっているし、病棟の位置も変わっている。ストックホルム市警のオフィスも、実際とは異なる。

小説の場合、地図よりも物語のほうが大切だから、それでも構わない、とわれわれは考えている。

以下の人々に多大なる感謝を。

ビリニュスで売春婦として生きた地獄のような日々を語ってくれた、ダミラとイレナ。きみたちがまだ生きていることを願っています。スウェーデンの都市にあるごくふつうのアパートで、売春婦として働き、買われるということがどんな気持ちのするものか教えてくれた、ミア、サリー、ニッラ、ヴィヴ。生前と死後の人間のからだについて説明してくれた、ラッセ・ラーゲルグレン、ホーカン・サンドレル。警察の仕事について詳しく教えてくれた、ヤン・ストールハムレ警部補。人身売買の実態について教えてくれた、政府の人身売買《トラフィッキング》問題コーディネーターである警察庁のカイサ・ヴァールベリ警部補と、トラフィッキング問題捜査官であるカーリン・スヴェドルンド警部補。われわれよりもロシア語のうまいアンデシュ・ヨーランソン。独房のにおいを彼なりの言葉で描写してくれたロッレ・エリクソン。原稿ができあがるとまっさきに読み、以後も繰り返し読んでは意見を言ってくれた、フィーア・スヴェンソン。われわれもとても気に入っているこの本の装丁を担当してくれた、エーリク・トゥーンフォシュ。いつもわれわれの気づかないことに気づいてくれる、アストリッド・シヴァンデル。われわれのエージェントであり、力を与えてくれる、ニクラス・サロモンソン。

読者の視点から賢明な意見を述べてくれた、ミカエル・ニーマン、エーヴァ・エイマン、ヴァーニャ・スヴェンソン、アンナ・ニーマン、ヤン・ギィユー。

出版元であるピラート社の、アンナ・ボルネ・ミンベリエル、マティアス・ブーストレム、ロッタ・ビークヴィスト・レナートソン、シェリー・フッセル、マデレーン・ラーヴァス、アンナ・カーリン・シグリング、アン＝マリー・スカルプ、ボエル・ヴィークベリ。皆さんのプロ意識には頭が下がります！　そしてなによりも、われわれの編集者、ソフィア・ブラッツェリウス・トゥーンフォシュに感謝します。

ストックホルム　二〇〇五年五月

アンデシュ・ルースルンド

ベリエ・ヘルストレム

# 訳者あとがき

ジャーナリストと元服役囚という異色の組み合わせで、デビュー作『制裁』で早くも「ガラスの鍵」賞（最優秀北欧犯罪小説賞）を獲得して話題を呼んだ、アンデシュ・ルースルンドとベリエ・ヘルストレム。その後、『制裁』で活躍したグレーンス警部とスンドクヴィスト警部補を主人公に据え、社会の闇を鋭くえぐり出すサスペンス作品を次々と発表している。シリーズ第二作となるのが本書『ボックス21』だ。

冷夏のストックホルム。アパートの一室で、鞭で打たれ意識を失った売春婦が発見される。同じ日、ヘロイン依存症の男が覚醒剤に洗剤を混ぜて売り、マフィアの怒りを買う。翌日、ふたりの軌跡がストックホルム南病院で交わる。恥辱を晴らそうとする女。恥辱を薬で忘れようとする男。そして、残虐な暴行殺人事件と、医師を人質にとった立てこもり事件が同時に起こる。

本国スウェーデンでは、ルースルンド＆ヘルストレムを、日本でも人気のある〝マルティン・ベック〟シリーズの著者、シューヴァル＆ヴァールーになぞらえる評者が多い。人間味ある刑事たちの活躍を描きながらもきっちりと社会批判を盛り込む作風には、確かに〝マルティン・ベック〟を思わせるものがあり、『制裁』に次ぐ本書でその方向性は確定したと言えよう。グレーンス警部をはじめとする刑事たちは、社会の病理を読者とともに発見し、驚き、憤る役割を果たしている。

『ボックス21』に描かれているその病理とは、スウェーデンはじめ北欧諸国で深刻な問題となっている、旧ソ連や東欧からの女性の人身売買と強制売春だ。もちろんこれは北欧諸国だけの問題ではない。国際労働機関（ＩＬＯ）の推算によれば、人身売買の犠牲者（性的搾取だけでなく、強制労働なども含む）は、世界で千二百三十万人にのぼるという。そして、主に性的搾取を目的とした人身売買の受け入れ大国のひとつが、日本であるといわれている。

もちろん、これはルポルタージュではなく小説なので、ルースルンド＆ヘルストレム節とでも呼べそうな個性のあるドラマチックな文体や、心理描写もあわせて味わっていただきたい。スウェーデンの警察小説で主人公が胃潰瘍やアルコールなどの問題を抱えているケースは多く、もはや伝統と言ってもよいほどだが、グレーンス警部の抱えている〝問題〟はすさまじくも痛々しい。彼が往年の人気歌手、シーヴ・マルムクヴィストばかり聴いているのには、深い、そして悲しいわけがあるのだ。また、今後のシリーズで重要な役割を果たすことになる第三の刑事の登場にも注目してほしい。

本書『ボックス21』の原書は二〇〇五年の刊行だが、シリーズはこの後、二〇〇六年『死刑囚』（邦訳は武田ランダムハウスジャパンより刊行）、二〇〇七年『*Flickan under gatan*

（通りの下の少女）』、二〇〇九年『三秒間の死角』（KADOKAWA）と続き、この『三秒間の死角』が英国推理作家協会（CWA）インターナショナル・ダガー賞、また日本でも翻訳ミステリー読者賞を受賞するなど、国際的に高く評価された。ルースルンドとヘルストレムはその後、二〇一二年に『Två soldater（ふたりの兵士）』を発表したのち、いったんコンビでの執筆を休止したが、二〇一六年『三秒間の死角』の続篇にあたる『Tre minuter（三分間）』で復活。なお、デビュー作にして「ガラスの鍵」賞を受けた『制裁』を除くすべての作品が、スウェーデン推理作家アカデミー最優秀小説賞にノミネートされている。

このほか、ルースルンドが二〇一四年、脚本家ステファン・トゥンベリと組んで発表した『熊と踊れ』（早川書房）は、英国推理作家協会インターナショナル・ダガー賞の候補となったほか、日本でも各社ミステリ・ランキングで上位を獲得した。スウェーデンでは二〇一七年一月、この続篇にあたる『En bror att dö för（命に代えても兄弟を）』が出版されている。

一方のヘルストレムは二〇一五年、がんの診断を受けたことを公表し、二年にわたる闘病の末、二〇一七年二月十七日に永眠した。享年五十九。ルースルンドは「これらの本を書くために、僕はベリエの中にあるものをすべて引き出し、彼も僕に同じことをした。（中略）もはや家族も同然で、彼がいなくなったあとにはぽっかりと大きな穴があいている」と語っている。ルースルンドは今後、単独での執筆を予定しているという。

本書は二〇〇九年四月にランダムハウス講談社より刊行され、同社の倒産にともない絶版となっていたのを、早川書房から復刊したものである。初訳時に大変お世話になったランダムハウス講談社（当時）の田坂苑子さん、株式会社リベルの山本知子さん、浜辺貴絵さんに、この場を借りてあらためてお礼を申し上げます。また、リトアニアへの留学経験があり、人名表記やリトアニアの実情についての質問にていねいに答えてくださった関屋康子さん、いつも快く相談に乗ってくれた夫やスウェーデンの友人たち、訳者の問い合わせに明確かつフレンドリーに回答してくださったアンデシュ・ルースルンド氏、素晴らしい作品の数々を残して逝ってしまわれたベリエ・ヘルストレム氏、本書の復刊に向けてご尽力くださった早川書房の山口晶さんと根本佳祐さん、そしてなにより、復刊を望んでくださった読者のみなさんには、どれだけ感謝してもしきれません。ほんとうにありがとうございました。

二〇一七年十月

ヘレンハルメ美穂

本書は二〇〇九年四月にランダムハウス講談社
より刊行された作品を、再文庫化したものです。

# ロング・グッドバイ

The Long Goodbye

レイモンド・チャンドラー

村上春樹訳

私立探偵フィリップ・マーロウは、億万長者の娘シルヴィアの夫テリー・レノックスと知り合う。あり余る富に囲まれていながら、男はどこか暗い陰を宿していた。何度か会って杯を重ねるうち、互いに友情を覚えはじめた二人。しかし、やがてレノックスは妻殺しの容疑をかけられ自殺を遂げてしまう。その裏には哀しくも奥深い真相が隠されていた。新時代の『長いお別れ』が文庫で登場

ハヤカワ文庫

# さよなら、愛しい人

Farewell, My Lovely

レイモンド・チャンドラー
村上春樹訳

刑務所から出所したばかりの大男、へら鹿マロイは、八年前に別れた恋人ヴェルマを探しに黒人街の酒場にやってきた。しかしそこで激情に駆られ殺人を犯してしまう。偶然、現場に居合わせた私立探偵のマーロウは、行方をくらましたマロイと女を探して夜の酒場をさまよう。狂おしいほど一途な愛を待ち受ける哀しい結末とは？　名作『さらば愛しき女よ』を村上春樹が新訳した話題作。

# ホッグ連続殺人

ウィリアム・L・デアンドリア
The HOG Murders
真崎義博訳

雪に閉ざされた町は、殺人鬼の凶行に震え上がった。彼は被害者を選ばない。手口も選ばない。どんな状況でも確実に獲物をとらえ、事故や自殺を偽装した上で声明文をよこす。署名はＨＯＧ――この難事件に、天才犯罪研究家ベネデッティ教授が挑む！　アメリカ探偵作家クラブ賞に輝く傑作本格推理。解説／福井健太

# 2分間ミステリ

Two-Minute Mysteries

ドナルド・J・ソボル

武藤崇恵訳

銀行強盗を追う保安官が拾ったヒッチハイカーの正体とは？　屋根裏部屋で起きた、首吊り自殺の真相は？　一攫千金の儲け話の真偽は？　制限時間は2分間、きみも名探偵ハレジアン博士の頭脳に挑戦！　事件を先に解決するのはきみか、博士か？　いつでも、どこでも、どこからでも楽しめる面白推理クイズ集第一弾

ハヤカワ文庫

訳者略歴　国際基督教大学卒，パリ第三大学修士課程修了，スウェーデン語翻訳家　訳書『熊と踊れ』ルースルンド&トゥンベリ，「ミレニアム」シリーズ（共訳／以上早川書房刊）他

HM=Hayakawa Mystery
SF=Science Fiction
JA=Japanese Author
NV=Novel
NF=Nonfiction
FT=Fantasy

# ボックス21

〈HM439-4〉


二〇一七年十一月二十日　印刷
二〇一七年十一月二十五日　発行
（定価はカバーに表示してあります）

著　者　アンデシュ・ルースルンド
　　　　ベリエ・ヘルストレム
訳　者　ヘレンハルメ美《み》穂《ほ》
発行者　早川　浩
発行所　株式会社　早川書房


郵便番号　一〇一 - 〇〇四六
東京都千代田区神田多町二ノ二
電話　〇三 - 三二五二 - 三一一一（大代表）
振替　〇〇一六〇 - 三 - 四七七九九
http://www.hayakawa-online.co.jp


乱丁・落丁本は小社制作部宛お送り下さい。
送料小社負担にてお取りかえいたします。


印刷・三松堂株式会社　製本・株式会社川島製本所
Printed and bound in Japan
ISBN978-4-15-182154-7 C0197




本書は活字が大きく読みやすい〈トールサイズ〉です。